LE DÉSOSSEUR DE LIVERPOOL

LUCA VESTE

LE DÉSOSSEUR DE LIVERPOOL

traduit de l'anglais
par Philippe Vigneron

ARCHIPOCHE

Cet ouvrage a été publié sous le titre
The Bone Keeper, par Simon & Schuster,
à Londres, en 2018.

Contact : serviceclients@lisez.com

Notre catalogue est consultable à l'adresse suivante :
www.archipoche.com

Éditions Archipoche
92, avenue de France
75013 Paris

ISBN 979-1-0392-0529-0

À Emma, mon épouse et ma meilleure amie.
Je ne voudrais partager cette histoire
avec personne d'autre.

Note de l'auteur

Tous les lieux décrits dans ce livre sont réels.

Cependant, quelques détails minimes ont été modifiés ou amplifiés afin de mieux s'intégrer au récit.

Le Désosseur arrive,
Le Désosseur existe.
Il ne s'arrête jamais,
Il ne ressent rien.
Il t'attrapera,
Il te fera pleurer,
Il coupera dans ta chair,
Et ne gardera que tes os.

Hier

Son histoire commence dans le tunnel.

Le sol instable sous ses pieds à mesure qu'elle s'y enfonce. Le souffle calme de l'air, une légère caresse sur son visage. Les bruits dans l'obscurité. Les échos. La fureur. L'odeur de la mort qui colle à sa peau.

C'est de cela qu'elle se souviendrait toujours.

Le tunnel.

Quatre d'entre eux y étaient entrés. En silence, seuls. L'un après l'autre.

Trois en étaient ressortis.

Avant le tunnel, la soirée avait été différente. La petite bande se promenait dans la forêt, parmi les rafales du vent d'automne. Elle avait onze ans et suivait son frère Matty, de trois ans son aîné mais pas vraiment un modèle de sagesse. Deux autres enfants d'à peu près le même âge s'étaient joints à eux : Lee et Faye, le neveu et la nièce de son nouveau beau-père.

Ce n'était rien d'autre qu'un jeu, une sorte d'aventure. Ils n'étaient pas censés s'éloigner autant de la maison mais les vacances d'octobre venaient de commencer, et après tout ce n'étaient que des enfants.

Ils étaient invincibles.

— Allez ! dit-elle en prenant la tête et en marchant d'un pas qu'elle espérait assuré. On en aura le cœur net !

Elle passa devant l'écriteau « Réserve naturelle de Dibbinsdale » et les tables de pique-nique à droite, puis s'engagea sur le sentier entre les arbres. Au-dessus d'elle, il faisait de plus en plus sombre à mesure que des nuages noirs s'amoncelaient. S'ils étaient venus une semaine plus tard, la nuit serait déjà presque tombée, mais un peu de lumière s'attardait encore dans la soirée.

Plus pour longtemps

— Il va pleuvoir.

— Ne t'en fais pas, répondit Matty en la rattrapant. Il y a les arbres : les parapluies de la nature !

Elle vit son sourire apparaître puis disparaître. Un dernier vestige du préadolescent qu'elle avait connu. Ils traversèrent un petit pont en bois, Matty et Lee en profitant pour lancer dans l'eau de petites branches épaisses. Elle s'arrêta, observa l'eau, les frémissements et les bulles qui l'agitaient.

— Vous pensez qu'il y a des poissons ?

— Nan, dit Faye en venant poser les mains sur la vieille balustrade en bois. Ils ne survivraient pas.

Les bulles montaient à la surface, formaient des cercles concentriques. Elle les scruta un peu plus longtemps, plissant des paupières tandis que la lumière continuait de s'amenuiser. Puis elle suivit les autres, dont les voix résonnaient un peu plus loin. Le sentier s'élargit un instant, avant de se resserrer autour de grands roseaux engloutis par les marais.

Le sol devenait plus spongieux à proximité de l'endroit qu'ils étaient venus voir. Elle ralentit pour frotter son pied contre une plume grise solitaire.

— C'est ici.

Un silence s'abattit sur eux. Le vent faisait frémir des arbres invisibles, insufflait la vie aux feuilles et aux branches. L'air commençait à se refroidir. Devant elle, les trois enfants s'arrêtèrent.

— Vous croyez que c'est vrai ? demanda Matty sur un ton de joyeux défi.

Elle savait qu'à partir de maintenant il jouait un rôle. Confrontée à la réalité, sa confiance s'évaporait peu à peu.

– Le Désosseur vit ici, répondit Lee, et son murmure se perdit presque dans le bruissement des arbres au-dessus d'eux. Des gens l'ont vu.

Elle les rejoignit alors qu'ils traversaient un autre pont en bois. Ils ne se retournèrent pas à son arrivée. Devant eux, le tunnel venait d'apparaître.

– Qui entre en premier ?

À présent qu'ils étaient arrivés, les intonations bravaches avaient déserté la voix de Matty.

– Honneur aux dames, suggéra Lee en se tournant vers lui. Vas-y, Matty !

Elle frissonnait. Une brise traversa lentement les arbres, l'air se fit un peu plus froid. Quelques gouttes de pluie criblèrent la surface de l'eau, un tintement dans le silence étouffant.

– Pourquoi moi ? Tu as peur ?

– Tu crois peut-être que je n'ai jamais fait ça avant ?

– Ben voyons, ironisa Matty avec un sourire furtif. Tu n'aurais jamais osé…

– C'est moi qui vais y aller.

Tous haussèrent les sourcils en entendant la petite voix. Ils se retournèrent vers Faye. Si elle avait dû parier, jamais elle n'aurait imaginé que cette gamine plus jeune qu'elle d'un an se serait portée volontaire pour entrer la première dans le tunnel.

Devant eux, après le pont et le sentier caillouteux semblable aux autres sentiers, deux tunnels. Le premier était condamné par un mur de briques. L'autre… l'autre ne l'était pas.

« On l'appelle le Tunnel aux Loutres, lui avait expliqué Faux-Papa un peu plus tôt ce jour-là.

Autrefois, de l'eau coulait dedans et on pense que des loutres y vivaient. Enfin, ça doit faire dans les deux cents ans… Aujourd'hui, il y a juste quelques chauves-souris et peut-être des rats. »

Elle avait frémi en entendant ces mots – elle frémit de nouveau en y repensant. Matty lui lança un coup d'œil interrogatif, et elle se frotta les bras comme si elle avait froid.

– Allez, j'y vais maintenant, annonça Faye en commençant à s'éloigner. Je ne vais pas rester là bêtement…

Elle observa Faye qui s'avançait sur le chemin. Matty et Lee échangèrent un regard puis haussèrent les épaules.

– Sérieux ? Vous allez laisser une fille de dix ans y aller avant vous ? demanda-t-elle en réprimant un ricanement. Bonjour les gros durs…

Matty et Lee lui jetèrent un regard dégoûté et agacé. Un peu craintif, aussi, imperceptiblement. Ils se mirent en place, presque en file indienne, attendant que Faye parte.

Finalement, elle entra dans le tunnel en troisième. Elle l'aurait volontiers fait plus tôt, tant toute cette histoire lui semblait stupide. Pas de cris d'excitation ou de hurlements de terreur en vue : pour tout dire, elle trouvait ça un peu ennuyeux. Et la traversée du tunnel paraissait rapide, à en juger par les appels étouffés entendus une fois les autres parvenus de l'autre côté.

Puis ce fut son tour.

Elle se dirigea vers le tunnel, plissa les paupières pour apercevoir la sortie. La lumière avait faibli à mesure que la soirée s'installait. L'obscurité commençait à s'imposer, la lumière du soleil disparaissait et l'air paraissait soudain étriqué, inerte.

— Tu as peur ?

Elle se tourna vers Matty, qui se balançait d'un pied sur l'autre.

— Non, bien sûr que non !

— Alors pourquoi tu restes là ? C'est ton tour.

— Tu veux y aller avant moi ?

Matty lui répondit d'un sourire – ce sourire flottant qu'il dégainait toujours quand il maîtrisait la situation.

— Et je te laisse toute seule ici ? Je parie que tu n'aimerais pas ça. Allez, vas-y. On va bientôt devoir rentrer à la maison.

Elle n'avait aucune idée de l'heure, mais elle supposait qu'ils avaient déjà dépassé ce moment mystérieux que seuls les parents connaissent, quand on passe brusquement de *« c'est bon »* à *« c'est à cette heure-ci que tu rentres ? »*. Elle essaya de calculer le temps qu'ils mettraient à revenir mais elle ne se rappelait plus s'ils avaient marché longtemps. Ils seraient sûrement obligés de repasser par le tunnel – tous ensemble cette fois, même si les garçons allaient sans doute en profiter pour rendre la chose plus effrayante qu'elle ne l'était.

— Allez, tu te décides ? Ça commence à bien faire…

— J'y vais, j'y vais, répondit-elle, et l'écho de sa voix se répercuta dans le bois silencieux. Tu as juste la frousse, alors tu voudrais que je renonce pour ne pas avoir à le faire non plus.

— N'importe quoi. J'y serais allé en premier si les deux autres n'avaient pas voulu frimer.

— C'est ça, je te crois. Non, vraiment…

— Qu'est-ce que tu penses d'eux ?

Elle observa son frère, reconnut cette façon qu'il avait de fourrer les mains dans ses poches et de donner des coups de pied dans le sol. Matty, quand il voulait savoir si tout allait bien se passer ou s'il devait s'inquiéter de ce qui les attendait.

C'était son frère aîné mais, de plus en plus souvent, elle sentait que c'était à elle de veiller sur lui.

— Bah, des salles gosses du Wirral[1], répondit-elle avec un grand sourire. De notre côté du fleuve, ils ne tiendraient pas cinq secondes. Mais sinon, ça va. Je suppose. De toute façon, on ne va pas passer notre vie avec eux.

— J'espère que maman n'a pas l'intention de déménager par ici.

Les yeux de Matty restaient toujours fixés vers le sol.

— Je ne suis pas sûr que je le supporterais…

— On a connu pire.

Cette fois, Matty leva les yeux vers sa sœur. Son visage affichait une expression douloureuse, renfrognée. Il secoua la tête.

— Je ne crois pas, non.

Puis il lui lança ce sourire qu'elle guettait toujours avec impatience.

— Allez, dit-il en sortant les mains de ses poches et en indiquant le tunnel. Finissons-en.

Elle se mit à marcher, franchit le seuil du tunnel. Au début, un reste de lumière derrière elle lui permit de voir où elle mettait les pieds. Il ne fallut pas longtemps pour que ça change. L'obscurité se déploya autour d'elle – difficile, dans ces conditions, de garder ses repères.

---

1. District métropolitain du comté de Merseyside, dans le nord-ouest de l'Angleterre. Il est bordé par la mer d'Irlande au nord, la Dee à l'ouest et la Mersey à l'est, en face de Liverpool. (*Toutes les notes sont du traducteur.*)

L'eau dans le tunnel était stagnante, aucun bruit ne permettait de suivre sa direction. Elle se concentra sur le fait d'avancer, le regard porté au loin, vers l'endroit où elle s'attendait à voir apparaître la sortie.

À mi-chemin, une odeur la saisit.

Son estomac se révulsa, elle réprima une envie de vomir. Elle s'immobilisa, se pencha, main sur la bouche. C'était une puanteur suffocante, ses yeux s'embuèrent instantanément. D'un pas traînant, elle reprit son avancée, prête à s'en prendre aux deux crétins qui ne les avaient même pas prévenus.

Puis elle entendit un bruit.

Un bruissement, rien de plus. Un son indistinct qui, à l'extérieur, serait passé inaperçu. Dans le tunnel, on aurait dit un rugissement.

L'espace d'un instant, son corps la trahit. Elle se figea sur place, incapable du moindre mouvement. Les battements de son cœur décuplèrent, un tourbillon emplit son estomac. Les petits poils à l'arrière de sa nuque se dressèrent, fouettés par la brise venteuse qui traversait le tunnel.

De nouveau, le bruit. Transformé en sifflement. Une respiration comme une mélodie. Elle reconnut cet air.

Le Désosseur arrive… Le Désosseur existe…

– Lee, chuchota-t-elle, trop effrayée pour élever la voix. Si c'est toi, je vais te tuer !

Le sifflement s'interrompit, remplacé par un autre bruit. Grognement ? Rire ? Elle n'était plus capable de le déterminer.

Cette fois, son corps lui obéit : elle retrouva sa mobilité. Sans réfléchir, elle s'élança vers ce qu'elle espérait être la bonne direction. Elle sentit le sol sous ses pieds devenir mou, boueux, la peur de glisser s'empara d'elle mais elle ne pouvait se résoudre à s'arrêter.

Si elle tombait dans ce tunnel, elle ne saurait pas quoi faire.

S'imaginant que le bruit la poursuivait, elle continuait d'avancer vers un minuscule point lumineux qui enfin se mit à grossir.

Il y avait quelque chose dans le tunnel. Une chose à l'affût, tapie dans l'ombre. À présent, elle arrivait presque à visualiser ce qui la suivait. Elle courut, l'entendit se faufiler, sur le point de la rattraper…

Elle émergea du tunnel, s'effondra par terre, aux pieds des deux autres enfants.

Puis elle se retourna, pensant voir sortir quelqu'un. Quelqu'un qui se ruerait sur elle, trahie par ses jambes.

— Alors ? dit Lee en lui saisissant le bras. Tu as eu la trouille, pas vrai ?

Elle ne pouvait pas parler, sa respiration était lourde, elle inspirait l'air en longues goulées avides. Elle regardait fixement le tunnel, sans rien distinguer à l'intérieur.

Elle aurait voulu crier le nom de Matty, le prévenir, lui dire ce qu'elle avait entendu, vu, senti.

Aucun son ne sortait de sa bouche.

Impossible d'avertir Matty qu'il y avait *quelque chose* dans le tunnel…

Qu'il ne devait pas y aller.

Que c'était dangereux.

Elle ne devait jamais revoir son frère.

Aujourd'hui

« C'est comme si le monde s'était retourné
dans son sommeil et qu'une de ses idées
s'était échappée pour devenir réalité. »

Steve Mosby, Les Fleurs de l'ombre

1

Louise Henderson était dans sa voiture, essayant de reprendre son souffle, quand elle reçut l'appel.

Elle ne croyait ni au destin ni à la capacité de prévoir l'avenir. Elle eut pourtant l'impression que son corps savait ce qui était sur le point d'arriver. Qu'il tentait de l'alerter. Peut-être que, d'une certaine façon, elle était déjà prévenue.

Un de ces panneaux DANGER qu'elle prenait un malin plaisir à ignorer.

Pour l'instant, elle avait juste besoin de reprendre sa respiration. Un acte simple, inconscient, jusqu'au moment où, tout à coup, on n'y arrive plus.

Est-ce que mourir ressemble à ça ?

Avant que la sonnerie de son portable amplifiée par les haut-parleurs de la voiture interrompe la radio en plein milieu d'une chanson, elle s'était garée sur le bas-côté de la route et attendait, mains crispées sur le volant, moteur au ralenti. Le soleil disparaissait derrière les nuages gris, comme s'il jouait son propre rôle dans son drame personnel.

Elle avait pensé au feu. C'est pour cette raison qu'elle s'était garée. Quand l'odeur de la fumée et de la cendre l'avait assaillie. Un flash lumineux, rouge et orange, puis tout était devenu noir. Quelques secondes plus tard, sa respiration se faisait haletante. Elle sentait presque des mains invisibles se resserrer autour de sa gorge, un poids écraser sa poitrine. Son estomac se tordait, empli de milliers de papillons grouillants. Des voitures passèrent dans un sillage flou, des piétons allaient et venaient sur le trottoir à côté d'elle. Elle ferma les yeux et s'efforça d'inspirer, d'expirer. Inspirer, expirer. De se calmer. Elle était en sécurité, rien ne pouvait lui faire du mal. Pas maintenant.

Pas maintenant.

Tu vas bien. Tout va bien.

Les intonations apaisantes de sa voix intérieure l'aidèrent un peu, mais elles avaient du mal à couvrir les hurlements des autres pensées qui peuplaient son esprit.

Son état s'aggravait. Les crises devenaient de plus en plus fréquentes : les accès de terreur, la respiration empêchée menaçaient de devenir la norme. La nuit précédente, incapable de trouver le sommeil, elle avait scruté l'écran lumineux de son téléphone portable, faisant défiler une liste de permanences d'écoute psychologique dans la région.

Comme si elle en avait besoin.

Elle n'en avait pas besoin, trancha-t-elle. Et, se mentant à elle-même, elle ajouta : Personne n'en a jamais eu besoin. C'était une escroquerie, une arnaque, un moyen de soulager les portefeuilles de quelques billets. De l'argent vite gagné. L'idée que ce genre de services pouvaient d'une façon ou d'une autre avoir un impact sur sa vie était au-delà de toute logique.

Pourtant, elle commençait à penser que c'était le seul moyen qui lui restait. L'unique aide envisageable pour elle, dans cette période. Raconter à un inconnu ses sentiments les plus profonds et les plus sombres. Faire resurgir des souvenirs oubliés, censurés.

Non.

Elle avait éteint son téléphone, fixé un point dans le noir puis secoué la tête. Ce genre de séance serait remplie de questions inutiles. Il lui faudrait examiner ses sentiments, ce genre de conneries…

Elle valait mieux que ça.

Et cependant, il devenait de plus en plus difficile de ne pas tenir compte de ce qui lui arrivait. De ce qui s'était toujours trouvé là, juste sous la surface. Ou d'ignorer l'aggravation de son état. Ses collègues ne tarderaient pas à le remarquer. Si ce n'était pas déjà fait, bien sûr. Est-ce qu'on parlait dans son dos ? Elle n'en avait aucune idée. Et si des rumeurs circulaient sur son compte ?

Si c'était le cas, Shipley l'en aurait forcément avertie.

La sonnerie du téléphone continuait d'emplir la voiture – peu à peu, Louise retrouva ses repères. Les contours du réel se précisaient, sa respiration redevenait normale. Elle pressa un bouton sur l'écran tactile, regrettant de n'avoir pas vérifié le numéro d'appel avant.

— Allô ?

— C'est moi, dit la voix dans le haut-parleur. Tu es en route ?

Louise mordit sa lèvre inférieure avant de répondre au *detective sergeant* Paul Shipley.

– En route pour où ? dit-elle en s'apercevant dans le rétroviseur tandis qu'elle manœuvrait pour regagner le flot de la circulation.

– Personne ne t'a encore prévenue ? Putain, mais…

– Qu'est-ce qui se passe ? demanda Louise, coupant court à la litanie de jurons qui s'annonçait.

– Une femme a été retrouvée dans les rues de Melling, complètement paumée. Victime d'agression. Les ambulanciers sont avec elle en ce moment. Ça a l'air assez moche. On a besoin de toi là-bas.

– Où ça ?

Shipley récita l'adresse.

– Dans combien de temps tu peux être là ?

Louise regarda autour d'elle : le décor inconnu ne l'aidait pas vraiment. Elle tenta de se rappeler quelle direction elle suivait avant son arrêt, mais c'était encore confus.

– J'arrive, chef.

Elle repartit, s'efforçant de rouler en ligne droite, à la recherche d'un point de repère familier ou d'un panneau. Puis elle renonça, se gara de nouveau et ne remit le contact qu'après avoir entré l'adresse dans son GPS.

La radio s'était remise en marche, diffusant une chanson quelconque, sans âme. Elle l'ignora, se concentrant sur sa conduite. Son anxiété avait rapidement cédé la place à la colère. Plus que jamais, semblait-il, les deux émotions étaient interchangeables ?

Elle espérait que l'agresseur de la femme serait toujours dans le secteur quand elle arriverait. Ça pourrait l'aider.

Vingt minutes plus tard, elle parvint à destination. Toutes les pensées qui avaient traversé son esprit s'effacèrent – elle passait en mode professionnel. Émotions personnelles entre parenthèses, concentration totale sur ce qui l'attendait. Route encombrée de badauds, voitures partout, démonstration de force de la police.

C'était son métier.

Un quartier résidentiel avec quelques boutiques ici et là. L'ancienne épicerie transformée en supérette Londis. La poste au coin de la rue. Un passage piéton à l'ancienne, flanqué de poteaux à globe lumineux. Waddicar Lane, un nom qu'elle s'amusait à répéter pendant qu'elle manœuvrait.

Waddicar.

Elle laissa sa voiture dans une rue adjacente, garée à cheval sur la chaussée et le trottoir. Un habitant grommela devant sa porte quand il la vit sortir et avancer vers l'attroupement. Le vent se leva, une bourrasque l'enveloppa. D'un geste, elle referma son manteau sur elle.

— *Detective constable* Louise Henderson, annonça-t-elle au policier le plus proche de la Rubalise de scène de crime.

Il lui lança un regard noir. Elle sortit son insigne.

— La victime est toujours là ?

L'homme en uniforme hocha la tête, puis indiqua d'un coup d'œil l'ambulance garée à proximité.

— En général, quand ils tombent sur des gens dans un état pareil, ils les ramènent avec eux à l'hôpital.

Louise retint une réponse sarcastique et, abrégeant le petit numéro du policier qui n'amusait que lui, avança vers la silhouette à quelques mètres de là.

— *Detective sergeant* ?

— Louise, enfin ! répondit Shipley en se tournant vers elle avant de revenir vers les ambulanciers qu'elle distinguait à présent plus nettement. Commence à prendre les dépositions des témoins. Je ne fais pas confiance à ces agents. Et empêche ces crétins, là-bas, de tout filmer !

De l'autre côté de la rue, un groupe de curieux s'était formé. Quelques-uns brandissaient leur portable en direction de Louise. Par réflexe, elle leva la main pour masquer son visage, puis l'abaissa en espérant que Shipley n'avait pas remarqué son geste.

— Qu'est-ce qui est arrivé, au juste ? demanda-t-elle, essayant de comprendre ce qu'il attendait d'elle. Que je sache quelles questions poser…

Shipley respira fortement par le nez, cala ses mains sur ses hanches avant de croiser d'un mouvement souple ses bras musculeux sur son torse. Il était plus grand que Louise – un peu plus de 1,80 mètre contre environ 1,50 mètre – mais il ne la dominait pas comme avaient pu le faire ses anciens chefs. Efflanqué, il ne représentait pas une menace.

— Une jeune femme, trouvée en train de marcher sur la route. Salement amochée. Les secours sont arrivés les premiers. Elle s'est effondrée juste ici. Quelqu'un s'est acharné sur elle. Coups de poing et coups de couteau, apparemment. Il y a une longue traînée de sang sur le bitume. Ils sont en train d'essayer de stabiliser son état.

Louise scruta les environs, essayant de repérer tout ce qui sortait de l'ordinaire mais le décor n'aurait pas pu paraître plus banal, même s'il l'avait voulu. Une route normale, bordée de maisons. Vérandas blanches à double vitrage au rez-de-chaussée, briques rouges et parcelle de pelouse. En toute autre circonstance, une vision idyllique mais avec les fourgons et les voitures de police, l'ambulance et les badauds amassés, l'ambiance était ruinée.

— Son nom ?

— Aucune idée, répondit Shipley, déjà impatient de passer à la suite.

Il décroisa les bras, passa une main à travers ses cheveux, les ébouriffant un peu, brouillant la raie.

— Elle n'a pas eu la courtoisie de nous le dire.

Encore une remarque sarcastique, songea Louise, impassible. Comme toujours. Tout le monde cachait toujours ses véritables sentiments aux autres.

En tant que flics - de la criminelle -, c'était une compétence qu'ils maîtrisaient mieux que personne.

Sans un mot, elle le laissa là et avança vers le groupe de l'autre côté de la route, non sans faire un petit détour par l'ambulance. Elle ne vit pas grand-chose. Juste assez pour comprendre que ça se présentait mal.

Vêtements déchirés, arrachés, presque en lambeaux. Du sang sous le corps - pas assez pour former une flaque, juste des traces, des gouttes. Les yeux de la femme étaient fermés. Louise remarqua les mouvements de sa poitrine, qui ne paraissaient pas irréguliers. Les ambulanciers s'affairaient à ses côtés dans un silence seulement troublé par quelques paroles d'encouragement glissées à l'oreille de la femme.

Louise détourna le regard et scruta le décor autour d'elle, à la recherche de quelque chose. D'un indice qui lui indiquerait comment la femme s'était retrouvée là. Elle se représentait vaguement les environs, mais elle ne les connaissait pas aussi bien qu'elle l'aurait voulu.

Elle observa la route, imaginant le trajet de la femme jusqu'à cet endroit où elle avait perdu connaissance. Au loin, des maisons, et la route semblable à tant d'autres. Au-delà, le vert des champs. Des arbres.

La forêt, pensait-elle.

Elle était forcément arrivée de la forêt.

2

Un vent léger faisait onduler la Rubalise de la police quand Louise rejoignit l'autre côté de la route. Les badauds étaient de plus en plus nombreux. Certains se promenaient dans le coin et s'étaient arrêtés, intrigués par l'agitation. D'autres avaient appris la nouvelle et s'étaient spécialement déplacés pour voir ce qui se passait devant chez eux. En traversant la chaussée, elle se retint de regarder à droite puis à gauche : il n'y avait plus de circulation, les voitures de police bloquant l'accès à la route. Elle mit quelques secondes avant d'arriver devant le groupe de curieux. Tous commençaient à avoir l'air un peu gênés. Une policière qu'elle reconnut lui emboîta le pas.

– Ça suffit maintenant ! dit-elle en levant les mains devant l'attroupement. Je vais vous demander de bien vouloir reculer et d'arrêter de filmer.

– On a le droit ! répondit une voix au fond. Vous ne pouvez pas nous l'interdire ! On a des droits… On est dans un lieu public !

– Écoutez ce qu'on vous dit et laissez-nous travailler ! intervint la policière.

Robertson, se rappela Louise. Son prénom lui revint tout aussi facilement : Andrea. Une grande femme trapue, dans les trente-cinq ans. Longs cheveux sombres noués en arrière.

– Inutile de faire toute une scène…

Louise allait renchérir mais la grande gueule de service reprit :

— Vous ne pouvez pas nous forcer ! On ne fait rien de mal ! C'est quoi le problème ? Vous avez peur qu'on vous voie faire des trucs interdits ?

C'était comme ça, maintenant, pensa Louise. Chaque geste était enregistré, décortiqué... Ces gens se foutaient bien de la victime : tout ce qui les intéressait, c'était de tourner des vidéos, de prendre des photos. De les diffuser sur les réseaux sociaux et de récolter le maximum de partages, de *likes*, de commentaires. Peu importe qui cela pouvait affecter.

— Eh, toi, viens là ! lança Louise, le regard soudain plus sombre.

Le grand gamin qui avait parlé adressa un petit sourire narquois à l'un de ses potes puis se détacha du groupe pour s'approcher de Louise.

— Pose ça une minute.

Il ne devait pas avoir plus de vingt ans, avec l'arrogance et l'insouciance de son âge. Pantalon de survêtement noir, le bas d'une jambe enfoncé dans une chaussette blanche décolorée. Il tenait toujours son smartphone braqué sur elle.

— Je ne vois pas pourquoi.

Louise lui sourit, et obtint l'effet désiré. Une teinte rouge colora vivement ses joues, il baissa son téléphone, l'éteignit puis le fourra dans sa poche.

— On essaie juste de traiter la victime avec dignité, tu comprends ?

Elle avait parlé d'une voix suffisamment forte pour être entendue des autres curieux.

Le gosse hésita, la balaya rapidement du regard. Ses yeux se fixèrent sur les siens et, avec un grand sourire :

— Vous êtes plutôt pas mal pour une flic, vous savez.

— Tu as vu quelque chose, au moins ? Allez, rends-toi utile.

— Je suis arrivé ici en même temps que la première ambulance, dit-il, la voix alourdie par son accent et la certitude d'être important. J'ai juste vu la meuf par terre.

Au mot « meuf », Louise serra la mâchoire pour s'empêcher de dire quelque chose qu'elle pourrait regretter plus tard.

— Maintenant, tu vas arrêter de nous empêcher de travailler et retourner à tes occupations habituelles, compris ?

— Ah ouais ? Et ça me rapporte quoi ?

Louise sentit qu'elle perdait le contrôle de la conversation. Elle regarda de l'autre côté de la route, où tout le monde s'activait. Elle s'imagina attraper le gamin par la gorge et le fracasser par terre. Frapper sa tête contre le trottoir, le voir en larmes, l'entendre supplier, implorer sa pitié. Les images traversèrent son esprit en une fraction de seconde. Une explosion de violence incontrôlable. Elle avait souvent entendu ce phénomène décrit comme un voile rouge – en général, par un suspect quelconque dans une salle d'interrogatoire – mais ce n'est pas ainsi qu'elle l'expérimentait. Plutôt comme une sorte d'obscurité. Tout devenait noir autour d'elle, avec quelques poches de lumière qui contenaient toute l'horreur du monde.

D'un clignement de paupières, Louise évacua ces visions et parvint à garder son calme.

— Je vais te dire ce que je vais faire. Je ne vais pas vider tes poches et y trouver de l'herbe ou autre chose.

— Je n'ai rien sur moi !

— Économise ta salive, dit-elle en se collant au garçon. Tu pues l'herbe. Alors, tu vas nous rendre service à tous les deux : tu prends ton vélo et tu te casses d'ici. On est suffisamment occupés comme ça.

Il s'accorda deux secondes de réflexion avant de s'éloigner, adressant un signe de tête à deux autres gamins qui se tenaient à l'arrière du groupe et observaient la scène attentivement. Louise attendit qu'ils disparaissent au coin de la rue pour reprendre son souffle.

Elle retourna vers les autres badauds. Ils regardaient toujours vers la route mais les téléphones avaient disparu. Elle savait qu'ils n'attendraient pas longtemps avant de les dégainer de nouveau. De toute façon, pensa-t-elle, ce serait trop tard : ils auraient déjà tout ce qu'il fallait pour récolter autant de *likes* et de *retweets* qu'ils l'espéraient.

— On peut vous donner un coup de main ?

Louise pivota et vit deux officiers en uniforme qui attendaient qu'elle revienne. Elle les jaugea du regard, se demandant si ce duo à l'air endormi pouvait lui être d'une quelconque utilité, puis secoua la tête.

— Aidez Robertson, là-bas, à déplacer la Rubalise. Au moins hors de vue de l'ambulance.

Elle n'entendit pas leur réponse, intriguée par ce qu'elle venait d'apercevoir. Un homme qui se tenait discrètement devant la porte d'une boutique à quelques mètres de l'ambulance avait croisé son regard et, aussitôt, s'était esquivé. Louise fronça les sourcils, retraversa la route en laissant les deux officiers se débrouiller sans elle. Quelques secondes plus tard, elle était sur le seuil de la boutique.

— Il y a quelqu'un ?

Aucune réaction. Elle entra. C'était un bazar qui semblait proposer à peu près tout pour toutes les situations. Une alternative aux grandes surfaces implantées, elle le savait, beaucoup plus loin. Ce genre de commerce devait avoir une clientèle de personnes âgées, elles-mêmes constituant sans doute une partie importante de la population locale.

– Il y a quelqu'un ? répéta-t-elle en haussant un peu la voix. Je sais que vous êtes là. Je vous ai vu devant la porte. J'aimerais vous poser quelques questions, rien de plus.

En approchant du comptoir, Louise perçut une respiration irrégulière. L'homme qu'elle avait aperçu devant l'entrée du magasin se tenait sur le côté du comptoir, caché par le grand présentoir de jeux à gratter.

– Bonsoir, dit-il en approchant d'un pas traînant.

Il était plus âgé qu'elle avait cru, des rides creusaient son visage. Peau tannée jusque sur le crâne dégarni, de part et d'autre duquel jaillissaient des touffes de cheveux gris. Il leva les mains, agitées d'un tremblement presque imperceptible, et indiqua du doigt la rue par la vitrine.

– Je ne sais pas ce qui se passe, là-bas…

– Vous étiez là toute la matinée ? demanda Louise en ignorant sa remarque. Vous avez vu ce qui est arrivé ?

L'homme secoua la tête, Louise observa ses mains : le tremblement s'accentuait.

– S'il vous plaît… Je ne sais rien.

Il ressemblait à quelqu'un de son passé – un vieil homme qui tenait l'épicerie du coin. Rabougri, échevelé.

— Vous n'avez rien à craindre, insista Louise, tête inclinée avec un mince sourire. On veut juste s'assurer qu'on ne passe à côté de rien, OK ? On est là pour aider. Je suis la *detective constable* Louise Henderson. Et vous, comment vous vous appelez ?

— George.

Au ton de sa voix, il était évident qu'elle n'allait rien pouvoir obtenir de plus pour le moment.

— D'accord, George. Nous, on veut juste aider la femme qui est blessée, c'est pour ça que…

— Je ne peux rien pour vous.

Le sourire de Louise s'effaça. Elle prit sur elle pour ne pas passer à la manière forte.

— Dites-moi simplement ce que vous avez vu avant notre arrivée. Qu'est-ce qui s'est passé ?

L'homme secoua de nouveau la tête, plus vigoureusement.

— Je ne veux pas être mêlé à ça. Je leur ai déjà dit que je n'ai rien vu. Je connais le truc : vous me demandez de vous aider, du jour au lendemain je deviens un mouchard, un indic, et dans une semaine, on me balance mes affaires par la fenêtre ! Je ne peux pas me le permettre. Vous me mettez en danger, là. Je refuse de vous parler.

— Qu'est-ce que vous racontez ? Je ne comprends pas…

Il y eut du mouvement dans l'arrière-boutique, comme un frottement sur une étagère.

— Vous cachez quelqu'un derrière ?

George se tut. Elle se tourna rapidement vers la porte, puis en direction du bruit. Elle avança, guettant le moindre mouvement, le moindre bruit.

Une tête apparut dans l'embrasure, disparut en voyant Louise approcher.

Louise, qui marchait légèrement pliée sur les genoux, se redressa.

– Tu peux venir, je t'ai vu !

Un petit garçon qui ne devait pas avoir plus de huit ou neuf ans jeta un coup d'œil de derrière les étagères, disparut de nouveau – cette fois, pas aussi vite.

– Je ne mords pas, reprit Louise en s'arrêtant. Je veux juste m'assurer que tu vas bien.

Le garçon sortit en traînant des pieds, les yeux baissés sur ses chaussures. Elle lui trouva un air de ressemblance avec George, toujours derrière le comptoir. Ce dernier la dévisageait avec intensité.

– Comment tu t'appelles ?

Pas de réponse. Elle s'accroupit, ses yeux s'alignèrent sur ceux de l'enfant. Elle les fixa.

– Moi c'est Louise. Tout va bien ?

Il réfléchit un instant, hocha la tête.

– Tu ne devrais pas être à l'école ? demanda-t-elle en s'efforçant de ne pas lui parler comme une institutrice.

– Ma maîtresse est en formation, dit-il d'une voix faible teintée d'une légère trace d'accent du coin, sans commune mesure avec les gamins de cet âge auxquels elle avait déjà eu affaire.

– Vous pouvez appeler son école, dit George en approchant derrière eux. Ils vous diront qu'il n'a jamais raté un jour. Je dépanne ma fille, c'est tout. Comme elle ne peut pas l'emmener au travail avec elle, il est venu me donner un coup de main.

Louise ne releva pas.

– Tu es resté au fond de la boutique pendant tout ce temps ?

Il fit non de la tête.

– J'étais devant l'entrée quand la dame est passée.

– Alors tu l'as vue ?

– Oui. Elle saignait.

– C'est vrai, mais on la soigne, maintenant. Tu as vu autre chose ?

– Non.

Il était petit mais costaud pour son âge. Sa posture avait quelque chose de dur.

– Elle chantait.

Louise sentit ses jambes la picoter en signe de protestation contre sa position accroupie. Elle n'était pas encore prête à se relever.

– Qu'est-ce qu'elle chantait ?

Les yeux du garçon se vrillèrent dans ceux de son grand-père, une pellicule humide se forma sur eux, dissipée d'un clignement de paupières. Louise se tourna vers George, croisa son regard. Il hocha la tête à l'adresse de son petit-fils.

– Une chanson que je connais, peut-être ? reprit Louise pour stimuler le petit garçon. Un tube, un truc pop ?

Il secoua la tête.

– Pas une chanson comme ça, non. Les garçons de l'école la chantent pour faire peur à tout le monde.

Louise fronça les sourcils. Dans quoi s'était-elle fourrée ? En pensée, elle entendit Shipley : *La vérité ne sort jamais de la bouche des enfants.*

– Alors, quelle chanson ?

Elle était prête à laisser tomber et à ressortir pour aider les autres.

– La chanson du Désosseur.

Elle bascula légèrement en arrière sur les talons mais ne manifesta aucune autre réaction. Elle se rappelait la chanson – les paroles lui revinrent rapidement, sans difficulté. La comptine familière, les voix qui l'avaient fredonnée il y avait si longtemps de cela. Elle ne l'avait plus entendue depuis des années, mais cette évocation suffit à la faire résonner clairement dans sa tête.

– La chanson du Désosseur ? répéta-t-elle, pour être bien sûre.

– Oui.

Ses yeux étaient revenus vers son grand-père. Comme s'il craignait sa réaction, ou qu'il guettait son approbation.

– Elle répétait les paroles, encore et encore, et puis elle est tombée juste devant le magasin.

Elle était là, dans l'esprit de Louise. La comptine chantée faux. Une voix d'enfant chargée de mépris, qui tente de l'effrayer. L'horrible chanson de mort et de peur.

– Elle a dit autre chose ?

Le garçon regarda le sol, gratta le linoléum du bout de ses chaussures.

– Elle a dit qu'il revenait la chercher. Qu'il allait l'attraper. Alors j'ai couru me cacher au fond de la boutique…

Louise se redressa, ses genoux grincèrent. Se retournant vers George, elle vit qu'il avait croisé les bras et qu'une expression de peur ne parvenait pas à quitter son visage. Le garçon, lui, semblait s'être refermé sur lui-même.

– Tu as bien fait, mon petit.

Pour une raison incompréhensible, elle eut envie de lui ébouriffer les cheveux mais se retint. Elle se contenta de sourire à George de la même façon qu'elle avait souri au garçon, mais son expression ne changea pas.

– Ne vous en faites pas, je ne dirais à personne que vous m'avez parlé.

Tandis qu'elle s'éloignait, les souvenirs assaillaient sa mémoire. Des voix d'enfants, des chants et des jeux. Le cliquetis métallique des balançoires et les braillements des garçons hilares. Les bruits qu'on entend seulement dans les bois, alors que les arbres se resserrent et que le vent peine à se frayer un chemin entre eux. Une pensée s'imposait à elle.

Pourquoi une femme adulte chantait-elle cette chanson ?

3

Louise attendait dans le couloir de l'hôpital, face à son chef qui, l'air morose, faisait les cent pas en marmonnant. Elle ne comprenait pas ce qu'il disait – sans doute rien de très positif. D'après son expérience du *detective sergeant* Shipley, il devait être énervé et pas précisément sur le point de se calmer. Ils n'étaient là que depuis une heure, mais elle avait déjà l'impression d'avoir attendu dix fois plus longtemps. Rien à faire d'autre qu'attendre, adossée au mur.

Rien de pire que l'attente.

— Cette partie-là, ils n'en parlent jamais pendant la formation, maugréa Shipley en jetant pour la centième fois un coup d'œil à sa montre. Rester là et glander…

— Quelqu'un m'a dit un jour : ce boulot, c'est 95 % d'ennui mortel pour 5 % de trucs vraiment intéressants.

Louise repensa au vieux flic qui lui avait transmis cette maxime. Il était mort, depuis. Infarctus deux ans après sa retraite. Elle revit le visage incrédule de sa veuve pendant l'enterrement, comme si elle ne comprenait pas ce qu'elle avait fait pour mériter une chose pareille.

— On se demande pourquoi ils ne nous préviennent pas plus tôt…

— Peur de décourager les gens. Même si, à ce stade-là, je n'aurais pas jeté l'éponge.

— Moi non plus.

Elle n'était jamais revenue sur sa décision d'entrer dans la police. Ç'avait juste été un aboutissement logique : avec l'enfance mitigée qu'elle avait eue, et ses problèmes pendant l'adolescence, rien de plus normal que de trouver dans la police une nouvelle famille.

Personne ne l'avait prévenue qu'il s'agissait d'une famille aussi dysfonctionnelle que tant d'autres.

Elle s'abîma dans la contemplation du mur devant elle, essayant de déterminer sa couleur. Tout était bon pour lui faire oublier cette odeur. Blanc ou crème ? Blanc cassé, peut-être ?

— À ce rythme-là, je ne vais pas pouvoir aller à la salle ce soir, observa Shipley en joignant les mains et en tirant les bras devant lui. Il serait temps que j'installe du matos à l'appartement et que j'arrête de me prendre pour une fonctionnaire à horaires de bureau fixes.

— C'est de la salle que tu es accro.

Il sourit.

— J'aime bien l'image que ça renvoie de moi.

Il consulta une fois encore son téléphone. Louise regarda ailleurs. Ça lui réussissait plutôt bien, pensa-t-elle. Il n'avait jamais été obèse mais avait pris quelques rondeurs vers les trente-cinq ans. Il avait fini par s'inscrire dans une salle de sport, s'était débarrassé de quelques kilos en trop. Depuis, il paraissait plus jeune, plus en forme.

Le seul problème, c'est qu'il était en boucle sur sa foutue salle.

— Maintenant que j'y pense, je ne comprends même pas pourquoi on s'implique autant dans cette affaire, lâcha-t-il en avançant lentement vers Louise et en s'arrêtant devant elle.

Il croisa les bras, s'adossa au mur.

– D'accord, elle est mal en point, mais à tous les coups elle s'est pris une raclée par son mec ou par un ex, et c'est tout. On pourrait se contenter d'une déclaration demain matin au lieu de traîner ici…

– Ouais, tu as sans doute raison, répondit Louise sans en croire un mot. Mais tu as dit la même chose au patron et ça ne l'a pas convaincu. Ton instinct, tout à l'heure, était juste : on allait forcément se retrouver ici.

Pour toute réponse, Shipley émit un bruit guttural et reprit ses allées et venues. Pour ce que ça l'aidait… Il tritura son téléphone, activa l'écran, s'arrêta pour faire défiler quelque chose, repartit.

– Tu ne peux pas t'arrêter une seconde ?

– Je n'aime pas cet endroit, Louise.

Il revint vers elle. Louise baissa les yeux sur son téléphone dont l'écran venait de se rallumer. Il surprit son regard et sourit.

– Rien de très détaillé sur le site de l'*Écho*. Juste une brève. Ils ont mis en place une rubrique « En direct », mais ça se résume à un journaliste qui prend des photos de nos vans.

– Ça ne va pas tarder à changer, je parie. Une info plus intéressante va débouler et ils passeront à autre chose.

Louise retourna à la contemplation de son mur, consciente qu'elle gagnait du temps. Elle ne s'autorisait pas à repenser aux paroles du jeune garçon, dans la boutique. Elle refusait de laisser ces pensées prendre le dessus.

Que cette histoire la submerge.

Peine perdue, évidemment. Ignorer ses pensées revenait à y penser. Elles étaient toujours là. Tapies derrière une façade de briques construite avec soin. Un mur qu'elle avait édifié à dessein, au fil des années.

Aujourd'hui, elle était adulte. Elle ne croyait plus aux contes de fées ni aux mythes. C'était de faux souvenirs, déformés par un esprit juvénile avide de magie – ou simplement d'attention. Elle ne pouvait pas s'y fier. Debout contre le mur, Louise sentit sa main se transformer en poing et marteler sa cuisse. Elle déplia les doigts et glissa un regard vers Shipley pour s'assurer qu'il n'avait rien vu. Il lui tournait le dos, secouait lentement la tête tout en consultant son téléphone.

Louise reprit son étude du mur. Plus beige que blanc, se dit-elle. Seule cette couleur occupait son esprit.

Ça n'était pas vrai.

Une heure passa encore avant qu'on les laisse entrer dans la chambre. Curieusement, malgré la façon dont les hôpitaux sont conçus, ils avaient réussi à lui éviter une salle commune. Elle occupait une chambre privée dans le Service des accidents et des urgences du plus grand hôpital de la ville. Une infirmière était encore là, occupée à griffonner quelque chose sur un porte-bloc qu'elle fixa à l'extrémité du lit.

Après avoir jeté un regard fatigué à Shipley, elle se pencha vers Louise.

– Elle est encore un peu dans les vapes. Je ne sais pas si vous allez arriver à tirer quelque chose d'elle.

– Comment va-t-elle ? demanda Louise quand elle eut compris que son supérieur ne poserait pas la question. Quel genre de blessures ?

– Plutôt mal, ça c'est sûr. Mais son état est stabilisé. Elle a été rouée de coups, ses côtes sont contusionnées… Et ce n'est pas le pire.

Louise adopta une expression compatissante qui, elle l'espérait, ne trahissait pas le fond de sa pensée.

Et maintenant, fous le camp que je puisse lui demander qui a fait ça.

— C'est quoi, le pire ?

— Elle a perdu beaucoup de sang. Il l'a tailladée…

Elle avait presque craché le mot.

— Sa peau a été tranchée à plusieurs endroits. Comme s'il l'écorchait vive. C'est incroyable, ce qu'un humain peut infliger à un autre être humain.

— Ne vous en faites pas, intervint Shipley en se rapprochant du lit et de la femme étendue sous les draps. On va trouver celui qui a fait ça. Merci à vous.

Louise dévisageait la femme quand elle ouvrit lentement les paupières. Elle se demanda ce qu'elle avait entendu pendant qu'ils parlaient comme si elle n'était pas là.

L'infirmière allait en dire davantage mais elle se ravisa pour se diriger vers la porte. Elle se retourna vers Louise.

— Arrêtez-le, oui. Je n'ai pas envie de voir si ce genre de type est capable d'encore pire.

La porte se referma derrière elle. Louise était toujours derrière Shipley, observant la femme alitée. Des efforts avaient été faits pour la rendre présentable mais son visage était encore maculé de sang séché. La chambre était d'une nudité crue – l'unique fenêtre dispensait à peine une faible lumière à travers les persiennes. Au mur, quelques affichettes, un évier et une poire à savon liquide apparemment vide. Une chaise destinée aux visiteurs. Ni Shipley ni Louise ne s'assirent. Elle fit le tour du lit, versa sur ses paumes quelques gouttes de gel alcoolique – un flacon était posé par terre –, attentive à ne toucher aucun des équipements qui les entouraient.

— Les techniciens ont récupéré tout ce qu'ils ont pu sur place, annonça Shipley à Louise qui se frottait les mains. Avec un peu de chance, ça nous apportera quelque chose…

– On devrait commencer par l'interroger, répondit Louise en posant les yeux sur la femme qui s'était mise à scruter Shipley.

Son regard avait quelque chose de translucide, comme si ses yeux ne fixaient rien, traversaient directement Shipley.

– Vous m'entendez ? demanda-t-il en se baissant vers elle.

Dans cet espace exigu, sa voix sonnait inhabituellement forte, semblant ricocher sur les cloisons.

– Comment vous vous appelez ?

La femme continuait de fixer Shipley, comme si elle tentait de l'identifier. De comprendre ce qu'il disait. Il se tourna vers Louise, lui fit signe d'essayer à son tour.

– Bonjour. Je suis la *detective constable* Louise Henderson et voici le *detective sergeant* Paul Shipley.

Elle attendit que la femme tourne la tête vers elle.

– On est ici pour vous aider, vous comprenez ? Nous voulons juste vous poser quelques questions, puis on vous laissera vous remettre sur pied tranquillement.

Elle entendit un reniflement de l'autre côté du lit mais choisit de l'ignorer. Parfois, c'était à elle de déterminer la meilleure façon d'aborder un problème mais elle entendait déjà le monologue de Shipley en route vers le commissariat. Sans doute l'expression « sixième sens féminin » y figurerait-elle.

Le regard de la femme fixait intensément Louise à présent. Elle clignait des paupières. Ses yeux paraissaient faire le point, comme si elle venait de comprendre à qui elle avait affaire. Et pourquoi ils se tenaient à son chevet.

— Comment vous vous appelez ?

Elle ouvrit la bouche, la referma. Elle essaya une fois encore.

— Caroline…

Sa voix n'était qu'un murmure. Elle produisait un effort considérable pour parler, mais Louise comprenait qu'elle était disposée à leur répondre.

— Caroline… Rickards.

— Bonjour, Caroline, dit Louise en hasardant un sourire qu'elle voulait rassurant.

Elle avait bien noté la petite pause avant de donner son nom de famille.

— Vous savez pourquoi nous sommes ici ?

Elle fronça brièvement les sourcils, ses yeux s'arrachèrent à Louise pour parcourir la chambre.

— On m'a fait du mal.

— Oui, c'est vrai. C'est à ce sujet qu'on voudrait vous interroger. Rien de trop long. Ensuite, vous pourrez reprendre des forces. Ça vous va ?

Un faible hochement de tête. Le mince oreiller se froissa sous sa tête.

— De quoi vous vous souvenez avant d'arriver ici ?

— Je… je ne sais pas.

— Vous vous souvenez de l'ambulance ?

Caroline secoua la tête.

— Je courais.

— Où est-ce que vous couriez ?

— Sur la route.

Ses yeux fixaient le plafond à présent.

— J'étais blessée.

— Oui, c'est là qu'on vous a trouvée. Et avant ? Vous vous rappelez ce qui s'est passé avant ?

Le visage de Caroline se crispa mais aucune larme n'apparut.

— Il y avait de l'herbe et de la boue tout autour de moi. Des arbres. Et il était là. Il me faisait du mal.

— Qui ça, Caroline ? demanda Shipley, ignorant Louise qui le suppliait du regard de la laisser continuer.

Parfois, quand un léger coup de pouce suffisait, il sortait le bélier.

— Qui vous a fait ça ?

— Lui, c'était lui !

Sa voix s'était muée en cri.

— Il existe vraiment !

— C'était votre petit copain, Caroline ? reprit Shipley. Ou votre mari ?

Il posa une main sur le lit à côté d'elle.

— Un de vos ex ? Donnez-nous son nom !

Caroline se tourna vers Louise, sans tenir compte de Shipley.

— Il existe vraiment ! Tout ce qu'on raconte est vrai ! Il vit là-bas. Dans le bois.

— OK. Calmez-vous, Caroline, dit Louise en tendant la main vers elle. Prenez votre temps.

La main droite de la femme surgit et agrippa celle de Louise – d'une poigne plus ferme qu'elle s'y serait attendue. Tordue par la main de Caroline, la peau de son poignet était au supplice. Caroline se hissa vers Louise, mâchoires crispées par l'effort. Un froid glacial tomba sur la chambre.

— C'était le Désosseur. C'est lui qui m'a fait ça. Il existe vraiment. Et il va revenir me chercher.

4

Louise se frotta le poignet, observa la marque violacée qui le couvrait et se réprimanda en silence. Caroline avait traversé une épreuve atroce, et pourtant elle avait encore eu la force de saisir son poignet assez violemment pour marquer sa chair.

C'était encore trop tôt, ils auraient dû le savoir. Voir débarquer deux inconnus qui la pressaient de questions était sans doute la dernière chose dont la jeune femme avait besoin.

Et pourtant, c'était leur boulot.

— Tu veux mon avis ? Une cinglée ! lâcha Shipley en roulant vers le nord de la ville sans trop se soucier des autres conducteurs. Elle va finir enfermée et on ne saura jamais qui lui a fait ça.

— Peut-être pas, répondit Louise, déroulant sa manche de chemise en essayant de ne pas penser à la sensation de brûlure. Il s'est peut-être passé quelque chose là-bas. Dans le coin, il y a beaucoup de champs, beaucoup de forêts.

— Quoi ? Tu la crois ?

Shipley ponctua sa question d'un petit rire.

— Elle est complètement barrée, c'est tout ! Quelqu'un l'a tabassée et lui a découpé des morceaux de peau !

— Le gosse dans la boutique…

— Depuis quand la vérité sort de la bouche des enfants ? Qu'est-ce que ça peut faire, si elle chantait sa chanson du monstre, là ? Elle n'était pas précisément en pleine possession de ses facultés mentales, pas vrai ?

— Je ne dis pas ça, mais le gamin ne mentait pas. Et ce qu'elle nous a raconté correspond. Elle pense avoir été attaquée par… peu importe par *quoi*. Mais on ne peut pas se contenter de l'ignorer.

Louise devinait déjà la réaction de Shipley.

— Bon sang, bien sûr que si !

Il écrasa le klaxon car la voiture devant eux ne réagissait pas assez vite au feu vert.

— Ce sont les délires d'une folle. Ne te laisse pas piéger… on connaît ça par cœur. Sûrement un mec qui n'a pas supporté de se faire plaquer. Tu paries combien qu'on sera sur une autre affaire demain matin ?

Louise resta silencieuse. Elle songeait à la peur qui émanait de Caroline, allongée dans ce lit d'hôpital, tellement vulnérable. Terrorisée pour le restant de ses jours, et incroyablement chanceuse d'être encore en vie. Louise ne partageait pas la conviction de Shipley : elle n'imaginait pas l'affaire confiée à une autre équipe déjà bien occupée avec d'autres incidents domestiques.

— À l'heure qu'il est, reprit Shipley en passant la vitesse supérieure pour dépasser un véhicule qui prenait ses aises sur la voie rapide, les images des caméras de surveillance ont dû être récupérées. Ça va régler le problème.

Il continua de monologuer mais Louise avait cessé d'écouter le ronronnement de sa voix, préférant se perdre dans la contemplation du paysage côté passager. Les champs verdoyants et les vastes espaces dont personne à Liverpool ne soupçonnait l'existence avaient remplacé le décor de la ville. Forêts, bois, terres agricoles. Verts et bruns au lieu des blancs et gris des immeubles.

— … et tu aurais dû voir sa tête !

Louise était de nouveau branchée sur le canal Shipley.

Il tapa plusieurs fois sur le volant, pris d'un rire de plus en plus tonitruant.

— J'ai cru qu'il allait me faire un infarctus !

— Hum hum, répondit Louise en se demandant ce qu'elle avait loupé.

— On peut faire croire n'importe quoi aux gosses. Surtout une histoire aussi dingue. Ça fait longtemps que je n'y avais pas pensé, tiens… Le pauvre vieux, il s'est pissé dessus de trouille ! Je t'assure, rien de mieux que les bois pour ce genre de truc.

— Quel genre de truc ? demanda-t-elle en se tournant vers lui.

— Tu n'as rien écouté ou quoi ?

Il secoua la tête.

— Je te parlais de la fois où on a fait croire à un gamin qui n'arrêtait pas de nous coller que le Désosseur allait venir l'attraper…

— Désolée, je pensais à autre chose.

— Oui, ben c'est moins drôle si je dois tout répéter, dit-il avec une mine boudeuse, comme s'il en voulait à cette fille de ne pas l'avoir écouté.

Elle aimait bien ce trait de caractère, chez lui. Ce sentiment d'injustice parce qu'elle avait ignoré ses jérémiades. Ça le rendait plus humain.

— Bref… Donc, au milieu de Sefton Park, il y a une espèce de petite grotte. On y avait emmené ce gosse en lui racontant que c'était la maison du Désosseur. Il faut se glisser entre des barreaux en métal pour y entrer. Une fois à l'intérieur, c'est le noir total. Bref, on le laisse passer en premier, et puis on fout le camp en criant qu'on vient de le voir. Tu aurais dû l'entendre hurler… On était morts de rire.

Il riait encore, mais pas Louise. Elle pensait au petit garçon dans le noir, terrifié. Sentant les parois de la grotte se refermer sur lui. Effrayé par l'obscurité et ce qu'elle renfermait. Les horreurs à l'affût, invisibles.

Shipley ne pouvait pas comprendre. Pour lui, c'était juste une blague entre gamins qui jouaient à se faire peur.

Elle sentit qu'il avait cessé de rire et qu'il la regardait.

– C'est quoi, le problème ? dit-il. On a fichu la trouille à un gosse, rien de plus. Tu ne vas quand même pas te mettre à chouiner, là ? Je n'ai vraiment pas besoin de ça…

Il lui sourit pour montrer qu'il n'était pas sérieux – mais ça n'apaisait pas la sensation de bouillonnement en elle. Louise allait répondre, mais ravala son premier instinct. Pour se rabattre sur le second.

– Pardon, je n'écoutais pas, je pensais à cette femme à l'hôpital. À ce qu'elle avait vécu…

– Oh…

Shipley baissa la voix, conscient de la réalité de la situation.

– Écoute, on a déjà eu affaire à ce genre de situation. C'est certainement le scénario habituel : un petit enfoiré qui décide de se défouler sur sa copine. Elle ne veut pas qu'il soit arrêté, alors elle invente une histoire. Toujours pareil, toujours pareil… Rien à voir avec une histoire qu'on se racontait quand on était gamins pour se foutre la frousse, tu ne crois pas ?

– Sans doute.

Mais elle n'y croyait pas.

— Alors, c'est quoi le plan ? reprit-elle. On ne tient aucun compte de ce qu'elle nous a dit, ou on essaye quand même de le vérifier ?

Shipley réfléchit quelques secondes.

— On va jeter un coup d'œil mais, d'après ce que j'ai constaté sur le terrain, les traces de sang ne mènent pas plus loin que la route. Rien qui aboutisse à une forêt ou autre... De toute façon, on ne verra pas grand-chose à l'heure qu'il est. Pas assez de lumière. Si on n'était pas restés coincés des heures à l'hôpital, aussi... Je vais prévenir les collègues que, pour le moment, c'est une zone d'enquête. On reviendra demain matin pour une inspection en bonne et due forme.

Par la vitre passager, Louise vit les réverbères disparaître peu à peu, la route à deux voies se rétrécir pour se transformer en chemin de campagne. Le paysage aussi devenait plus intéressant – elle le savait, à défaut de pouvoir l'observer.

Elle repensa aux paroles de la femme. Comme elle paraissait effrayée. Comme si tout ce qu'elle avait cru réel avait été brutalement mis à nu.

Louise connaissait bien ce sentiment.

— Qu'est-ce qu'on va chercher, au juste ? demanda-t-elle pour combler le silence. Si elle a dit la vérité, il y a peu de chance qu'il reste des traces...

— Elle ne dit pas la vérité, trancha Shipley d'un ton qui se voulait sans doute léger mais qui sonnait arrogant. C'est impossible.

— Et si c'est quand même le cas ? Si quelqu'un la retenait prisonnière quelque part et qu'elle s'est échappée ?

— Eh bien, il a dû paniquer, tout laisser derrière lui et foutre le camp. Autrement dit, il y aura des indices – quel que soit l'endroit. Si elle dit vrai, ça peut se transformer en quête d'aiguille dans une botte de foin et je ne donne pas cher de nos chances. Surtout compte tenu du peu qu'elle nous a dit.

Louise tira son téléphone de sa poche. L'écran s'alluma et elle eut un sifflement de dépit en voyant le niveau de batterie restant. Elle posa l'index sur le bouton HOME, le temps que son empreinte digitale soit reconnue, puis elle activa l'application de navigation.

– Tu refais son parcours ?

– En quelque sorte.

Louise trouva la route où Caroline avait été découverte, et retraça son trajet jusqu'à l'endroit d'où elle était venue.

– Il y a pas mal de champs dans les environs, mais ce n'est pas suffisamment discret… On cherche quelque chose qui ressemble plus à un bois. Les arbres offrent une bonne couverture, si on décide de séquestrer quelqu'un.

– Ou alors un jardin derrière une maison… On ne peut pas vraiment écarter la possibilité qu'elle était complètement désorientée.

– Ici !

Louise zooma sur son écran : c'était le terrain boisé le plus proche de l'endroit où Caroline avait été découverte. Elle avait vu juste. À peine deux kilomètres de la rue où elle s'était écroulée.

– À côté du canal. Juste à l'entrée de Tithebarn Lane, près de ce pub, le Bootle Arms. On peut y accéder à partir de là.

Une fois la route un peu plus large, Shipley gara la voiture sur le bas-côté et regarda le téléphone que Louise lui tendait.

– Je connais ce coin, dit-il après une pause en reprenant la route. Impossible d'y faire des recherches juste à deux. Ça ne donnerait rien. On va attendre demain matin et revenir avec quelques agents en renfort.

Louise ne dit rien, continua d'explorer la zone sur son téléphone. Le silence revint dans la voiture, jusqu'à ce que Shipley se tourne vers elle.

– Tu ne vas pas discuter.

C'était une affirmation, pas une question. Ce qui n'empêcha pas Louise de répondre :

– Non, tu as raison. Ça ne servirait à rien d'aller se traîner là-bas en pleine nuit. On ne trouverait rien et, s'il y a quelque chose, on pourrait passer à côté.

– En même temps, ça ne te ressemblerait pas de ne pas discuter ma décision.

Les mains de Louise tremblèrent légèrement en verrouillant le téléphone et en le glissant entre ses cuisses pour éviter qu'il tombe sur le tapis de sol de la voiture.

– Je suis fatiguée, c'est tout. Comme tu as remarqué, c'était plutôt calme ces derniers temps. Je n'ai plus l'habitude d'être dehors aussi tard. Mais ça va aller.

– Je te dépose, dit Shipley, qui jeta un coup d'œil au rétroviseur et fit demi-tour. On va avoir besoin d'un peu de sommeil si on passe la matinée à chercher cette aiguille dans la botte de foin. J'appellerai les agents encore dans le coin pour leur demander de commencer les recherches. Et toi, repose-toi.

Louise allait encore discuter, mais se ravisa. Elle avait reconnu le ton définitif dans sa voix – inutile de résister. Elle l'observa du coin de l'œil. Barbe de trois jours, poil foncé avec quelques reflets gris. La peau cuivrée – naturellement, sans recours à des gélules ou à un banc de bronzage. La cicatrice blanche qui courait sur cinq centimètres le long de son cou, presque invisible pour qui ignorait son existence.

Le souvenir qui y était rattaché lui revint. Comme souvent.

Ses pas qui martèlent le béton. Ses jambes qui se révoltent tandis qu'elle s'efforce désespérément de suivre Shipley, lancé devant elle à la poursuite de ce type. Qui disparaît à un coin de rue.

Elle aurait voulu qu'il ralentisse, qu'il l'attende avant de tourner à son tour, à l'aveugle. Mais elle ne dit rien. Continue de courir, essaie de garder le rythme.

Un cri.

Un bruit. Sourd. Un corps qui s'effondre.

Elle avait ralenti en arrivant au bout de l'allée, tourné au coin en se tenant à distance du mur.

Shipley étendu par terre, immobile, sa poitrine qui se soulève et s'abaisse brutalement. Au loin, le suspect n'est plus qu'un point dans le décor. Elle lui jette à peine un coup d'œil, préfère se concentrer sur la silhouette penchée sur Shipley. La main près de son cou. La lame d'un couteau appuyée sur sa chair. La silhouette crie en direction de Shipley mais elle n'entend pas ses paroles. Elle fixe la lame qui s'enfonce dans la peau. Dans le cou.

Shipley se débat, le sang coule, mais aucune importance…

Louise s'est déjà jetée sur l'homme.

Elle se rappela la peur qu'elle avait éprouvée en découvrant Shipley par terre, le couteau sur son cou.

La peur, puis la colère. Un type qui attendait au coin de la rue pendant qu'ils poursuivaient son frère depuis une scène de crime. Assez furieux ou stupide pour penser que planter un flic allait aider son frère à fuir. Tous les deux s'étaient retrouvés au trou pour un bon moment. Shipley avait reçu une sorte de décoration pour cette opération, mais il détestait en parler. Elle dissipa le souvenir et se concentra sur la route devant eux.

Dix minutes plus tard, elle se trouvait devant l'allée menant à sa maison et attendait que la voiture de Shipley s'éloigne du trottoir. Elle agita la main, le sentit en proie à un dilemme – attendre qu'elle soit rentrée chez elle ou se la jouer détendu. Elle se retourna, avança de quelques pas puis s'immobilisa en entendant le bruit de moteur s'éloigner dans la rue.

Elle tendit l'oreille, la respiration saccadée. Elle aurait voulu fermer les yeux et contrôler son souffle mais l'obscurité la faisait suffoquer.

Elle tenta de se rappeler la dernière fois qu'elle avait eu peur de pousser la porte de sa maison. Sensation ridicule mais elle devait faire un effort pour l'ignorer. N'empêche : elle était là, sur l'allée, à écouter sa propre respiration. Nul autre bruit sinon le vent sur la petite haie entourant ce qu'elle appelait par dérision son jardin. Aucune lumière visible à l'intérieur de sa maison. Elle se força à faire quelques pas supplémentaires, chaque mouvement lui insufflant un surcroît de confiance. Elle avait déjà sorti ses clés en arrivant devant sa porte. Elle respira profondément, ouvrit la serrure et laissa la porte s'ouvrir vers l'intérieur. Puis, après avoir laissé passer quelques secondes, elle entra.

Allumer la lumière dans l'entrée lui fit du bien : l'obscurité avait disparu. Elle retira ses chaussures et le déguisement d'officier de police qu'elle arborait le jour. Elle monta à l'étage, jeta ses vêtements dans le panier de linge sale et se fit couler une douche.

La maison était silencieuse. Aucun autre bruit que les siens.

Après avoir chassé à longs jets d'eau les événements de la journée, elle alla s'asseoir au bord de son lit, son portable à la main. Quelques mois plus tôt, elle aurait appelé quelqu'un. Juste pour bavarder. Juste pour entendre une autre voix que la sienne dans le silence de sa petite maison – même si c'était dans le haut-parleur de son téléphone.

À présent, elle était seule. La dernière amie qu'elle avait eue en dehors de la police ne répondait plus depuis longtemps à ses appels. Car elle était ainsi : elle nouait des relations avec les gens puis trouvait un moyen de les détruire.

Le carnet d'adresses de son téléphone en était rempli.

Carla. Deux ans depuis leur dernière conversation. Une brouille concernant le nombre de verres que l'une et l'autre avaient payés dans un pub. Louise se sentait encore furieuse en y repensant. Comme si ce n'était pas toujours elle qui payait le plus souvent quand elles sortaient.

Harriet. Une histoire de quatre ou cinq ans. Louise lui avait raconté la vérité sur son petit ami – comment il avait essayé de la peloter dans la cuisine lors d'une soirée. C'était ça, la véritable explication pour son poignet cassé. Harriet ne l'avait pas crue. Une autre amitié foutue.

Sarah. Six mois. Elle n'avait pas apprécié la réaction de Louise quand un chauffard leur avait fait une queue de poisson sur la route. Ni quand, un feu rouge et quelques secondes plus tard, Louise était sortie frapper sur le capot de sa voiture. Ce n'était pas la faute de Louise si le bébé de Sarah, sur la banquette arrière, se mettait à pleurer au moindre éclat de voix.

Louise se prit à vouloir effacer tous ces souvenirs de l'époque où elle n'était pas seule, mais elle éteignit son téléphone et le jeta sur le lit. Désormais, la personne qui se rapprochait le plus d'un ami était Paul Shipley, et cette pensée donnait à réfléchir. Elle pensa à lui en s'essuyant et en enfilant un pyjama. Sa façon de la regarder, parfois. Ses plaisanteries avec les collègues, au bureau. Un homme de son époque et vieux jeu à la fois. Quelqu'un qui voulait faire le bien. Qui aimait autant mettre le pied dans la porte qu'écouter ensuite tout ce que la personne de l'autre côté avait à lui dire.

Elle pensa aux autres collègues du commissariat. Cette impression que tous formaient une famille. Les hommes et les femmes portant l'uniforme, semblables à des frères et sœurs.

Bien sûr, ce n'était pas vraiment le cas, mais dans l'immédiat c'était ce qui s'en rapprochait le plus pour elle.

Tous les membres de sa famille étaient morts. Sa grand-mère – la dernière – depuis trois ans.

Il ne restait plus que Louise.

5

En une nuit, l'ambiance avait radicalement changé parmi les policiers qui ratissaient le terrain non loin de l'endroit où Caroline avait été découverte la veille. Tâche ingrate, peut-être, rendue plus difficile encore par le faible nombre d'agents qui s'y attelaient. De là où Louise se trouvait, elle en comptait trois. Les autres, supposait-elle, devaient s'activer dans les sous-bois.

— On ne va pas aller très loin sans une indication plus précise de l'endroit à fouiller, annonça Shipley en la rejoignant.

Il lui tendit un gobelet en polystyrène contenant ce qu'elle espérait être du café.

— Il pourrait aussi bien se trouver à l'opposé. Imagine que Caroline ait été baladée pour perdre encore plus ses repères. À supposer, naturellement, qu'elle soit bien venue des bois…

— Elle semblait catégorique.

— Ouais, bah… Qu'est-ce qu'on en sait, pas vrai ? Shipley retira le couvercle de son propre gobelet et souffla sur le liquide.

— On est juste des flics qui ont entendu ce genre d'histoires depuis des années. Enfin, si ça compte pour toi, hein.

— Pourquoi ai-je l'impression que tu n'es pas totalement impliqué dans l'affaire de Caroline ?

Shipley avala une gorgée de liquide et, se tournant vers Louise, fit comme s'il ne s'était pas ébouillanté le palais.

— Ça me semble assez simple, mais le reste… non. Je comprends bien la situation, tu sais. Une jeune femme retrouvée tabassée. On connaît ça par cœur. C'est juste beaucoup plus difficile à gober quand elles se mettent à raconter des histoires. On est vraiment censés croire tout ce qu'elle nous a dit ? Tout à coup, le Désosseur est une créature réelle, et elle s'est enfuie de chez lui ? Arrête…

Louise se taisait, mains serrées autour de son gobelet, et regardait les champs devant elle. Elle savait qu'ils retourneraient bientôt interroger Caroline. Pour le moment, elle laissait Shipley parler. Il était passé la chercher dans la matinée – elle avait laissé sa voiture garée non loin de la scène de crime initiale – sans qu'elle ait eu besoin de le lui demander. C'était devenu une habitude, récemment. Il venait la chercher en allant travailler.

Elle n'avait ni protesté, ni essayé de comprendre. Elle savait qu'elle n'habitait pas exactement sur son chemin.

Shipley souffla de nouveau sur son café.

— Et puis, il ne faut pas être un génie pour savoir comment ça va se finir : comme d'habitude. On va arrêter un mec qui va nous expliquer qu'elle l'avait bien cherché ou une connerie dans le genre. Je le sais, et tu le sais aussi bien que moi. Pourquoi tu es tellement certaine que, cette fois, c'est différent ?

— Je n'ai jamais dit que j'étais certaine de quelque chose.

Elle porta le gobelet à ses lèvres, risqua une gorgée.

— C'est juste qu'on ne doit rien laisser au hasard.

Pour toute réponse, Shipley renifla – sans pousser la discussion plus loin. Elle préférait. Elle n'était pas sûre qu'elle aurait supporté un autre bras de fer ce matin. Elle étouffa un bâillement, le plus discrètement possible.

— Pas beaucoup dormi cette nuit ?

Si ce n'était que ça, pensa-t-elle.

— Pas vraiment, non. Je pensais à… tout ça.

— Ça fait combien de temps qu'on bosse ensemble ?

Louise regarda Shipley en haussant les sourcils. Elle attendait la chute. Qui ne vint pas.

— Trois ans. Au moins.

— Exact, trois ans. Et on fonctionne plutôt bien, pas vrai ?

Cette question sortait tellement de l'ordinaire qu'elle laissa Louise interdite pendant plusieurs secondes. Ils avaient été associés de force quelques années auparavant, quand Louise avait été promue *detective constable*. Il détenait le grade supérieur, mais n'avait jamais mis cela en avant. Pendant tout ce temps, il s'était plutôt montré protecteur envers elle. Il l'avait aidée à ne pas devenir folle, sans même s'apercevoir qu'il endossait ce rôle.

Régulièrement, elle l'avait surpris en train de la regarder, comme s'il ruminait des scénarios en pensée. Elle avait déjà connu ce genre de regards. Mais elle y avait rarement succombé.

Parfois, elle avait besoin de se sentir normale.

— Je trouve qu'on se complète bien, finit-elle par répondre quand le silence devint trop pesant. J'aime suivre les procédures méticuleuses, tu préfères y aller à l'instinct. On trouve un compromis, et c'est généralement la meilleure solution.

Shipley se tut quelques secondes, puis sourit.

— Tu as sans doute raison.
— Pourquoi cette question ?
Elle l'observa, se demandant ce qui lui traversait l'esprit. Il soupira. Une autre gorgée de café.
— Je ne sais presque rien sur toi. Je veux dire, en dehors du boulot. Rien sur ta famille, rien sur tes amis. Après tout ce temps, je devrais tout savoir sur eux !
Le regard de Louise se perdit vers les champs.
— Il n'y a pas grand-chose à raconter. Je ne vois pas pourquoi tu t'intéresserais à tout ça.
— Parce que ça m'intéresse. C'est là que je voulais en venir. On bosse ensemble, côte à côte, depuis au moins trois ans et je ne sais pas la moindre chose sur toi, à part que tu vis seule et que tu ne fais jamais allusion à quoi que ce soit de personnel. Alors ? Famille, amis… petit ami ?
— Peut-être qu'il n'y a rien à raconter.
— J'en doute, répondit Shipley en laissant échapper un bref rire. On a tous nos histoires. Tu sais que je viens d'une famille nombreuse. Tu connais mes frères, leur épouse, leurs enfants. Tu sais que mes parents sont de plus en plus pénibles avec l'âge. Et les tiens ?
— Il n'y a rien à raconter parce qu'ils ne sont plus là pour être pénibles.
Elle espérait qu'il n'insisterait pas. Au moment où ses paroles franchirent ses lèvres, elle sut que c'était peine perdue.
— Tu as perdu tes parents ?
Louise réfléchit. Était-ce le bon moment pour s'ouvrir à lui ? Il avait raison : au fil des ans, ils avaient partagé tant de choses sur le plan professionnel, mais elle n'avait jamais évoqué d'autres sujets en dehors du travail. De son côté, elle avait passé des heures à l'entendre, d'une oreille distraite, s'épancher sur sa famille.

— Oui… tous les deux. J'ai été élevée par mes grands-parents.

— Des frères, des sœurs ?

— Non.

Une sensation familière s'insinua dans sa poitrine. Un resserrement, un écrasement, un étouffement. L'air qui s'évanouit lentement autour d'elle, l'atmosphère qui s'épaissit. Elle mordit l'intérieur de sa lèvre inférieure, une pointe de douleur perça le brouillard.

Pendant une fraction de seconde, un brasier furieux l'enveloppa, puis elle ferma les yeux. En les rouvrant, elle se retrouva dans la réalité. L'air s'allégeait, emplissait sans effort ses poumons.

— Ni frères, ni sœurs…

Cela n'avait duré qu'une ou deux secondes, elle le savait. Mais elle avait eu l'impression d'un temps beaucoup plus long.

— … juste moi.

— Et tu es largement suffisante ! commenta Shipley en lui souriant. Tu vois, ça fait du bien de me parler après tout ce temps.

— C'est peut-être que tu ne m'as jamais posé de question avant.

Il haussa les épaules, son sourire s'effaça. Son regard se porta vers les prés qui s'étendaient devant eux.

Louise s'attarda à observer son profil, puis regarda à son tour les champs. Heureusement, on ne leur avait pas demandé de participer aux recherches. Elle n'était pas sûre d'être capable de s'enfoncer dans le bois, pour le moment.

Sachant ce qui pouvait s'y trouver.

Elle attendit aussi longtemps qu'elle l'estima nécessaire puis annonça à Shipley que le moment était venu de retourner interroger Caroline.

L'infirmière de garde paraissait aussi exténuée qu'elles l'étaient d'habitude. Il y avait quelque chose de familier en elle – non que Louise ait déjà eu affaire à elle. Plutôt l'impression, chaque fois qu'elle parlait à l'une des infirmières des trois services d'urgences, *qu'elles faisaient le même genre de travail.*

Louise étouffait cette part d'elle-même qui aurait voulu hurler : *Non ! Vous n'avez pas la moindre idée de ce que j'ai vu en dehors de cet hôpital. Des gens que j'ai rencontrés. Du Mal que j'ai côtoyé.*

– On l'a laissée dans la même chambre, dit l'infirmière tout en écrivant sur son porte-bloc. Elle n'est pas prête pour la salle commune. La pauvre fille souffre toujours. D'après l'équipe de nuit, elle n'a pas bien dormi, ils ont dû lui donner de la morphine. Ça lui a au moins permis de se reposer quelques heures.

– Est-ce qu'elle a dit quelque chose ?

L'infirmière leva un sourcil. Son regard passa de Louise à Shipley.

– À part cette histoire de monstre qui va venir la chercher ? Non, pas grand-chose. Mais je ne suis pas non plus restée avec elle. Je passe juste de temps en temps, pour vérifier que ça va. Elle a surtout besoin de se reposer. La pauvre s'est vraiment fait massacrer…

Louise dut trouver un nouveau moyen pour s'empêcher de faire une remarque sur l'emploi de l'adjectif « pauvre ».

– On ne va pas s'éterniser, annonça Shipley à l'infirmière autant qu'à Louise.

Il s'écarta pour laisser passer des gens dans le couloir.

– Juste le temps de lui poser deux ou trois questions.

L'infirmière n'avait plus rien à ajouter. Elle les laissa entrer seuls dans la chambre. Louise eut l'impression qu'il y faisait plus sombre que lors de leur première visite. La silhouette sous les draps paraissait avoir rétréci.

– Bonjour, Caroline, commença Louise en se forçant à approcher. Vous vous souvenez de nous ? *Detective constable* Louise Henderson et *detective sergeant* Paul Shipley. Nous sommes déjà venus hier…

La jeune femme tourna la tête dans sa direction, puis revint à sa position initiale : regard fixé au plafond, paupières qui clignent sporadiquement.

– Oui, je me rappelle. Ça y est, vous l'avez trouvé ?

– Qui ? demanda Shipley en prenant la place qu'occupait Louise, à présent installée de l'autre côté du lit.

– Vous savez bien…

– Reprenons depuis le début, intervint Louise pour ne pas laisser Shipley poursuivre. Est-ce que d'autres souvenirs vous sont revenus, sur ce qui vous est arrivé ?

Elle hocha la tête.

– Ça a commencé quand ?

– On est quel jour ?

Louise lança un coup d'œil à Shipley en espérant qu'il comprendrait le message : *Tais-toi.*

– Mardi.

– Alors ça remonte à deux jours, reprit Caroline sans quitter des yeux le plafond. Dimanche. Je me promenais quelque part… je ne sais plus trop pourquoi. Sans raison particulière, je pense. Ça m'arrive, parfois. Je ne me rappelle plus pourquoi j'ai pris cette direction, mais je crois que je voulais voir le canal.

Louise avait raison : Caroline parlait du même bois que celui qu'elle avait indiqué à Shipley sur son téléphone. Ce périmètre qui était en ce moment même passé au peigne fin par les policiers.

Mais ce n'était pas le moment de lancer à son supérieur : *Je te l'avais bien dit.*

— Quels souvenirs vous avez de cette promenade ?

Caroline ferma les paupières un instant. Quand elle les rouvrit, ses yeux se posèrent sur Louise.

— Le jour commençait à tomber, je ne voyais plus trop où je marchais. Il n'y a pas de réverbères le long du canal. Je sentais que je m'étais trop éloignée de la route, alors j'ai fait demi-tour. C'est à ce moment-là que quelque chose a attiré mon attention.

— Un bruit ?

— Non. Pas au début, en tout cas. Une odeur. Je ne pourrais pas la décrire… C'était horrible. J'ai failli vomir. Comme de la viande moisie. De la pourriture… Je ne voyais pas d'où ça pouvait venir, j'ai pensé à un animal mort dans le coin. Un renard, ce genre de bête… J'étais en train de revenir sur mes pas quand j'ai entendu mon nom.

Louise tentait de rester impassible mais un rapide coup d'œil vers Shipley lui révéla qu'il guettait sa réaction. Elle tenta de l'ignorer.

— Votre prénom ? Quelqu'un criait votre prénom ?

Elle acquiesça. Ses mains tremblaient sur le drap à présent. Sa lèvre inférieure fit de même. Des tremblements comme si elle était mue d'une vie propre.

— Au début, c'était un murmure mais il y avait un tel silence sur ce chemin que je l'ai facilement entendu. Je me suis retournée : personne. J'ai cru que je l'avais imaginé, et j'ai continué à marcher. Puis je l'ai encore entendu, plus fort cette fois. Et quand je me suis de nouveau retournée, il y avait quelqu'un.

— Un homme ?

Caroline ne répondit pas, mais c'était inutile. Louise savait qu'elle avait vu juste. Et, en même temps, pas du tout. La lèvre trembla plus nettement, des larmes emplirent les yeux de la jeune femme.

— Oui… mais ça ne ressemblait à rien de ce que je connaissais. Il ne faisait pas nuit mais j'avais du mal à voir ce que c'était. Ça n'avait pas l'air vrai. C'était juste… noir.

— Un homme noir ? intervint Shipley en élevant la voix au-dessus du niveau des deux femmes.

Puis, semblant comprendre qu'il dérangeait, il baissa d'un ton.

— C'est un Noir que vous avez vu ?

Caroline ne détourna pas le regard de Louise mais secoua violemment la tête sur l'oreiller.

— Non, non ! je ne sais pas… Ça n'avait aucune apparence humaine. C'était juste… l'obscurité. Une obscurité horrible. Le noir total. Comme un trou noir mais… réel.

Louise s'approcha.

— Et qu'est-ce qui s'est passé quand vous l'avez vu, Caroline ?

— Je voulais m'enfuir mais… impossible. J'étais bloquée. Mes pieds ne pouvaient plus bouger. Il s'est mis à faire encore plus sombre, je ne voyais plus rien. Quelque chose s'est avancé vers moi et…

— Continuez, Caroline, dit Louise en sentant que les mots manquaient à la jeune femme et en voyant sa poitrine secouée par les sanglots.

Les larmes ruisselaient sur ses joues à mesure que le souvenir s'emparait d'elle.

— Vous êtes en sécurité, maintenant.

— C'est tout. C'est tout ce dont je me souviens. Juste… des flashs. Il y avait cette souffrance, une souffrance atroce… Aucune parole, rien. Juste ses yeux. Je ne les oublierai jamais. Des yeux sans vie, sans âme. Rien d'autre.

Louise vit quelque chose dans le regard de Caroline, tandis qu'elle remuait de nouveau la tête. Une étincelle. Elle connaissait ce moment où un souvenir surgit brutalement, pour être aussitôt repoussé. Enfoncé dans le néant, comme un réflexe d'autodéfense de l'esprit. Puis elle perçut un mouvement dans sa vision périphérique. Shipley s'éloignait d'elles. D'un coup d'œil, elle vit qu'il sortait de la chambre. Elle n'en tint pas compte et renoua le fil du dialogue.

– Qu'est-ce que vous voyez pendant ces flashs, Caroline ? Quelles images reviennent ?

– Des arbres, des bois… Je suis attachée… assise ou debout, je n'arrive pas à savoir. Impossible de crier, même si je le veux. Il y a quelque chose dans ma bouche.

D'autres détails reviendraient avec le temps, songea Louise. Caroline mettrait des mois à les retrouver, à reconstituer une image de ce qui lui était arrivé pendant ces vingt-quatre heures de captivité. Des souvenirs remonteraient d'eux-mêmes à la surface, ou bien elle passerait des années à se battre pour les exhumer. Pour le moment, Louise s'estimait heureuse que Caroline ait pu lui en dire autant.

Avec le temps, les souvenirs se feraient de plus en plus douloureux. Et avec eux la fragilité, l'impuissance. La perte de toute force. Le temps amplifierait les sensations.

C'est comme ça que ça marchait. Louise en savait quelque chose – pour son malheur.

– Comment avez-vous réussi à vous enfuir ? demanda-t-elle sans quitter des yeux la femme alitée. Comment vous êtes-vous retrouvée sur cette route ?

Caroline secoua la tête, cligna des paupières pour interrompre les larmes.

– Je ne sais pas. Je ne me rappelle pas. Je me suis retrouvée dehors... comme ça. J'ai dû réussir à arracher ce qui me retenait.

Quelques secondes de silence passèrent, pendant lesquelles Louise réfléchit à un moyen de clarifier cette partie de son histoire.

Car elle n'y croyait pas. Quelque chose ne tournait pas rond – à commencer par la façon dont elle s'était retrouvée piégée. Caroline ne donnait pas l'impression d'être du genre à aller se promener au bord d'un canal étrange. Seule, dans un endroit qu'elle ne connaissait pas si bien que ça. Elle a un métier, pensa Louise. Une famille qui se ferait du souci pour elle.

Avant que Louise ait le temps de réagir, Caroline reprit la parole.

– Il n'était pas là. Je le sais.

– Vous ne l'avez pas vu ? Il vous a laissée là ?

– Non.

Caroline regardait de nouveau le plafond. Et, d'une voix plus forte, plus assurée :

– Non, ce n'est pas ça. Je le sais, c'est tout. Il allait me tuer. Jamais il ne m'aurait laissée. Personne ne réussit jamais à lui échapper.

Un nouveau silence. Louise se préparait à une question qu'elle ne voulait pas poser, à une réponse qu'elle ne voulait pas entendre.

– Est-ce qu'il vous a fait autre chose ? Autre chose de...

– Sexuel ? compléta Caroline en chuchotant presque. Non, rien de ce genre. Ce n'était pas ça. Je ne crois pas, en tout cas. J'ai senti des coups sur mon bras, sur mon ventre... Rien d'autre.

Il fallait changer de sujet le plus vite possible.

— Vous avez dû recevoir de la visite depuis hier. Beaucoup de gens, non ? Votre compagnon ?

— Je suis célibataire.

— Alors votre mère, votre père ? Des frères ou des sœurs, des amis…

Caroline fit non de la tête mais ne dit rien.

— On peut contacter des gens pour vous si vous le souhaitez, insista Louise, refusant de croire que la jeune femme voulût vraiment rester seule dans cet endroit. L'hôpital aurait déjà dû le faire, d'ailleurs…

— Non !

Elle avait parlé d'une voix forte, autoritaire. D'instinct, Louise retira la main, se rappelant comment Caroline avait saisi brutalement son poignet la veille.

— Personne ne doit savoir que je suis ici. Je suis très bien toute seule.

— Vous êtes sûre ?

Louise se demanda jusqu'où elle pouvait pousser l'interrogatoire.

— Vous ne devriez pas traverser cette épreuve seule, vous savez.

— Ça va, sincèrement. J'ai juste envie de reprendre des forces et d'oublier que cette histoire a existé. Je ne veux inquiéter personne.

Louise savait que ses collègues avaient fait des recherches sur la situation de Caroline pour ne trouver que très peu d'informations. Rien dans le système ne montrait qu'elle avait déjà eu affaire à la police. Aucun signe d'un quelconque problème domestique ou autre. Juste une femme normale menant une existence normale. Louise nota mentalement de vérifier si ses collègues avaient été interrogés puis s'apprêta à poser une autre question quand la porte s'ouvrit bruyamment. Elle leva la tête : Shipley se tenait sur le seuil de la chambre et lui fit signe de le rejoindre. Louise se tourna vers Caroline, qui n'avait pas changé d'expression, et marmonna des excuses avant de se lever.

— Ils ont trouvé quelque chose, lui annonça son supérieur.

Il avait du mal à contenir la note joyeuse dans sa voix.

— On dirait bien que tu avais raison. Il fallait vraiment fouiller ces bois…

— Qu'est-ce que c'est ? demanda Louise en devinant déjà la réponse.

— Un corps.

6

Une demi-heure plus tard, Louise et Shipley étaient de retour dans le bois mais on aurait dit que la moitié des forces de police du Merseyside les avait devancés. L'endroit grouillait d'uniformes et les véhicules de patrouille paraissaient abandonnés dans la petite route derrière le Bootle Arms. Ils s'alignaient tout le long de Rock Lane jusqu'à l'église, où la route rétrécissait.

À peine venaient-ils de sortir qu'une camionnette de techniciens de scène de crime se gara à son tour. Cette présence en force attirait une petite foule de badauds, curieux du spectacle. Louise agrippa le premier agent qu'elle croisa et lui indiqua la route.

– Prenez une Rubalise et délimitez le périmètre jusque-là.

Il acquiesça. Son front était plissé et luisant de sueur.

– Alors, qu'est-ce qu'on a ? demanda Shipley à un autre *detective sergeant* qui l'avait rejoint tandis que Louise contournait la voiture.

– Un corps dans un trou, répondit l'homme qui peinait à cacher son excitation. Trouvé par la brigade canine. Un collègue a pu l'identifier rapidement.

Les yeux de Shipley s'illuminèrent.

– Ah oui ? C'est ce qu'on appelle de la chance !

– Toute la scène est très bizarre, quand même…, ajouta le *detective sergeant* en regardant vers la zone où s'acheminaient les techniciens. On dirait que la personne qui a fait ça a tout déblayé pour faire je ne sais quoi… Si la femme que vous avez trouvée hier vient de là, elle l'a échappé belle.

— Qui est la victime, alors ? Et comment elle a pu être identifiée aussi vite ?

— Nathan Coldfield. Apparemment, le collègue avait déjà eu affaire à lui plusieurs fois. On l'a reconnu au visage de sa mère tatoué sur l'avant-bras. C'est son bras qui est sorti en premier quand le chien a commencé à creuser. Je ne sais pas si « chance » est le terme approprié dans le cas présent, mais ça nous a facilité le travail, c'est sûr.

— Ça se passe où ? demanda Louise, ce qui lui valut un regard interrogatif du *detective sergeant*, qui répondit à Shipley :

— Dans les arbres à environ deux cents mètres, dit-il en indiquant la direction. Il y a des fermes des deux côtés du bois. On ne les voit même pas de la route.

Louise le savait. Il y avait des centaines d'endroits identiques autour de la ville. Peut-être des milliers. De petites poches où l'on pouvait disparaître sans jamais être revu. Ou retrouvé. À l'idée que le danger pouvait être n'importe où dans cette ville, ses os se glacèrent. Disparaître, ne jamais être retrouvé…

Il gardera tes os…

— On ferait mieux d'aller voir.

Shipley se mit en mouvement sans attendre Louise.

— Même si les techniciens risquent de nous tenir à distance.

— Ça ne sera pas gênant, répondit le *detective sergeant*, qui ouvrait la marche. Il y a suffisamment à voir autour.

Ils ne mirent pas longtemps à traverser le champ. Louise avançait à pas prudents. Elle se demanda dans quelle direction Caroline avait couru une fois libérée. Sans doute à l'opposé de là où ils se rendaient, vers les bâtiments qui apparaissaient au loin. Désorientée, elle avait dû chercher des lumières. Des signes de vie. Même en début de soirée, l'endroit d'où venaient Louise et ses deux collègues devait lui paraître trop sombre.

Elle n'a sans doute pas voulu foncer vers l'inconnu.

Des officiers en uniforme approchaient, mais ils ne leur prêtèrent pas attention. Ils étaient concentrés vers ce qui les attendait, entre les arbres. Caché à leur vue.

Quelques minutes plus tard, Louise passait sous une branche, à la recherche d'un sentier invisible.

– En général, les gens ne viennent pas se promener dans le coin, expliqua le *detective sergeant* en revenant vers elle et en marchant à ses côtés. Il n'y a pas de chemin, rien. On a essayé de toujours marcher au même endroit, au cas où…

– Passez devant, alors.

Le *detective sergeant* obtempéra et Louise lui emboîta le pas. Les arbres ne tardèrent pas à devenir plus denses. Louise avançait tout en regardant autour d'elle.

– On va devoir attendre ici, mais vous voyez quelque chose, n'est-ce pas ?

Shipley avança à côté de son homologue et, écartant de la main une branche basse, révéla une petite clairière. La zone était occupée par différents agents vêtus d'une combinaison de scène de crime. L'opération était en cours.

– Qu'est-ce que c'est ? demanda Shipley à son homologue.

Louise n'avait pas besoin de sa réponse. Elle avait déjà repéré les marques sur les troncs d'arbres devant eux.

Des croix inversées gravées dans l'écorce de deux ou trois arbres. D'autres apparurent à mesure que son regard balayait le paysage. Elle retint son souffle, sentit son cœur fracasser sa cage thoracique tandis qu'elle examinait la clairière. L'horreur de la scène qui s'étalait sous ses yeux.

— Il existe, murmura-t-elle.

Shipley lui lança un regard inquisiteur mais elle secoua la tête.

— C'est quoi ces marques ? demanda-t-elle pour faire diversion car il semblait essayer de décrypter ce qu'elle venait de dire.

Il regarda vers les arbres qu'elle lui indiquait.

— Je ne sais pas… On dirait des espèces de cercles.

Louise se frotta machinalement le haut des cuisses en luttant pour détacher ses yeux des marques.

— Non… c'est quelque chose dans un cercle, ajouta Shipley en se tournant vers elle. Bon sang, qu'est-ce que c'est que ce bordel ?

— Rien de bon, commenta le *detective sergeant*. Ça ressemble à un genre de truc sataniste. En même temps, me rappelle vaguement quelque chose…

Louise aurait voulu contester, lui dire qu'il se trompait. Elle avait déjà vu des marques semblables gravées sur des bureaux d'école, dessinées sur des couvertures de manuels. Elle imaginait que Shipley ne tarderait pas à les reconnaître – lui aussi avait déjà dû en voir. Au lieu de ça, il avança d'un pas pour avoir une meilleure vue sur la clairière. D'autres marques couvraient les troncs des arbres entourant la petite zone. Au centre, la terre était piétinée. Elle était boueuse, toute retournée.

— Combien de temps pour qu'ils retirent le corps ?

Louise continuait d'inspecter les lieux pendant que les deux hommes discutaient. Quelque chose manquait, elle le sentait. Un signe qu'il avait bien été ici. Plus que les marques, un reste d'odeur. Elle songea à la description de Caroline. L'odeur de viande faisandée. Elle l'imaginait imprégnant le sol, l'écorce des arbres, se mêlant au paysage jusqu'à s'y fondre.

Elle n'était pas là.

— Aucune idée. Je vous envoie un technicien.

Louise avança un peu plus – en vain. Il n'y avait plus moyen de s'approcher sans fouler ce qui était désormais une scène de crime et s'attirer les foudres de l'équipe de techniciens.

— Louise, tu viens ?

— Ouais ! Désolée…

Elle parvint à arracher son regard de la clairière et de ce qui s'y trouvait.

— C'est bon, répondit Shipley d'une voix douce tandis qu'ils rebroussaient chemin vers le champ. Cette affaire prend une tournure inattendue. Pas du tout ce que j'avais cru…

— On dirait bien, oui. Il était temps que tu te trompes.

Shipley eut un petit rire.

— Ça n'arrive pas si souvent. Il faut qu'on se dépêche avant que la Brigade criminelle débarque. Tu les connais, dès qu'ils seront là on sera mis sur la touche.

Louise acquiesça d'un murmure, tout en se demandant si elle ne préférait pas cette éventualité. Que valait-il mieux : être dessaisie de l'affaire ou rester impliquée ? Suivre l'évolution de l'enquête étape par étape ? Déjà, l'affaire prenait une direction qu'elle n'avait pas vraiment anticipée. Tout à coup, sans prévenir : un corps. Ce qui avait débuté par la découverte d'une jeune femme agressée répétant sans cesse le même nom se transformait en affaire criminelle.

Elle sentait l'excitation monter en elle. Enfin, elle avait l'occasion d'agir.

— Alors, on est bons pour aller annoncer la nouvelle à la famille ? demanda-t-elle une fois de retour dans le champ. Même sur une identification potentiellement douteuse par un seul policier ?

Shipley crispa la mâchoire.

— Des officiers de liaison sont sûrement déjà en route vers l'adresse de la victime. On peut toujours les rejoindre, ce sera l'occasion de prendre une longueur d'avance.

— OK, ça me va.

— Ces marques… Je sais que je les ai déjà vues quelque part.

Louise retint son souffle, attendant que Shipley aille au bout de sa réflexion.

— Ah oui ?

— Les croix et les cercles…

Shipley s'arrêta à l'extrémité du champ.

— C'est censé être sa signature, n'est-ce pas ? Ce qu'il laisse derrière lui ?

Louise haussa les épaules mais fit un effort pour canaliser l'excitation et la peur qui montaient en elle.

— Dans la légende, oui. Ça fait partie de la même histoire.

— Il y a peut-être quelque chose à creuser, en fin de compte. Je ne dis pas que le monstre existe, mais on dirait bien que quelqu'un essaie de nous y faire croire.

Louise se tut, préférant laisser Shipley à ses ruminations. Elle s'éloigna, sachant qu'il la suivrait. Après avoir rejoint la route, interrogé le policier qui avait identifié le corps et obtenu de sa part les informations qu'ils voulaient, ils reprirent la voiture. Le haut-parleur de la radio grésillait de plus en plus à mesure que la nouvelle se répandait. On aurait dit que rien d'autre ne se passait en ville – la seule information à être traitée en boucle concernait ce qui se passait sur ce petit terrain en forêt.

Louise se demanda si ce n'était qu'un début. Si d'autres corps attendaient d'être découverts. La même question se lisait sur le visage de tous ceux qu'elle avait vus dans le bois. La peur, l'adrénaline. Elle les voyait aussi sur le visage de Shipley. L'impression qu'ils étaient tombés sur quelque chose d'important.

Elle se demanda aussi combien de temps ils pourraient garder le secret. Combien de temps avant que le monde se mette à parler d'une légende locale comme d'une menace réelle ?

Une demi-heure plus tard, ils se garaient devant un pavillon mitoyen quelconque d'un quartier pauvre à vingt minutes du centre-ville. C'était l'autre aspect de Liverpool. Un aspect que Louise voyait de moins en moins depuis qu'elle avait quitté son poste de simple agent pour être affectée aux quartiers nord de la ville, plus aisés. Dans les rues, les murs couverts de tags alternaient avec les pelouses mal entretenues. Des barrières métalliques fermaient les ruelles, dans lesquelles s'entassaient des rebuts de mobilier. À chaque passage d'une voiture inconnue, des rideaux en crochet remuaient aux fenêtres.

Ils s'arrêtèrent derrière une voiture de police. Louise en reconnut une autre, banalisée, juste à côté.

— Ils n'ont pas perdu de temps, dit-elle en retirant sa ceinture de sécurité pendant que Shipley mettait le frein à main. C'est du sérieux.

Shipley allait lui répondre quand un cri en provenance de l'entrée du pavillon attira leur attention.

— Quelqu'un vient d'apprendre la nouvelle, on dirait.

Louise hocha la tête et Shipley grimaça en regardant la maison.

7

Louise se balançait d'un pied sur l'autre, attendant que le policier quitte le salon. Une fois celui-ci parti, elle laissa échapper un long souffle. Enfin, le silence. Sans doute la mère de l'homme découvert dans le bois avait-elle été emmenée à la morgue. Elle y attendrait l'arrivée du corps de son fils. Louise se prit à se demander ce que cette femme ressentait, en ce moment. Et si elle pouvait se reconnaître en elle. Depuis toutes ces années, elle était habituée à ce genre de visite macabre, mais elle n'avait jamais vraiment trouvé de réponse satisfaisante.

Car la réponse était différente à chaque fois. Personne ne réagit de la même façon dans ces moments-là.

Certains pleurent et gémissent. Hurlent et crient. D'autres se replient sur eux-mêmes. D'autres encore se tournent vers Dieu, prient pour que ce soit une erreur ou pour trouver la paix.

Et puis, il y a ceux qui ne veulent même pas penser à l'acte ou à ce qui est arrivé à leur proche. Ils refusent d'entendre la vérité. Ils font comme si ça n'avait jamais eu lieu. Comme si la personne qu'ils avaient aimée et perdue n'avait jamais existé. Comme si cette perte n'avait aucun effet sur eux.

Tout était silencieux dans la pièce, le soleil filtrait à travers les rideaux au crochet du bow-window. Louise avança vers la lumière, prit une photo encadrée posée sur le rebord de la fenêtre. Un courant d'air fit onduler le rideau quand elle approcha la photo de son visage. De l'index, elle suivit les contours du visage d'un jeune garçon en se demandant s'il appartenait au corps actuellement déterré.

Le visage de l'innocence, avant d'être lacéré par l'âge.

Elle sursauta en entendant la voix de Shipley, reposa le cadre à sa place. Elle se retourna avec un petit sourire.

– Elle a un autre enfant, dit Shipley sans avoir remarqué sa réaction. Anna, trente ans. On peut donc penser que les photos ici sont celles de la victime.

Il soutint un instant le regard de Louise puis inspecta le salon. Elle vit ses yeux parcourir les innombrables photos qui paraissaient occuper toutes les surfaces disponibles. Quatre sur le mur au-dessus du canapé en cuir. Plus encore sur le buffet. Deux sur le manteau de la cheminée. Chacune correspondait à un âge différent. Portraits en écolier, avec un uniforme sans doute à la bonne taille au début de l'année mais nettement plus malmené à l'époque où la photo avait été prise.

– Elle le prend très mal.

– Sans blague ? répondit Louise un peu plus sèchement qu'elle ne l'aurait souhaité.

Shipley ne releva pas. Elle reprit :

– De toute évidence, c'est le préféré. Il n'y a presque aucune photo de sa fille. Je te parie que son petit voyou était toujours fourré dans des sales coups… Et la fille, gentille et sans histoire. Qui passe toujours sous le radar et n'attire pas l'attention.

– D'après les collègues qui sont venus, il vivait ici de temps en temps. Il arrivait sans prévenir et passait quelques jours sur place.

— Avant de disparaître, compléta Louise. Le coup classique. Je traîne à droite à gauche et je reviens vivre chez maman quand les choses se corsent.

— C'est sans doute pour ça que personne n'a signalé sa disparition. Elle ne savait pas qu'il lui était arrivé quelque chose. Autant dire qu'on va avoir du mal à retracer une chronologie... On ne sait pas quel jour il a disparu ou été enlevé, à moins de trouver des types prêts à parler. Ni quand il est mort – tant qu'on n'a pas les résultats de l'autopsie, en tout cas.

— Il avait sa chambre, ici ?

Shipley hocha la tête et montra l'escalier dans l'embrasure d'une porte. Louise monta les marches deux à deux et atteignit le palier en quelques secondes. Elle attendit que Shipley la rejoigne puis ouvrit la porte la plus proche – une salle d'eau. La porte suivante, laissée entrouverte, était une chambre. À l'évidence, celle d'une vieille dame. Louise sortit de sa poche un sachet contenant des gants et les enfila sur ses mains pâles.

— Elle a dit qu'il stockait des affaires personnelles là-haut, mais rien de très utile selon elle.

Shipley attendit derrière Louise pendant qu'elle vérifiait une autre chambre.

— Elle a déjà tout vérifié. Peut-être qu'on va trouver un truc qu'elle aura jugé sans intérêt. Pense à mettre des gants.

— Bien sûr.

Elle se retourna, montra ses mains déjà protégées.

— Toujours un coup d'avance, chef.

Shipley lui sourit, révélant des dents presque parfaites à part quelques incisives inférieures éraflées.

— Combien de fois je dois te le dire ? Arrête de m'appeler « chef ». Je ne suis pas si vieux que ça. Là, j'ai l'impression d'avoir quarante-cinq ans alors que j'ai à peine quelques années de plus que toi.

Au moins cinq ou six, pensa Louise sans le dire tout haut.

— Alors quoi, je t'appelle Shipley ? Ça fait bizarre…

Son sourire laissa place à une expression détendue.

— Et pourquoi pas Paul, comme je te l'ai demandé un bon million de fois ? Après tout, c'est mon prénom. On travaille ensemble depuis assez longtemps…

Louise se retourna et, d'une petite voix fredonnante :

— Bien, alors ce sera Paul, dit-elle en poussant une autre porte.

Et de lâcher, surprise :

— Bon sang… c'est comme un voyage dans le temps.

— Ou un musée.

À moitié décollé d'un mur – le scotch double face avait fini par rendre l'âme –, un poster des frères Gallagher affichant l'habituel rictus mancunien. À côté, une photo de l'équipe d'Everton vieille de deux décennies. Sur le mur d'en face, l'affiche du film *Trainspotting*.

— Il avait quel âge, au juste ? demanda Louise en entrant dans la chambre. J'aurais dû te le demander plus tôt, d'ailleurs…

— Apparemment, trente-deux ans.

Shipley restait sur le seuil de la pièce, mains sur les hanches, regardant le décor en secouant la tête.

— Quand je vois ça, je me demande s'il est revenu vivre ici depuis les années 1990. On dirait que toute la britpop est venue gerber ici.

— En tout cas, il ne s'est jamais décidé à revoir la déco. Peut-être qu'il était nostalgique de tout ça. D'une meilleure période de sa vie…

– Franchement, on dirait ma propre chambre d'ado.

Shipley entra dans la chambre, prit un CD des Stereophonics sur la table de chevet puis le reposa. Les chiffres rouges du radioréveil clignotaient, affichant une heure qui aurait été la bonne neuf heures plus tôt.

– Commence par la commode, là-bas. Je m'occupe de ça…

Louise se rendit devant le meuble, à l'opposé du lit. Elle entendit ouvrir le tiroir de la table de chevet, puis une exclamation vite étouffée. Elle se mit à fouiller de son côté, retirant le dernier tiroir et le posa sur le sol. À genoux, elle passa en revue son contenu : vieilles factures, un exemplaire de *Loaded*[1], morceaux de papier couverts de différentes écritures. Des numéros de téléphone qu'il faudrait vérifier mais qui ne devaient plus être attribués, maintenant que les portables avaient remplacé presque toutes les lignes fixes.

Quelques pochettes de Rizla+ jaunies. Une boîte remplie de filtres, un mauvais cigare écrasé, une poignée de pièces.

– Tu trouves quelque chose ? demanda Shipley.

Louise entreprenait de répartir son butin en piles.

– Bah, rien que du bazar…

– Ici, vieux caleçons et t-shirts… À peu près ce que j'imaginais. Donc tu n'as rien trouvé sur le Désosseur ?

Elle perçut le ton enjoué de Shipley : il voulait montrer qu'il plaisantait, mais elle savait qu'il reviendrait tôt ou tard sur ses premières impressions.

---

1. Magazine anglais de pop culture/lifestyle à lectorat fortement masculin lancé en 1994.

— Rien qui me saute aux yeux.

— Il devait avoir le bon âge au moment où cette rumeur était la plus répandue, ajouta Shipley d'un ton plus mesuré, comme s'il se rappelait sa propre découverte de cette légende urbaine. Fin 1980, début 1990, tout le monde ne parlait que de ça. Je serais curieux de savoir si c'est toujours le cas, dans le coin…

— J'imagine.

Louise avait déjà pu le constater en faisant une recherche sur Internet. Elle finirait par envoyer Shipley sur cette voie, mais pour l'instant elle se contentait de laisser l'idée en suspens.

— Les gamins ne sont pas si différents, de nos jours. Ils cherchent toujours des moyens de se faire peur.

— Exact. Ça reste quand même une vieille histoire. Ils sont sûrement passés à autre chose maintenant, tu ne crois pas ?

— Les vieilles histoires sont les meilleures. La plupart des gens de notre âge ont dû la raconter à leurs enfants.

— Tu te rappelles la première fois que tu en as entendu parler ?

Louise marqua une pause, repensa à l'époque où son frère avait mentionné son nom devant elle.

— Il s'appelle le Désosseur. Il se cache dans le bois et il enlève les gens. Tu te rappelles Dennis, qui habitait sur la route derrière chez nous ?

— Ils ont déménagé, non ?

— C'est ce que les grands veulent nous faire croire, Lou. Il a disparu et il n'est jamais revenu. Ses parents ont eu tellement peur qu'ils sont partis vivre ailleurs pour échapper au Désosseur.

— Tu mens.

— Pourquoi tu n'irais pas te promener toute seule dans la forêt pour le savoir ? Si tu penses que je mens, va vérifier…

Louise ne put s'empêcher de sourire en revoyant le sourire malicieux de son frère tandis qu'il essayait de lui faire croire à la légende. Elle avait si peu de souvenirs de lui qu'elle se raccrochait à eux de toutes ses forces. Elle ne s'était jamais aventurée seule dans le bois. Même devenue adulte.

Elle n'en avait pas eu besoin.

— Ça devait être à l'école…

Elle ne se retourna pas pour que Shipley ne la voie pas mentir.

— … comme pour tout le monde. Il y a quelque chose dans les bois, une créature qui enlève les gens et les fait disparaître – comme s'ils n'avaient jamais existé. Qui leur coupe la peau, leur prend les os… Bref, la rengaine habituelle. On ne l'entend pas venir, comme un fantôme…

— … ou un monstre, ajouta Shipley avant de dissiper le mot d'un haussement d'épaules, comme s'il se rappelait le temps où il croyait à ces histoires.

— Oui. Sauf qu'on ne croit ni aux fantômes ni aux monstres, pas vrai ? Ni à des créatures cachées dans les bois qui font disparaître les gens… On grandit et on comprend que ce sont juste des histoires pour se faire peur. Une simple légende.

— Ces marques sur les arbres… des gamins, certainement, pas vrai ?

— Ce serait une sacrée coïncidence. Justement à l'endroit où on a retrouvé un corps ?

Comme elle n'obtenait pas de réponse, elle entreprit de vider le deuxième tiroir. Soudain, le soleil décida de se montrer, projetant ses rayons à travers la fenêtre à simple vitrage entre Louise et Shipley. Des particules de poussière se mirent à danser dans l'air, de plus en plus denses chaque fois que les deux policiers déplaçaient des affaires dans la chambre.

Le deuxième tiroir n'aboutit pas aux mêmes résultats que le premier : des numéros de *Beano* et de *Match*[1], un *Livre Guinness des records* et quelques jeux électroniques hors d'usage. Le tiroir des cadeaux de Noël décevants, songea Louise en souriant, assez similaire à celui de sa jeunesse où s'entassaient des lisseurs bon marché, des parfums ringards et d'autres bricoles que ses grands-parents devaient estimer désirables pour une jeune fille. Une demi-heure de fouilles supplémentaire n'aboutit à aucun résultat probant.

– Un jour, tu verras, la réponse qu'on cherche sera écrite en toutes lettres sur un paperboard, lança Shipley en se relevant après avoir inspecté un petit radiateur. Ça nous faciliterait la vie… Et ça nous éviterait surtout de mettre les mains dans un tiroir rempli de slips.

– Tu sais, ça m'est arrivé pour de bon, une fois.

– Vraiment ?

– Oui, dit Louise en parcourant une dernière fois du regard la chambre, à la recherche d'un objet qu'ils auraient oublié d'examiner. Enfin, pas sur un paperboard, mais dans le genre. Quand j'étais encore agent, j'ai enquêté pour les services sociaux sur une jeune fille, pas plus de dix-sept ans, qui vivait avec un homme plus âgé qu'elle contre l'avis des parents. Et ils avaient raison, quand on connaît la suite… Je ne me rappelle plus son nom. Bref… on se rend à la dernière adresse connue - pas de réponse. Le

1. Revue illustrée de BD et revue consacrée au football.

sergent nous autorise à entrer, on force la porte sans problème. Dans le couloir, posée contre les marches d'escalier, une ardoise avec un message. « Elle est dans l'abri de jardin. Elle était insolente. S'il vous plaît, enterrez-nous ensemble. »

– Eh bien… charmant de sa part.

– On s'attendait à le trouver mort : on l'a retrouvé étendu dans la salle de bains, une lame de rasoir à la main. Il n'avait pas eu le courage d'aller jusqu'au bout ! Et elle n'était pas morte non plus, d'ailleurs. Juste enfermée dans l'abri, une couverture jetée sur elle. Il pensait qu'il l'avait tuée pendant une dispute, alors qu'elle avait juste un traumatisme crânien.

– Tu te dis parfois que notre boulot serait ennuyeux sans affaires de violence domestique ? Qu'en dehors, on n'a pas grand-chose à faire ?

– On est ici, après tout, non ? Et ça ne ressemble pas à une dispute conjugale qui aurait mal tourné.

– Sauf si Nathan sortait avec Caroline, et qu'elle est trop perturbée pour s'en souvenir…

– Tu veux dire l'histoire classique : on se dispute, alors on se suicide et on s'enterre soi-même dans le bois ?

– Et si c'était l'inverse ?

– Alors ça donnerait : Caroline se taillade après avoir enterré son petit ami ? Si on trouve effectivement un lien entre eux, pourquoi pas, mais quelque chose me dit que ces deux-là ne se sont jamais rencontrés.

Faute de pouvoir contester ce raisonnement, Shipley s'approcha de la commode et la tira du mur. Louise s'écarta. Elle était toujours plongée en pensée dans la longue liste d'incidents domestiques qu'elle avait dû résoudre pendant sa carrière. Un jour, il faudrait qu'elle calcule le nombre de ces affaires qui avaient eu une « conclusion tragique », pour reprendre une formule qu'elle détestait.

Elle imaginait le pourcentage plutôt élevé.

Elle pensa à la façon dont quelqu'un pouvait se retrouver poussé à commettre l'irréparable. Comment, en un instant, l'amour pouvait se transformer en haine, comment le désir de faire du mal pouvait tout emporter – et bouleverser des vies à tout jamais. Le degré de toxicité qu'il fallait atteindre pour basculer en une fraction de seconde et vouloir frapper l'être que vous êtes censé aimer plus que tout au monde.

Le bouillonnement de frustration qui se mue en violence.

En allait-il différemment pour les tueurs ? Cette aptitude à la brutalité était-elle commune à tous les humains ?

– Il n'y a rien d'intéressant derrière ce meuble, annonça Shipley.

Une interruption bienvenue pour Louise, un bref répit après avoir laissé son esprit en proie à ces pensées troubles.

– Ni ailleurs dans cette pièce…

– J'ai trouvé deux ou trois trucs dans le tiroir du bas mais rien qui puisse nous servir d'indice. Donne-moi un coup de main pour déplacer le lit. Il y a peut-être une bonne surprise en dessous.

Shipley secoua la tête mais vint tout de même aider Louise, en marmonnant. Sans doute pour n'avoir pas pensé lui-même à vérifier cet endroit. Ils soulevèrent le cadre du lit, le déplacèrent vers la porte. Une pile de magazines s'écroula, emportée par un pied du lit. À en juger par les couvertures, Louise comprit qu'ils étaient nettement plus explicites que les numéros de *Loaded* qu'elle avait trouvés dans la commode. De vieux mouchoirs coincés derrière le cadre tombèrent à leur tour. Louise décida de ne toucher à rien.

Une odeur plus âcre les enveloppa.

Shipley se redressa et fronça le nez.

– Rien d'inhabituel pour une chambre d'ado, mais ce type était plus âgé. Aucune excuse. En même temps, c'est à l'image du reste de la pièce…

Louise ne répondit pas. Penchée en avant, elle souleva quelques magazines pour inspecter leur couverture.

– Pas vraiment des *Playboy*…

Elle en montra un exemplaire à Shipley.

– Je ne lis pas le néerlandais ni l'allemand, ou je ne sais quelle autre langue, mais je ne pense pas qu'on trouve ces titres chez nous.

Elle attendit que Shipley comprenne ce qu'il était en train de voir, et se sentit soulagée quand il secoua la tête, dégoûté.

– *Bloedschande*… Je sais ce que ça veut dire.

– Alors ?

– Inceste. Et si tu veux mon avis, ces filles n'ont pas l'air d'avoir atteint la majorité sexuelle. Ces revues n'ont pas atterri ici légalement.

Louise hocha la tête, feuilleta d'autres magazines. Le même genre d'images défilèrent sous ses yeux. Elle en fit une pile qu'elle mit de côté. Avançant un peu plus, elle remarqua quelque chose qui avait dû bouger avec le lit. Une photo. Elle la souleva, scanna mentalement l'image. Elle reconnut l'endroit.

– Qu'est-ce que c'est ?

Louise ne répondit pas, concentrée sur le cliché. Elle le retourna, lut les mots imprimés au verso. Son cœur s'emballa. Elle tenta de contrôler sa respiration mais échoua à maîtriser le tremblement de sa main.

— Alors, tu regardes quoi ?

La voix de Shipley, plus sèche à présent. Il se baissa tout près d'elle pour qu'elle ne puisse pas cacher la photo.

Il la lui prit des mains.

— On dirait le même type que sur les photos en bas. Un peu plus vieux, bien sûr. La photo doit être récente.

Louise restait silencieuse, attendant que son collègue regarde derrière la photographie.

— L'endroit me dit quelque chose, mais je n'arrive pas à le remettre…

— Au sud de la ville, chuchota Louise.

Puis, se raclant la gorge :

— Enfin… ça peut se trouver n'importe où ailleurs.

— Non… je crois que tu as raison.

Il approcha le cliché de ses yeux.

— Par contre, je ne vois pas ce que ça a de spécial.

Il retourna le cliché et s'immobilisa.

Louise attendit qu'il ait fini de lire. Il vrilla ses yeux dans les siens.

— Ah. Voilà qui change un peu la situation.

Au verso étaient griffonnées les lettres OSS puis, en dessous, RD.

Et deux mots : *Il existe.*

8

Il y avait eu un moment, juste avant que ça se produise. Un temps suspendu, avant qu'il se fasse enlever, qui aurait pu changer tout ce qui allait se passer ensuite. S'il pouvait revenir à un instant précis de sa vie, il choisirait celui-là. Pour pouvoir changer la suite. Une occasion de s'épargner cette souffrance, cette agonie.

Ce n'était pas comme ça qu'il était censé mourir. Pas en souffrant autant. Et pas aussi tôt.

Carl Groves savait comment les gens le décrivaient. Un raté, un gâchis vivant, une insulte à la société. Quelqu'un à ignorer plutôt qu'à remarquer. Peu importe ce qu'il avait traversé dans son existence, il était jugé sur ce qu'il était maintenant, un point c'est tout. À vrai dire, ça le tracassait de moins en moins. Qu'ils aillent se faire foutre, tous, avec leurs préjugés. Ils ne valaient pas mieux que lui ou que les milliers de types qui partageaient son sort. Ils n'étaient qu'à une mauvaise décision de se retrouver à faire la manche à côté d'un distributeur de billets ou d'une entrée de supermarché. Rien de plus n'était nécessaire pour atterrir, du jour au lendemain, dans le même trou que lui.

Pour Carl, il avait fallu beaucoup plus qu'une mauvaise décision. En l'occurrence, une succession de choix catastrophiques faits par des gens qui étaient pourtant censés prendre soin de lui.

C'est comme ça qu'il s'était retrouvé, âgé de dix-neuf ans, réduit à quémander quelques cents pour pouvoir s'acheter du tabac et faire disparaître cette démangeaison qui le poursuivait dès le réveil. Le refuge où il logeait lui fournissait un repas – si on pouvait appeler ça un repas – et de l'eau, mais il avait dilapidé ses indemnités de chômage en deux ou trois jours. Il était donc obligé de recourir aux expédients habituels. C'était toujours stupéfiant de voir ce que les gens jetaient dans la rue. Pressés, sautant dans leur bus, ils balançaient une cigarette à peine entamée. Une demi-bouteille de jus de fruits, ou quelque chose de plus nourrissant. De quoi le faire tenir en attendant le dîner au refuge.

Errer à travers les rues était une perte de temps. Mais le temps, c'était tout ce qui lui restait. Des heures et des heures devant lui sans rien avoir à faire. Aucun projet, pas d'endroit où aller. Pas d'amis à retrouver. Rien à faire d'autre que marcher. Marcher. Encore marcher.

Parfois l'énergie lui manquait pour aller aussi loin qu'il l'aurait voulu, mais presque chaque jour il faisait le même trajet. Le refuge se trouvait dans un quartier en construction mais marcher cinq ou dix minutes dans n'importe quelle direction suffisait pour se retrouver sur des routes de campagne, environné par les champs et les arbres. Presque pas de circulation, et il avançait d'un pas traînant le long des accotements gazonnés, remontant sur le terre-plein si une voiture venait à passer.

Accomplir quotidiennement la même promenade lui permettait de remplir sa journée. Obligé de quitter le refuge à 9 heures, il pouvait y retourner vers 17 ou 18 heures. Il avait juste besoin d'une activité pour combler ces heures vides.

Dix-neuf ans, et déjà l'avenir s'annonçait lugubre. Oh, bien sûr, pensait-il en continuant de marcher, ça aurait pu être pire. Il aurait déjà pu mourir. Il avait échappé à la violence et à la maltraitance. Sa mère n'avait pas eu cette chance. Il n'avait pas assisté à son enterrement. C'était trop dur. On ne devrait pas avoir à pleurer la mort de sa mère quand on a quatorze ans.

Il ne savait plus trop à combien d'années de prison son père avait été condamné. Ça ne l'intéressait pas. Il avait quitté sa ville de naissance et mis le cap au sud. Liverpool. Il espérait y trouver une vie meilleure. Mais il avait fini à la rue, forcément. Ce n'est jamais facile de laisser son passé derrière soi.

Et pourtant, il n'y avait pas d'autre moment pour lui que cette fraction de temps où il avait senti quelque chose changer à côté de lui. Juste avant l'obscurité. Avant cela, il n'aurait rien pu changer, même s'il avait essayé. Sa vie était écrite dès sa naissance. Peut-être aurait-il pu revenir en arrière pour empêcher sa propre venue au monde, mais c'était tiré par les cheveux. Non, il n'y avait vraiment rien d'autre que ce moment précis.

Carl aurait pu se trouver ailleurs. N'importe où ailleurs. S'il avait eu de meilleurs réflexes, il aurait même pu anticiper. Le soleil en route vers l'autre moitié du monde venait de plonger derrière les nuages, et Carl n'avait pas vu venir l'obscurité avant qu'elle l'engloutisse entièrement.

Un bruit sourd, rien d'autre. Pas de douleur fulgurante, pas de hurlement de souffrance. Un éclair aveuglant qui foudroie son univers, et ses jambes qui se dérobent. Ensuite, tout était devenu flou. Quelque chose traînait son corps, l'éloignait de la route. Vers les fourrés, et ce qui se trouvait au-delà…

Il avait tenté de relever la tête mais son corps ne réagissait pas. Il se souvint d'autres éclairs, d'autres coups. Une lente pulsation à l'arrière de son crâne. Mais toujours pas de douleur.

Elle viendrait plus tard.

Il avait perdu connaissance d'un coup, sans s'en rendre compte. Quand il avait repris conscience, il ne pouvait plus bouger. Chacun de ses membres hurlait quand il tentait de les bouger. Chaque mouvement de tête propulsait des ondes de choc à travers tout son corps.

Sa tête bascula en avant : il toussait. La souffrance était atroce. La bile emplit sa gorge, se déversa par sa bouche. Son corps tout entier convulsait sous la douleur. Il ouvrit les yeux, essaya de regarder autour de lui mais la nuit était partout depuis qu'il s'était évanoui.

Partout, la confusion. Rien n'avait de sens. Qu'est-ce qui s'était passé ? Où est-ce qu'il se trouvait ? À mesure que la brume se dissipait dans son esprit, il tentait de comprendre comment il avait atterri là. Et ne pas savoir où *là* se trouvait n'arrangeait rien.

Le ciel au-dessus de lui s'assombrit un peu plus – et Carl sentit alors une ombre s'abattre sur lui. Ce n'était pas logique : il faisait nuit. Pour faire une ombre, il faut le soleil.

Et soudain, il sentit l'odeur.

Une odeur qu'il avait déjà expérimentée. Dans les rues du centre-ville. En plein cœur de la nuit, quand il cherchait un endroit d'où personne ne pourrait le déloger. Une allée près des boîtes de nuit, quand la musique finissait par s'éteindre et que des jeunes partaient en titubant à la recherche d'un taxi – sans savoir ce qui se trouvait à quelques mètres.

Cette odeur emplissait l'allée. Le cadavre pas encore découvert d'un homme qui avait fini par lâcher prise. Il pensait que le corps serait rigide mais, pendant qu'il lui faisait les poches, il s'était rendu compte qu'il était mou et flexible. Sans doute là depuis deux jours, se dit-il. Bientôt, l'odeur guiderait les gens jusqu'au malheureux, mais Carl serait passé avant.

Deux balles et cinq cigarettes.

C'était la puanteur de la mort, penchée sur Carl. Il ne distinguait aucun visage, aucun trait. Juste l'obscurité qui le regardait tandis qu'il était étendu par terre, impuissant.

Sol dur. De la terre. Dehors. Une brise faisait frémir les feuilles, il devait se trouver à proximité des champs, pensa-t-il. Cette campagne cachée dans la plus grande ville du Nord.

Personne ne l'entendrait crier. De toute façon, il n'y arrivait pas. Il s'aperçut que son souffle était court, quelque chose l'empêchait d'emplir suffisamment ses poumons d'oxygène.

Quelque chose sur sa bouche.

Pourquoi moi ? se demanda-t-il. Il y avait tellement de gens qui auraient mérité d'être à sa place.

L'ombre pesant sur lui se décala légèrement, offrant aux yeux de Carl la possibilité d'identifier le décor. Il plissa les paupières dans le noir, essaya d'entendre le moindre mouvement, mais le silence l'enveloppait. Seul le vent froissait par intermittence les feuilles qui semblaient se trouver juste à côté.

Quand la voix résonna, elle ne ressemblait à rien de ce qu'il avait entendu. Elle le fit sursauter. Son oreille se couvrit d'une pellicule humide. Un murmure, aux intonations fermes. Inhumain. Dépourvu de toute caractéristique identifiable.

Ce n'était pas vrai. Ça ne pouvait pas l'être.

— Je t'attendais.

Une chanson explosa dans sa tête. Au refuge, des types parlaient de cette… chose qui vivait dans les bois. De SDF disparus, qu'on n'avait jamais retrouvés.

Une créature légendaire qui les attendait, tapie dans l'ombre.

Le Désosseur arrive, le Désosseur existe. Il ne s'arrête jamais, il ne ressent rien…

Il sentit les larmes couler sur ses joues à la première incision. Une lame découpant la peau de son ventre, une sensation perforante qui s'amplifia instantanément. Carl ouvrit la bouche pour hurler mais quelque chose bloquait son cri. Il tenta de se débattre mais il était comme cloué au sol, seuls ses yeux pouvaient bouger, témoins de ce qui était en train de lui arriver…

Il t'attrapera, il te fera pleurer…

Carl entendait les voix des autres enfants abandonnés, des gamins errants du refuge. Tard dans la nuit, ils parlaient à voix basse des fantômes qui vivaient parmi eux. La légende de leur enfance. Leurs voix se voulaient rieuses, mais il savait qu'ils avaient eu peur.

Qu'ils avaient appris à craindre ce qui se trouvait là… ce qui les guettait…

Il coupera dans ta chair, il gardera tes os.

9

La pièce était froide, l'unique radiateur refusant de se mettre en marche pour une raison qui échappait à Louise. Shipley n'avait pas l'air de s'en émouvoir. Assis à sa table, il prenait des notes en silence, le visage impassible. Penchée contre le mur à côté de lui, elle observait son profil.

Entre eux, la confiance est réciproque. Il y a un lien. C'est comme ça que ça fonctionne, dans la police. Pas besoin de parler. Ils sont là l'un pour l'autre, en toutes circonstances. Ils forment une équipe, une famille un peu foireuse.

Non, pas une famille. Une famille garde des secrets.

Ils ne sont pas censés en avoir l'un pour l'autre.

Louise se demanda s'il lui cachait quelque chose, en cet instant. Tout le monde a ses petits secrets et elle était curieuse de connaître ceux de Shipley. Il y avait forcément quelque chose derrière ce visage aux traits presque méditerranéens. Il était agréable à regarder. Un visage plein de caractère, avec ses cicatrices et ses marques qui avaient toutes leur histoire. Elle chercha un signe révélateur, un moment où il se trahirait. Un moment de lucidité où se laisserait deviner ce qu'il ruminait.

Bien sûr, elle ne trouva rien. Elle ne s'appelait pas Derren Brown[1].

1. Célèbre illusionniste et mentaliste anglais.

Elle se demanda s'il lui cachait des choses, de la même façon qu'elle ne lui racontait pas tout. Si c'était juste dans la nature humaine, de ne jamais dire toute la vérité. De laisser les mensonges s'installer petit à petit, pour devenir la norme.

– Tu es encore en train de me regarder, dit Shipley sans lever le nez de ses notes. Ça commence à devenir inquiétant.

– Pardon. J'étais perdue dans mes pensées.

Elle se leva et avança jusqu'à une petite fenêtre. Elle espérait qu'il n'avait pas remarqué le rouge qui lui montait aux joues.

– Une idée de la façon d'aborder ça avec la mère ?

Elle entendit la chaise grincer, puis le soupir de Shipley.

– Eh bien… maintenant qu'elle l'a identifié à 100 %, on suit la procédure habituelle. Et on met de côté la femme…

– Caroline.

– Je connais son nom, oui, répondit-il un peu abruptement.

Mais Louise entendit le sourire dans sa voix.

– On est allés chez elle, on a fouillé sa vie, et on n'a trouvé aucun lien avec Nathan Coldfield. De toute façon, on dirait qu'elle n'a aucun lien avec personne. Une solitaire. Avec une vie ennuyeuse, exactement comme elle nous l'a décrite. Une femme seule qui, selon toute apparence, a fait une mauvaise rencontre. Ce que je veux dire, c'est qu'on va traiter ça comme n'importe quelle autre affaire de meurtre. Faire le tour de ses connaissances, chercher où elle a été vue pour la dernière fois, etc. Ensuite, on passera aux autres aspects de l'affaire.

Louise se retourna – la rougeur devait avoir quitté son visage. Mais Shipley était déjà retourné à ses notes, ça n'avait plus vraiment d'importance.

La mère de Nathan Coldfield avait vu le corps de son fils à la morgue du centre-ville et l'avait identifié en quelques secondes, leur avait-on rapporté. On les avait aussi informés que l'affaire faisait désormais l'objet d'une enquête criminelle, ce qui n'était pas précisément une surprise. La Brigade criminelle ne tarderait pas à débarquer, songea Louise. Compte tenu des ressources de plus en plus maigres de la police de Liverpool, elle supposait qu'elle et Shipley resteraient associés à l'enquête, mais ce dernier paraissait anxieux.

Il ne voulait pas en être dessaisi.

Ils attendaient l'arrivée de la mère de Nathan pour l'interroger. Louise était une habituée de l'exercice, mais l'ambiance avait quelque chose de différent. Plus tendue, moins complice. Sans doute, se dit-elle, parce que leur dernière enquête sur un possible meurtre commençait à dater.

La présence menaçante d'une légende urbaine compliquait un peu plus la situation.

Louise prit son téléphone, consulta les dernières infos, trouva les quelques éléments divulgués sur l'affaire dont elle faisait désormais partie. Plus médiatisée dans la presse locale, quand les médias nationaux se contentaient de mentions plus brèves, très peu détaillées. Quelque chose lui disait que ce ne serait pas longtemps le cas. Elle cliqua sur l'icône de Twitter et se connecta au compte qu'elle avait créé sous un faux nom, comme tant d'autres collègues. La fenêtre s'ouvrit et elle chercha des mentions de la découverte du corps. Quelques tweets apparurent. Puis elle rouvrit la fenêtre de recherche.

Et tapa *Désosseur*.

– Ils n'ont pas traîné, dit-elle à mi-voix en faisant défiler les pages sur son écran.

Elle sentit que Shipley l'observait.

– On en parle déjà sur Twitter…

– Je déteste ce truc, répondit-il sans pour autant revenir à ses notes. Qu'est-ce qu'ils disent ?

– Quelques messages attribuent le meurtre au Désosseur. Des gens se demandent si la victime n'est pas tombée par hasard sur l'endroit où il vit. Des blagues… des mèmes… rien de notable.

– Ça changera si le public finit par apprendre que les victimes ont toutes les deux fait référence au Désosseur.

Un coup frappé à la porte les fit sursauter. Shipley se leva d'un bond et Louise rangea son téléphone dans sa poche quand, sans un mot, un policier fit entrer la mère de Nathan Coldfield dans le bureau. Une femme au visage émacié qui, à en juger par sa façon de se tenir, n'avait pas dû avoir une existence facile. Cheveux blond clair parsemés de racines grises. Traits du visage creusés. Seuls ses yeux bleus avaient quelque chose de chaleureux.

Après avoir échangé quelques banalités, ils abordèrent le sujet que chacun attendait. Louise constata que la femme était encore sous le choc de ce qu'elle venait d'apprendre, comme beaucoup de parents dans son cas. Yeux écarquillés, elle tentait de se raccrocher à tout ce qui l'entourait – et qui, dans quelques heures, ne serait plus qu'un souvenir flou pour elle. Louise était toujours surprise par la diversité des réactions – chacun est différent, après tout. D'après ce qu'elle observait, Barbara Coldfield penchait plutôt du côté « normal » de la balance. Pâleur, tremblement imperceptible des mains, yeux qui ne pouvaient ou ne voulaient pas les regarder. Ils se posèrent finalement sur le mur à côté d'elle.

À partir de là, la femme parut se perdre dans ses pensées.

À tout prendre, Louise préférait cette attitude. Quand les parents se mettaient à geindre, à hurler, à accuser le monde entier, les choses se révélaient beaucoup plus difficiles. Et s'ils se mettaient à poser trop de questions auxquelles elle ne pouvait en général pas répondre, le malaise s'installait.

— Vous acceptez de répondre à quelques questions, madame Coldfield ? demanda Louise en se penchant vers la vieille dame. Nous n'allons pas vous retenir trop longtemps.

— Ce n'est pas comme si j'étais attendue quelque part, répondit Barbara dont les yeux dérivèrent lentement vers Louise. Et puis, je ne m'appelle pas Coldfield. Plus maintenant. Mais vous pouvez m'appeler Barbara.

— Merci, Barbara, répondit Louise.

Elle avait opté pour sa voix la plus douce, la plus efficace avec les personnes âgées.

— Vous vous rappelez quand vous avez vu Nathan pour la dernière fois ?

— Ça remonte à quelques semaines. Il va et vient, si vous voyez ce que je veux dire. Vers la fin septembre, c'est tout ce que je peux dire. Si j'avais su que ce serait la dernière fois… Je ne sais pas. Peut-être que j'aurais fait attention à la date.

Louise remarqua un discret accent de Liverpool dans la voix de Barbara, et se demanda si c'était sa ville natale ou si elle avait passé son enfance ailleurs. C'était difficile de se faire une idée.

— Et vous n'avez pas signalé sa disparition. C'était une habitude chez lui ?

— Oui, tout à fait.

Barbara regardait le mur derrière Louise à présent, avant de revenir vers elle.

— Il faisait tout le temps ça. S'il avait disparu, je ne suis pas sûre que je l'aurais remarqué. En tout cas, pas avant plusieurs mois. Cela dit… il a oublié de me souhaiter mon anniversaire. La semaine dernière. Ça, il ne l'avait jamais fait. Même avec tous ses problèmes…

Shipley lança un coup d'œil furtif à Louise, qu'elle interpréta comme un signe qu'il n'avait pas l'intention d'intervenir et qu'elle devait continuer l'interrogatoire de la même façon. C'était le plan sur lequel ils s'étaient mis d'accord : elle s'occuperait des sujets faciles, lui des sujets plus épineux. Louise reprit ses questions, sans rien apprendre de décisif. Le tour de Shipley arriva rapidement.

— Y a-t-il d'autres raisons pour lesquelles, selon vous, il aurait pu perdre contact avec vous ?

La voix douce de Shipley n'était pas aussi crédible que celle de Louise, mais il avait toujours excellé dans d'autres scénarios.

Même si, dans ceux-là aussi, elle avait déjà eu l'occasion de faire ses preuves.

— Aucun signe d'amis, reprit Shipley tout en prenant des notes, de membres de la famille, ou autres ?

Barbara secoua la tête, un geste qui semblait lui coûter plus d'efforts qu'il n'aurait dû.

— Non, rien du tout. Je ne sais pour ainsi dire rien de ses amis. Et dans la famille, personne non plus n'a entendu parler de lui. De toute façon, le moins qu'on puisse dire c'est qu'il n'était pas très famille.

— Comment l'avez-vous trouvé le dernier jour où vous l'avez vu ? Vous n'avez rien remarqué d'inhabituel ?

– Rien du tout, dans mon souvenir…

Une pause bredouillante. Elle avala sa salive, s'obligeant à tenir bon, à ne pas craquer.

– Il était… comme il avait toujours été. Surtout ces dernières années. Avant, il venait passer quelques jours à la maison, il mangeait, il se lavait, il dormait beaucoup… J'avais l'impression qu'il ne dormait pas beaucoup, dans les semaines qui précédaient son retour.

– Et c'était fréquent, chez lui, de partir un moment et de revenir sans prévenir ?

– Oui. Il était comme ça. Je pouvais très bien ne plus le voir pendant des semaines, des mois même. Jusqu'à ce qu'il débarque comme une fleur, comme si rien ne s'était passé. Je ne lui ai jamais posé de questions. J'aurais peut-être dû.

Louise sentait que le temps pressait. Barbara commençait à se faire rattraper par la réalité. La prise de conscience brutale que ce qu'elle redoutait était bien arrivé. Elle décida de passer à la vitesse supérieure avant qu'il ne soit trop tard.

– Tout à l'heure, vous avez parlé des « problèmes » de votre fils. À quoi vous faisiez référence exactement ?

– Je ne pensais à rien de précis… Je voulais juste qu'il ne lui arrive rien.

– Mais vous saviez qu'il avait eu affaire à la police à plusieurs reprises, intervint Shipley après la mise en train de Louise.

Pour la première fois depuis l'entrée de Barbara, il posa sur la table une page du dossier.

– À plusieurs reprises, et pour toutes sortes de délits.

– C'était un bon garçon. Il n'a jamais fait de problème en grandissant. Il s'est juste mis à fréquenter les mauvaises personnes…

Shipley énuméra les dates des nombreuses arrestations de Nathan Coldfield, s'arrêtant sur l'une ou l'autre affaire. Louise perçut son changement de ton tandis qu'il prenait sur lui pour ne pas dire ce qui le démangeait.

En l'occurrence, ce qui sautait aux yeux : presque vingt années à enfreindre la loi, ça faisait beaucoup de temps passé avec les mauvaises personnes.

— Vous étiez au courant des choses dont il était accusé, pendant toutes ces années ?

Barbara le fusilla du regard.

— Je ne vois pas le rapport avec ce qui est arrivé à mon fils, monsieur.

— Nous devons explorer toutes les pistes, Barbara. Je suis désolé.

Elle eut un long soupir et secoua la tête en direction de Shipley.

— Ça lui arrivait de me prévenir, mais il ne me laissait jamais aller au tribunal ou ce genre de chose. Il me disait qu'il était toujours au mauvais endroit, au mauvais moment. Qu'une fois qu'on est pris pour un certain type de personne, on devient une cible. Et une cible facile.

Le terrain devenait de plus en plus glissant, mais Louise observait Shipley poursuivre dans cette voie.

— Certains délits étaient mineurs, mais j'en vois d'autres sur cette liste qui sont nettement plus graves. C'est possible qu'il se soit retrouvé embarqué dans quelque chose qu'il ne pouvait plus contrôler ?

— Dans la mesure où j'ai dû identifier son corps, je dirais que oui, c'est fort possible, répondit Barbara d'un ton cassant que sa voix n'avait pas encore fait entendre.

Louise comprit que la vieille dame était semblable à la plupart des parents qu'elle avait rencontrés. Leur fils n'était jamais *un mauvais garçon* ou *un criminel.* Il avait subi la situation, il ne l'avait pas choisie.

Normal. Classique, pensa-t-elle.

– Quelqu'un a tué mon garçon, reprit Barbara d'une voix plus calme. Je ne sais pas si c'est à cause des embrouilles dans lesquelles il se retrouvait fourré de temps en temps, ou parce qu'on l'a considéré comme une cible facile – comme vos collègues ont pu le faire. Je veux juste que vous découvriez ce qui s'est passé.

– Avant sa disparition, y avait-il une personne dont Nathan se sentait particulièrement proche ? demanda Louise pour faire diversion et éviter de faire une promesse qu'elle ne pourrait pas tenir.

Quelque chose traversa le visage de Barbara. Un ombre, presque une colère.

– Il y avait bien ce type, là. Nathan m'a dit qu'il s'appelait Rhys, quelque chose comme ça. Nathan n'en avait que pour lui. Ça avait commencé quelques mois avant sa dernière visite. Je n'aimais pas sa façon de parler de lui. J'ai essayé de le dire à Nathan, mais il ne voulait rien savoir. Il m'a expliqué qu'il l'avait rencontré dans la rue, un jour. Que ce type l'aidait. Qu'il allait le remettre dans le droit chemin.

– Vous l'avez déjà rencontré ?

Une pause. Un moment d'hésitation.

– Une fois. Mais pas comme il faut. Il était dehors, tout au bout de l'allée. Il avait accompagné Nathan, mais il n'est pas rentré ni rien de ce genre. Nathan savait qu'il ne valait mieux pas inviter du monde à la maison.

– Vous ne lui avez jamais parlé ?

Elle fit non de la tête.

– Pas la peine. Rien qu'à son allure, j'ai tout de suite vu à qui j'avais affaire.

– Quel genre d'allure ?

– Des yeux morts. Comme deux tunnels sombres. Il n'y avait rien derrière.

Louise planta ses incisives dans sa lèvre inférieure. La douleur irradia.

Des yeux comme des tunnels. Sombres, dépourvus de toute âme. De toute étincelle de vie.

Elle avait déjà vu ces yeux.

Ça ne se terminait jamais bien.

10

Quand Val entendit la nouvelle, le temps s'arrêta. Elle éprouvait la même sensation chaque fois qu'un corps était découvert dans sa ville. Surtout s'il n'était pas identifié.

Elle attendit toute la journée qu'on sonne à sa porte, persuadée que c'était imminent. Une simple question de temps. Rien de plus. Ils l'avaient trouvé, ils étaient en train de l'identifier, et ils allaient découvrir que c'était son fils. Son garçon.

De nouveaux détails filtraient. Le bois où le corps avait été découvert. De l'autre côté du fleuve où son fils avait disparu. D'autres bois, mais ça n'aurait rien changé pour elle. N'importe quel cadavre trouvé en ville était une possibilité. Et même plus loin. Elle était déjà allée jusqu'à Manchester et Preston pour identifier des corps qui n'étaient pas celui de son fils.

Son garçon.

Ça ferait bientôt vingt ans qu'il n'était plus là. Tout le monde pensait que le jour de sa disparition resterait le pire. Tout le monde se trompait. Dans quelques semaines, il aurait dû fêter son trente-quatrième anniversaire.

Et ces jours-là étaient les pires.

Noël, les anniversaires, le Nouvel An. Les jours de *fête* étaient ceux où elle ressentait le plus vivement la douleur de la perte. Il en va ainsi avec le chagrin :

on regrette les moments que l'on aurait dû passer ensemble. En famille.

À présent, ces moments étaient fragmentaires. Incomplets.

Pas de sonnerie à la porte. Pas de nouvelle qui, brusquement, apporte la paix.

Pas de point final.

Val se forçait à suivre les nouvelles à mesure que le drame se précisait. Le site du principal journal de la région avait ouvert un fil info en temps réel, et elle guettait chaque nouvelle entrée, retenant son souffle chaque fois qu'elle actualisait la page. Qui ne révélait jamais rien de probant. Il en allait de même des différents messages sur Facebook et Twitter – même si ça ne l'empêchait pas d'y chercher des informations dont la presse ne parlait pas. Apparemment, la police établissait un lien entre les deux affaires : la femme retrouvée hagarde dans les rues de Melling et, à présent, le corps découvert dans le bois voisin.

La plupart des commentaires semblaient considérer qu'il s'agissait de l'agresseur de la femme. Qu'il avait préféré se tuer plutôt qu'affronter la justice.

Si la peine de mort existait encore, on aurait pu faire le boulot à sa place.

Au moins, on n'aura pas gaspillé de fric pour cette ordure.

Des internautes qui commentaient sans avoir la moindre idée de ce qui s'était réellement passé.

Une fois encore, Val remercia la divinité qui avait permis que les réseaux sociaux ne soient pas aussi populaires à l'époque où son fils avait disparu. Elle pensait qu'elle n'aurait pas supporté de lire les opinions de tous ces inconnus. Elle en avait assez lu concernant les affaires d'enfants disparus et les parents agonis d'insultes pour savoir qu'elle n'y aurait pas survécu.

Pour elle, ç'aurait été comme le miroir de ses propres émotions. De son sentiment de culpabilité. Les vociférations ignares de la meute auraient eu raison d'elle. Elle en était certaine. La disparition de son fils avait ruiné son couple, sa famille… subir des remarques proférées derrière le voile de l'anonymat aurait ruiné son âme.

Elle savait ce que certains pensaient : son fils s'était enfui et elle savait où il se trouvait. Toute cette histoire de disparition était une ruse. Une manœuvre secrète pour détourner l'attention. Bien sûr, il n'y avait aucun fond de vérité là-dedans. Mais qui s'intéressait à la vérité ? Quand son mari avait soulevé la question, ç'avait été le dernier clou planté dans un cercueil construit depuis plusieurs mois. À ce stade de leur relation, il ne restait plus qu'à le descendre dans la tombe. C'était arrivé un peu plus vite que prévu.

Elle reprit son téléphone. Elle avait envie d'appeler sa fille. Mais elle ne s'en sentait pas capable. La dernière fois qu'elles s'étaient parlé – il y avait une éternité –, elle avait senti qu'il n'y en aurait pas d'autre.

Elle était piégée dans une distorsion du temps – un instant figé où elle vivait depuis des décennies. À l'étage, la chambre de son fils était restée en l'état. Elle y montait à peu près chaque semaine pour épousseter de vieux jouets et de vieux appareils électroniques qu'il n'utiliserait plus jamais. Même s'il revenait. La technologie était dépassée.

Des objets qui n'étaient plus touchés depuis tout ce temps, sinon par les mains de Val.

La pièce était impeccable. Elle n'attendait plus que son retour.

Parfois, elle oubliait ce qui était arrivé. Aux petites heures du matin, à moitié réveillée, elle se surprenait à ouvrir la porte de la chambre, pensant trouver son ado sous ses couvertures. Prêt à être tiré du lit pour partir au collège. Elle revivait une époque plus simple, où sa seule inquiétude était les silences de son fils, et sa tendance à faire quelques bêtises sans importance.

La réalité mettait quelques secondes à la frapper de plein fouet. Elle avait vingt ans de plus et son garçon s'était évanoui sans laisser de trace.

À présent, elle se laissait engloutir par le monde sur son écran d'ordinateur.

Actualisant chaque minute les pages de sites d'information, il devenait de plus en plus évident que cette affaire n'avait rien à voir avec son enfant disparu.

Jusqu'à ce qu'elle voie la première vidéo.

La silhouette floue d'une femme, titubant au milieu d'une route qu'elle ne reconnut pas. L'image tremblait, puis bascula quand la personne tenant le smartphone avança vers la femme. Comme si elle ne voulait pas vraiment, comme si s'approcher risquait de l'impliquer dans ce qui était en train de se passer.

Le son était plus important.

Val entendit la femme chanter d'une voix stridente. Comme si elle y mettait ses dernières forces avant de s'effondrer. Elle connaissait cette chanson. Une vieille comptine, tout le monde en ville la connaissait.

Le Désosseur arrive, le Désosseur existe.

Elle plaqua une main sur sa bouche, pour étouffer le cri qui menaçait de jaillir.

Les questions qui la hantaient.

La peur qui voulait s'échapper.

11

Debout devant sa table, Louise passait en revue les maigres indices rapportés de la chambre de Nathan Coldfield. Tout à coup, chaque facturette, chaque boule de papier froissé présentait un intérêt crucial.

Elle se demanda ce que les gens penseraient de sa propre tendance à toujours garder les facturettes si une enquête venait à être faite sur elle. Si un malheureux policier se mettait à chercher la signification de ce ticket de caisse vieux de cinq ans pour un sèche-cheveux tombé en panne trois ans plus tôt. Là, c'était à Louise de parcourir ces détritus, d'essayer de trouver un sens ou une valeur quelconque à ce bazar.

Elle avait placé au centre la photo trouvée sous le lit. C'était la pièce la plus importante.

— Il faut tout inspecter, dit Shipley en prenant un ticket de bus et en l'examinant des deux côtés. On a un prénom, mais pour le moment il ne correspond à rien.

— Pourquoi on ne contacte pas tous les Rhys de la ville ? On leur demanderait ce qu'ils faisaient il y a deux nuits.

Shipley ne rit pas mais s'autorisa un sourire.

— Tu imagines les heures supplémentaires qu'il faudrait pour mener à bien ce genre d'opération ?

— On va bien trouver quelque chose là-dedans…

Elle commença à trier les morceaux de papier. Toute l'accumulation de la vie moderne, fragment de voyages oubliés, choses achetées et consommées sans y penser…

— Tu crois ? J'ai des doutes.

Shipley avait du mal à cacher la tonalité pessimiste dans sa voix.

Louise secoua la tête et retourna à son inspection. Tout le contenu de la chambre de Nathan Coldfield s'étalait devant elle.

— C'est là. C'est forcément là…

— Voyons, on voit bien ce qu'il faisait : il rentrait au bout de quelques semaines, vidait les poches de son jean, le donnait à sa mère pour qu'elle le lave, puis foutait le camp de nouveau. On perd notre temps.

— Peut-être, mais on ne sait jamais, répondit Louise, consciente que son collègue ne faisait qu'exprimer sa frustration. On a du nouveau sur Caroline ? Sa famille, etc. ?

— Non, rien pour le moment. Elle vit dans un appartement et les policiers qui s'y sont rendus n'ont rien trouvé d'intéressant. Et quand je dis rien, c'est vraiment rien. L'endroit était immaculé. Comme un appartement témoin, a dit un des agents. Aucune touche personnelle, nulle part.

— OK. Donc, on n'est toujours pas plus avancés sur son cas, c'est ça ?

— On dirait bien que non.

Louise songea à la femme dans sa chambre d'hôpital, à quelques kilomètres de là. À ce qu'elle avait traversé, à ce qu'elle devait ressentir. Elle sentit la colère monter en elle en pensant au genre d'homme qui l'avait traitée ainsi. Son souffle se fit plus rauque.

Elle serra les mâchoires, fit un effort pour ralentir sa respiration. Se concentra sur ce qui s'étalait sous ses yeux.

Quelque chose s'y trouvait forcément.

Ils finirent par le trouver.

Louise se trouvait devant une maison mitoyenne quelconque, dans une rue tranquille d'un quartier sud de Liverpool, Garston. À quelques kilomètres de la dernière ville avant que Liverpool se transforme en une autre agglomération. À deux ou trois kilomètres de Speke, dernière étape d'un trajet vers Runcon et Widnes. Un cul-de-sac. Les tags sur le nom de la rue avaient été effacés.

De part et d'autre de la rue, des maisons identiques par leur forme comme par leur taille, qui donnaient à Louise l'impression de se pencher vers elle. Ici, les classes sociales étaient bien différentes de celles des HLM des quartiers voisins. La plupart des habitants avaient un métier et, dans la journée, rares étaient les voitures encore garées le long des trottoirs. Et leurs plaques d'immatriculation étaient bien plus récentes qu'au pied des HLM. La façade de chaque maison était soigneusement entretenue : pavés neufs dans les allées étroites, petit porche offrant un accès supplémentaire plutôt qu'une banale porte d'entrée en bois. Haies bien taillées pour les quelques maisons agrémentées d'un parterre de pelouse.

Il leur avait fallu une heure pour trouver ce qu'ils cherchaient. Le nom de famille du mystérieux « Rhys ». Il s'appelait Durham, et un numéro de portable désactivé depuis longtemps accompagnait son nom sur une note griffonnée.

Le « RD » au dos de la photo avait été la clé. Après qu'il eut été associé au prénom et au numéro de téléphone, les choses s'étaient enchaînées rapidement. Le numéro – même s'il correspondait à une carte SIM de téléphone jetable – avait permis de remonter jusqu'à Rhys Durham.

Parfois, Louise était effrayée par le pouvoir dont disposait la police. La capacité à trouver une information avec des indices si minces.

— C'est vraiment sa seule famille ?

— Dans la région, oui, répondit Shipley en garant la voiture à un coin de rue. Et, la dernière fois qu'il a eu affaire aux autorités, il l'a indiquée comme proche parente.

Ils s'étaient rendus à son dernier domicile connu mais l'occupant actuel n'avait pas pu les aider. Une brève discussion avec le propriétaire avait été à peine plus fructueuse : Durham avait déménagé depuis plusieurs années.

Louise commençait à se dire que Rhys Durham ne voulait pas être retrouvé.

Shipley sortit de la voiture et attendit que Louise referme sa portière pour verrouiller le véhicule à distance. Quelque part, un train passa dans un fracas. Louise et Shipley levèrent la tête en même temps puis se regardèrent.

— Eh bien, ça me rendrait vite folle…

Shipley contourna la voiture et la rejoignit.

— C'est quoi, la gare la plus proche ?

Il indiqua la direction d'où ils étaient arrivés.

— West Allerton, par là. Et de l'autre côté, Liverpool South Parkway. Ce n'était pas encore là quand je vivais dans le coin. La plus proche était Hunts Cross. Ça l'est toujours, d'ailleurs. Enfin, si tu fais le trajet entre Speke et la gare à pied. C'était toujours une galère, d'attraper ce train ! Quand j'étais gosse, je mettais trois quarts d'heure pour aller chez moi depuis la gare, et j'avais l'impression que ça durait trois heures !

— En bus, c'était mieux, non ?

— Ouais, quand ils marchaient normalement. Dans les années 1980-1990, c'était un peu la loterie. C'est pour ça qu'on ne bougeait presque pas de chez nous. D'ailleurs, on serait allés où ?

— Tu as vécu longtemps par ici ?

— Juste vingt ans.

Le sourire que Shipley lui lança la toucha en plein cœur.

— Je t'en ai déjà parlé. On est pour ainsi dire toujours restés en banlieue. À faire comme si on n'avait rien à voir avec ceux des logements sociaux du centre. Le coin le plus près de l'accès à l'aéroport, un endroit autosuffisant, pour ainsi dire. Ma mère regardait les habitants des logements sociaux de Speke avec un certain dédain, mais on n'était pas si différents, au fond.

— On dirait un peu ma mère, dit Louise.

Elle essaya de lui rendre son sourire, sans y parvenir tout à fait.

— Elle voulait toujours le meilleur pour nous.

— Quel genre de mère c'était ?

Louise fit comme si elle n'avait pas entendu et changea de sujet.

— Alors, on la joue comment ? Qu'est-ce qu'on lui dit, une fois qu'elle nous aura ouvert ?

— Allons-y à l'instinct.

Il laissa Louise passer devant.

— De toute façon, on ne va pas dire grand-chose vu qu'on ne sait pas grand-chose.

— Ça se tient.

En quelques pas, Louise remonta l'allée et frappa à la porte. Le bruit résonna dans la rue, et elle imagina quelques rideaux entrouverts chez les voisins les plus curieux de la rue. Quelques pas derrière elle, Shipley regardait vers l'étage de la maison. Puis il s'écarta pour inspecter la petite allée menant au portail de l'arrière-cour.

— Il faudrait aussi surveiller l'arrière, dit-il comme pour lui-même. C'est juste la voie ferrée qui passe derrière, mais on ne sait jamais.

— Tu penses que cette maison abrite l'assassin de Nathan Coldfield et l'agresseur de Caroline ?

Shipley haussa les épaules et revint se poster derrière elle. Elle l'observa quelques secondes, avant de se retourner vers la porte. Elle pensa au corps retrouvé dans le bois. À Caroline allongée dans son lit d'hôpital. Aux yeux sombres et morts de Rhys Durham.

On aurait sans doute dû ramener des renforts.

Elle ignora la voix dans sa tête, se redressa, prête à affronter ce qui se trouvait derrière la porte.

Elle n'eut pas l'occasion de ruminer plus longtemps. La porte s'ouvrit sur une vieille femme qui s'évertuait à empêcher un chien de courir vers eux.

— Rufus, tu rentres ! Allez !

Louise s'écarta et Shipley recula d'instinct en entendant les aboiements de plus en plus insistants.

— Du calme, de quoi tu as peur ?

Louise secoua la tête d'un air moqueur puis montra son insigne à la femme.

— Hazel Durham ? Je suis la *detective constable* Louise Henderson et l'homme qui vient de se cacher derrière moi est le *detective sergeant* Paul Shipley. Nous voudrions discuter avec vous.

Le chien semblait sous contrôle à présent. Hazel Durham redoublait d'efforts pour le maintenir contre elle.

— Vous avez un mandat ?

— Il nous en faudrait un ?

— Ça dépend de ce que vous cherchez.

Louise réfléchit une seconde et, avec son sourire le plus désarmant :

— Juste quelques instants avec vous au sujet de votre neveu, Rhys. Nous n'allons pas vous retenir longtemps.

— Je ne l'ai pas vu depuis des années. Je me demande ce qui vous fait penser le contraire.

Le coup du sourire n'avait pas marché. Ça ne surprenait pas beaucoup Louise. De toute évidence, cette femme avait déjà été confrontée à la police. Et sans doute plus d'une fois.

Ce qui ne laissait rien présager de bon pour eux.

— Eh bien, nous souhaitons vous poser quelques questions tout de même, si ça ne vous dérange pas, insista Louise en prenant le risque de se rapprocher de la femme. Juste pour clarifier certains points dans une enquête en cours.

Hazel Durham ne laissa rien paraître mais finit par s'écarter pour les laisser entrer. Louise passa la première, suivie de Shipley. Celui-ci pressa le pas tandis que la femme ouvrait une porte dans le couloir pour y mettre son chien. Puis elle leur montra le chemin jusqu'au salon.

— Je vous l'ai dit, ça fait des années que je n'ai pas vu Rhys. Je ne vais pas vous être d'une grande aide.

— Vous ne savez pas encore ce que nous allons vous demander, répondit Louise qui balaya rapidement le salon du regard.

Shipley resta dans le couloir, laissa Hazel passer devant lui puis s'éclipsa sans qu'elle s'en rende compte.

— Alors, quand l'avez-vous vu pour la dernière fois ?

— Ça doit remonter à plus de deux ans. On n'était pour ainsi dire jamais sur la même longueur d'onde sur plein de sujets, mais cette fois il était allé trop loin.

— Trop loin, c'est-à-dire ?

Hazel traversa la pièce et s'arrêta près d'une cheminée blanche, bras croisés. Elle est parfaite dans le rôle, songea Louise.

— Ce n'était pas vraiment une lumière, vous savez… Il pensait que je ne me rendrais compte de rien. Mais j'ai vu clair dans son jeu. Cette fois, il m'a trop pris.

Louise commençait à perdre patience. Elle prit une profonde inspiration et demanda :

— Qu'est-ce qu'il vous a pris ?

Elle décroisa les bras et les laissa retomber avec un petit bruit sec.

— Tout. Il m'a tout pris. Il m'a pris mon fils.

Louise allait répondre mais l'apparition de Shipley l'en empêcha.

— Il faut que tu viennes voir ça.

Derrière lui, Louise entendait le chien japper mais elle ne quittait pas des yeux son chef.

Et l'expression sur son visage.

12

Pendant quelques secondes, Louise ne comprit pas ce qui pouvait exciter à ce point Shipley. Puis elle le repéra, sur le mur, en franchissant le seuil de la chambre. La noirceur de l'encre, la façon dont le dessin semblait se détacher du mur. Sa maîtrise artistique et toute son horreur. Elle cligna des yeux – il s'était déjà imprimé dans sa rétine.

Ç'aurait pu être la chambre de Nathan Coldfield s'il était né une décennie plus tard. Hazel Durham était un peu plus fée du logis que Barbara, la mère de Nathan. Elle devait nettoyer et faire la poussière encore plus souvent. Un sanctuaire immaculé. Ce qui n'empêchait pas une odeur de renfermé de flotter dans l'air. Le parfum d'une pièce inoccupée depuis longtemps. L'air y était glacial, dénué de toute vie.

En même temps, ce n'était pas la propreté de la pièce qui sautait aux yeux. Sur un mur, de vieux posters et un papier peint défraîchi. Sur l'autre… eh bien, si Shipley n'en était pas sûr, Louise savait ce que c'était.

— Ça a dû prendre du temps. Qu'est-ce que c'est, tu penses ?

Shipley était encore pâle, malgré quelques couleurs retrouvées.

— Aucune idée, mais ça me glace les os.

— Les os, vraiment ?

– Pardon, ça m'a échappé…

Le visage principal évoquait vaguement un masque diabolique. Le dessin, immense, avait été fait directement sur le mur. Le marqueur noir était délavé par endroits, mais l'effet restait saisissant. Les yeux et la bouche rehaussés de rouge. Des fils prolongeant ses traits, comme des vrilles s'élançant du masque haineux vers d'autres parties du mur où s'accrochaient des versions plus petites du même genre de visage.

Au-dessus du dessin, les lettres « OSS » paraissaient saigner du mur. Et sous la figure démoniaque, les mots : « IL EXISTE. »

– Un dessin de Rhys ? demanda Louise en se tournant vers Hazel, qui se tenait sur le seuil et avait baissé les yeux.

– Non, bien sûr que non. Il n'aurait jamais pu faire une chose pareille. Il n'a aucun talent artistique. Il aurait du mal à dessiner un bonhomme-patate, alors un dessin pareil… Non, c'est l'œuvre de mon fils.

– Comment il s'appelle ?

– Jon, répondit-elle à voix basse comme si dire le prénom de son fils lui coûtait. Il s'appelait Jon.

Louise saisit le changement de temps.

– Il *s'appelait* ?

Hazel eut un petit mouvement de tête et un sourire fugitif vite remplacé par un rictus méprisant.

– Il est mort il y a un an. Je… je n'entre pas souvent dans sa chambre. C'est trop douloureux.

Shipley lui montra le mur.

– Qu'est-ce que vous savez de ce dessin ? Qu'est-ce que ça veut dire ?

– Aucune idée. Mais je savais que ce n'était pas bien… Il pensait que c'était de l'art. J'ai bien été obligée d'accepter. Il traitait souvent ce genre de sujet, ce genre de thème, et il avait du mal à s'en arracher. Il ne parlait que de ça… quand il parlait. Il passait tout son temps dans sa chambre à travailler sur son ordinateur ou à écrire des choses…

Louise s'approcha du dessin et remarqua d'autres marques sur le mur.

– Qu'est-ce que c'est ?

– Le diable ! répondit Hazel comme à une question idiote. Vous ne voyez pas ?

– Bien sûr, dit Shipley entre ses dents. C'est juste que ce n'est pas habituel de trouver ce genre de dessin sur le mur d'une chambre. Pourquoi il a fait ça ?

– Dans les mois qui ont précédé sa… enfin, avant, il est devenu complètement obsédé par une histoire. Il en parlait comme si ça existait. Cette histoire stupide dont tous les enfants ont entendu parler. Un de ces monstres qu'on invente pour se faire peur… Le Désosseur.

Elle secoua la tête, détourna le regard.

– Je crois que certains gamins ont… profité de lui et lui ont bourré le crâne de bêtises. Et ça le hantait. Il ne comprenait pas que c'était une histoire, que ce n'était pas la réalité. Par la suite, j'ai mis ça sur le compte de son besoin de solitude. Il passait des heures à jouer sur son ordinateur et, quand l'année scolaire s'est terminée, il ne quittait pour ainsi dire plus la maison. Je n'y comprenais vraiment rien. Et puis, cette histoire idiote a pris possession de son imagination.

– Le Désosseur…

Shipley soupira bruyamment. Louise regardait toujours le mur mais elle sentit toute son incrédulité en entendant de nouveau ce nom.

Louise avisa quelques feuillets sur une commode à côté du dessin.

— Tiens… des notes sur le Désosseur, dit-elle avant qu'Hazel se perde dans ses pensées. Ça parle des lieux où il serait apparu et où des gens l'auraient aperçu… Différentes versions de l'histoire. Tout est là. Hazel, il vous en a parlé ?

— Jamais, à part tout le temps…, répondit la vieille femme avec un mince sourire. Il était obsédé par l'idée de le retrouver. Il y a quelques dossiers, par là, remplis des mêmes fariboles… Il se cramponnait à ça. Il voulait retrouver ce monstre et mettre fin à ses crimes. Je me rappelle un jour, il regardait un film de super-héros en prenant des notes, comme s'il avait vraiment l'intention de stopper ce Désosseur qui n'existe pas. Rhys s'est servi de lui.

Shipley avança et s'immobilisa en voyant Hazel se replier sur elle-même.

— Qu'est-ce qui s'est passé avec Rhys ?

Quelques secondes de silence.

— C'est là que les choses ont vraiment empiré… Quand il s'en est mêlé, la situation est passée de mauvaise à catastrophique. C'est ma faute. Je n'aurais jamais dû lui demander…

— Lui demander quoi ?

— D'essayer de le faire sortir.

Elle s'appuya au chambranle de la porte.

— Je pensais qu'il réussirait à l'arracher à tout ça. Quand il était encore enfant, Jon le regardait avec admiration alors que, moi, je n'arrivais à rien avec lui. Il était… différent. Des autres garçons de son âge. On n'a jamais vraiment su ce qui n'allait pas avec mon fils mais ce n'était pas un ado comme les autres. Il était très jeune. Dans sa tête. Il paraissait dix-huit ans mais, en réalité, c'était un petit garçon. Rhys était censé l'aider à sortir un peu plus de sa coquille. Lui aussi avait eu des problèmes au même âge… Rien de surprenant quand on voit comment il a tourné…

– Qu'est-ce qui est arrivé à Rhys ?

– Je pensais que vous saviez ? Ses parents sont morts à un an d'intervalle. La drogue, apparemment. Ma sœur – sa mère, il ne portait pas le nom de son père – est devenue une autre personne le jour où elle a rencontré le père de Rhys. Je ne l'ai jamais aimé. Il l'emmenait toujours dans des sales coups… mais elle n'avait pas l'air de s'en plaindre. Elle est partie la première : overdose d'héroïne. Lui, environ un an après, lors d'une poursuite avec la police – parce qu'il transportait de la drogue sur lui. Il a été percuté par un train. Rhys avait l'air de ne pas trop mal s'en tirer, j'ai cru qu'il pourrait aider Jon. Jon n'a jamais connu son père, et il a souvent manqué de modèles masculins dans sa vie. En tout cas, c'est ce que je croyais. Mais ça n'a fait qu'aggraver la situation. Et maintenant, il ne me reste plus que cette chambre…

– Jon…, commença Louise, avant de traverser la pièce pour se rapprocher d'Hazel. Comment Rhys s'est trouvé impliqué dans la mort de votre fils ?

– C'était un bon garçon, mon Jon. Je sais qu'en grandissant, il se serait guéri de cette… obsession. Il aurait trouvé autre chose. Autre chose pour occuper sa vie. Il était trop gentil pour finir comme ça.

Louise sentit qu'Hazel était sur le point de se replier sur elle-même, de se perdre dans ses souvenirs.

– Hazel, vous devez nous aider à comprendre, maintenant. Nous devons trouver Rhys. S'il a fait quelque chose à Jon…

– Il l'a tué ! En tout cas, c'est tout comme. Il lui a bourré le crâne de mauvaises pensées. Et Jon n'a pas pu leur échapper. Ils ont retrouvé son corps près d'Oglet Shore…

En entendant le nom de cette rive de la Mersey, Louise sursauta. De nouveau, le sud de Liverpool.

— Que s'est-il passé ?

— Ils disent qu'il s'est tué. C'est la version officielle. Je n'y ai jamais cru. À côté de lui, il y avait un flacon vide et un message. Ça leur a suffi. Mais moi, je connais la véritable histoire…

— Oui, Hazel ?

— Rhys l'a forcé. D'une façon ou d'une autre. Il lui a rempli la tête de foutaises et regardez où ça l'a mené. Mon fils, mon Jon… un si gentil garçon. Il n'aurait jamais rien fait de tout ça sans Rhys. Celui-là, il savait comment entrer dans sa tête… Lui faire croire que des choses irréelles existaient vraiment…

Louise se tourna de nouveau vers la fresque murale. Les yeux noirs du masque démoniaque lui renvoyèrent son regard. Le dessin illustrait une des versions de la légende : parfois, le Désosseur portait un masque de diable, quand il n'était pas le *vrai* Diable.

Tout cela, ces variations pittoresques, ces souvenirs fragmentaires, renvoyait à la même histoire.

Elle commença à prendre des photos avec son téléphone, s'assura de bien immortaliser chaque détail de l'illustration. Sans y réfléchir, sans s'interroger, sans écouter la voix qui hurlait dans sa tête :

Quelle part de cette histoire est véridique ?

Shipley parlait toujours avec Hazel qui, Louise le sentait, était complètement perdue pour eux. Elle continuait de répondre aux questions mais ses réponses n'avaient plus aucun sens. Du moins pour quiconque ne parlait pas le langage de la douleur. Ou du deuil.

Louise écouta Shipley s'obstiner mais elle aurait voulu poser une main sur son épaule et lui dire de ne pas perdre son temps.

— Hazel, qu'est-ce qui est arrivé à Rhys ? Où est-ce qu'il est parti ?

— Je ne sais pas.

Et la vieille dame s'affala contre le mur, se laissa glisser jusqu'au sol. Mains dans les cheveux, doigts crispés dans ses mèches, elle se mit à les tirer doucement.

— Je ne l'ai plus revu, après l'enterrement. Il n'était pas le bienvenu ici, il le savait. Pas après ce qu'il avait dit…

Shipley était habitué aux relances, mais Louise le voyait s'agacer des réponses de plus en plus brèves d'Hazel et des informations laissées en suspens.

— Qu'est-ce qu'il avait dit ?

— Qu'il avait fini par attraper Jon. Que le Désosseur parvient toujours à ses fins. Et il était resté là, avec cet horrible sourire. Comme si ça lui faisait plaisir. Je n'ai même pas su quoi lui répondre. J'étais juste… ébahie. J'en ai parlé à vos collègues mais ils m'ont dit qu'il n'y avait pas de preuves, rien qui démontrait que ça pouvait être autre chose qu'un suicide. Mais moi, je l'ai toujours su. Même si Rhys n'était pas dans les parages à l'époque, c'est comme s'il avait trouvé les cachets et les avait lui-même enfoncés dans la gorge de Jon. Tout ce qui est arrivé, c'était de sa faute.

Louise parcourut les notes sur la commode près du dessin. Elle les photographia mais se dit qu'ils les prendraient en partant. « Il marche parmi nous, nimbé d'une aura mortelle », lut-elle à mi-voix. Puis elle revint au dessin, examina les motifs près du masque. La plupart étaient presque indéchiffrables ; des mots et des symboles alignés au hasard qui n'avaient aucun sens pour elle. Quelques-uns se distinguaient parmi ces figures aléatoires.

Quelque chose se dégageait de ces symboles virevoltant autour du masque. Différentes couleurs, principalement du rouge et du noir. Elle s'attarda sur une photo floue qui lui paraissait familière.

Elle ne mit pas longtemps à la reconnaître. Les mêmes bois que sur une des photos découvertes dans la chambre de Nathan Coldfield. Aux abords de la ville, à quelques kilomètres seulement de là où ils se trouvaient.

Louise attendit Shipley, qui avait accompagné Hazel Durham au rez-de-chaussée. Elle continua à prendre des photos, sortit les dossiers rangés dans un cagibi étroit, les feuilleta et les photographia.

Ils seraient obligés de les emporter avec eux. Ils contenaient trop d'informations pour en prendre connaissance et les analyser sur place. Des réflexions développées à partir des formules criardes tracées sur le mur derrière elle. Davantage de photos. Des cartes de zones boisées, des plans, des endroits cerclés de rouge.

Elle se demanda s'il y avait vraiment un lien entre tous ces éléments. Une femme qui échappe à la mort, un corps retrouvé dans le bois d'où elle s'était enfuie, une vieille légende répétée au fil des ans, considérée à présent comme la clé potentielle de ces énigmes…

C'était grotesque.

Et pourtant, les deux victimes portaient tout de même les marques d'un acte rituel. Louise n'avait aucun doute que Caroline aurait dû connaître le même sort que Nathan Coldfield. Mais elle était parvenue à s'enfuir…

Comment ? Il aurait brusquement été distrait pendant qu'il la découpait ? Ça ne tient pas debout…

Elle secoua la tête, ignora la voix qui y résonnait.

— J'ai prévenu un agent de liaison, annonça Shipley en apparaissant à la porte.

Il entra dans la chambre, s'approcha de Louise jusqu'à lui frôler l'épaule.

— Je ne savais pas quoi faire… Elle a l'air assez bouleversée.

— On a rouvert d'anciennes blessures.

— Je crois surtout qu'elles n'ont jamais cicatrisé. Tu as trouvé quelque chose qui pourrait nous conduire à Rhys Durham ?

Louise feuilleta les pages du dossier, maculées de rouge et de noir, suintant la violence, la haine et la peur.

— Je ne sais pas. Apparemment, Jon était un garçon perturbé qui s'est retrouvé embarqué dans cette histoire. On n'a qu'à emporter ces dossiers et les examiner de plus près, mais je doute qu'ils nous soient vraiment utiles.

Shipley regarda la page avec une expression découragée, comme s'il ne comprenait pas les mots qui y étaient écrits. Mais ce n'était pas ça, Louise le sentait. C'était plutôt de savoir que, dorénavant, ils étaient à la recherche de quelque chose de bien plus grave qu'ils l'avaient cru.

— Comme si cette affaire n'était pas déjà assez bizarre…

Il soupira et ne termina pas sa phrase.

Louise ne répondit pas. Une fois de plus, son attention était attirée par le mur. Les yeux sombres et morts au centre du masque. L'horreur qui s'y étalait, le mal qui les menaçait…

— Juste une légende, murmura-t-elle enfin. Ça n'existe pas.

13

Elle connaissait par cœur ce genre de réunion. En temps normal, elle restait silencieuse, laissait parler tout le monde et se contentait d'écouter.

Aujourd'hui, ce serait différent.

L'affaire avait pris une nouvelle tournure, et elle n'était pas encore sûre des conséquences que cela entraînait. Les dossiers de Jon Durham et la fresque dans sa chambre ne leur apportaient pas grand-chose, au fond. C'est en tout cas ce qu'ils se disaient en quittant la maison. Louise n'avait pas encore réussi à arracher Shipley à ce qu'elle supposait être des considérations plus importantes : le cadavre de Nathan Coldfield et la tentative de faire de Caroline une nouvelle victime.

Elle aurait eu beau prendre la parole, personne n'était prêt à suivre la voie qu'elle sentait s'ouvrir à elle.

L'équipe de la Brigade criminelle se profilait déjà, attendait de prendre la suite de cette petite enquête menée jusqu'à présent par Louise et Shipley. Deux de ses représentants étaient d'ailleurs assis à la table de la réunion, affichant une expression supérieure tandis qu'ils jugeaient silencieusement le duo de policiers qui leur faisait face.

Si ça les amuse, pensa Louise.

– Un peu d'attention, commença Shipley en se levant et en résistant à l'envie de tapoter son stylo contre son mug. Comme vous le savez, nous sommes ici pour discuter des derniers développements de l'affaire Coldfield.

— Ça devrait être rapide, alors…

Shipley fusilla du regard l'agent – désormais rougissant – qui, au fond de la pièce, avait parlé sans doute un peu plus fort qu'il le croyait. Il fallait à tout prix que chacun comprenne – et rapidement – la gravité de la situation.

— Comme je le disais, reprit-il tout en vrillant les yeux sur le malheureux qui l'avait interrompu, le corps de Nathan Coldfield a été découvert dans un bois près de la rue où la jeune Caroline Rickards semble avoir été sauvagement agressée. Il a été identifié catégoriquement par un membre de sa famille et les résultats préliminaires de l'autopsie concluent à une mort par hémorragie massive. Selon les premières estimations, le décès serait survenu vingt-quatre heures avant l'apparition de Caroline dans la rue.

À mesure qu'il parlait, Louise changeait les photos projetées sur l'écran derrière lui. Télécommande en main, elle tentait de ne pas regarder le corps figurant sur chaque image.

D'ordinaire, la mort ne la rendait pas nerveuse.

Mais c'était différent.

— Louise va vous expliquer ce que nous avons découvert pour le moment, afin que vous soyez tous à jour.

Il s'assit et Louise lui tendit la télécommande avant de se lever à son tour. Il prit l'appareil et posa le pouce sur le bouton de défilement. Puis il la regarda, impatient.

— Nous avons interrogé la mère de Nathan Coldfield, qui n'avait pas vu la victime depuis quelques semaines. Elle nous a appris que son fils fréquentait un dénommé Rhys, que nous avons ensuite identifié comme un certain Rhys Durham, considéré désormais comme d'intérêt majeur.

Elle attendit que Shipley presse le bouton. La photo sur l'écran laissa la place à un portrait d'identité judiciaire du jeune homme, vieille d'environ cinq ans. Louise jeta un coup d'œil par-dessus son épaule pour vérifier que c'était la bonne photo. Traits émaciés, pommettes creuses, et le visage intact d'un gamin d'une petite vingtaine d'années. Ç'aurait pu être n'importe quel gosse au crâne rasé confronté plus tôt que prévu aux affres de l'âge adulte. Inséparable de sa casquette de base-ball et de sa démarche chaloupée. Il avait juste l'air normal.

— Rhys Durham, trente ans. Une connaissance de la victime qui, à en croire sa mère, a eu une mauvaise influence sur son fils, même si elle ne l'a jamais directement rencontré. En gros, elle ne l'aimait pas et avait sans doute une bonne raison pour ça. Il a un casier.

Une main se leva parmi les chaises devant elle.

— Pour quoi on l'a coincé ?

Louise feignit ne pas être dérangée par cette interruption. *Comme si je n'allais pas vous le dire…*

— Pas mal de choses pendant pas mal d'années. Surtout des actes de violence. Et puis, à dix-sept ans, viol d'une mineure de quatorze ans. Il s'en est tiré avec une mise à l'épreuve. Selon son avocat et un juge un peu laxiste, elle l'aurait encouragé… Nous avons parlé à cette jeune femme et à sa famille. Apparemment, ils n'ont plus vu Durham ni entendu parler de lui depuis le procès. Le seul parent que nous ayons réussi à localiser est sa tante, Hazel Durham. Ses deux parents étaient des junkies, morts tous les deux avant les dix-huit ans de leur fils. Il faisait déjà des conneries avant, mais ses infractions avec violence ont augmenté après ces décès. Elles se sont arrêtées il y a un ou deux ans. La tante non plus n'a pas vu Rhys depuis longtemps, mais ce serait en relation avec ce qui est arrivé à son fils.

Louise expliqua ce qu'elle et Shipley avaient découvert dans la maison d'Hazel Durham et dans la chambre de son fils Jon. Shipley fit défiler les photos prises la veille. Devant la fresque sur le mur de la chambre, elle vit les expressions des agents changer.

– Ces dessins ont été faits par Jon, le cousin de Rhys. Ils représentent quelque chose que vous devez reconnaître si vous avez grandi dans la région.

Quelques murmures dans l'assistance. Louise remarqua des visages perplexes, mais la plupart des policiers semblaient comprendre de quoi il retournait.

– Certains parmi vous, je le sais, se demandent le rapport entre les gribouillis d'un jeune homme à la santé mentale fragile et notre affaire. Eh bien, il se trouve que cette légende urbaine a déjà été évoquée à plusieurs reprises lors de notre enquête...

– Alors quoi ? Le Désosseur existe pour de bon et il tue des gens ?

Louise dévisagea le policier qui avait déjà interrompu Shipley et souriait d'un air entendu.

– Pourquoi ? Tu as peur ? Tu veux appeler maman ?

L'homme bredouilla une réponse mais Louise enchaînait déjà.

– Le Désosseur, pour ceux qui ne le connaîtraient pas, est une sorte de mythe local. On raconte des histoires à son sujet depuis une éternité, mais rien n'a jamais été prouvé. C'est l'épouvantail du coin, il y a toutes sortes de rumeurs à son sujet... En général, il est question d'une étrange *créature* qui vit dans les bois, qui attrape des gens et les fait disparaître.

– En gros, intervint Shipley en desserrant sa cravate, toutes les disparitions de personnes autour de la ville ces dernières décennies ont été attribuées à cette… histoire. Mais personne n'a jamais apporté de preuve tangible.

– Et il a même sa petite comptine ! lança une voix, qui se mit à la chanter.

Louise leva la main.

– Merci, mais on va s'en passer. On a tous entendu ces histoires, elles datent pour certaines de quelques dizaines d'années. Des gens qui disparaissent, qu'on ne retrouve jamais. Il y a toujours quelqu'un qui va vous expliquer qu'elles ont été aperçues près d'un bois, et c'est comme ça que la légende survit. La police n'a jamais entendu de témoin qui aurait aperçu quelqu'un ou quelque chose suggérant qu'il pourrait s'agir d'autre chose qu'une banale affaire de disparition de personne. À ce stade, nous n'écartons pas cette piste, mais il y en a beaucoup d'autres.

Louise continuait de parler mais elle sentait bien qu'elle ne convainquait pas son auditoire. Pour la plupart des policiers, ce n'étaient que des rumeurs. Ils ne voyaient pas le fil directeur. Pas encore.

– Si on met de côté l'histoire du Désosseur, c'est encore une mort qui semble impliquer Rhys Durham. Dans quelle mesure au juste, on ne peut pas encore en être certains. Nous avons fait des recherches sur la mort de Jon. Tout semble indiquer le suicide. Le corps a été retrouvé près d'Oglet Shore, au sud de la ville. Un type qui promenait son chien. À côté du corps, un flacon de pilules. Et un message. L'autopsie a révélé une overdose.

Shipley pressa le bouton de la télécommande, laissant apparaître une photo d'Oglet Shore au lieu du message prévu. Cette fois, Louise ne se retourna pas vers lui.

— Le message disait : « Le Désosseur a fini par me trouver. »

Elle attendit que les policiers enregistrent l'info et commencent à comprendre pourquoi elle leur avait parlé de cette légende urbaine.

— Le médecin légiste n'ayant pas réussi à déterminer si la mort avait été provoquée par la victime elle-même, son diagnostic reste sujet à interrogation. Disons que le suicide est l'hypothèse la plus vraisemblable. Jon souffrait de dépression, d'angoisse, les problèmes de santé mentale habituels. Juste avant sa mort, il avait développé une obsession pour le mythe du Désosseur. L'enquête a conclu à un épisode dépressif majeur.

Quelques sourcils levés, mouvements de tête incrédules en voyant la direction prise par l'affaire. Louise perdait encore son public. Elle consulta ses notes.

— La tante de Rhys Durham a demandé à son neveu de passer plus de temps avec Jon. Il était censé l'aider à se sortir de la spirale de souffrance où son fils s'était enfermé. Mais elle prétend que Durham n'a fait qu'aggraver les choses. Qu'il a alimenté les peurs de Jon.

— Le portrait que nous avons reconstitué de Rhys Durham n'a rien de rassurant, dit Shipley sans se lever de sa chaise. C'est pourquoi retrouver sa trace et l'endroit où il se cache est une priorité absolue.

— Et personne ne l'a vu depuis un an ? On a des indices ? demanda le policier rencontré dans le bois sur lequel Louise réussit enfin à mettre un nom : *detective constable* Stuart Cavanagh.

Ils avaient déjà réfléchi à cela, encore et encore.

– La mère de Nathan Coldfield semble se rappeler l'avoir aperçu dans le coin il y a environ un mois, et depuis plus rien. Mais on n'a pas encore approfondi la question. Il n'a pas été signalé disparu, ou quoi que ce soit. Il s'est juste évanoui des radars. Notre boulot est de le sortir du trou où il se planque. Des infos détaillées sur Rhys Durham vont être transmises aux médias ce matin. Il n'y a pas encore eu de couverture de la découverte du corps de Nathan Coldfield à l'échelle régionale, mais ça peut changer à tout moment. Avec un peu de chance, quelqu'un va le reconnaître et on pourra l'interpeller sous peu. D'ici là, je veux que vous vous occupiez tous de récolter le maximum d'informations auprès des personnes fréquentées par Rhys Durham. Peu importe si le lien est minime. Pour l'instant, on concentre tout sur lui. On le retrouve et toute cette histoire s'arrête.

– Et la femme ?

– On a passé sa vie au peigne fin, répondit Shipley après avoir décoché un regard à Louise. Hypothèse la plus probable : elle s'est trouvée au mauvais endroit au mauvais moment. Elle refuse de recevoir de la visite à l'hôpital mais, selon nous, c'est plus de la honte ou de la pudeur. On a parlé à son patron : elle vient bosser tous les jours, elle fait son travail, elle rentre chez elle. Jamais de problèmes. Aucune trace d'elle dans nos archives, et on n'a trouvé aucun lien entre elle et Nathan Coldfield. Je vous l'ai dit, elle s'est retrouvée par hasard là où il ne fallait pas. Pour autant qu'on puisse en juger.

Il commença à assigner les tâches aux hommes et aux femmes réunis, chacun repartant avec une mission bien précise. Louise se rendit compte que tous commençaient à prendre la mesure de la charge sur leurs épaules et de ce qui les attendait.

Retrouver un homme. Quelqu'un qui n'avait pas été vu depuis longtemps. Avec apparemment un seul parent encore en vie et pas de véritables amis. Ce n'était pas mission impossible mais… les choses auraient pu être plus simples.

Ils attendirent que tout le monde ait quitté la salle de réunion. L'air semblait se figer autour d'eux. La photo de Rhys Durham était encore sur l'écran. On aurait qu'il les fixait du regard. Qu'il jaugeait leur prestation. Qu'il les jugeait.

La mère de Nathan avait raison. Ses yeux paraissaient noirs, ils transperçaient l'écran et venaient se vriller dans leur tête.

Louise imagina qu'elle les regardait en vrai. À cette idée, elle se raidit.

– Tu crois que c'est notre homme ? lui demanda Shipley.

Pour une fois, elle était heureuse qu'il interrompe ses pensées.

– Tu penses qu'il a attaqué Caroline à l'endroit où il a tué Coldfield un jour plus tôt ?

– Pour moi, il est très possible que Caroline l'ait dérangé pendant qu'il retournait sur le lieu du crime. Mais on n'a encore rien reçu de la brigade scientifique qui nous permette de le relier à un meurtre.

Évitant le regard de Shipley, elle glissa une feuille dans une chemise qu'elle referma.

– Et il peut très bien refuser de répondre quand on l'interrogera. Ça risque d'être compliqué…

– Le rapport des scientifiques sur le corps n'est pas encore arrivé, répondit Shipley d'un ton conciliant. Et il y a sûrement assez de preuves circonstancielles pour établir le lien.

— Je n'en jurerais pas… On a vu des dossiers plus solides tomber à l'eau.

— Au moins, il ne sera plus en liberté.

Shipley suivit Louise à travers la salle.

— Je n'imagine même pas ce qu'il a pu fabriquer ces deux dernières années.

Louise s'immobilisa en arrivant devant la porte, dossier sous un bras, main sur la poignée.

— Et le Désosseur, là-dedans, qu'est-ce qu'on en fait ?

Elle s'efforçait de parler d'une voix détachée. En mode : *une question en passant.*

— On a un certain nombre d'éléments maintenant, et tous semblent pointer dans cette direction. On décide de ne pas en tenir compte, c'est ça ?

— Qu'est-ce que tu proposes ? On part à la recherche de types portant un masque de diable ? Avec Halloween qui approche, on va refuser du monde en cellule…

Il attendit la réponse de Louise mais, au lieu de cela, elle posa sur lui un regard plein de mépris. Puis elle tourna les talons.

— Écoute, attends !

Il s'interposa entre elle et la porte.

— Je reconnais, c'est vraiment bizarre que cette histoire qu'on se racontait quand on était gosses revienne aussi souvent. J'ai juste du mal à comprendre ces connexions. Et toi aussi, sinon tu m'en aurais déjà parlé. La peur a des effets étranges sur les gens. Peut-être que Rhys racontait aux gens qu'il rencontrait que le Désosseur, c'était lui, mais qu'en fait c'était sa couverture ? Si c'est bien lui, c'est juste un taré qui aime tuer. Nathan a dû être sa première victime. Caroline l'a surpris et, pour la peine, il l'a presque tuée.

– Et il connaît aussi son prénom ? Tu te rappelles, elle nous a dit qu'elle l'avait entendu avant qu'il l'attaque.

– Elle était perturbée, c'est tout. Pour l'instant, on a une victime et une personne qui, selon nous, pourrait être coupable. Quand on aura retrouvé Rhys Durham, on lui posera la question, d'accord ?

Elle hocha la tête sans un mot pendant qu'ils sortaient. Et elle se demanda à quel moment Rhys Durham était passé de « personne d'intérêt majeur » à « soupçonné de meurtre ».

Elle se dit qu'il valait mieux que ce soit une véritable personne plutôt qu'une légende. Elle se tourna vers Shipley.

– Chef…

– Qu'est-ce que je t'ai dit ? Arrête de m'appeler comme ça.

Elle ouvrit la bouche, prête à en dire davantage. Prête à lui parler de ses peurs. À lui dire que cette affaire dépassait tout ce qu'ils étaient capables de comprendre. Mais elle n'y arrivait pas. Pas maintenant. Elle ne parlerait que de sa propre peur. À cette pensée, sa poitrine se contracta. Une sensation désormais familière, quand le poids de ses angoisses menaçait de l'écraser de l'intérieur. L'espace se rétrécit autour d'eux tandis que l'effleurait l'idée de lui révéler ce qu'elle cachait au plus profond d'elle-même.

Mais elle secoua la tête.

– Rien, pardon.

14

Il faisait nuit quand Shipley arrêta sa voiture devant la maison de Louise. Il laissa le moteur tourner tandis qu'elle essayait de retirer sa ceinture, cherchait en vain le bouton que son sac à main masquait.

– Tiens, dit-il en allumant le plafonnier. Sinon tu vas rester des heures ici…

– Merci.

Elle se libéra enfin. Au moment d'ouvrir la portière, elle sentit la main de Shipley se poser sur son bras.

– Louise, qu'est-ce qui se passe ?

Elle ne tourna pas le visage vers lui, mais ne le repoussa pas non plus. Il y eut un instant de silence. Seul le bruit de leur respiration emplissait l'habitacle.

– Rien, finit-elle par répondre. Je suis fatiguée, c'est tout…

Elle lui adressa un sourire forcé et dégagea son bras.

– Il y a un truc qui ne va pas, je le sens bien. Tu as été irritable toute la journée. Pas avec moi, je précise, mais avec les autres. Je l'ai remarqué.

– Tu te fais du souci pour rien. C'est juste que cette affaire a pris de telles proportions du jour au lendemain… Et je n'arrête pas de penser à Caroline, seule dans cette chambre d'hôpital…

Shipley se réinstalla sur son siège, retira sa main.

— Je sais... C'est incroyable, franchement. Pourquoi refuser à ce point de voir des gens ?

Louise savait ce que pensait Caroline. La honte, le besoin de se punir pour des choses commises par d'autres.

— Qui sait de combien il s'en est fallu pour qu'elle se fasse tuer ? reprit Shipley pendant que Louise réfléchissait. Comment a-t-elle pu s'enfuir ? Je voudrais bien le savoir. Il a déjà tué dans ces mêmes bois et il laisserait par imprudence sa nouvelle victime s'enfuir ? Ça ne colle pas.

Louise acquiesça d'un murmure. Elle pensait à Caroline, à sa fuite. *Il l'avait laissée partir.* C'était son sentiment, à présent. Il y avait autre chose encore, qu'ils n'avaient pas percé à jour. C'était obligé. Sinon, ça n'avait aucun sens.

— Tu me le dirais, n'est-ce pas, si quelque chose te tracassait ? demanda Shipley, soucieux, le front plissé.

— Bien sûr.

— Je tiens à toi. Tu le sais, pas vrai ?

Son visage s'adoucit. Elle voyait bien qu'il était inquiet, elle percevait sa nature foncièrement sincère.

— Et puis, je ne veux pas qu'on se plante tous les deux. Sur cette affaire, je veux dire.

— On ne se plantera pas.

Elle le dévisagea, espérant qu'il verrait dans ses yeux combien elle en était persuadée.

— On va le trouver.

Shipley ouvrit la bouche comme s'il allait parler, mais la referma. Son regard se porta vers la rue sombre devant lui.

— Espérons. Tu ferais mieux de rentrer. Je serais surpris que ce soit moins dingue demain.

L'espace d'un instant, elle faillit lui proposer de venir chez elle. Une infime hésitation, un gigantesque saut dans l'inconnu.

Elle se reprit et, avant de se laisser une chance d'y repenser, dit au revoir à Shipley avec un large sourire.

Louise aurait tellement voulu que sa vie soit normale. C'est-à-dire différente.

– On se voit demain, dit-elle en claquant la portière bien trop violemment derrière elle.

Elle s'arrêta au bout de son allée, se retourna vers la voiture et agita la main. Shipley avait éteint le plafonnier, elle ne pouvait voir son visage mais elle savait qu'il l'observait, essayant de comprendre ce qu'il ne pouvait pas comprendre.

Soudain, la voiture démarra, quittant le bord du trottoir et disparaissant en quelques secondes. Louise regarda le champ de l'autre côté de la rue, face à sa maison. Il était bordé de petits arbres. Elle sentit quelque chose s'insinuer en elle, mais elle repoussa cette sensation. Se tourna vers sa maison et avança d'un pas confiant vers la porte.

L'odeur diffuse de son après-rasage flottait encore autour d'elle comme une brume qu'elle traversait.

Normal. Ç'aurait dû être normal de l'inviter chez elle. Dans son salon. Dans sa cuisine.

Dans sa chambre.

Elle en était incapable. Pas maintenant. Il y avait trop de paramètres à prendre en compte, et beaucoup trop à perdre. Elle entra donc dans sa maison déserte, accueillie par un courant d'air froid, une odeur de renfermé et, dans le silence, le tic-tac lointain de l'horloge dans la cuisine.

Normale. Tu veux juste être normale. Rien de plus.

Elle continua d'ignorer la voix dans sa tête, retira sa veste, ses chaussures et entra dans la cuisine. Elle entreprit de se préparer quelque chose à manger en essayant d'oublier la sensation de la main de Shipley sur son bras, le visage de Caroline quand elle l'avait regardée depuis son lit d'hôpital.

À cette pensée, la colère monta en elle. Et à la pensée de Nathan Coldfield. La raison pour laquelle ils se trouvaient là où ils se trouvaient. La raison pour laquelle elle connaissait leur existence. La raison pour laquelle elle avait entendu ce nom qu'elle avait eu la chance de pouvoir éviter pendant tant d'années.

Le Désosseur.

Ce surnom. Cette légende. Cette histoire. Tout cela réveillait instantanément en elle la haine, le dégoût.

Elle regarda ses phalanges blanchir sur la poignée grise du frigidaire. Quand elle ouvrit la main, le dessin de la poignée était imprimé dans sa paume. Elle l'observa un instant, regarda la marque s'effacer, la peau reprendre forme.

Quelqu'un se servait de ce nom. Rien de plus. Un tueur maléfique, dérangé, avait revêtu le costume d'une légende urbaine et se faisait passer pour une créature qu'il n'était pas.

C'était aussi simple que ça.

Il n'existait pas.

Debout dans la cuisine, elle prit sa décision brusquement.

Rien ne l'obligeait à rester seule.

Les couloirs de l'hôpital étaient plus calmes que lors de leur dernière visite, en pleine journée. Moins de bruits de pas, moins de gens qui s'affairaient. Les éclairages paraissaient moins crus, comme si quelqu'un avait pressé un interrupteur pour les transformer en pâles halos.

Louise s'arrêta devant la porte. Est-ce qu'elle avait pris la bonne décision ? Elle choisit de ne pas écouter ses scrupules. Elle poussa la poignée et entra. La chambre était plongée dans la pénombre mais elle entendait le bruit sourd de la télévision accrochée au mur.

Elle approcha du lit en prenant garde de ne pas faire de bruit, mais elle savait cette précaution inutile.

– Bonjour, dit Caroline.

Elle changea légèrement de position et l'effort lui arracha une grimace.

– Je ne pensais pas vous voir si tard. Il s'est passé quelque chose ? Vous avez du nouveau ?

– Désolée, non, ce n'est pas pour ça que je viens vous voir.

Louise tira une chaise près du lit et prit place.

– Ah, bon…

Une expression confuse passa sur son visage, bientôt remplacée par un faible sourire.

– Merci en tout cas. Je commence à en avoir assez de rester coincée ici.

– J'imagine ! Les programmes télé du soir sont atroces. Et puis, vous ne devez pas avoir le choix entre une centaine de chaînes…

– Jamais je n'aurais cru que Netflix pourrait me manquer autant.

Un petit gloussement s'échappa de ses lèvres, suivi d'une rapide inspiration pour contrer la douleur.

– Pardon, je risque de ne pas être très marrante… Les antidouleurs adoucissent un peu les choses, mais je suis encore mal en point. Évitez de me faire rire.

– Bah, je n'ai pas l'âme d'une comique.

Louise prit la bouteille d'eau sur la table de chevet et la tendit à Caroline.

— Vous sentez quand même que ça va un peu mieux ?

— Bizarrement, oui !

Elle avala rapidement une gorgée d'eau puis vissa le bouchon sur la bouteille et la posa près d'elle sur le lit.

— Je sais bien qu'on ne dirait pas mais, franchement, je ne pensais pas que je me sentirais de nouveau normale un jour. Ça s'en rapproche... Lentement. La chair va cicatriser, me disent les docteurs. Avec un peu de chance, je n'aurai pas besoin de greffe de peau.

— Vous allez avoir de belles cicatrices, quand même. Ça vous fera un sujet de conversation pour le restant de vos jours !

— Exact. Je ne serai plus jamais ennuyeuse ! Cela dit, à choisir, j'aurais préféré me mettre au jonglage ou à autre chose...

Louise regarda la télé, les images tremblotantes d'un film qu'elle ne reconnaissait pas.

— Vous réussissez à dormir ?

Caroline fit non de la tête.

— Quelques heures par-ci par-là. C'est difficile quand des gens viennent vérifier votre état toutes les cinq minutes. J'ai hâte de pouvoir partir d'ici et d'avoir enfin une bonne nuit de sommeil.

— Je vous comprends.

— Même si ça risque de ne pas être facile. En pensée, je n'arrête pas de retourner à... cet endroit.

Louise ne dit rien, jeta un coup d'œil à Caroline qui regardait le plafond à présent. De près, elle apercevait les cernes sombres sous ses yeux.

— Je ne pensais pas qu'on pouvait avoir ressenti une telle terreur et être toujours en vie, vous savez.

La voix de Caroline vacilla.

— Je pensais qu'à un moment donné, mon cœur aurait lâché. Je n'ai jamais rien ressenti de pareil.

— L'expérience m'a montré qu'on peut survivre à bien pire qu'on pourrait le croire. On a tous cet instinct en nous.

— Justement.

Caroline baissa la tête et regarda Louise. Ses yeux verts avaient l'éclat luisant de larmes imminentes.

— Je ne voulais pas survivre. Je voulais en finir. Toute la souffrance, l'agonie… J'avais si peur. Je voulais que ça s'arrête, mais ça ne s'arrêtait jamais. Moi, j'étais prête à mourir.

Louise resta silencieuse, laissant la parole à Caroline. Et laissant son professionnalisme prendre le dessus alors qu'elle mourait d'envie de prendre cette femme dans ses bras et de lui dire que tout allait bien se passer.

Qu'elle allait trouver le salopard qui lui avait fait ça.

— Vous avez sûrement déjà été confrontée à ce genre d'affaire, dit Caroline en reniflant pour masquer son émotion. Tout le temps, même, avec le métier que vous faites…

— On a de quoi faire, mentit Louise.

Lui laisser croire qu'elle n'était pas la seule à avoir subi une épreuve aussi horrible serait peut-être une source de réconfort.

— Ça ne veut pas dire qu'on traite ce genre d'affaire différemment. On s'implique de la même façon dans toutes les affaires.

— Je ne voulais pas dire…

— Non, je sais bien. Je veux juste que vous sachiez que nous travaillons dur pour trouver celui qui vous a fait ça et l'empêcher de recommencer.

— C'est bon de le savoir.

Caroline parut se détendre, s'adossa à son oreiller.

— En même temps, je ne pense pas que j'étais la première pour lui. Et il y en aura d'autres. Tout s'est passé trop calmement. Comme s'il avait tout planifié. Il y a des fragments de souvenirs qui me reviennent, mais je ne vois jamais son visage. C'est juste une présence. Je m'en veux tellement de ne pas pouvoir vous être plus utile…

— Ne vous inquiétez pas pour ça. Restez concentrée sur votre guérison.

— Ça paraît ridicule, n'est-ce pas ? Je m'entends vous raconter ce qu'il m'a fait et ça m'a l'air tellement… stupide.

— Vous avez traversé une terrible épreuve.

Louise se demandait dans quelle mesure Caroline croyait à ce qu'elle disait. Si elle était sincère quand elle décrivait ce qu'elle avait vu. Ce qu'elle avait rencontré dans ces bois.

— Ne vous inquiétez pas de savoir comment nous recevons vos paroles. C'est votre expérience. Continuez à fouiller votre mémoire. Cherchez n'importe quel détail susceptible de nous aider à arrêter celui… ou *cette créature* qui s'en est pris à vous.

— J'essaierai.

— Vous avez pensé à reprendre contact avec des gens ? À les laisser venir vous rendre visite ? Un peu de compagnie vous ferait du bien.

— Non, personne ne doit me voir dans cet état. Sinon, c'est toujours comme ça qu'on me verra, ensuite. Je ne veux pas… je ne veux pas être toujours perçue comme une victime, je ne sais pas si vous me comprenez ?

Louise comprenait. Alors, elle resta assise au chevet de Caroline malgré la colère qui montait en elle. Elle pensait à l'homme – à la chose – qui avait envoyé la jeune femme à l'hôpital, et Nathan Coldfield dans un trou, et cette pensée consumait toutes les autres. Jusqu'à ce qu'apparaisse un homme sans visage, étendu par terre, à ses pieds. Elle tenait une lame à la main et la plongeait dans sa chair.

Cette idée l'excitait.

Hier

Le monde tournoyait. Étendue par terre, elle regardait. Attendait.

Elle avait l'impression de rêver. Le ciel au-dessus d'elle était noir et orange. Des filaments blancs flottaient dans son champ de vision alors qu'elle forçait son corps à bouger.

Mais il restait là, immobile et brisé.

Les moments qui avaient précédé étaient flous, son esprit préadolescent ne parvenait pas à ordonner ses pensées avec cohérence. Elle ne comprenait rien à ce qui se passait. À ce qu'elle avait laissé se passer.

L'air s'épaissit, son corps réagit enfin. Elle toussa, cracha – rien. Elle exhorta ses membres à se mettre en mouvement, mais ils ne réagissaient pas. Au lieu de ça, ils paraissaient s'enfoncer plus profondément, refusant d'obéir à ses ordres.

Comme s'ils savaient qu'en restant inertes, elle pouvait faire comme si elle ignorait que des gens près d'elle étaient en train de mourir et qu'elle ne faisait rien pour les aider.

Elle restait allongée sur ce sol meuble, glacé, impitoyable. Les objets dans sa vision périphérique tournoyaient, se déformaient. Inhumains.

C'est ça que tu voulais.

Une voix sourde, bourrue, un grognement. Comme si une créature animale avait bondi des fourrés et s'était faufilée, invisible, jusqu'à elle.

Tu voulais qu'ils meurent, pas vrai ?

Impossible de bouger, impossible de répondre à cette voix. Une voix si familière, devenue si étrangère, si lointaine. Sans lien avec ce qui était en train de se produire autour d'elle.

C'est ici. C'est ici que tu es née.

Elle voulait hurler, se redresser, faire quelque chose.

Elle voulait croire cette voix. Aller vers elle. L'accepter entièrement et obéir à ses ordres.

Ils sont morts et c'est ta faute. C'est toi qui l'as voulu. Toi qui en avais besoin.

Une partie d'elle connaissait la vérité, et pourtant elle luttait pour l'accepter. Pour se convaincre que ces paroles n'avaient aucun sens, qu'elles étaient mensongères, destinées à la mettre sur la mauvaise voie.

Ou bien : à la guider vers celle qu'elle avait toujours su être la sienne.

Maintenant, tu dois venir avec moi. On doit partir d'ici. Tu dois venir avec moi dans le bois et commencer ta nouvelle vie. Devenir comme moi.

Elle refusait de bouger. Elle secoua la tête et le monde qu'elle avait connu s'effondra autour d'elle. En flammes, jusqu'à ce qu'il n'en reste que des cendres. Une vie autrefois si tangible, si réelle, à présent morte, détruite.

Disparue.

Il ne restait plus qu'elle, étendue par terre, incapable du moindre mouvement, incapable de suivre la voie dans l'obscurité. N'attendant plus rien. Sinon que sa vie s'arrête, comme elle s'était arrêtée pour les autres.

Ne plus être seule.

Elle ferma les yeux, alors même qu'elle s'entendait hurler vers le ciel nocturne.

Non ! Je n'ai pas voulu ça, je n'ai jamais voulu que ça arrive. Je veux mourir. Je ne peux plus vivre avec ça. LAISSEZ-MOI TRANQUILLE !

La voix disparut avec ses cris. Elle se retrouva seule, allongée par terre, les yeux fermés à la réalité. Un poids sur sa poitrine, et elle perdit connaissance, la vérité la déserta, emportée par un torrent de vent et de fumée.

Elle savait que c'était la fin. Qu'elle ne verrait plus ni jour ni nuit. Déjà, tout disparaissait, un souvenir évanescent. Sa mémoire ne le ressusciterait jamais nettement. Elle rangerait ces événements dans une boîte, repoussée dans un coin de son esprit qu'elle n'explorerait jamais.

Et, tandis qu'elle dérivait, et attendait que la vie lui soit arrachée, elle entendit la chanson.

La chanson de la mort.

Aujourd'hui
15

Trois heures. Louise n'avait pas pu dormir plus de trois heures après avoir quitté Caroline à l'hôpital. Elle avait fermé les yeux à 4 heures du matin, au moment où l'aube commençait à poindre par la fenêtre. L'épuisement avait eu raison d'elle au moment où elle pensait avoir perdu à tout jamais la faculté de s'endormir.

Le corps peut vous faire croire ce qu'il veut.

Elle pensait aux bois. Ceux qu'elle avait vus sur la photo, dans la chambre de Jon Durham. Leur aspect familier. Elle se rappelait presque la sensation de l'écorce quand ses doigts effleuraient les troncs d'arbres. Un souvenir flou, qu'elle avait du mal à croire.

Les bois étaient disséminés au-delà des grands ensembles et des zones bâties, traversés par des routes et des autoroutes. Au fil des ans, Louise en avait parcouru beaucoup. Quand elle s'évanouissait dans le silence, en quête de réponses à des questions dont elle ne se souvenait plus.

Ces pensées peuplaient son esprit quand elle essayait de s'endormir.

Les bois et le feu.

Elle avait roulé jusqu'au parking les paupières encore à moitié closes. Une fois garée, elle avait fixé le mur de briques devant elle jusqu'à ce que les rouges et bruns se fondent, se confondent.

Elle le sentait monter en elle, à présent. L'écrasement de son torse, son souffle plus rauque. Plus court. Plus étriqué. Le monde disparaissant autour d'elle avec les premiers tremblements de son corps. Elle ne pouvait plus respirer mais son souffle remplissait l'habitacle de sa voiture.

Elle haletait, aspirait avidement l'oxygène comme s'il allait s'épuiser. Les contours de sa vision se brouillèrent.

Le monde devenait sombre. De plus en plus sombre. Toujours plus sombre. Elle ferma ses paupières de toutes ses forces, cramponna le volant et se concentra sur sa respiration.

Inspire. Expire. Inspire. Expire.

Lentement, elle commença à se détendre. Des pensées striaient son esprit. Elle était incapable d'en retenir une. Elle obligeait sa tête à se vider.

C'était impossible, mais ça lui permettait de se concentrer sur sa respiration.

Inspire. Expire. Inspire. Expire.

Ne force pas.

Cela dura des heures. Mais, quand elle ouvrit les yeux, elle s'aperçut que quelques minutes s'étaient écoulées. Même si ça n'avait pas été la plus longue de ses attaques de panique, elles devenaient de plus en plus fréquentes.

Ses yeux la brûlaient, annonciateurs de migraine. Elle se traîna jusqu'au bureau de son département. Avant d'entrer, elle se précipita aux toilettes et, après avoir vérifié qu'elle était seule, s'inspecta dans le miroir. Elle ne s'attarda pas sur les cernes sombres sous ses yeux, la teinte jaunâtre de la peau de son visage. Tout ça allait de pair avec son boulot, personne n'y prêterait attention. Elle cherchait surtout des signes inhabituels.

Au fond de ses yeux. Dans la forme de ses narines. Elle ouvrit la bouche, vérifia ses dents. N'importe quel détail susceptible de la trahir, de l'ostraciser.

Elle devait à tout prix rester sur cette enquête. Elle ne pouvait pas se permettre d'être mise à l'écart.

Elle devait savoir.

Elle ne remarqua rien. De toute façon, elle ne savait pas vraiment ce qu'elle cherchait. Elle ne se promenait pas avec une phrase gravée dans la peau de son front. Au feutre indélébile : *JE NE SUIS PAS SÛRE D'Y ARRIVER.*

Elle décréta qu'elle avait l'air parfaitement normale.

Elle pénétra dans l'open space, marcha droit jusqu'à son bureau et retira sa veste. Glissa son sac sous la table, alluma son ordinateur. Shipley était déjà à sa place, à l'autre bout de la salle, et elle sentit qu'il l'observait pendant qu'elle s'installait. Elle l'ignora, les yeux fixés sur son écran, attendant qu'il s'illumine.

Deux autres collègues étaient assis dans sa rangée de bureaux mais ils ne se risquèrent pas à engager la conversation. Ils ne le faisaient jamais. Ça ne la dérangeait pas plus que ça. Elle avait toujours préféré sa propre compagnie à celle des autres.

Et plus encore avec l'âge.

Des fragments d'idées, des pensées, des paroles, des images traversèrent son esprit sans qu'elle les sollicite. Elle enfonça un ongle dans sa cuisse, la douleur vive lui arracha une grimace mais la stratégie fonctionna : elle s'échappa de son esprit. Elle n'avait pas de temps à perdre avec ça. Elle ne pouvait plus se retenir.

L'idée lui était venue en une nuit. Les bois, le secret qu'ils recelaient. Une intuition, à vrai dire. Fondée sur des faits, certes, mais une intuition quand même.

Il fallait qu'elle prépare bien son coup.

Elle ne pouvait pas juste en parler au détour d'une discussion, comme si c'était sans importance. Shipley ne la prendrait sans doute pas au sérieux. Pas dans son état d'esprit du moment. Il gardait un œil sur la Brigade criminelle, et redoublait de prudence. Elle avait besoin d'un plan.

Le regard fixé sur son écran, elle ouvrit quelques e-mails au hasard, lut quelques phrases, tenta de faire croire qu'elle se comportait normalement – à l'inverse de ce qu'elle ressentait.

C'était un pari. Si elle se trompait, Shipley ne la prendrait pas avec lui quand la Criminelle débarquerait. Elle serait bonne à mettre au rebut. Elle et ses idées ridicules. Une perte de temps.

Il y avait quelque chose dans ces bois. Elle le savait. C'était fatal.

Elle regarda l'horloge sur sa barre de tâche égrener les minutes. Elle décida d'en laisser passer cinq.

Elles durèrent une éternité.

Elle n'avait toujours pas de plan.

Trois minutes. Shipley devait la regarder moins souvent maintenant. Apparemment, la nuit n'avait apporté aucune nouvelle information ; l'enquête devait en être restée au même point. Tous s'activaient, l'air occupés. Agitation vaine.

Chaque question posée semblait en faire naître six autres.

Rhys Durham était au cœur de l'enquête, désormais. Ils voulaient mettre la main sur lui, en espérant que les recherches s'arrêteraient là.

— Louise, tout va bien ?

Elle ne sursauta pas mais la voix de Shipley la surprit. Elle s'aperçut qu'elle était restée immobile devant son ordinateur depuis deux minutes, trois peut-être.

Et qu'elle continuait.

— Ouais, pardon, j'avais la tête ailleurs…

Elle eut envie de se planter de nouveau un ongle dans la cuisse, mais se ravisa.

— Comment ça va ? Du nouveau ?

— Non, rien, répondit-il. On essaie toujours de localiser Durham, mais rien pour le moment. Tu as jeté un coup d'œil aux infos ?

— Oui. Les médias ne sont pas aussi réactifs que je l'avais imaginé.

— Sans doute à cause de la victime.

Il croisa les bras.

— Si on pouvait mettre un coup de projecteur sur Caroline…

— Je ne crois pas qu'elle soit prête pour ça, le coupa rapidement Louise.

Elle la revit, pendant sa visite nocturne. Toujours terrifiée en pensant à quoi elle avait échappé, dans le bois.

— Tu as sûrement raison, mais j'imagine qu'il faudra bien parler d'elle à un moment donné. Plus j'y pense, plus je me dis que c'est notre homme. Manifestement, il avait un problème avec Nathan Coldfield – une dispute, ou quelque chose dans le genre – et c'est comme ça qu'on l'a retrouvé enterré dans un bois. Caroline était juste au mauvais endroit au mauvais moment. C'est tout. On retournera bientôt lui parler, pour voir si elle connaît le nom ou si elle reconnaît la photo. Si on a de la chance, ça clarifiera la situation.

— OK. En somme, on a bientôt fini.

— Hum, hum.

Shipley avait l'air à peu près aussi convaincu que Louise. Il était plus subtil qu'elle l'avait d'abord cru.

— En attendant, on ferait peut-être mieux d'explorer toutes les pistes ?

— Oui. À commencer par ce qu'on a rapporté de la chambre de Nathan Coldfield.

Maintenant, elle devait la jouer fine.

— Et celle de Jon Durham ?

— Oui, eh bien ?

Elle respira profondément, débattant toujours sur la meilleure façon de présenter la chose.

— Je me disais juste… Ça ne pourrait pas faire de mal d'essayer de trouver des indices là aussi. Qui sait ? On pourrait découvrir un moyen de retrouver Rhys.

— Je ne te suis pas… Ce qu'on a vu sur le mur, ça n'avait pas aucun sens, franchement. Le gosse avait un problème mental !

— Quand même… il y a peut-être quelque chose à en tirer.

Elle essayait de contrôler sa voix pour ne pas paraître trop insistante.

— Ça ne nous prendrait pas longtemps, si on s'y met tous les deux. C'est comme ça qu'on a trouvé le nom de famille de Rhys, pas vrai ? Ce n'est pas absurde de recommencer.

Shipley resta silencieux, il observait Louise, renversée contre le dossier de son siège. Une posture qu'elle espérait être le summum de la nonchalance. *C'est juste une idée en passant, rien de plus…*

— OK, tu t'en charges, lâcha-t-il en décroisant les bras et en tapant sur le bureau avec son stylo. Mais ne passe pas trop de temps là-dessus. Je veux le maximum de gens à la recherche de Rhys Durham, mais avec les méthodes classiques.

Louise attendit qu'il s'éloigne pour pousser un soupir de soulagement.

Elle était dans le coup.

Elle ne mit pas longtemps à retrouver les photos qu'ils avaient prises la veille, à les agrandir et à enregistrer des captures d'écran. Elle était certaine de connaître ces lieux, mais elle voulait que Shipley les voie lui aussi. Les reconnaisse. C'était crucial pour que son histoire tienne la route.

Elle ne pouvait pas se contenter de lui en parler. Il fallait qu'il soit persuadé d'avoir fait cette découverte par lui-même.

Elle estimait qu'une heure suffirait avant qu'elle puisse aller lui soumettre une simple requête. Présentée l'air de rien, une question en passant. S'il tombait dans son piège, elle passerait à la vitesse supérieure. C'était risqué ; ce n'était pas la procédure habituelle.

De toute façon, rien dans cette situation n'était normal. Ils n'enquêtaient pas tous les jours sur un nouveau meurtre. Ni même toutes les semaines. D'ordinaire, les choses étaient très différentes.

Elle ferma les yeux une seconde, recroquevillée derrière son écran pour que personne ne la remarque. Elle prit quelques respirations rapides et, une fois calmée, se leva et alla voir Shipley.

– Tu as une seconde ?

Tranquille, Louise, tranquille…

– Ouais, pourquoi ? répondit-il sans se détourner de son ordinateur.

– Je passais en revue les photos prises chez Jon Durham…

Elle posa quelques feuilles sur le bureau de Shipley.

– Ça te rappelle quelque chose ? Je suis sûre d'avoir déjà vu ça quelque part…

Shipley examina la première, fronça les sourcils, rapprocha la feuille de ses yeux.

– Je ne suis pas sûr… ça pourrait être n'importe quel bois…

Allez, Paul…

Elle essaya de lui transmettre la bonne réponse par télépathie.

– Et celle-là… une idée ?

Elle lui montra la feuille du dessous. Elle suivait le cours de son raisonnement. La deuxième photo ressemblait beaucoup à la première, mais elle contenait un petit indice.

Dans le coin supérieur droit, presque cachés par le premier plan, des bardeaux en bois gris indiquaient la base d'un petit bâtiment. Elle savait ce que c'était, maintenant, mais elle ne l'aurait pas cherché si elle n'avait pas, d'abord, reconnu l'endroit.

Elle comptait sur Shipley pour le reconnaître à son tour. Un souvenir. Il devait avoir un souvenir de cet endroit, il avait passé son enfance juste à côté.

Il plissa les paupières, son index parcourut la photo.

– Moi aussi, ça me semble familier, dit-il à voix basse en scrutant la feuille.

Le cœur de Louise s'emballa mais, en apparence, elle était d'un calme impérial. Elle luttait contre son instinct – et sortait vainqueur de la lutte. Tout en elle aurait voulu hurler, elle mourait d'envie de lui montrer du doigt ce qu'elle voulait qu'il reconnaisse. Mais elle attendit, retenant son souffle.

– Attends un peu…

Oui ! Allez…

– Ce n'est pas possible. Ça fait des années…

– Quoi ? demanda-t-elle en s'efforçant de paraître sincèrement intriguée. Tu as reconnu quelque chose ?

— Je crois, oui, dit-il en se grattant l'arrière du crâne. Il lui fallait être invisible mais assez près pour faire ces choses… Il s'est juste déplacé d'un endroit de la ville à un autre. C'est tout.

Louise sursauta quand Shipley frappa le bureau du plat de sa main, dans un geste de triomphe.

Et, tournant vers elle un visage illuminé d'un large sourire :

— Le Désosseur n'existe pas, Louise. Mais quelqu'un vit dans ces bois, et à la dure. Quelqu'un qui fait peur aux enfants, et peut-être bien pire…

— Quels bois ?

Le sourire disparut. Shipley bomba légèrement le torse.

— Tu as déjà entendu parler de Big Mummy, à Speke ?

Louise aurait voulu pousser un soupir de soulagement. Elle garda une expression imperturbable.

Ils allaient choper ce type. Il était là, dans ces bois. Occupé à faire vivre la légende.

Mais ils allaient l'arrêter.

16

Le sang formait une mare autour du corps de Carl Groves. Sa peau était tailladée, arrachée.

Le bois respirait pour lui, mais son corps était inerte, sans vie.

Un rayon de soleil perça à travers les arbres, au-dessus de l'homme brisé, et fit briller la lame de ce qui semblait être un poignard tandis qu'elle tournoyait et plongeait à la surface du corps immobile.

En cet instant, Carl aurait eu de la chance de ne pas être en vie. De ne pas éprouver de douleur chaque fois que la lame tranchait sa peau.

Le silence se fit dans le bois, comme un hommage. Comme s'il savait ce qui était en train de se produire.

Comme s'il savait ce qu'il abritait.

À ce moment précis, quiconque marcherait les yeux fermés dans ce bois, devant cette scène de mort, entendrait la nature exploser. Chaque infime mouvement dans les broussailles serait perceptible, et le vent jouant à travers les branches provoquerait le fracas de vagues sur le rivage. Murmures de l'inconnu, de l'oubli.

S'il n'était jamais découvert, le corps de Carl Groves allait lentement se décomposer. Se fondre dans l'écosystème. Une présence inerte dans l'atmosphère soudain plus dense, plus palpable. L'odeur se mêlerait au paysage, se confondrait bientôt avec l'odeur de la nature.

L'agonie avait accompagné ses ultimes respirations. Mâchoires crispées. Ses efforts désespérés pour hurler dans la nuit. Tout cela, en vain. Rien ne le sauverait. Rien ne *pouvait* le sauver.

La vie de Carl avait été cruelle, violente. Sa mort ne serait pas différente.

Désormais, le bois n'était plus seulement le lieu de la beauté de la nature. L'habitat des animaux qui s'y réfugiaient.

Il abritait autre chose.

Des jeunes gens s'y promenaient pour le plaisir de se faire peur. Moins que par le passé, mais il en venait encore, de temps en temps. Leurs éclats de rire résonnaient entre les arbres et les branches. Troublaient la sérénité des lieux.

Après ce jour, ils seraient de plus en plus rares.

Les bruits autour de la clairière où gisait Carl Groves avaient changé. Ceux de la nature, remplacés par une présence étrangère. Bruits de pas sur des feuilles mortes, broyées, semblables aux craquements des bûches dans la cheminée.

Quelqu'un avait trouvé le secret caché au fond des bois.

17

Shipley arrêta la voiture au bord d'un champ qui menait directement dans le bois. Impatiente de se mettre en mouvement, Louise se débattait avec sa ceinture. Quelques minutes plus tard, ils traversaient le champ en direction de la lisière des arbres.

– C'est à dix ou quinze minutes de marche, si je me souviens bien.

Louise répondit d'un murmure, essayant de se rappeler quand elle était déjà venue. Son souvenir était vague, mélangé à une multitude de fragments de son adolescence. Les fugues de chez ses grands-parents pour aller boire de l'alcool pas cher avec une bande de gens jamais vraiment intéressants.

– C'est beaucoup plus grand qu'on pourrait le croire, ajouta Shipley d'une voix grave.

Ils n'étaient pas éblouis par le soleil, mais il faisait beaucoup plus clair que ces derniers jours. Les nuages s'étaient évanouis en une nuit et avec eux l'atmosphère brumeuse, presque crépusculaire. Le sol s'enfonçait sous leurs pas, conséquence des pluies qui avaient rythmé la semaine précédente. Après avoir franchi l'orée du bois et trouvé le sentier, Louise remarqua combien la lumière qui les baignait avait quelque chose d'éthéré. Comme si une photo aux teintes sépia s'animait soudain. Le silence s'accrut, la densité des bois étouffant les bruits de circulation de la route voisine. Les arbres étaient anciens, d'un brun foncé ou gris par endroits. Louise tendit la main vers un tronc : l'écorce tomba et s'effrita sous ses doigts. Elle reprit son chemin, suivant Shipley qui s'enfonçait toujours plus profond.

— C'est seulement quand on commence à explorer ces bois – ou quand on les voit du ciel – que l'on comprend pourquoi ils s'appellent Big Mummy.

Louise avait du mal à entendre sa voix tant il parlait bas – comme si le décor avait un effet sur sa voix.

— On peut se perdre très facilement par ici. Et quand on arrive à en sortir, on peut très bien se retrouver à Hale ou, pire, à Widnes, sans s'en rendre compte…

— Le bois s'étend aussi loin ?

Elle faisait attention où elle posait les pieds car le sentier venait de s'achever et ils commençaient à progresser à travers un épais tapis de feuilles jaunies et brunies.

— Ouais… Enfin, pour être honnête, il y a d'abord des champs avant d'arriver là. Ça reste surprenant, non, quand on sait d'où on part ?

— Tu venais souvent ici quand tu étais plus jeune ?

Shipley se tut un moment, occupé sans doute à composer sa réponse, pensa Louise. Il n'avait pas envie de lui dire la vérité ; elle était tout de même curieuse de savoir s'il accepterait de s'en rapprocher.

— Pas vraiment. Officiellement, je n'avais pas le droit. Mes parents et ceux de mes amis avaient tous entendu les mêmes histoires. On s'est installés dans le coin quand j'avais cinq ou six ans. Et même en grandissant et en prenant confiance, on ne s'aventurait pas aussi loin. C'était quand même assez loin de chez nous.

— Quelles histoires ?

Shipley soupira en enjambant une grosse branche tombée au sol. Les arbres étaient vieux. Pendant les tempêtes, ils ne devaient pas résister aussi bien qu'avant, songea Louise.

— Tu sais bien.

Louise hésitait sur la réponse à donner. Elle comprenait ce que Shipley voulait dire, mais jusqu'où pouvait-elle aller ?

— Oh… oui, bien sûr.

Il s'arrêta brusquement, au point que Louise faillit le heurter. Il se tourna vers elle et, inclinant la tête avec un petit froncement de sourcils :

— Écoute, je sais que ça paraît ridicule, mais on était des enfants. Et puis, je n'y crois plus, hein ! Malgré ce que tout le monde répète depuis quelques jours…

— Je comprends, répondit Louise comme si elle acceptait son explication.

Il sembla la croire.

— Alors, quelle histoire vous vous racontiez, à l'époque ?

Il l'examina un instant, avant de reprendre sa marche.

— Il était censé habiter dans ces bois. Tout au fond, dans unc pctitc cabane. Je ne pensais pas qu'elle existait jusqu'à ce qu'un jour… je la voie.

— Tu es parti à la recherche du Désosseur, dit Louise en chuchotant dans le vent. Et tu as trouvé quoi ?

— Rien du tout !

Sa voix se teintait de dérision.

— Il n'y avait rien à voir. Ce qui ne nous empêchait pas d'être complètement surexcités. Comme des gamins, quoi. On n'avait pas plus de onze ou douze ans. On se montait la tête les uns les autres. On ne s'était pas enfoncés aussi loin dans le bois que, déjà, la moitié du groupe avait perdu l'autre. On n'était plus qu'une poignée quand on s'est retrouvés là où était censée se trouver la cabane. Il y avait un type plus âgé avec nous, un certain Eddie. On l'admirait parce que c'était un boxeur amateur, avec une belle collection de trophées et, à l'époque, il ne nous en fallait pas plus. À moins que… il était peut-être footballeur. En tout cas, c'est lui qui nous emmenait voir cet endroit. Il nous disait qu'on pourrait jeter un coup d'œil par la fenêtre et voir où le Désosseur habitait. On n'allait pas laisser passer une occasion pareille !

— J'imagine que, par ici, l'histoire était bien plus vivace que là où j'ai grandi. Avec les bois si près de chez vous… Ça devait être excitant. Une vraie aventure.

— Oh, oui !

Son excitation s'entendait à sa voix et à son souffle court. Une vague de tendresse s'abattit soudain sur Louise. Et disparut aussi soudainement.

— On se croyait tous dans les *Goonies* ou bien *Hook*, tu te rappelles ce film ? Dans les années 1990, tout ce qu'on avait c'était ces films d'aventures pour les gosses. On jouait aussi à *Ghostbusters* sur Damwood Road. On observait les avions qui atterrissaient à l'aéroport de Speke et on imaginait que les passagers étaient des fantômes… On était jeunes. Avec beaucoup d'imagination !

— Qu'est-ce qui s'est passé quand vous êtes arrivés ici ?

— On n'a rien vu du tout. On ne s'est pas suffisamment approchés, je crois. On a juste eu le temps d'apercevoir l'endroit, de prendre peur et de déguerpir. Bien sûr, ça ne nous a pas empêchés, après, de raconter qu'on l'avait vu et qu'il avait essayé de nous attraper…

Ce genre d'histoires, Louise en avait entendu beaucoup au fil des ans. Tous les enfants qui avaient grandi dans le Merseyside semblaient connaître cette légende. Elle faisait office de rite de passage. Il en existait plusieurs versions. C'était le monstre de la région. Quelque chose pour faire peur aux enfants, les obliger à obéir. Il en allait ainsi partout.

La seule différence, c'est que cette fois la légende semblait être utilisée par quelqu'un de réel.

– Et toi ? Tu n'es jamais partie à la recherche du Désosseur ?

– Pas vraiment, répondit Louise.

Elle refusait de lui avouer qu'elle n'en savait trop rien. Que les souvenirs de son enfance étaient pour ainsi dire inexistants.

– Une fois ou deux, peut-être… Mais j'essayais de ne pas y penser. Bien trop flippant pour moi.

– On n'est plus très loin, annonça Shipley en ralentissant nettement le rythme.

Louise ne savait pas au juste ce qu'il s'attendait à trouver. Il donnait plutôt l'impression de vouloir revivre son enfance – l'impression de danger, l'excitation. Quand il avait pris la décision de partir explorer la zone, elle l'avait trouvé presque exalté. Elle se demanda s'il n'aurait pas mieux valu attendre, venir avec du renfort au lieu de se lancer juste tous les deux.

– Désolé, mais je crois qu'on a pris le chemin le plus difficile.

Il s'arrêta au fond d'une petite tranchée. Devant eux, une butte de terre s'étirait sur quelques mètres dans les deux directions. Elle était bordée d'arbres, derrière lesquelles Louise savait trouver une petite remise, une cabane.

– C'est juste là-haut.

Shipley vérifia son ceinturon, pour s'assurer de pouvoir atteindre facilement ce qu'il avait insisté pour qu'ils emportent. Une matraque télescopique et des menottes. Tout à coup, elle eut le pressentiment qu'ils ne se serviraient ni de l'une, ni des autres.

Elle se rappela la dernière fois qu'elle était venue dans ces bois. La peur coulait dans ses veines. Elle était terrifiée, effrayée. L'odeur de soufre dans l'air accablait ses sens. Le bruit de respiration rauque de l'adolescent à ses côtés, qui tentait tant bien que mal de cacher sa propre angoisse. Une façade pour lui masquer ce qui sautait aux yeux. La peur panique en lui.

Le passé a une façon bien à lui de vous happer. La nostalgie est un assassin masqué. Elle devait l'ignorer, baisser la tête et continuer d'avancer.

Elle prit la tête, gravit la petite butte – plus abrupte qu'elle l'avait pensé. Quinze ou vingt ans plus tôt, elle aurait bondi par-dessus l'obstacle, mais l'âge ralentissait ses mouvements. Elle planta ses pieds dans la terre, se pencha légèrement vers l'avant pour assurer son équilibre et prit soin de ne pas enfoncer les mains dans la terre humide.

Shipley la suivit moins discrètement, soulevant sa carcasse par-dessus la butte boueuse.

Arrivée au sommet, Louise aperçut la cabane à travers les arbres. Elle se figea sur place. Shipley apparut dans son champ de vision mais elle n'arrivait pas à détacher ses yeux de ce qui se trouvait devant elle.

Un souvenir d'enfance, soudain vivace. Une réalité déformée par sa mémoire depuis tant d'années, de nouveau bien réelle.

– Nous y sommes, annonça Shipley d'un ton presque impressionné. Seigneur… ça n'a pas du tout changé.

Louise descendit lentement la main à son ceinturon et agrippa la poignée de la matraque. Tout à coup, l'impression d'une grave erreur. Comme si elle avait été attirée dans un piège, sans difficulté, sans effort. Une force invisible l'avait guidée jusqu'ici de son propre gré.

Elle n'aurait jamais dû.

Venir ici était de sa faute.

– Il y a des gens, chuchota Shipley.

Il se baissa et avança lentement.

– J'entends leurs voix…

Une pause. Louise entendit les mêmes bruits. Un chuintement, comme de l'eau qui s'écoule. Une odeur âcre dériva vers eux. Sa poitrine comprimée par un poids, alors que la peur l'envahissait. Elle tenta de se concentrer sur sa respiration, mais l'odeur de la mort s'intensifiait à chaque inspiration.

– Il faut qu'on se rapproche, annonça Shipley par-dessus son épaule.

Il était accroupi, matraque en main, apparemment pas gêné par la puanteur de mort.

– Il est devant… On va se séparer pour le prendre en tenaille… le bloquer.

– On appelle du renfort ?

– Pas le temps.

Le souffle coupé, il se déplaça prestement jusqu'à un coin de la cabane. À présent qu'elle les voyait de près, Louise s'aperçut que les bardeaux de bois gris étaient très anciens. Cassés, friables. Chaque fragment marqué par le passage du temps.

Elle rejoignit l'angle opposé de la cabane. Entendant un autre bruit, elle se tourna à l'endroit où se tenait Shipley, mais il avait déjà disparu.

Sur sa gauche, un léger bruit, suivi d'autres devant la cabane – craquements de branches, feuilles écartées. Elle contourna la cabane, imitant le mouvement de Shipley.

Le bruit s'intensifia, accompagné d'une nouvelle odeur. Elle identifia d'autres craquements…

Un feu.

Un flash traversa son champ de vision – souvenir ou sensation de souvenir – mais elle restait concentrée sur la cabane et les bruits qui en sortaient. La chaleur de plus en plus fort dans l'air autour d'elle.

Le feu.

La cabane brûlait.

18

C'était une erreur.

D'aller dans ces bois.

D'être attirée par ce feu.

Ils venaient de contourner la cabane quand le feu s'était transformé en brasier. La chaleur, sensation cuisante sur leur visage, et la fumée noire qui les enveloppait. L'odeur de chair brûlée, ensuite, puis la saturation insoutenable de tous leurs sens. Les souvenirs qui remontaient d'un coup, passé et présent entremêlés.

La cabane en feu. Maintenant. C'est le présent, et tu es là.

Cette fois, Louise écoutait la voix.

— Appelle du renfort ! cria Shipley par-dessus le rugissement des flammes et l'explosion du bois. Il y a quelqu'un à l'intérieur !

Sans hésiter, Louise sortit la radio de sa poche et appela des secours. Levant les yeux, elle aperçut Shipley qui tentait de s'approcher de la cabane.

— Arrête ! Ça ne sert à rien !

Sa voix était stridente, désespérée.

— C'est trop tard ! Arrête !

— On ne peut pas le laisser brûler comme ça !

Shipley regarda par-dessus l'épaule de Louise. Elle pivota – et son monde bascula dans l'obscurité.

Il fallait qu'elle parte. Loin. Loin du feu.

Elle ne pouvait pas faire ça.

Un poids écrasait sa poitrine, sa respiration ralentit, elle suffoquait. D'un pas titubant, elle gravit la butte, se frayant un chemin parmi les branches brisées, laissant les arbres l'engloutir, la dissimuler. Elle avançait malgré l'air fuyant ses poumons, écartait les fougères sur son passage, sans s'arrêter pour réfléchir à la direction, uniquement concentrée sur le mouvement de ses jambes.

Une… deux…

Elle avait l'impression d'entendre le moindre craquement de branche, les feuilles foulées, tous ces bruits se ruaient dans son oreille et la faisaient trébucher. Déséquilibrée comme le monde autour d'elle. Brouillé, difforme. Elle reprit son souffle, pliée en deux, pantelante. Les bruits étaient toujours là, comme si autre chose se trouvait au cœur des bois, tout près.

Elle reprit sa marche, enjamba un rondin sans ralentir son rythme, portée par le son de sa respiration rauque.

— Stop!

Son cri résonna, éraillé, essoufflé. Elle s'immobilisa une seconde à découvert des arbres. Inclina la tête, tendit l'oreille.

Rien d'autre que le silence.

Elle repartit, accélérant le pas, tentant de rattraper celui qu'elle imaginait être à quelques mètres seulement, caché par le bois touffu. Une pensée traversait son esprit à chaque pulsation d'adrénaline : lui mettre la main dessus.

Elle franchit un écran de fines branches serrées les unes contre les autres et se retrouva dans le champ qu'elle et Shipley avaient traversé à leur arrivée.

Louise se retourna d'un coup, cherchant du regard quelque chose qui prouverait que les bruits entendus dans le bois étaient bien humains. Une silhouette floue. Un homme en noir qui s'enfuit en criant.

Mais autour d'elle, ce n'était que l'air immobile, inviolé.

Toujours au bord du champ, reprenant tout juste son souffle, Louise ne quittait pas des yeux les bois. Vus sous cet angle, ils paraissaient moins impressionnants, comme s'ils occupaient quelques acres seulement au lieu de s'étendre au-delà du regard.

Elle réfléchit à ce qu'elle allait raconter à Shipley et aux autres quand ils l'interrogeraient. Pourquoi l'avait-elle planté là ?

Sa dernière visite dans ces bois remontait à si longtemps… Pourtant, elle se sentait exactement la même personne qu'à l'époque. La peur, la colère si familière ne l'avaient pas quittée. Elle avait été confrontée au même dilemme – se battre ou s'enfuir. Dans son souvenir, l'endroit était encore plus effrayant dans le noir, rempli de recoins, de cachettes. Elle se demanda ce que ce serait de rester des heures parmi les broussailles, dans l'angoisse de se perdre pour toujours parmi les arbres et les fourrés. Ou de se retrouver attirée dans un piège sans espoir de s'enfuir.

Un champ au bord d'une route, bordé d'arbres au bout d'une petite pelouse, une centaine d'acres de bois prolongés par d'autres champs. La circulation était plus bruyante que dans son souvenir mais elle savait qu'elle disparaissait dès qu'on franchissait le rideau des arbres. Elle et Shipley avaient traversé ce champ trop vite pour qu'elle puisse en prendre pleinement la mesure. Approfondir ses sensations. Percevoir l'obscurité à quelques mètres seulement…

— C'est quoi le nom de cet endroit, déjà ? demanda le *detective constable* Cavanagh en fermant sa portière et en faisant le tour de la voiture pour rejoindre Louise.

Il semblait dépassé par la situation – encore plus que d'habitude. C'était un petit homme trapu, qui ne devait pas avoir plus de trois ans de moins que Louise mais paraissait bien plus jeune.

— Shipley l'appelle le Big Mummy.

La formule arracha un bref sourire à Louise, avant qu'elle se rappelle où ils se trouvaient.

— De l'autre côté de Speke, près de l'aéroport, il y a aussi Big Daddy. Selon lui, on y croise surtout des promeneurs qui sortent leur chien. Les enfants, eux, jouent surtout dans les champs.

Un autre véhicule de patrouille se rangea de l'autre côté de la route, et un autre policier en bondit. Shipley les rejoignit. Il venait de ranger son téléphone dans sa poche mais ne révéla pas à qui il venait de parler.

— C'est quoi, cet endroit, alors ? lui demanda Cavanagh. Louise dit que tu le connais comme ta poche ?

— J'ai grandi par ici, répondit Shipley avec un rictus narquois. Un vrai *Scouser*[1]. Pas comme toi.

— Peu importe, je suis très content d'être du Cheshire. Moins de risque de me faire piquer ma caisse.

Shipley feignit d'ignorer la remarque. Louise observait la joute entre les deux hommes.

— Quand on grandit à Speke, il y a quelques endroits que tout le monde connaît par cœur. Surtout

1. Surnom donné aux habitants de Liverpool et du Merseyside, en référence à leur accent caractéristique.

les gamins. C'est là qu'ils passent le plus clair de leur temps. C'est le cas de Big Mummy. Big Daddy est de l'autre côté de la ville, séparé par la longueur des deux routes principales qui la traversent.

— Lesquelles ?

— Damwood Road et Hale Road. Big Daddy est plus près de l'aéroport. C'est vrai, ce sont des noms stupides. Enfantins. Peut-être parce que des enfants les ont inventés ?

— Big Mummy. Ça n'a pas l'air si grand que ça…

Une ombre passa sur le visage de Shipley.

— Les apparences sont trompeuses. J'imagine qu'il y a des forêts plus vastes plus au nord, du côté de Formby ou vers Skem – Skelmersdale, comme on dit dans le Cheshire, pas vrai ?

— Oh, lâche-moi avec le Cheshire…

Shipley ne releva pas et poursuivit :

— Il y avait d'autres endroits où on passait plus de temps. Le Venny, par exemple. Là, c'était vraiment l'aventure – un terrain avec des jeux d'escalade qui ne résisteraient pas à une inspection de sécurité aujourd'hui ! Ils étaient peints en couleurs vives pour faire illusion… On allait souvent au marché, sur l'esplanade… Sinon on jouait au foot dans la rue, sur n'importe quel carré de pelouse. Ou à la balle au prisonnier dans les ruelles… Ou à des jeux qu'on inventait… Comme tous les enfants, au fond, qu'ils vivent ou non dans l'une des zones les plus défavorisées du pays.

Louise n'avait jamais ressenti ça. L'appartenance à une communauté. Faire partie d'une bande de gamins qui se morfondent au pied de leurs immeubles et tuent le temps – surtout à une époque où il n'y avait que quatre chaînes de télé, diffusant à peine deux heures d'émission pour enfants après l'école.

— Je suppose qu'on va vers la fumée ?

Louise et Cavanagh regardèrent la fumée qui montait au-dessus des arbres. Ils étaient arrivés trop tard pour arrêter l'incendie. Elle se demanda pourquoi elle n'avait pas ressenti la même chose devant la cabane réduite en cendres qu'en voyant le brasier.

— On n'a rien pu faire avec le petit extincteur de la voiture. On a appelé les secours et on a attendu. Louise a failli attraper un type dans le bois, mais il lui a échappé.

— Il peut très bien être encore dans le coin, observa Cavanagh.

Il se redressa légèrement en comprenant ce que Shipley impliquait.

— D'accord, je ne vous apprends rien…

— Nos hommes passent le secteur au peigne fin en ce moment, intervint Louise, évitant une riposte cinglante de Shipley. Dès que j'ai entendu quelque chose, j'ai foncé. Je me suis rapidement retrouvée dans le champ. Je l'aurais vu s'il était encore là.

Elle l'aurait vu, oui, pensa-t-elle. Ça ne faisait aucun doute. Ensuite, elle avait passé une demi-heure à arpenter la zone, guettant le moindre bruit suspect. Il n'y avait plus personne dans le bois.

Et pourtant, il y avait quelqu'un. Mais tu étais trop occupée à reprendre ton souffle pour le trouver.

— Ah, voilà la cavalerie ! annonça Shipley en levant la tête, une main en visière.

Un hélicoptère apparut, couvrant les aboiements lointains des chiens.

La cabane était presque entièrement détruite quand Louise y était retournée. Shipley se tenait quelques mètres à l'écart, le visage marqué par la douleur. Ses mains étaient noires, sa respiration saccadée.

Il était seul.

Ils étaient sortis du bois en quelques minutes, soucieux de ne pas déranger une scène de crime potentielle.

Les pompiers s'en chargeraient pour eux.

En partant, Louise n'avait pas montré à Shipley les marques sur les arbres. Elle préférait qu'il les découvre lui-même.

Sur sa gauche, un camion de pompier attendait, prêt à intervenir en renfort. Des marques de pneus traversaient le champ. Au loin, un autre camion.

– On les laisse finir. Ils nous diront s'il y avait quelqu'un à l'intérieur.

Une fois le feu éteint, elle avait vite compris qu'ils avaient trouvé quelque chose. Deux agents, envoyés sur ce qu'ils imaginaient sans doute être une mission de routine, sortirent du bois et avancèrent vers elle. D'un signe de tête, Shipley lui fit signe de le suivre tandis qu'il allait à leur rencontre.

– Qu'est-ce qui se passe ? demanda Shipley, sa voix couvrant la centaine de mètres qui les séparaient.

Il les rejoignit plus rapidement que Louise, qui accéléra pour ne rien rater de leur échange.

– Qu'est-ce qu'ils ont trouvé ?

– Je… aucune idée, commença un des policiers en secouant la tête.

Louise ne savait pas s'il était toujours aussi pâle. Elle supposa que non. Quoi qu'ils aient trouvé aux abords de la cabane, ce n'était sûrement rien de bon. Ou de normal.

– Rien de bon.

– Comment ça ?

– Peu importe ce qu'on peut vous dire… Le plus simple, c'est d'aller voir vous-même, dit le second policier.

Il referma sa veste. Ses mains tremblaient.

Louise et Shipley les laissèrent et repartirent vers le bois. En atteignant la lisière des arbres, ils croisèrent trois pompiers qui en revenaient. Leur expression ne laissait rien paraître.

– Qu'est-ce que vous avez trouvé ? leur demanda Louise.

Son cœur accélérait dans sa poitrine, respirer devenait plus pénible, des taches troublaient son champ de vision. Elle les dissipa en clignant des paupières.

Pas maintenant. Pas maintenant. Elle se concentra sur sa respiration. Elle percevait les paroles de Shipley, mais elle ne pensait qu'à une chose : tenir le coup pendant les dix prochaines secondes.

– Qu'est-ce qui se passe ?

– On a fait notre boulot, à vous de jouer maintenant, répondit un pompier qui s'était arrêté pour parler avec Shipley pendant que ses collègues s'éloignaient.

Louise déglutit plusieurs fois, se sentit un peu mieux. Elle observa le pompier. Sa tenue semblait contenir difficilement son corps, sa peau était striée de rides. Il avait l'air au bout du rouleau.

– J'ai l'impression qu'il y avait un corps dans la cabane, mais c'est juste une supposition. Le feu a eu le temps de presque tout détruire avant qu'on l'éteigne. Qui dirige l'enquête ?

– C'est moi : *detective sergeant* Shipley, à votre service.

Louise laissait son collègue savourer l'instant. D'ici peu, il ne serait plus en charge de rien du tout. C'était acquis, elle le savait. Pas avec un nouveau cadavre en vue. Trop pour les grands chefs. La Brigade criminelle prendrait la relève.

– Pas à mon service, non. C'est vous qui commandez. Notre chef d'équipe a fini. Si vous avez besoin d'aide, vous lui demandez.

Ils quittèrent le pompier et entrèrent dans le bois. Cette fois, l'ambiance était différente. Il y avait des gens partout, Louise se sentait plus maître d'elle-même. Simple illusion, mais elle s'y raccrochait.

L'odeur devenait plus forte à mesure qu'ils s'approchaient, la fumée emplissait l'air. Et autre chose, aussi. Une odeur qu'elle reconnaissait, pour l'avoir déjà sentie plusieurs fois dans d'autres affaires. Impossible de ne pas la reconnaître, quand elle y pensait. La chair carbonisée, détruite. Elle était là, sous la surface, mais Louise percevait la différence.

Shipley s'arrêta et observa des marques sur les troncs d'arbres.

— Ils n'étaient pas là quand j'étais gamin, commenta-t-il d'une voix grave.

On aurait dit qu'il admirait le décor au lieu de voir des indices.

— Les mêmes signes que dans l'autre bois.

— Il continue d'écrire la légende, répondit Louise.

Elle repéra d'autres marques : un œil dans un triangle, une croix renversée, des pentagrammes. Tout un micmac de symboles mêlant occultisme et anarchisme.

— Sans doute rien d'autre que sa façon de marquer son territoire…

Ils reprirent leur marche et arrivèrent en vue de la cabane. Tout un pan de la bâtisse noircie était effondré, des nappes de fumée s'en échappaient. À l'intérieur, Louise crut reconnaître des restes humains calcinés.

Mais ça pouvait attendre.

L'essentiel de l'activité semblait se concentrer sur le terrain alentour. Un policier les aperçut et leur fit signe. Shipley partit à petites foulées puis, se rappelant qu'il se trouvait sur une scène de crime, ralentit le pas. Louise le rattrapa.

– Vous avez trouvé quoi ?

– Un trou avec un corps dedans, répondit l'agent, les joues rouges et une voix pleine d'exaltation.

Louise regarda les arbres derrière le policier. La clairière était de taille réduite, mais suffisamment grande encore pour laisser voir ce qui avait été découvert. Louise se retourna, baissa les yeux sur la terre à ses pieds. Sa qualité, comparée à la terre dans le reste du bois. Une pensée s'imposa à elle, qu'elle tenta de repousser. En vain. Elle savait qu'elle avait raison.

Ils se trouvaient au-dessus d'un charnier.

19

Louise éprouvait un mélange de révulsion et d'admiration. Ce n'était pas la première fois, mais jamais dans un environnement comme celui-ci. Tout ce qui apparaissait sous ses yeux l'horrifiait et l'impressionnait. Le temps et les efforts qu'il avait dû falloir pour créer quelque chose d'aussi immense.

Ils devaient mettre un terme à cette folie. Ça ne faisait aucun doute.

– J'en compte huit, dit Shipley sans bouger de l'endroit où il se tenait. S'ils sont tous là, les types de la morgue ne vont pas chômer.

Louise ne répondit pas. Elle avait du mal à détacher les yeux de cette vision. Elle s'acharnait à lui trouver un sens.

C'était une petite clairière mais elle pensait se la rappeler. Un souvenir qui dansait dans un coin de son esprit.

C'est le feu. Le feu qui te joue des tours.

Elle cligna des yeux, revint au présent.

– Ce ne sont que des dates, finit-elle par dire en observant les chiffres gravés dans un tronc d'arbre. Elles pourraient signifier n'importe quoi…

– Tu l'as dit toi-même : c'est sans doute un charnier.

– Alors… on se retrouve avec un tueur en série ?

Sans lui répondre, Shipley s'éloigna, faisant attention aux endroits où il posait le pied. Il avait renvoyé les policiers pour qu'ils ne dérangent pas la scène de crime. Seuls Louise et les techniciens encore à l'œuvre restaient sur place.

S'il y avait d'autres clairières plus larges visibles entre les arbres, Louise se dit que les enfants devaient cantonner leurs jeux aux zones plus denses. Pas forcément aussi loin dans le bois mais entourés d'arbres qui bloquaient juste assez la lumière pour rendre l'ambiance plus glauque. Leurs branches noires se détachaient crûment sur le fond jaune des feuillages. Des couleurs automnales qui tranchaient avec l'obscurité dans la clairière. Le vent se faufila parmi les troncs, pour n'être plus qu'un souffle quand il atteignit Louise et Shipley.

– D'autres techniciens arrivent, annonça derrière eux Cavanagh, d'une voix assez forte.

Il s'arrêta avant la clairière.

– À vrai dire… tout le monde arrive. Le commissariat va être complètement désert, je parie. Ça me semble logique, d'ailleurs, si la situation est bien ce qu'elle paraît.

– La scène est sécurisée ? demanda Shipley.

Il devinait la suite, songea Louise. L'heure où il contrôlait encore les opérations touchait à sa fin.

– Bien sûr, répondit Cavanagh en se balançant d'un pied sur l'autre. Dans quelques minutes, ça va être noir de monde, ici. D'ici là, on peut encore faire quelque chose ?

Louise regarda Shipley secouer la tête, baisser les yeux et mettre ses mains dans ses poches.

– On laisse les techniciens bosser, mais je veux une liste de ces dates. On commence par ça.

– On poursuit l'enquête, alors ? demanda timidement Louise, espérant une réponse positive.

Elle voulait en être. Il le fallait.

– Et comment ! répondit Shipley en lui décochant son fameux sourire. Tant qu'on ne nous l'a pas officiellement retirée, c'est toujours notre enquête. On a déjà pas mal avancé, non ?

– À supposer qu'il y ait vraiment quelque chose là-dessous, répondit Louise en regardant la terre à ses pieds. C'est peut-être juste un jeu sophistiqué… Une façon de nous éloigner du malheureux dans la cabane, tu vois ? Si ça se trouve, ça n'a aucun rapport avec le reste.

– Et le corps, là-bas ?

Louise se tut, regarda le trou à quelques mètres. Ça devait remonter à un an, dix-huit mois maximum. Le corps décomposé s'acheminait vers le néant mais elle distinguait la peau tachetée, sa couleur inhumaine. Des sacs-poubelles l'enveloppaient à moitié, le corps n'était pas totalement couvert.

Une jeune fille, pas plus de la vingtaine, à en juger par ce que Louise voyait de son visage. Cheveux sombres, maculés. Du sang séché sur des fragments de peau, mêlé à la terre noire.

– On vient de tomber sur quelque chose de bien plus grave qu'on l'imaginait il y a deux jours, annonça Shipley.

Il marqua une pause, balaya lentement la scène d'un regard circulaire. Comme s'il avait entendu un bruit et tentait de le localiser.

– Ce n'est pas un endroit très passant. Trop loin dans le bois. Le terrain est accidenté. On peut rester là longtemps, très longtemps, sans croiser âme qui vive – à part, éventuellement, un chien en promenade qui a échappé à son maître.

— Il y a plein de maisons par là, indiqua Cavanagh en montrant l'endroit d'où ils étaient entrés dans le bois.

Il voulait dire près de la route, mais elles auraient pu se trouver à quelques mètres ou à plusieurs centaines, tant les arbres les masquaient.

— Je serais surpris qu'on ait des témoins à une telle distance, mais on peut toujours essayer. Je peux mettre des hommes sur l'enquête de voisinage.

— OK, faites ça.

Cavanagh disparut. Shipley se retourna vers Louise.

— Si on réfléchit à ça en toute logique…

— Il y a un début à tout.

Il lui sourit.

— Petite maligne ! On a trouvé deux indices qui nous ont amenés jusqu'ici. Nathan Coldfield et la photo dans la chambre de Jon Durham. Mais cet endroit est connu uniquement des gens du coin. Je suis sûr qu'il n'a même pas de nom sur Google Maps.

— Effectivement. J'ai vérifié.

— Voilà…

Elle retint son souffle quelques secondes, attendant la suite.

— Donc, celui qui est responsable de ça est un habitué des environs. Or, rien dans le dossier de Rhys Durham – et c'est tout ce qu'on sait de lui – ne le rattache d'une façon ou d'une autre à cette zone. Pas aussi loin au sud de la ville.

— Rien à part sa tante.

— Ça reste quand même à des kilomètres d'ici. Non, seuls les gens qui vivent par ici connaissent cet endroit. Comment Rhys en a entendu parler ? C'est la clé de tout.

— On ne sait même pas encore à quoi on a affaire. On met la charrue avant les bœufs, là.

Shipley murmura qu'elle avait raison. Mais elle voyait bien qu'il n'en pensait pas un mot.

Il savait exactement à quoi ils avaient affaire.

Une nouvelle heure passait. Cette fois, le temps commençait à leur paraître long. Comme chaque fois qu'on reste à un endroit sans faire grand-chose. Louise commençait à se sentir tenaillée par la faim, mais essayait de faire abstraction. Elle aurait cru que se rappeler la carcasse noire et calcinée dans la clairière, à quelques mètres, aurait suffi. Le genre d'image difficile à oublier – pour ne rien dire de la jeune morte dans son trou.

Ils avaient eu tout le temps de photographier mentalement la scène avant que d'autres techniciens de la police scientifique débarquent et qu'ils les laissent à leur travail. Louise avait été soulagée de pouvoir partir. Se détourner quelque temps de ce lieu.

D'ordinaire, elle ne pensait pas que les lieux pouvaient receler une sorte de *noirceur*. Être *imprégnés du mal*. À présent, elle n'en était plus si certaine. Le lieu qu'elle venait de quitter, derrière le rideau d'arbres, dégageait quelque chose d'inquiétant. Elle avait eu l'impression de se sentir physiquement prise dans un étau. Comme si le lieu défendait la pureté de ce qu'il cachait.

— Combien de temps avant de savoir si d'autres corps sont enterrés ? demanda Shipley en faisant les cent pas derrière elle. J'imagine que ce n'est pas un travail qui peut se faire rapidement.

— Pas trop longtemps, j'espère.

Elle essayait de le rassurer, sachant comme lui que leur temps à la tête de cette enquête était compté.

— Ils ont toute sorte d'appareils sophistiqués maintenant, pas vrai ? Je suis sûre qu'on aura notre réponse bientôt.

— Pas certain d'avoir envie de savoir, mais j'ai l'impression qu'on ne va pas tarder à avoir l'info, dit Shipley en s'immobilisant et en regardant derrière Louise.

Elle se retourna : un technicien de scène de crime en tenue de prélèvement sortait du bois et avançait vers eux.

— Alors ?

Le technicien s'arrêta devant eux.

— On ne saura pas avant quelques heures s'il y a d'autres corps enterrés, en plus de celui qu'on a déjà trouvé.

Louise crut reconnaître son visage – ce que son masque laissait apparaître, en tout cas. Sa tête était entièrement couverte, mais ses traits restaient identifiables.

Peu importe – de toute façon, elle n'avait jamais eu la mémoire des noms.

— Et en attendant, vous avez quoi ? demanda-t-elle, espérant qu'il leur livrerait une nouvelle information susceptible de les occuper et de faire plaisir à Shipley, même pour quelques heures. Le corps qu'on a déterré a été identifié en quelques minutes, j'espère que vous pouvez faire aussi bien ?

Elle attendait sa réponse, mais il semblait vouloir faire durer le suspense. Elle l'aurait volontiers étranglé, saisissant sa gorge à pleines mains pour en extraire le dernier souffle de vie. Elle cligna des yeux, la vision s'évanouit – malheureusement. Parfois, elle aimait ces déchaînements de violence auxquels se livrait son imagination.

– Le corps est là depuis au moins un an, mais tout laisse à penser qu'il était en train d'être déplacé. C'était un simple trou, et il y a peut-être d'autres corps enterrés à côté. Comme on ne veut pas risquer de détruire des indices, on prend notre temps. Mais on va essayer de ne pas trop tarder quand même. Avec un peu de chance, on pourrait réussir à l'identifier assez vite. Elle est plutôt bien préservée, compte tenu de la situation.

Shipley devança Louise – dans une version plus policée.

– Bien préservée ?

– Vous voyez ce que je veux dire…

– Ouais, bien sûr, répondit-il, les mâchoires serrées.

Le technicien reçut le message, et s'éloigna.

Louise et Shipley ne pouvaient plus faire grand-chose, à présent. Ils se tournèrent vers la route où la circulation n'avait pas été bloquée, compte tenu de l'éloignement de la scène de crime. Mais avec le nombre de véhicules – banalisés ou non – garés sur le bas-côté, l'espace réduit allait les obliger à trouver rapidement une solution alternative. Louise s'arrêta, laissant Shipley partir en avance, et se retrouva seule dans le champ. Elle fit un tour complet en réfléchissant à l'emplacement et à l'histoire de ce lieu. D'un côté, on faisait face à un quartier de logements sociaux dans le sud de Liverpool. De l'autre, la vieille campagne immémoriale telle qu'on pouvait la trouver dans n'importe quelle région du nord de l'Angleterre. Au loin, elle aperçut la ville de Hale, à quelques kilomètres seulement mais hors de la région de Liverpool.

Comme si elle était juchée en haut d'une colline alors que Liverpool restait au fond de la vallée.

L'air autour de Louise se figea. Pour un peu, elle aurait entendu les rires des enfants qui venaient jouer par ici. Les cris d'excitation, les vannes échangées… La vie habituelle.

Elle se demanda ce qu'ils étaient devenus. Tous ces enfants qui se racontaient des histoires et emplissaient de leur rire, de leur insouciance, ce champ aujourd'hui désert. Comme étaient désertes les rues, bien plus que lorsqu'elle était jeune. Est-ce que ces lieux risquaient d'être souillés à jamais pour elle ? Bois, champs, parcs… Tous ces endroits magiques de son enfance, désormais métamorphosés en autre chose.

Des lieux où l'obscurité et l'invisible étaient aux aguets dans l'ombre, sans qu'elle s'en aperçoive. Elle avait du mal à imaginer qu'un tel endroit puisse abriter d'autres activités. Des activités maléfiques. Elle se retourna vers les arbres, le bois si dense. À présent, elle voyait tout : comme il était simple, à la nuit tombée, de se fondre dans l'obscurité pour ne jamais être découvert ; de vivre dans ce bois pendant des années, en se faisant passer pour une légende, sans que personne trouve jamais le courage de découvrir la vérité. Et être capable de se cacher si quelqu'un se mettait en tête de la faire éclater.

Vivre dans le bois ? Tu es folle ! Ça n'existe pas…

— Je crois que tu avais raison à propos des éventuelles traces de pneus, dit Shipley en revenant vers elle et en inspectant le sol. S'il y en avait, il les a effacées. Bref, il trace sa route sans laisser de traces, si tu me passes le jeu de mots.

— Tu es tout excusé.

Elle regardait toujours en direction du bois.

— On ne se retrouve pas par hasard dans un endroit pareil. Il n'y a aucune raison de rouler dans cette direction, à moins de se rendre quelque part ou de connaître quelqu'un qui vit là. Ou alors : on a grandi dans le coin et on connaît ce bois comme sa poche.

— Je suis d'accord. Pour ce que ça vaut…

Shipley se tenait à côté d'elle et regardait dans le même espace vide.

— Je n'avais jamais entendu parler de ce bois avant mes neuf ou dix ans. Personne ne l'avait jamais évoqué.

— C'est plutôt joli, hein. Si tu arrives à oublier les cadavres enterrés à une centaine de mètres.

— Tu crois que c'est Rhys Durham, le corps calciné ? demanda Louise. Je n'ai pas vraiment pu voir ce que je regardais – aussi bien, c'était un renard ou un autre genre de bêtise…

Elle savait que Shipley avait eu le même soupçon la concernant. Il avait juste évité de le formuler à haute voix. Il aimait quand les enquêtes avaient une finalité – quand il pouvait interroger un suspect et découvrir les raisons qui l'avaient poussé à commettre tel ou tel crime.

Il soupira, fatigué.

— Je ne sais pas.

Il frotta ses doigts sur ses paupières fermées.

— Il faut qu'on l'identifie le plus vite possible. Le cadavre dans la cabane incendiée peut se révéler crucial. Celui qui se trouvait dans le bois y a foutu le feu pour nous compliquer la tâche.

— Celui ou celle, rectifia Louise en raclant la terre du bout de sa chaussure.

Elle réussissait de mieux en mieux à affecter un air détendu, même quand son corps tentait de se rebeller.

Elle espérait que ça ne se reproduirait pas, mais elle savait ce souhait futile.

– Ce n'est pas comme si on pouvait déduire beaucoup de choses de ce qu'on a pu voir. On est arrivés trop tard, je crois. Il n'y a sans doute pas assez d'éléments pour obtenir une identification rapide. Cet incendie, c'était une diversion pour lui laisser le temps de s'enfuir.

Shipley acquiesça, et retourna vers la route, laissant Louise seule de nouveau. Elle sortit son téléphone de sa poche, consulta ses messages – pour découvrir avec étonnement qu'elle n'en avait aucun. De toute façon, qui pouvait bien l'appeler ? Elle sentit sa poitrine se resserrer, ses mains trembler. Le téléphone glissa de sa paume moite quand elle essaya de le remettre dans sa poche. Son front se couvrit de sueur, elle l'essuya du revers de la manche. Ferma les yeux quelques secondes, luttant contre l'envie de crier, de hurler. Se laisser tomber et faire une crise. Sentir ses bras et ses jambes heurter la terre, et une douleur fulgurante traverser ses os.

Au lieu de cela, elle ouvrit les paupières et partit rejoindre Shipley et les autres.

Impuissante. Voilà ce qu'elle était.

Et elle détestait cette impression.

20

Quelques coups frappés à la porte.

Val s'était toujours dit qu'elle sentirait le moment où tout changerait. Le moment où elle saurait que son fils n'était plus. Qu'il avait cessé d'exister. Intuition maternelle, avec tout ce que ça suppose. Elle était censée savoir quand quelque chose arrivait à son fils.

En vingt ans, elle n'avait jamais rien éprouvé d'autre que le vide. L'impression que son univers avait basculé et qu'il ne retrouverait plus jamais son équilibre. Même si son fils réapparaissait, après tout ce temps.

Deux décennies. Cela avait été si long, vraiment ? Le temps s'était figé le jour où son fils avait disparu. Quand elle avait compris qu'il n'allait pas juste rester introuvable pendant quelques heures. Heures devenues des jours, jours transformés en semaines, en mois, en années... Encore, et encore. Et chaque jour : la même souffrance renouvelée.

Il y avait eu d'autres moments, quand il était plus jeune, où elle avait pris peur : quand elle ne le retrouvait plus dans un magasin, ou dans le parc près de la route. Alors, l'espace de quelques secondes, l'horreur s'abattait sur son estomac – et, tout à coup, il réapparaissait devant elle. Tous les parents ont connu de tels moments.

Elle n'avait eu qu'une mission : le protéger jusqu'à ce qu'il soit en âge de se protéger lui-même.

Et elle avait échoué.

Désormais, elle attendait. Qu'ils arrivent et lui annoncent que son fils avait été retrouvé. L'idée de faire autre chose lui était intolérable. C'est tout ce qui lui restait, à présent. Une interminable attente pour découvrir la vérité sur ce qui s'était passé.

En apparence, sa fille paraissait mieux traverser l'épreuve de la perte mais Val savait qu'elle souffrait autant qu'elle. Aussi violemment. Que son existence avait été fracassée par la disparition de son frère. Elle se rappelait la petite fille qu'elle avait été, grandissant sous ses yeux. Une adolescente dans un corps de femme. Sur le point de partir pour suivre sa voie.

La disparition de son frère avait brisé ce processus naturel. En une nuit, elle avait vieilli. Une adulte avant l'heure, à jamais marquée. Sans cet événement, sa fille n'aurait pas été la femme qu'elle était devenue. Elle n'aurait pas continué à vivre avec cette mère qui allait dédier son existence à retrouver son frère. Avec un beau-père qui s'était évanoui tout aussi brusquement, les soupçons avaient commencé à pleuvoir sur elles.

Un vrai père qui n'était jamais là. Même quand son fils avait disparu. Qui avait fait semblant d'être inquiet pendant cinq minutes avant de retourner vers sa vie confortable où aucun drame ne se produisait jamais.

Elle s'était retrouvée seule pour ramasser les morceaux.

Elle se demanda à quoi ressemblait sa fille, aujourd'hui. Si les années lui avaient été bénéfiques ou non. Ou si cette perte était toujours gravée sur ses traits comme une seconde peau.

Si enfin la vérité éclatait, l'une d'elles réussirait-elle à tenir le choc ?

Elle entendit des pas dehors mais elle était perdue dans ses pensées, fixant du regard la télévision dans un coin de la pièce.

Elle s'interrogeait. Elle réfléchissait.

Et si le moment était venu ?

Le moment d'apprendre la vérité ?

Brusquement, elle n'en eut plus envie. Elle voulait continuer à mener sa vie, suspendue dans les limbes. La mère d'un enfant disparu. Une mère fautive. Il avait disparu. Il était toujours introuvable.

Rien n'allait pouvoir changer ça. Peu importe s'ils l'avaient retrouvé, maintenant : elle resterait toujours une mauvaise mère. Incapable de mener à bien sa mission.

De nouveau, des coups à la porte. Elle ne bougea pas. Elle était paralysée sur le canapé, incapable de se lever.

Paralysée devant la télé. Devant ce bandeau défilant au bas de l'écran :

DÉCOUVERTE D'UN CHARNIER
AU SUD DE LIVERPOOL

Elle ne voulait pas savoir. Pas maintenant. L'ignorance était une bénédiction.

Encore ces coups, plus forts. Elle enfouit son visage dans ses mains. Secoua la tête en gémissant « non », encore et encore, comme si cela pouvait suffire à les faire partir.

Ce n'était pas ainsi qu'elle voulait reprendre contact avec le réel. Elle préférait continuer à vivre dans cette stase qui constituait sa réalité. Sans jamais connaître la vérité. Si c'était ça, ils pouvaient se la garder. Elle pouvait très bien se contenter de vivre sa vie sans jamais découvrir ce qui était arrivé à son garçon. Rassurée par la certitude qu'elle n'apprendrait jamais à quoi avaient ressemblé ses derniers moments.

Elle ne voulait rien savoir. Elle ne voulait plus savoir.

Pas de cette façon.

Des coups à la fenêtre, insistants.

Elle se leva, vérifia son reflet dans le miroir puis traversa le salon jusqu'à l'entrée. Posa la main sur la poignée de porte, prête à ouvrir.

Prête à laisser la vérité, quelle qu'elle soit, s'engouffrer chez elle et la dévorer.

21

L'ambiance au commissariat était différente, à présent. La nouvelle de ce qui avait été découvert – et continuait de l'être – dans le bois avait fait le tour de l'immeuble. En route vers le bureau de son chef, Louise croisa d'autres officiers dont les regards insistants en disaient long.

Je préfère que ce soit toi plutôt que moi.

Ils savaient que, pour tous les policiers impliqués dans l'enquête, il y aurait un avant et un après.

Ce qui avait débuté par une femme seule fuyant un danger invisible se transformait en un triple meurtre. Tout cela était beaucoup trop rapide à son goût. Elle s'était suffisamment documentée sur les tueurs en série pour savoir ce que ça signifiait.

Un mot qu'elle détestait encore plus que « moite ». *Escalade.*

Elle arriva devant la porte du *detective inspector*, frappa une fois et entra sans attendre de réponse. Elle était déjà en retard après avoir passé bien trop de temps dans les toilettes à essayer de se rendre présentable. Elle s'assit à côté de Shipley, qui lui lança un coup d'œil furtif avant de revenir à la conversation en cours.

– On ne sait pas s'ils sont liés, dit le *detective inspector* Hardy en remarquant à peine l'arrivée de Louise.

Il n'occupait pas son siège habituel. À sa place, un nouveau visage. Louise le connaissait, naturellement.

Le *detective chief inspector* Peter Sisterson, de la Brigade criminelle. La meilleure équipe de la ville. Et Sisterson était taillé pour le rôle. Tempes grisonnantes, costume impeccable, des chaussures qui devaient coûter plus qu'une mensualité du crédit hypothécaire de Louise. Et des yeux bleus qui perforaient tous ceux sur qui ils se posaient.

Le *detective inspector* Hardy s'efforçait de rester calme mais elle voyait bien que lui aussi avait du mal à tenir le rythme auquel les événements s'enchaînaient.

– On est en train de croire à un conte pour enfants !

– Ce serait une sacrée coïncidence, intervint Shipley avec un calme souverain.

Il attendait ce moment depuis longtemps, pensa Louise. Il était enfin arrivé.

– Celui qui a fait ça sait que l'étau se resserre, reprit Shipley en se tournant vers Sisterson. Il était dans le bois, on a failli l'attraper. Il ne peut pas être loin en ce moment. Ses options sont limitées.

– On en est où de l'identification ?

– Les corps sont en cours d'analyse, répondit Louise, prenant la parole après un regard insistant de Shipley. Si ce sont des personnes signalées comme disparues, ça ne devrait pas prendre trop de temps. Nous n'éliminons pas la possibilité que le corps dans la cabane soit Rhys Durham, mais ça peut être n'importe qui d'autre. Nous avons trouvé des dates gravées sur un tronc d'arbre. Difficile de trouver le rapport avec les cadavres. La dernière date est celle d'hier, ce qui pourrait signifier que l'individu brûlé dans la cabane a été tué à ce moment-là.

Hardy soupira bruyamment – pour la galerie, songea Louise. À l'évidence, il n'aimait pas voir deux de ses enquêteurs s'en remettre déjà au *detective chief inspector* d'une unité plus importante – et plus prestigieuse.

Des jeux de pouvoir. Tout ce que Louise détestait.

Sisterson croisa les mains, coudes sur le bureau, et ignora Hardy. Il fixait du regard Shipley et Louise.

— Alors, à quoi on a affaire au juste ? Cette histoire est vraie ?

Louise sentit Shipley l'observer mais elle détourna la tête vers la fenêtre. Elle aperçut, à travers les persiennes, un immeuble de bureaux en cours de construction. Attendant d'être occupé. Elle savait que le centre-ville d'où Sisterson était venu offrait le même genre de paysage. Elle n'allait pas souvent en ville mais, à chaque fois qu'elle s'y rendait, elle découvrait de nouveaux chantiers en cours.

— C'est une histoire pour enfants et ça reste une histoire pour enfants, répondit Shipley.

L'attention de Louise revint à la conversation.

— Mais quelqu'un s'en sert pour construire sa propre légende, en quelque sorte. Tous les éléments sont reliés. Rhys Durham est toujours notre personne d'intérêt majeur dans l'enquête, et rien de plus. Une personne. Quand nous le trouverons, nous pourrons l'interroger.

— S'il accepte de parler…

— Oh, il acceptera, répondit du tac au tac Shipley en agrippant les bras de son fauteuil.

Louise se demanda ce qu'il entendait par là. S'il cachait une colère aussi intense que celle enfouie en elle.

— Il faut qu'on communique davantage sur cette affaire dans les médias. À l'heure qu'il est, ça ne devrait pas être trop compliqué…

– Non. Trois cadavres en autant de jours, c'est amplement suffisant pour attirer l'attention au niveau national.

Louise observait Hardy qui paraissait soudain avoir fait vœu de silence. Il avait capitulé rapidement, sans fanfare. Elle ne l'avait jamais beaucoup apprécié, avec ses airs de toujours vouloir être obéi sans condition. À présent, le poids de ses attentes commençait à peser sur ses épaules. Il approchait les soixante ans, et cela se reflétait dans toutes les décisions qu'il prenait. Professionnel, mais de plus en plus méfiant. Toujours à vérifier que rien ne se tramait dans son dos. Un homme au visage en lame de couteau. Elle ne comprenait pas comment il avait réussi à survivre tout ce temps dans la police.

Une fois de plus, elle décida qu'elle n'accepterait jamais d'endosser plus de responsabilités que nécessaire. Elle était très bien au poste qu'elle occupait. Plus grandes les responsabilités, plus nombreuses les nuits sans sommeil et plus lancinante la culpabilité.

Sauf si on arrivait à se propulser immédiatement dans les plus hauts rangs.

– On va se servir de la presse pour obtenir plus d'informations sur ce Rhys Durham, annonça Sisterson en se passant une main dans les cheveux.

Le gris de ses tempes s'accordait parfaitement à sa chevelure, comme s'il la teignait sur le dessus. Du travail de pro, ce qui ne surprenait pas Louise. Quand on gravit les échelons, le salaire grimpe aussi.

– Je sais qu'on a déjà essayé, mais je veux voir sa tête partout, ajouta-t-il.

– Donc, vous nous retirez l'enquête, c'est ça ? intervint Hardy.

Il n'avait pas pris la peine d'accentuer le point d'interrogation. Parfaitement superflu.

– Je ne vois pas quel choix vous me laissez, répondit Sisterson en daignant pour la première fois considérer son interlocuteur. Il s'agit d'une enquête criminelle de première importance. Et il se trouve que c'est ma spécialité.

– Alors il faut qu'on l'enfume, dit Shipley en décroisant les jambes et en se penchant en avant. Ça fait très longtemps que personne ne l'a vu, hormis la mère de la première victime. Les autres services de police du pays n'ont pas eu affaire à lui, donc, s'il a bougé, il n'a pas fait de conneries. Maintenant, si personne ne l'a repéré dans le coin, tout porte à croire qu'il s'est baladé dans le pays.

– Et maintenant, il serait de retour ?

– Exactement, dit Shipley en agitant l'index en direction de Sisterson.

Il s'enfonça légèrement dans son siège, comme s'il réfléchissait. Louise examina ce scénario. Se demanda combien de temps il leur faudrait pour découvrir qu'ils faisaient fausse route.

– Pourquoi maintenant ? reprit Shipley.

Louise voyait qu'il prenait plaisir à être écouté par un haut gradé – ça faisait longtemps qu'il n'en avait pas eu l'occasion. En tant que *detective sergeant* travaillant avec une simple *detective constable*, il était en général considéré comme un homme à tout faire.

– Parce qu'il a sans doute suivi les infos locales. Il sait que le corps de Nathan Coldfield a été rapidement découvert et il doit supposer que la femme a parlé de lui. En même temps, la localisation précise n'a pas été divulguée…

— Certes, ajouta Louise pour reprendre le raisonnement bancal de Shipley, mais le nom du pub voisin a été mentionné sur le site de l'*Écho*. Il sait qu'on a trouvé l'endroit et, maintenant, on est tombés sur lui dans ce bois…

— Il est forcément en fuite.

Sisterson leva la main pour interrompre la partie de ping-pong.

— Qui sait comment il a obtenu ces renseignements. Pour moi, c'est assez évident. S'il se cachait, maintenant il est de retour. Et pas exactement fondu dans la masse, parmi nous, puisqu'il vivait apparemment dans une cabane au milieu d'un bois. À supposer, toujours, que les deux affaires soient reliées. On est peut-être en face d'un tueur en série. On doit aussi se faire à l'idée qu'on ne saura jamais la vérité. Que celui qui a fait ça est mort carbonisé dans cette cabane.

Louise choisit de ne pas relever la remarque de Sisterson sur le lien entre les affaires. Elle savait que tout le monde était sur la même longueur d'onde. Il suffisait de prendre la peine d'y réfléchir pour comprendre que rien de tout cela ne pouvait être une coïncidence.

— Voilà comment je vois les choses…, commença Shipley.

Il prenait clairement le contrôle. Louise se doutait que Hardy ne verrait pas cela d'un bon œil.

— Tous les chemins ramènent au Désosseur. Caroline, la première personne à être découverte – en vie – prononce son nom…

— Cette Caroline… c'est quoi son histoire ?

Shipley fit signe à Louise de répondre au *detective chief inspector*.

— Elle a l'air OK. N'a jamais eu affaire à la police, apparemment. Elle était au mauvais endroit au mauvais moment. Des collègues sont allés inspecter son appartement, les voisins ne connaissaient même pas son nom. Elle vit toute seule. Elle travaille pour une sorte d'association d'aide aux sans-abri. Le directeur n'avait aucun reproche à lui faire. On n'a pas réussi à localiser des membres de sa famille, et elle ne nous aide pas beaucoup sur ce point. Comme « proche parent », elle a indiqué une vieille voisine qui ne connaissait pas son nom de famille. Elle veut qu'on la laisse tranquille. Elle refuse les visites. Une vraie solitaire, quoi.

– Gardez le contact avec elle. Elle va peut-être se souvenir de choses qui pourront nous être utiles.

– On a aussi passé en revue les indices trouvés dans la chambre de Nathan Coldfield, ajouta Shipley. Il y a une photo d'un paysage qui ressemble au bois, à Speke. Au recto, les initiales RD. On a trouvé le nom de Rhys Durham ainsi qu'un vieux numéro de téléphone sur un bout de papier. Ils se sont fréquentés un certain temps. Sur le mur de la chambre de Jon Durham, il y avait un dessin évoquant le Désosseur et des photos du bois au sud de la ville. Et maintenant, quelqu'un fout le feu à un corps, et on en trouve un autre dans un trou… Ah, et sur les deux scènes de crime, on a trouvé le même genre de symboles gravés sur des troncs d'arbres. Auxquels s'ajoutent, sur la seconde, des dates. Il ne se cachait pas vraiment quand il faisait ça. Il veut… dire quelque chose.

– Avouer ?

– Non, je ne crois pas.

– Je vous prends dans mon équipe pour cette enquête, annonça Sisterson d'un ton définitif. Pas d'objections, *detective inspector* Hardy ?

– Ils sont assez grands pour prendre leurs décisions eux-mêmes.

Louise se demanda si Sisterson allait réagir à cette hostilité à peine voilée. Il s'en dispensa.

– Vous êtes sur cette affaire depuis le début, c'est normal de vous garder. Je vous veux sur le terrain, toujours en mouvement. Rapportez-moi des éléments sur lesquels on peut travailler. Peu importe s'il faut mettre tous les flics du pays sur le coup mais je veux savoir si Rhys Durham a été vu quelque part. Je veux savoir ce qu'il fabriquait pendant tout ce temps. On doit aussi être fixés sur l'identité du cadavre brûlé. S'il ne s'agit pas de Rhys Durham, il faut qu'on découvre le fin mot de l'histoire !

Il leur fit signe de partir et resta dans le bureau avec Hardy. Dehors, Shipley, tout sourire, adressa un hochement de tête à Louise. Il avait enfin obtenu ce qu'il voulait. Louise n'était pas certaine de partager son excitation. Ils ne seraient pas vraiment aux avant-postes de l'enquête, Sisterson avait été assez clair sur ce point. Vérifications de routine et porte-à-porte, comme à leurs débuts dans la police. Shipley ne semblait pas être arrivé à la même conclusion. Sans doute, devinait Louise, parce qu'une seule chose lui importait : être *là*. Occuper une place à côté des décisionnaires, au cœur de la ville.

Il faudrait qu'elle repense à ce moment la prochaine fois qu'elle aurait envie de lui sauter dessus, un soir où il l'aurait raccompagnée chez elle.

Quand ils regagnèrent leur poste, Cavanagh sauta vivement du coin de bureau de Shipley où il s'était assis.

– Je t'attendais ! lui lança-t-il, une feuille à la main. Je me suis dit que tu aurais envie d'être le premier à apprendre la nouvelle.

Shipley tendit la main, Cavanagh y déposa la feuille puis croisa les bras, guettant sa réaction. Louise se tenait à côté de Shipley, silencieuse. Curieuse de connaître la suite des événements.

Il lâcha un juron.

– Ce n'est pas Rhys Durham. Le cadavre.

Louise fronça les sourcils.

– Alors c'est qui ?

Il lui donna la feuille.

– Regarde par toi-même.

Puis, s'asseyant à son bureau :

– On n'est pas aussi près qu'on le pensait…

Louise lut le rapport, et vit tout de suite le problème.

– Le corps est celui d'un jeune homme, vingt ans maximum. Et si le corps est en grande partie calciné, les traits du visage ont été assez épargnés pour permettre au légiste d'éliminer l'hypothèse Rhys Durham. Impossible de prendre un type aussi jeune pour Rhys. Il a quel âge, sur son dernier portrait d'identité judiciaire ?

– Environ vingt-cinq.

– Et on lui en donnait dix de plus.

– Ce n'est pas tout, reprit Shipley en allumant son ordinateur et en pianotant le mot de passe. Lis le résumé du rapport d'autopsie de la femme.

– Peau incisée, découpée, arrachée du corps.

Elle déglutit, écœurée.

– Donc… retour à la case départ.

– Pas tout à fait, dit Shipley en pivotant sur sa chaise. On connaît le nom de ce type et on sait à quoi il ressemble. On a deux coups d'avance par rapport à nos précédentes enquêtes criminelles.

Louise aurait voulu ressentir la même excitation que son chef, mais elle n'y parvenait pas. Rhys Durham était-il vraiment l'homme qu'ils recherchaient ? Quelque chose ne fonctionnait pas dans cette idée.

— La date la plus ancienne sur le tronc d'arbre, c'était quoi ?

— Une date en 2001, je crois.

Le sourire affiché par Shipley s'effaça.

— Il aurait eu quatorze ou quinze ans. Bah, c'est bien assez pour commettre ce genre d'actes, non ?

— Moi ça me semble un peu jeune. Tu ne trouves pas ? Et puis, il s'est fait choper pour des conneries, un peu plus tard. Ça ne ressemble pas au comportement habituel d'un tueur en série.

— Si tu savais… tu serais surprise.

Mais Louise voyait Shipley commencer à ruminer.

— Je n'en suis pas si sûre.

— Écoute, c'est la piste la plus solide qu'on ait. On ne sait même pas s'il y a des cadavres qui remontent à aussi loin dans ce charnier, pas vrai ? C'est peut-être juste une autre absurdité…

Elle acquiesça, sans trop y croire. Pas seulement à l'absurdité. Ce n'était pas tout.

Il y avait bien plus encore.

22

Des gens normaux. Avec des vies normales. Massés devant la Rubalise, aussi près que possible de ce que la police avait désigné comme une scène de crime.

Les discussions allaient bon train. Chacun avec sa théorie sur ce qui s'était passé là, juste devant chez eux. Ils avaient le droit de savoir – tous étaient d'accord là-dessus. Et pourtant, personne ne leur disait rien. De temps en temps, un grognement d'un des flics qui les surveillaient.

Les gens du coin faisaient passer la moindre information, comme s'ils étaient au courant de quoi que ce soit. Une grosse femme tenant une cigarette entre ses doigts courtauds tira une bouffée et, brandissant le bout incandescent en direction du bois :

— Je parie que c'est un pédo… ou alors un de ces camés… je ne veux même pas savoir ce qui se passe là-dedans, pendant la nuit… En tout cas, je ne m'approche jamais de cet endroit…

— Eh ben moi, je veux savoir ! s'écria une autre femme.

Celle-là n'arborait ni cigarette, ni bourrelets. Elle était même d'une maigreur douloureuse. Deux pommettes osseuses saillaient sur son visage hâve.

— Pourquoi il y a tous ces flics ? Neuf fois sur dix, c'est une histoire de drogue… Ils ont dû trouver un labo de meth, ou un truc dans le genre…

Il y avait vingt ou trente curieux à présent, entassés devant le champ désert. Des gens normaux avec une vie normale. Qui n'avaient rien de mieux à faire, un après-midi à 15 heures.

N'importe lequel d'entre eux aurait pu être une victime.

Une jeune fille, même pas vingt ans, le visage émacié marqué d'une cicatrice. La peau grêlée de son ventre prête à être entaillée par une lame. L'expression surprise de son visage tandis que le sang ruisselle sur sa chair, ses os.

Un vieillard qui dégage une vague odeur de mauvais whisky et de renfermé. Des touffes de poils jaillissant de tous les orifices de son visage. Gris, drus. Des vêtements qui avaient dû lui aller à l'époque où il ne sautait pas encore la plupart de ses repas. La peau plissée de son cou prête à être écrasée, ses yeux écarquillés alors qu'il lutte pour une ultime lampée d'oxygène.

Et puis, dans cette foule, une présence étrangère.

– Moi, je suis sûr que c'est des conneries ! lança un jeune type aux incisives protubérantes et à la peau livide. Juste du fric foutu en l'air, comme à chaque fois… Ou alors, un campement de migrants !

Quelques murmures désapprobateurs, mais l'attention générale ne faiblissait pas.

Quelque chose les observait, à leur insu. Quelque chose d'anormal, de difforme.

Quelque chose qu'ils seraient incapables d'identifier.

Ils croyaient connaître le mal.

Ils ne l'avaient jamais rencontré.

23

L'après-midi se terminait quand ils arrivèrent à l'hôpital. Ce serait vite vu, songea Louise. Elle ne s'attendait pas à ce que Caroline leur fournisse plus d'informations qu'elle ne l'avait déjà fait mais c'était la première mission que leur avait confiée leur nouveau chef. Il fallait en passer par là.

Elle se demanda combien de temps ça pouvait durer. S'ils seraient mis sur la touche dès que l'affaire serait entièrement sous la responsabilité de la Brigade criminelle. Il y aurait sûrement d'autres policiers plus expérimentés qui seraient ravis de prendre le relais.

Eux retourneraient à leurs habitudes : cambriolages, querelles de voisinage et violence domestique. Elle savait que ça lui conviendrait bien mieux. Et pourtant, une part importante d'elle-même avait besoin d'être ici, maintenant.

– Je n'arrête pas de penser à ce pauvre type calciné, dit Shipley en tournant le volant pour engager la voiture dans la cour de l'hôpital. Si j'avais pu arriver plus tôt, ou alors… Je ne sais pas.

– Tu ne pouvais rien faire. C'était trop tard. Apparemment, le tueur a utilisé un produit accélérateur de feu. On n'avait pas la moindre chance. De toute façon, il était sans doute déjà mort. On n'a entendu aucun cri, aucun hurlement.

— Donc, tu ne penses pas que c'était un animal que tu as entendu dans le bois ? Tu étais bien à la poursuite de quelqu'un ? Peut-être même de Rhys Durham ?

— À ton avis ?

Elle lui sourit. Il renifla en guise de réponse.

— Je ne sais pas ce que j'ai entendu, là-bas. Tout s'est passé si vite. J'essayais juste de couvrir tous les angles… Même avant qu'on ait une estimation de l'âge de la victime.

— Bon, on ne s'éternise pas, dit Shipley en garant la voiture. On sait très bien qu'elle ne va rien nous dire de nouveau, et je veux assister au premier briefing de la Criminelle.

— Je ne vais pas te contredire.

— Ça va être simple : tu lui montres la photo de Rhys, elle répond la même chose. *Je ne me souviens pas, il faisait nuit…*

— Bah, ça ne coûte rien d'essayer. Elle a peut-être eu une épiphanie pendant la nuit.

Shipley grimaça à cette idée, puis acquiesça.

— Je sais, je sais… Mais je suis sûr qu'elle nous a déjà dit tout ce qu'elle pouvait. Si elle avait vu autre chose, elle nous en aurait parlé.

— Je suis d'accord avec toi. Mais les ordres sont les ordres !

De fait, Sisterson avait été catégorique en leur expliquant de quoi il avait besoin avant de passer à l'autre volet de l'enquête. Quel était ce volet ? Louise n'en savait trop rien, mais elle suivait le mouvement maintenant. Comme en état d'hypnose.

Toute sa vie, à présent, se déroulait en état d'hypnose.

Une part d'elle aurait voulu que ces derniers jours ne soient qu'un rêve, et que sa vision brumeuse n'en soit qu'un effet secondaire. Rien n'était réel – juste les rêves fiévreux d'une femme malade. Des souvenirs qui percutaient sa vie actuelle et généraient une nouvelle réalité.

Ce serait tellement plus simple ainsi.

Rien ne l'avait préparée à ce qu'elle vivait.

Elle emboîta le pas à Shipley qui sortit de la voiture, marcha vers l'entrée de l'hôpital et prit l'ascenseur jusqu'à l'étage où se trouvait la chambre de Caroline. Une infirmière les accueillit après quelques secondes d'attente, s'assura que la jeune femme était toujours dans la même chambre et les fit entrer.

Louise n'avait que trop vu ces couloirs d'hôpital depuis quelques jours. Non que ce genre de lieu lui soit étranger : en tant qu'officier de police, elle ne se trouvait pas spécialement en terre inconnue. Elle se rappelait encore les innombrables heures passées dans les divers établissements de soins du comté quand elle était simple agent.

– Tu sais, si j'ai postulé pour monter en grade, c'est en partie pour éviter de passer ma vie dans les hôpitaux, dit-elle.

Shipley acquiesça.

– Ah, ça, on y passe sa vie quand on est flic. Et il faut vraiment être motivé pour que ça serve à quelque chose.

– J'avais l'impression de mettre du scotch sur un plafond fissuré…

– Ah ? Moi c'était plutôt de jongler avec des assiettes. Toujours la trouille d'en casser une… Toujours à chercher la bonne réaction, toujours à essayer de rétablir la paix…

Louise hocha lentement la tête.

– Alors que tu voulais faire régner la justice.

— Exactement. Et toi ? Il y a des policiers dans ta famille ?

— Non. Pas que je sache.

Son humeur s'assombrit un peu plus.

— Je crois que je suis la première…

— Tu ne parles jamais de ta famille. Comment ça se fait ?

— Rien à dire.

Elle espérait qu'il finirait par saisir l'allusion.

— Je n'ai plus personne, alors je ne vois pas l'intérêt d'en parler. J'ai eu une enfance agréable, fait quelques folies quand j'étais ado, mais ça n'a pas duré. Maintenant, j'essaie de ne plus penser à eux plus que nécessaire.

— Trop difficile ?

— Je… je ne me souviens pas d'eux si bien que ça. J'étais jeune quand je suis allée vivre chez mes grands-parents.

— Après ce qui s'est passé.

Louise dévisagea un instant Shipley. Avait-il fait des recherches sur elle depuis leur dernière conversation ? Elle se demanda si la curiosité avait eu raison de lui. S'il avait fouillé dans ce passé dont elle ne pouvait plus se souvenir. Ne voulait plus se souvenir.

— Ouais. Après ce qui s'est passé.

Elle détourna le visage.

— Pardon, je n'aurais pas dû t'en parler.

Il soupira.

— Parfois, je ne sais pas me la fermer.

— T'inquiète.

Elle avait envie de continuer à lui parler. De lui ouvrir un peu son passé – le peu qu'elle se rappelait. Lui avouer des choses qu'elle n'avait jamais dites à personne. Elle ne voulait rien tant qu'aller se promener avec lui, de temps en temps. L'emmener ailleurs, dans un endroit plus calme, plus discret, et lui parler. Pendant des heures et des heures. Avant de s'autoriser ce dont elle avait envie depuis leur première rencontre.

Elle était sûre qu'il éprouvait la même chose. Depuis peut-être aussi longtemps.

Mais l'instant passa en un clin d'œil.

La chambre était plus lumineuse que la dernière fois : les persiennes relevées laissaient le soleil se déverser par la fenêtre. Louise remarqua combien l'air était immobile : aucune particule ne flottait dans les rais ensoleillés. Et Caroline paraissait plus animée que la nuit précédente, même si elle restait toujours installée à l'horizontale. L'ecchymose sur son visage avait commencé à se colorer – des noirs et des pourpres rageurs. Quelques traces jaunâtres. Sa mâchoire était plus enflée que Louise s'en souvenait. Il est vrai qu'elle ne s'était jusqu'alors pas vraiment concentrée sur l'apparence de la jeune femme.

— Salut, Caroline, lança Shipley pour prendre la main. On ne va pas vous embêter longtemps.

— À vrai dire, ça me fait plaisir d'avoir un peu de compagnie.

Elle se redressa de quelques centimètres. Sa grimace laissait deviner que la position assise était encore douloureuse.

— C'est lassant, de passer ses journées devant la télé. Toujours les mêmes émissions…

Louise lui lança un regard qu'elle espérait suffisamment parlant. *Ne mentionne pas ma visite cette nuit !*

— On voudrait juste vous poser deux ou trois questions, rien de plus.

— Allez-y, répondit-elle avec un grand sourire à l'intention de Louise.

Shipley s'écarta pour laisser Louise s'approcher. Cette dernière hésita, regarda autour d'elle et prit une chaise qu'elle approcha du lit. Elle s'assit, sortit un calepin.

— Est-ce que de nouveaux souvenirs vous sont revenus depuis notre précédente rencontre ?

Caroline secoua la tête.

— Rien de vraiment important. Quelques cauchemars, mais je ne peux pas m'y fier. Ne serait-ce que parce qu'il me rattrape toujours.

— Il était là quand vous vous êtes enfuie ?

— Je ne sais pas, dit-elle, le visage contracté dans un effort pour se rappeler. Toute cette partie est assez trouble… J'ai des flashs où je le vois qui se tient au-dessus de moi, qui me fait mal… Pardon, c'est difficile de repenser à ça.

Louise attendit qu'elle se ressaisisse. Ce fut plus rapide qu'elle l'aurait cru. Une fois les larmes ravalées, elle demanda :

— Qu'est-ce que vous vous rappelez de ces heures dans le bois ?

Elle ne voulait pas se montrer trop insistante mais on leur avait ordonné de récolter le maximum d'informations.

— Pas grand-chose, je suis désolée. Je pensais que quelques jours de repos me feraient du bien, mais tout est flou. Je me souviens de quelques détails, mais tout est tellement embrouillé…

— Si vous avez été droguée, on ne pourra rien savoir pendant encore quelques jours, dit Shipley en examinant une carte postale sur une commode avant de la reposer.

— C'est peut-être pour ça que votre mémoire a des ratés.

— Vous pensez qu'il m'a droguée ?

Louise hésita, jugea préférable de changer de sujet.

— Vous avez eu de la visite ?

— J'ai reçu une carte des collègues.

— Et votre famille ?

Elle secoua la tête.

— Je n'ai vu personne. Je... je n'ai pas gardé le contact avec eux.

Ça, c'était nouveau, se dit Louise. Avant, elle expliquait qu'elle ne voulait pas être vue dans cet état. Et voilà qu'elle trouvait une autre raison.

— Qu'est-ce qui s'est passé ? demanda Shipley en s'appuyant à la commode, bras croisés. Pourquoi vous ne voulez voir personne ?

Les larmes avaient disparu mais la réaction de Caroline les stupéfia. Se tournant vers Shipley, elle lui répondit d'une voix cassante :

— Parce qu'il n'y a personne à voir, compris ? C'est interdit par la loi, ou quoi ?

— Je me demandais, c'est tout.

— Je ne veux plus avoir aucun contact avec ces gens.

— Une dispute ?

— Quelle importance ?

Sa voix se radoucit.

— Mais il n'y a aucun rapport avec ce qui m'est arrivé.

— Ça, c'est à moi d'en décider.

De longues secondes de silence s'écoulèrent.

— On s'est brouillés il y a longtemps. La dernière chose dont j'ai besoin, c'est qu'ils débarquent et se mettent à me *juger*. Je me débrouille très bien toute seule. Ça fait des années que je ne les ai pas vus. Je ne saurais même pas comment les contacter, si je voulais. Ils vivent à des kilomètres... Voilà, c'est bon ? Sinon il va falloir vous faire une raison.

Le sujet est clos, songea Louise. Elle comprenait ce que ressentait Caroline. Elle nota mentalement de l'interroger sur sa famille la prochaine fois qu'elle la verrait seule. Elles avaient peut-être plus en commun qu'elle l'avait imaginé.

– Désolée, reprit la jeune femme. Je me sens juste... c'est très dur, tout ça.

Elle regarda Louise et lui adressa un sourire vide de toute chaleur.

– Je n'ai pas envie d'ouvrir des portes cadenassées si rien ne m'y oblige. Ils m'ont dit que j'allais bientôt pouvoir rentrer chez moi.

– Pourquoi vous êtes allée vous promener dans ce coin, Caroline ? demanda Shipley sans laisser à Louise l'occasion de répondre. C'est un endroit où vous allez souvent ?

– De temps en temps, je suppose.

Elle se tourna vers Shipley. Le sourire froid avait disparu.

– C'est assez joli... Ça l'était, en tout cas. Mais je ne suis pas près d'y retourner. Même si c'est un lieu paisible. On peut s'entendre réfléchir. Ce n'est pas facile, de nos jours, de trouver ce genre d'endroit. Ailleurs, il y a tout le temps des voitures, des gens... Du bruit. Moi, j'aime le calme.

Louise fronça les sourcils en entendant cette réponse. Quelque chose la gênait, mais elle n'arrivait pas à mettre le doigt dessus.

– Et, avant, vous n'y avez jamais croisé personne ? insista Shipley en se rapprochant de Caroline. Vous n'êtes pas tombée nez à nez avec des promeneurs, ce genre de choses ?

– Juste des gens qui sortent leur chien, quelques joggeurs de temps à autre. Rien qui sorte de l'ordinaire. Mais ce n'est pas un lieu de promenade habituel. Je vous l'ai dit, en général c'est très calme.

– Vous avez parfois eu l'impression d'être suivie ? Observée ?

Elle fit non de la tête.

– Jamais. Vous croyez qu'il me surveillait ?

Shipley tendit les mains en un geste rassurant.

– Je passe en revue les hypothèses, c'est tout. Pour avoir une vision complète de l'affaire.

– Est-ce que c'est vrai, ce qu'ils racontent à la télé ?

Shipley resta bouche bée. Quand le silence se prolongea quelques secondes de trop, Louise enchaîna :

– Qu'est-ce qu'ils racontent, Caroline ?

– D'autres corps ont été découverts ? Ou plutôt, *vous* les avez découverts ? Ça a un rapport avec ce qui m'est arrivé ?

– On n'est vraiment sûrs de rien, pour le moment.

Louise avait si souvent eu l'occasion de prononcer cette phrase que les mots avaient fini par perdre leur signification.

– Mais tout ce que vous pourriez nous dire nous serait certainement très utile, Caroline. Vous êtes la seule à l'avoir vu.

– Pardon, mais je suis incapable de m'en souvenir.

Elle ferma les yeux et détourna la tête.

– J'aimerais pouvoir… Je n'ai pas envie qu'une autre personne vive ce que j'ai vécu… ou pire. D'après ce que j'ai compris, j'ai eu de la chance. Beaucoup de chance. J'aurais pu… vous savez.

Louise savait. Shipley aussi. Pour le moment, la jeune femme assise dans ce lit était la seule rescapée du Désosseur. Aucun rapport de police dans le pays ne faisait état d'une autre de ses proies qui aurait réussi à s'enfuir.

Autrement dit, cette fois il s'était passé quelque chose de différent.

Personne n'était censé pouvoir s'échapper.

24

C'était presque le soir quand ils arrivèrent à la première maison. D'autres visites identiques se dérouleraient à travers la ville, se dit Louise. Deux policiers anonymes sonnant à la porte et bouleversant la vie de ceux qui vivent derrière.

Trois nouveaux cadavres avaient été déterrés dans le bois, au cours de l'après-midi.

Elle n'imaginait pas qu'ils puissent être les derniers.

Deux avaient été provisoirement identifiés. Le premier, un habitant du Northumberland porté disparu. Elle s'était demandé comment il avait fait pour se retrouver aussi loin de chez lui, avant de se rappeler que c'était souvent le cas dans des affaires similaires. Des personnes disparues qu'on retrouvait enterrées, à moitié décomposées, dans un coin de forêt perdu. La police n'avait lancé aucune équipe de choc sur leurs traces. On les avait oubliés, tout simplement.

La maison se trouvait à Bootle, non loin du centre-ville. Louise et Shipley attendaient que la porte s'ouvre. La raison de leur présence était le deuxième cadavre potentiellement identifié ce jour-là. Une maison mitoyenne délabrée, tout au fond d'un lotissement pour familles défavorisées. Les voisins de droite paraissaient avoir organisé un vide-grenier dans leur jardin, mais il n'attirait personne. Posé contre la clôture, un canapé en cuir taché auquel manquait un coussin d'assise. À côté, un lave-vaisselle basculé sur le côté. Éparpillés un peu partout, des jouets d'enfants. Une poubelle à roulettes mauve sans couvercle, couvertes de graffitis.

À gauche, une maison au parterre de pelouse bien entretenu, avec une façade agrémentée d'un joli porche.

Entre les deux, le pavillon devant lequel ils attendaient toujours. Stores à liseré blanc aux fenêtres, peinture qui s'écaillait par endroits, laissant apparaître la brique rouge. Le compteur de gaz était situé dans un placard près de l'entrée. Sa porte claquait à chaque coup de vent.

– Je déteste faire ça, dit Shipley en oscillant d'un pied sur l'autre. Je ne m'y ferai jamais. Annoncer à un inconnu la pire nouvelle imaginable. Comment on peut s'habituer à un truc pareil ?

Du bout de l'index, Louise dégagea une mèche de cheveux qui lui tombait sur les yeux.

– À mon avis, on doit prier pour ne jamais s'y habituer.

– Je réessaye ou on laisse tomber ?

Louise haussa les épaules, avança à son tour vers l'entrée et tapota la porte. Avant d'entrouvrir et de laisser retomber le volet de la boîte aux lettres, pour faire bonne mesure.

Ils entendirent des jurons, le cliquetis d'un verrou et, enfin, la porte s'ouvrit.

– William Scarrow ?

– Qui le demande ?

Shipley montra son insigne et laissa au vieil homme qui agrippait le chambranle des deux mains le temps de l'inspecter.

– *Detective sergeant* Paul Shipley. Et voici ma collègue, la *detective constable* Louise Henderson. On peut entrer, s'il vous plaît ?

– Vous avez un mandat ?

– Ce n'est pas du tout pour ce genre de chose qu'on vient vous voir, monsieur Scarrow, dit Louise.

Il la regarda de bas en haut. Elle sentait presque ses yeux parcourir son corps.

– Nous voulons vous parler de votre fille.

William Scarrow devait apprécier ce qu'il voyait : il s'écarta et les laissa entrer. L'odeur de moisi et d'humidité frappa Louise dès qu'elle franchit le seuil. Elle retint un haut-le-cœur. Par-dessus, un autre effluve qu'elle n'arrivait pas à identifier. Jusqu'à ce que ça lui revienne : l'odeur entêtante et sucrée des drogues de classe B[1]. À la toux que Shipley ne réussit pas à étouffer, Louise comprit qu'elle n'était pas la seule à souffrir.

– Désolé pour tout ce bazar, commença Scarrow en ramassant des journaux abandonnés sur un sofa élimé et en les laissant tomber par terre, dans un nuage de poussière – à moins qu'il ne s'agisse de cendres mortuaires.

Il fit signe à ses visiteurs de s'asseoir.

Ni Louise ni Shipley n'en avaient envie mais ils comprirent que, vu les circonstances, il valait mieux obéir. Ils prirent place lentement, prudemment, dans un beau mouvement d'ensemble.

– Alors ? Laquelle de mes filles a fait des bêtises ? Angela, je parie. Ou alors Julie ? C'est forcément l'une ou l'autre.

1. Groupe de drogues considérées comme illégales en Grande-Bretagne (dont le cannabis), mais entraînant des peines moins sévères que les drogues plus graves de classe A.

— Malheureusement, monsieur Scarrow, nous vous apportons une mauvaise nouvelle.

— S'il vous plaît, moi c'est Bill, répondit-il avec un geste de la main. Eh bien, qu'est-ce qui s'est passé ? Une de mes filles s'est mise dans le pétrin, je me doute...

— C'est Eleanor.

Manifestement, Bill Scarrow ne s'attendait pas à entendre ce prénom. Il vacilla légèrement, puis se laissa retomber dans son fauteuil.

— Vous l'avez trouvée ?

— Oui.

Louise fit signe à Shipley de s'écarter pour qu'elle puisse se pencher vers Bill.

— J'ai bien peur qu'on ait retrouvé son corps. Nous avons entré son empreinte digitale dans notre base de données. Elle correspond à Eleanor. Je suis vraiment désolée.

Le vieil homme ne réagit pas. Il fixait Louise. Puis il leva les mains, croisa les doigts, les posa sur sa tête.

— Vous êtes bien sûrs ? demanda-t-il après avoir exhalé un long soupir.

— On a besoin d'une confirmation de votre part, annonça Shipley en ouvrant le dossier sur ses genoux et en en sortant une seule feuille. J'ai ici une photo, mais vous devrez procéder à une identification officielle.

Bill prit le tirage papier de la photo. Elle représentait seulement le visage, heureusement à peine altéré car le corps avait été enveloppé dans des sacs-poubelles, comme une momie.

Ça n'aurait pas le même effet sur les autres cadavres, pensa Louise. Si les dates gravées sur l'arbre étaient exactes, certains étaient enterrés là depuis plusieurs années. Elle redoutait d'avance les autopsies à venir.

— C'est bien elle, dit Bill.

Il ausculta la photo longuement, avant de la rendre à Shipley.

— Qu'est-ce qui lui est arrivé ?

— L'enquête sur les circonstances exactes de sa mort est encore en cours, Bill.

— Ça a un rapport avec les corps découverts à Speke ?

Louise interrogea Shipley du regard. Il hocha la tête.

— L'enquête suit son cours, comme je vous l'ai dit. Mais, oui, elle fait partie des corps récemment découverts.

— Je ne comprends pas ce qu'elle faisait si loin, dit Bill avec une expression incrédule. En même temps… ce n'est pas comme si je savais quoi que ce soit de sa vie. Je n'ai jamais rien su. Je ne saurai jamais rien, sans doute.

— Pardonnez-moi, monsieur Scarrow..., commença Shipley, hésitant. Mais vous ne paraissez pas trop choqué.

Bill haussa les épaules.

— Pour être tout à fait honnête, ça fait un certain temps que j'attends ce jour. Je… je ne peux pas dire que la nouvelle de sa mort me surprenne. J'ai toujours pensé qu'elle finirait comme ça, vous comprenez ? Ses sœurs, bon, elles font des conneries, c'est vrai. Eleanor, c'était différent. On aurait dit qu'elle cherchait les ennuis.

— Quand l'avez-vous vue pour la dernière fois ?

— Ça doit remonter à cinq ans. Peut-être même six. En tout cas, longtemps. Je n'ai plus la date exacte en tête. Elle venait, elle repartait… Et puis un jour, elle n'est plus revenue du tout.

— Qu'est-ce qui se passait quand elle disparaissait ?
— Elle ne tenait pas en place, vous savez.

Un sourire un peu triste, qui s'évanouit presque aussitôt.

— Quand elle était encore gamine… Comme ses sœurs. À la mort de leur mère, ça a empiré. Vous savez, j'ai été père sur le tard, mais leur mère est morte assez jeune. C'est compréhensible, je pense. Eleanor… elle n'était plus là. C'était l'aînée, je comptais sur elle pour aider un peu à la maison, s'occuper de ses petites sœurs. Je crois que ça ne l'a jamais intéressée.

— Combien vous avez de filles, Bill ?

— Quatre. Aucun garçon. Et aucune d'elles n'aime le foot, vous vous rendez compte ? C'est bien ma veine.

Il eut un petit gloussement, presque mécanique. Louise se rendait bien compte qu'il essayait de canaliser son émotion. Son torse gonflait et désenflait de plus en plus vite.

— Quel âge avait Eleanor quand elle a perdu sa mère ?

Bill fit semblant de réfléchir, mais Louise devina qu'il connaissait tous ces détails par cœur.

— Dans les treize, quatorze ans. Trois ans plus tard, elle était partie. Vous vous rendez compte ? Ça a seize ans, dix-sept ans et ça pense pouvoir se débrouiller toute seule…

Louise l'avait vite appris, en faisant ce genre de tournées : chacun se comportait différemment à l'annonce d'une mort. Il n'y avait pas de réaction normale, quand on apprenait qu'une personne aimée ne reviendrait plus jamais à la maison. Bill, pour sa part, paraissait mieux préparé à cette idée que la plupart des gens qu'elle avait connus dans cette situation.

– Vous avez des informations, n'importe lesquelles, sur l'endroit où elle se trouvait avant de disparaître ?

– Pas vraiment.

Il se pencha vers l'avant, mains jointes comme pour une prière.

– On a entendu dire qu'elle vivait peut-être dans une auberge de jeunesse, ou alors dans la rue. Rien n'était certain. Un jour, quelqu'un nous a dit qu'il l'avait vue faire la manche en ville mais, quand je m'y suis rendu, elle n'était plus là. Je suis parti à sa recherche, mais c'était comme si elle ne voulait surtout pas qu'on la retrouve.

– Ou alors, Bill, elle ne pouvait plus être retrouvée.

Bill scruta Shipley.

– Vous avez sans doute raison, mon gars. Je n'avais peut-être aucune chance d'y arriver.

La pièce s'emplit d'un silence suffocant. De nouveau, les odeurs revinrent en force. Le désespoir et l'accablement suintaient de toutes les surfaces. Louise regarda autour d'elle : partout, le foutoir. Dans un coin, une télé géante de marque inconnue. Des câbles poussiéreux serpentaient derrière, s'amoncelaient devant.

Sur un manteau de cheminée encombré de bibelots, une vieille photo. Louise ne voyait qu'elle. Un Bill plus jeune – fringant, efflanqué – mais rendant bien dix ou quinze ans à la femme qu'il tenait dans ses bras. Large sourire, d'une oreille à l'autre.

Le temps ne l'avait pas épargné.

– Et maintenant, c'est quoi la suite ?

Louise se demandait quelle réponse apporter à Bill. Shipley restait également silencieux, même si tous les deux connaissaient la procédure.

– On va bientôt être rejoints par quelqu'un qui pourra vous guider dans les prochaines étapes, dit Louise en pensant aux officiers de liaison chargés d'accompagner la famille. Est-ce que vous voulez passer quelques coups de fil ? Vos autres filles pourraient vouloir venir ?

– Ouais, bonne idée.

On aurait dit qu'il venait tout juste d'envisager cette possibilité.

– Elles voudront savoir, c'est sûr… Mais on m'a coupé le téléphone.

– Utilisez le mien, proposa Shipley en sortant son smartphone de sa poche.

– On reste avec vous en attendant notre collègue.

– Merci.

Il fixa un moment l'écran du téléphone avant de le rendre à Shipley.

– Je ne sais pas comment ça marche, ces trucs-là. Vous pouvez composer le numéro pour moi ?

Louise se laissa de nouveau aller à ses pensées. La banalité du décor la tuait à petit feu. C'était la réalité des choses, pour ceux qui restaient. Tous ces corps, tous ces gens… Les disparus. Elle savait quel genre de proie intéressait ce… *Désosseur.* Des marginaux, qui vivaient à peine, survivaient à peine.

Des gens qui ne manqueraient à personne.

Des gens qui ne feraient jamais la une des journaux. Fugueurs, drogués, ivrognes. Ces oubliés qu'on laissait s'effondrer en silence dans les rues, ignorés des passants à qui ils tendaient leur gobelet en polystyrène pour récolter quelques pièces.

C'était eux, les victimes de choix du Désosseur.

Eux dont il aimait prendre le contrôle, dont il jouissait d'abréger l'existence.

Les ados à la vie de famille perturbée. Délaissés, violentés. Ou juste incompris. Personne n'était surpris quand ils s'évanouissaient. Personne ne s'en inquiétait.

Dans l'esprit de Louise, tout était clair : quelqu'un avait endossé le rôle d'une créature légendaire de leur enfance et choisissait ses victimes l'une après l'autre. Rhys Durham, selon toute probabilité, mais peut-être quelqu'un d'autre. Louise comprenait, à présent. Même si ça ne rendait pas moins pénible d'entendre la conversation de Bill Scarrow avec ses filles. Elle percevait les réactions, les cris de désespoir quand il leur annonçait la nouvelle.

Quelques minutes plus tard, on frappa à la porte. Elle observa Bill : il restait immobile, comme s'il se préparait au torrent d'émotion qui allait tout engloutir dès qu'il ouvrirait. Louise faillit se lever et y aller à sa place, pour lui laisser encore un peu de temps, mais il leva la main.

— C'est mieux si c'est moi.

Il se leva de son fauteuil. Il paraissait avoir vieilli d'un coup depuis leur arrivée. Son visage était creusé de rides profondes, sa peau et ses dents avaient jauni.

— Elles veulent voir leur papa.

Une fois Bill sorti du salon, Shipley se pencha vers Louise et murmura :

— Tu as compris ? Elles vont toutes être sur le même modèle… Je veux dire, les victimes.

Louise allait lui répondre mais le bruit de la porte et les cris dans l'entrée la retinrent. Ils restèrent assis quelques secondes. Soudain, elle eut peur de dire ce qu'elle pensait vraiment.

Elle préféra se plonger dans ses yeux si doux. Puis, en silence, elle acquiesça.

25

Il s'efforça d'inspirer profondément et de se calmer. Il fallait être prudent s'il ne voulait pas être repéré avant de pouvoir entrer dans la maison et faire ce qu'il voulait.

Ce n'était pas les endroits qui manquaient pour trouver facilement quelqu'un. Il suffisait de passer suffisamment de temps dans l'ombre pour croiser ce genre de personnes. Ceux qui se cachaient de la lumière du monde, par choix ou non. Peu importe qui ils étaient : tous étaient des proies. Même ceux qui se croyaient à l'abri, enfermés dans leur maison, installés dans leur voiture, arpentant les centres commerciaux et les rues animées des villes.

Comme toujours, ça commençait dans les rues.

Il y a beaucoup de villes dans l'agglomération, chacune différente et identique par bien des aspects. Certaines plus riches que d'autres, avec une population plus active, plus diplômée. Des voitures neuves garées devant de jolies maisons.

C'était devant l'une de ces maisons qu'il se trouvait à présent.

La nuit était tombée depuis quelques heures, quelques lumières s'attardaient aux fenêtres, points lumineux dans la rue tranquille. Peu à peu, il les voyait s'éteindre dans les maisons autour de lui. Il se demandait si les cloisons étaient minces. Si des bruits pouvaient les traverser. L'air était immobile, nul autre bruit que le frémissement des feuilles au passage d'un chat affairé dans la nuit noire.

Et lui.

Il n'avait pas eu de difficulté particulière à sauter par-dessus le portail du jardin de derrière et à y pénétrer. À y rester, à l'affût. Aucune lumière n'éclairait le jardin mais il n'en était pas moins resté parfaitement immobile. Tendu dans l'attente, concentré, scrutant l'arrière de la maison, la porte et la fenêtre, se demandant s'ils le remarqueraient, accroupi dans les buissons. Enveloppé dans l'obscurité, tel un fauve prêt à bondir.

La cuisine s'illumina. La porte derrière s'ouvrit dans un grincement, un homme sortit et la referma derrière lui. L'étincelle d'un briquet, le rouge incandescent et le souffle sourd. Le visage de l'homme éclairé par l'écran de son téléphone, les doigts triturant la cigarette, une pause entre deux inhalations pour consulter l'écran.

Il l'observait, retenait sa respiration et se demandait à quoi ressemblerait le sang de cet homme séchant sur ses mains. Nouvelle bouffée de cigarette, nouvelle consultation du téléphone. Il aurait très bien pu le tuer là, devant sa maison. Mais quelque chose le retint. Il restait immobile, scrutant l'homme dans l'obscurité.

Quelques instants plus tard, la porte se rouvrit, les lumières de la cuisine se rallumèrent.

Il laissa passer plusieurs minutes. Encore plusieurs minutes. Il voulait leur laisser le temps de prendre leurs aises, bien en sécurité dans leur maison. Puis il traversa le jardin et s'approcha de l'arrière de la maison. Passant devant le mobilier usé, la pelouse mal tondue, les flaques de boue. Vers la porte. Mains en visière sur son visage pour apercevoir l'intérieur plongé dans la pénombre. Il ouvrit lentement la porte, avança dans la cuisine, se demandant pourquoi quiconque estimerait superflu de fermer à clé la porte arrière de sa maison. Avec des êtres comme lui qui rôdaient au-dehors… À travers la porte fermée, il entendit la télévision dans le salon. Rires enregistrés, grognement d'approbation occasionnel de l'homme assis dans son canapé. Collé à la porte du salon, il écoutait de l'intérieur la vie normale. Le couloir était plongé dans le noir mais ses yeux s'y étaient accoutumés. Il attendit un instant, paupières closes, imaginant tout ce qui se passait de l'autre côté de la porte. Le jeune couple qu'il espionnait depuis plusieurs jours, à leur insu. Le mobilier, la télé devant laquelle ils étaient scotchés. La façon dont elle repliait ses jambes contre celle de son mari. Ce contact familier entre leur corps, auquel il était si étranger.

Il passa devant la porte du salon – le couple gloussait –, s'engagea sans un bruit dans l'escalier et trouva leur chambre.

Il y eut un mouvement en bas. Ses mains serrèrent le poignard dans sa poche, il retint son souffle. Il aperçut une chambre d'amis de l'autre côté du couloir, s'y engouffra et attendit qu'ils se mettent enfin au lit.

Attendit.

Il aurait pu s'éviter toutes ces complications. Rester dehors jusqu'à ce qu'ils soient couchés. Puis entrer dans la maison et les massacrer en quelques secondes.

Mais il préférait cette façon-là.

Il voulait les observer pendant leur sommeil. Quand ils étaient les plus vulnérables. Quand ils ne s'attendaient absolument plus à rien.

Quand ils se sentaient en sécurité.

Il attendit. Une heure. Plus, peut-être.

Dans le noir, il guetta le moindre bruit autre que sa propre respiration. Soudain, du mouvement. Des voix plus proches. Il se sourit à lui-même, jouissant du bruit de leurs habitudes. Le lavabo dans la salle de bains.

Il se demanda s'il entendrait d'autres bruits, lorsqu'ils seraient couchés.

Encore une heure.

Puis, dans le silence et la nuit, il sortit de sous le lit et respira profondément. Quitta la chambre d'amis. Traversa le palier. Resta devant la porte de la chambre, écouta les faibles bruits de respiration. Guetta le signe qu'ils n'étaient pas encore endormis.

Puis il ouvrit lentement la porte et se glissa à l'intérieur.

26

Louise passait image par image la vidéo des caméras de surveillance, espérant apercevoir quelque chose, n'importe quoi, qui leur indiquerait une direction possible. C'était le deal, maintenant qu'ils étaient intégrés à la Criminelle : ils n'étaient que les petits rouages d'une machine plus vaste. Au moins, pensa-t-elle, ils faisaient toujours partie de l'enquête. L'affaire aurait pu leur être retirée et ils auraient appris son dénouement en même temps que tout le monde.

Pour le moment, elle était dans la machine. Autrement dit, elle pouvait être utile. Par exemple, en s'infligeant volontairement la torture d'un travail monotone, pendant des heures, avec l'espoir de tomber enfin sur un visage qui ne correspondrait pas. Quelqu'un qui reviendrait sur place pour voir ce qui se passe. L'espoir qu'il n'avait pas pu s'empêcher de venir les observer, tandis qu'ils s'affairaient autour de sa cachette.

Elle mit la vidéo sur pause quand Shipley vint s'asseoir sur le coin du bureau où elle s'était installée.

— Dernières nouvelles du bois : cinq corps déterrés.

Il prit un stylo et le fit tournoyer entre ses doigts.

— Ils pensent qu'il y en a encore d'autres.

— Sacrée opération… Ils pensent qu'ils en ont pour plusieurs jours.

— Des identifications ?

— Quelques-unes. Dont une qui devrait te parler. Adam Porter.

Elle mit un instant à mettre un visage sur ce nom, puis il apparut clairement.

— Oh non…

— Je n'y ai pas cru moi-même. Disparu depuis, quoi, dix ans ?

La voix de Shipley trahissait une certaine jubilation.

— Plutôt quinze…

Une peur familière se logea au creux du ventre de Louise. L'impression qu'elle s'était laissé embarquer dans quelque chose de beaucoup trop dur pour elle. La colère aussi était de retour à la pensée de ce jeune homme dont toute la population connaissait le visage, à défaut de se rappeler le nom. Oublié, pendant qu'il pourrissait sous terre.

— La disparition a été signalée vers 2002, 2003, réfléchit-elle à voix haute. Ça a fait la une de tous les médias pendant plusieurs mois. Sa mère réapparaît de temps en temps, en général au moment de la date anniversaire du premier avis de recherche.

— Oui, bon, la date correspond à peu près. Le corps était dans un sale état. On l'a identifié grâce à ses papiers mais on ne sait jamais, c'est peut-être quelqu'un d'autre.

— D'autres noms ?

Il cessa de faire tourner son stylo, sortit un papier de sa poche et le posa devant elle. Trois noms s'ajoutaient à la liste déjà commencée. À les voir là, inscrits sur un morceau de papier, ils perdaient de leur impact. Louise pensa à toutes les familles derrière ces noms. Ceux qui restaient, qui ne connaîtraient jamais la vérité.

— À part lui, je ne reconnais personne. Et toi ?

— Peut-être…, répondit-elle en passant l'index sur la liste.

L'après-rasage de Shipley se rappela à son bon souvenir. Son odeur persistait, malgré toutes ces heures de travail.

— Celui-là, éventuellement.

— Nicola Borthwick, lut Shipley comme s'il essayait de réveiller sa mémoire en prononçant ce nom. Non, vraiment rien.

— On pense vraiment que Rhys Durham pourrait tuer des gens depuis si longtemps ? Un ado tueur en série ?

— Je ne sais plus quoi penser, soupira Shipley.

Sa barbe de trois jours commençait à prendre de l'épaisseur. Chaque fois qu'il passait la main dessus, elle pensait au bruit de la paille de fer sur du béton.

— C'est notre seule piste.

— Sans doute, dit Louise, peu convaincue.

Elle détestait l'idée de se concentrer sur un seul suspect alors que le tueur pouvait être n'importe qui d'autre.

— Mais il pourrait aussi être une victime. Je dis ça…

— Continue à travailler, lança Shipley en sautant de son perchoir et en se redressant. Tant qu'on ne trouve aucun élément qui nous amène à reconsidérer son cas, on doit essayer de trouver Rhys Durham. Allez, je pars montrer ma tronche au briefing presse.

— Encore un ?

— J'ai l'impression qu'il va y en avoir un paquet avant la fin de cette enquête.

Louise le regarda s'éloigner, ses yeux ne quittaient pas sa silhouette, puis elle revint à l'image figée sur son moniteur. Elle préférait rester là plutôt qu'aller parader devant les caméras qui, elle le supposait, se multipliaient d'heure en heure. C'est ce que laissait entrevoir, en tout cas, la télé perchée dans un coin. Sur Sky News, la nouvelle était désormais traitée en *breaking news.* Non, décidément, Louise était mieux dans ce bureau inconnu de la Brigade criminelle, dans cet immeuble quelconque du centre-ville, avec sa façade en briques marron et sa vue sur une résidence étudiante au bord du fleuve. Le panorama devait valoir le coup d'œil, quelques années plus tôt, pensa-t-elle. Aujourd'hui, il était affadi par le besoin incessant de construire, encore et toujours.

Ils avaient récupéré les vidéos des caméras de surveillance sur Ford Road, près du bois – et à peu près partout ailleurs, en remontant bien avant l'arrivée des policiers. La foule de curieux à l'affût, attendant la moindre information – et ceux qui, peut-être, n'avaient pas été contrôlés par les agents sur place. En suggérant d'analyser les films, Louise s'était attiré un froncement de sourcils de Shipley mais un hochement de tête approbateur de Sisterson. Ils avaient assez souvent entendu parler de criminels revenant sur le lieu de leur crime : mieux valait ne pas négliger cette vérification. Ce n'était pas une perte de temps, plutôt une façon de ne rien laisser au hasard.

Sans s'en apercevoir, elle se mit à fredonner la chanson de son enfance, et les paroles traversèrent son esprit.

Le Désosseur arrive, le Désosseur existe. Il ne s'arrête jamais, il ne ressent rien. Il t'attrapera, il te fera pleurer, il coupera dans ta chair, il gardera tes os.

Elle retourna à la liste de noms, se demanda si tous ces gens avaient eux aussi entendu la chanson.

Si le Désosseur était vraiment là, quelque part.

Elle décida de continuer à examiner cette liste, ne serait-ce que pour reposer ses yeux après le visionnage des vidéos de surveillance. Comment plus tôt aucun nom ne lui évoquait rien – hormis Adam Porter. Elle se demanda pourquoi celui-ci était différent. Pourquoi il avait été choisi. Le Désosseur avait-il délibérément renoncé à son mode opératoire habituel ? Ou bien s'était-il tout simplement trompé ?

Adam Porter. Elle lança une recherche sur Google. Le visage du jeune homme apparut immédiatement. Un garçon au visage presque ridiculement angélique, taches de rousseur et fossettes en prime. C'était la photo qui avait le plus circulé sur les avis de recherche, mais Louise en connaissait une autre, tout à fait de circonstance. Prise quelques semaines avant sa disparition : Adam y semblait plus lugubre, avec le crâne rasé.

Pendant des années, des rumeurs avaient prétendu qu'il avait eu de mauvaises fréquentations, mais sa mère ne voulait rien savoir. Elle avait crié sur les toits que c'était un bon garçon, qu'il n'aurait jamais fait de mal à une mouche, et les médias l'avaient soutenue dès le premier jour.

Des ados disparaissent tout le temps. Certaines disparitions marquent plus que d'autres.

Il avait quatorze ans, à l'époque – et il aurait cet âge pour toujours. Louise était soulagée d'être dispensée de la tâche d'annoncer la nouvelle – et plaignait les policiers qui allaient s'en charger. D'autant plus que le cadavre était dans un état de décomposition avancée. De toute façon, si Louise avait bien cerné le personnage, la mère d'Adam n'accepterait jamais d'y croire.

Les mères qui restaient étaient souvent comme ça. Les pères se montraient plus pragmatiques. Ils n'étaient pas hantés par « l'instinct paternel ». Les mères étaient censées ressentir tout ce qui arrivait à leur enfant. Mais Louise avait pu expérimenter que personne ne savait jamais rien tant que quelqu'un comme elle ne venait pas frapper à la porte.

Louise interrogea la base de données de la police, confiante sur le fait que l'apparition de son nom dans les registres d'utilisateurs n'aurait rien de suspect. Les informations sur Adam Porter étaient détaillées mais, en fin de compte, inutiles. Au fil des ans, beaucoup de gens avaient été interrogés – certains avec notification de leurs droits – mais personne n'avait jamais été associé à la disparition d'Adam. Elle chercha l'adresse de son dernier domicile connu et sursauta en reconnaissant le nom de la rue. Elle calcula à combien de temps elle se trouvait du quartier où elle avait grandi : quelques minutes.

Était-ce le terrain de jeu que le Désosseur avait choisi ? Sa ville adoptive, quand elle était adolescente ? Il y avait des bois dans le coin. Otterspool n'était pas loin de son ancienne maison. Mais un peu trop petit pour lui, corrigea-t-elle. Il devait préférer un bois dans lequel on se perdait plus facilement.

Le sud de la ville n'était pas si éloigné.

Et Sefton Park, encore plus près. Peut-être trop fréquenté pour le Désosseur.

Elle secoua la tête et se reprocha de le considérer encore comme une créature mythique. C'était juste quelqu'un qui aimait tuer, pas une espèce de spectre errant dans les bois…

Juste un homme.

Il le fallait.

Elle repensa au feu. Les images revinrent facilement. Elle frotta sa cuisse sans s'en rendre compte

– elle sentait presque la chaleur, de nouveau. Elle cligna rapidement des paupières et revint au présent, son présent, et se réinstalla devant la vidéo des caméras de surveillance. Cette fois, un nouvel angle montrait l'arrivée d'un groupe de passants. La caméra était trop loin pour rendre une image détaillée mais Louise pouvait toujours essayer. Les curieux étaient clairsemés au début – deux ou trois personnes –, mais ils avaient été vite rejoints par d'autres. En un quart d'heure, plus d'une vingtaine de personnes. Les nouvelles vont vite dans les petites villes. Dans les vieilles communautés. Peut-être qu'ils n'avaient pas eu l'occasion d'adresser la parole à leurs voisins depuis un an, sinon plus. Voilà qui leur donnerait matière à discussion, pensa Louise.

Elle s'imagina marchant parmi eux à leur insu. Les jugeant, en silence, sans pitié. Examinant leur vie l'une après l'autre, soupesant s'ils en étaient dignes ou pas.

Elle secoua la tête, posa quelques dossiers à côté d'elle et se mit à lire.

La fatigue commençait à se faire sentir. Louise lut trois fois la même phrase d'un interrogatoire. Elle jeta un coup d'œil à l'horloge, se demanda où était passé Shipley. Lui proposerait-il de la raccompagner, comme c'était devenu pour ainsi dire la règle ? Elle savait qu'il n'était pas aussi serviable avec tout le monde et qu'il y avait quelque chose de différent dans ce qu'il ressentait pour elle.

Et elle ne savait pas comment gérer ça.

Elle referma les dossiers et attendit son retour. Pour le moment, elle devait rester concentrée pour ne pas tout foutre en l'air en laissant ce sol qu'elle sentait si fragile se dérober sous ses pieds. Elle devait ignorer la petite voix dans sa tête, la colère qui bouillonnait en elle.

Elle pensa au feu, à sa puissance destructrice.

Ignorer jusqu'aux souvenirs.

Elle pensa à ce qui pouvait être caché dans le bois. Ce qui y avait peut-être vécu des décennies sans être vu. Une légende transmise d'enfant à enfant, d'adulte à adulte. Moquée par certains qui refusaient d'avouer combien elle les avait terrifiés. Et qu'ils ne s'aventuraient jamais seuls dans les endroits où le monstre avait été aperçu.

Elle pensa aux marques sur les arbres. À leur signification, à ce qu'elles symbolisaient. Gravées là par des gamins qui s'amusaient à perpétuer le mythe, ou porteuses d'un sens réel ?

Elle sentait la chaleur monter autour d'elle tandis qu'elle se rappelait le brasier dans le bois. La puanteur qui semblait s'insinuer par tous les pores de la peau. Un millier de douches n'avaient pas pu la dissiper. La voie de la destruction…

Elle s'adossa à la chaise étrangère, assise à ce bureau étranger, dans cette salle de travail étrangère. Tout avait changé si vite, elle n'avait pas eu le temps de souffler.

Trop de pensées encombraient son esprit. Trop de choses à encaisser. Leur poids écrasait sa poitrine. Sa respiration soudain plus courte, plus heurtée, comme si elle était sous terre. Écrasée sous un tas de terre. Aspirant la terre au lieu de l'oxygène. Des papillons grouillaient dans son ventre, le transformaient en chaudron où tournoyait l'amas tourbillonnant de ses angoisses.

Ferme les yeux. Compte jusqu'à dix. Compte jusqu'à vingt. Compte jusqu'à trente.

Elle se voyait enterrée parmi les autres cadavres dans le bois. Ç'aurait pu être elle. Tentant désespérément de s'échapper en creusant, luttant contre le poids de la terre qui l'entourait. Puis renonçant. Se laissant engloutir par l'obscurité. Attendant que la mort arrive.

Compte jusqu'à cinquante. Respire. Respire. Respire.

Ç'aurait pu être elle. Recouverte de terre et de boue. Abandonnée. Pourrissant peu à peu.

Ç'aurait dû être toi. Si tu n'étais pas aussi LÂCHE.

Louise s'agrippa à la chaise, sentit la douleur entrer dans son corps. L'éclat des couteaux qui transperçaient sa peau, entaillaient sa poitrine.

Elle ne se rendit pas compte qu'elle parlait à voix haute quand une main agrippa son épaule.

— Allez, Louise, dit la voix de Shipley au-dessus d'elle.

Il y avait de la force dans sa main, mais de la délicatesse dans sa façon de serrer son épaule.

— On s'en va.

Elle se força à ouvrir les paupières, le plafonnier lui fit cligner les yeux, elle se laissa conduire. Ignorant les regards intrigués des autres policiers dans la salle, elle suivit Shipley.

Et se reprocha en silence de s'être laissé surprendre.

27

Pendant le trajet, Shipley la mit au courant des derniers développements de l'enquête, comme s'il avait choisi d'oublier dans quel état il l'avait trouvée à la Brigade. En l'écoutant, Louise parvenait à reprendre pied dans le monde réel, à s'éloigner du monde qui semblait n'exister qu'avec le feu.

Elle se sentait comme un cliché. Une enquêtrice de fiction au bord de la crise de nerfs. Qui n'aurait jamais pu exister en réalité, alors que tout dans sa situation lui paraissait terriblement réel. Le fait qu'elle s'était retrouvée aussi bouleversée, soudain déchirée par l'envie d'être n'importe où ailleurs, sur n'importe quelle autre enquête. N'importe quoi, du moment que c'était différent, que ça ne la mettait pas dans un état pareil. Les attentes étaient trop fortes, elle s'effondrait sous leur poids.

Elle songea qu'en la sortant du bureau, Shipley avait tenté de faire bonne figure auprès des autres enquêteurs, de sauver la face. Il l'avait saisie par le bras et dit à haute voix :

— Allez, on arrête les heures sup' ! Tu vas y laisser ta santé…

Elle était persuadée que personne ne tomberait dans le panneau, mais aucun des autres enquêteurs ne paraissait leur prêter attention.

– Qu'est-ce qui t'arrive ? C'est quoi, ton problème ? lui avait demandé Shipley quand, une fois sortis, elle s'était adossée au mur du couloir.

Elle s'était entendue lui répondre des mensonges. Encore une fois.

– J'ai dû manger un truc pas frais. Il faut que j'aille aux toilettes…

À l'expression de Shipley, elle avait compris qu'il n'en croyait pas un mot. Mais il n'avait pas insisté, la laissant disparaître dans les sanitaires. Devant le lavabo, elle s'était écroulée. Puis relevée, les paumes de ses mains en appui sur l'émail froid.

Elle ne s'était pas regardée dans la glace. Elle avait tourné le robinet, s'était aspergé le visage à plusieurs reprises, s'était essuyée.

Puis elle était retournée à son ordinateur, marmonnant une explication à Shipley – elle avait besoin de revoir une dernière fois certaines vidéos. En réalité, elle voulait s'immerger dans les dossiers de chaque victime pour se distraire de l'idée qui commençait à la tourmenter.

L'idée qu'elle ne pouvait en aucun cas rester sur cette affaire. Sans Shipley, elle était certaine qu'elle serait déjà partie.

Mais elle n'arrivait pas à le quitter.

Ça remontait à quelques heures. À présent, ils étaient seuls dans la voiture.

Louise avait accepté sans réfléchir sa proposition de la raccompagner. Sans se rendre compte de ce que ça impliquait : vingt minutes avec lui dans un espace clos. Elle se maudit de ne pas avoir pris sa voiture, le matin, et se jura de ne plus commettre cette erreur. Même si une part d'elle-même mourait d'envie d'être assise à côté de Shipley. Elle devait oublier cette part-là. Oublier ce lien silencieux et sauvage entre eux.

Il existait depuis si longtemps.

Elle se rappela leur première rencontre. Son attitude envers elle, comme si elle avait quelque chose d'exotique. Une jeune policière, tout juste débarrassée de son uniforme, impatiente de commencer son autre vie. Il avait reconnu ça en elle, il ne se comportait pas avec elle comme avec les autres collègues.

Louise avait détesté ça. Elle voulait être comme les autres. Elle voulait être normale. C'était toujours le cas.

Il était en train de lui parler de ce qu'il avait appris pendant son absence. Le travail à la Criminelle, les autres types de l'équipe, comme il s'était tout de suite senti accepté. Elle trouvait irrésistible sa façon de parler. L'exaltation qui se dégageait de lui.

L'inquiétude, aussi.

– Bref, ils ont beaucoup plus de moyens que nous, résuma-t-il en parcourant les rues de la ville.

La circulation était moins dense que quelques heures plus tôt. Quelques phares çà et là, qui passaient bruyamment devant eux.

– Ils ont dressé un portrait de chaque victime avec une quantité de détails impressionnante. Rien n'est laissé au hasard. C'est toujours comme ça que j'ai voulu travailler, tu sais. C'est ça, le vrai métier d'enquêteur. Pas les conneries dont on s'occupait, avant.

– Tu penses qu'on va rester avec eux pendant toute l'enquête ?

– Tant qu'on n'est pas des boulets pour eux, je crois, oui. Ensuite, qui sait… Peut-être qu'on réussira à se faire transférer. Si on montre ce qu'on vaut, on va se rendre indispensables ! Il faut à tout prix qu'on trouve l'identité du tueur. C'est la clé de tout. Si on réussit à lui mettre la main dessus, à leur montrer qu'on sait gérer les grosses affaires, ils seront obligés de nous prendre avec eux.

— Alors, qu'est-ce qu'on fait ? Tu as un plan ?

Elle se doutait bien que oui.

— Ils pensent que Rhys Durham est notre meilleur suspect. Même si les dates ne correspondent pas vraiment. Ou alors, on parle d'un tueur en série de quinze ans…

— C'est ce que je t'ai dit. Maintenant, ça existe peut-être.

Elle regarda par la vitre défiler les formes floues des immeubles.

— C'était un jeune homme en colère, ça ne fait aucun doute. Des parents accros à la drogue, des problèmes avec le sexe opposé et la notion de majorité sexuelle…

— J'ai repensé à Jon Durham, dit Shipley en s'arrêtant à un feu rouge.

Un couple traversa devant eux. Scène de ménage en cours, vite résolue dans les rires. De l'intérieur de la voiture, Louise les entendait s'esclaffer.

— Quelque chose ne colle pas dans son histoire.

— C'est-à-dire ?

— Eh bien, tu as vu les dessins, les messages… Et puis, ce détail : les photos du bois où les corps ont été retrouvés. Ça ne peut pas être une coïncidence. Il devait forcément savoir quelque chose. Je veux retourner dans sa chambre, essayer de trouver d'autres messages. D'autres informations.

Le silence s'installa entre eux tandis qu'il prenait le dernier virage et s'engageait dans la petite rue. Il se gara juste derrière la voiture de Louise. Elle ne sortit pas tout de suite, se tourna vers lui. Il regardait droit devant lui.

— Écoute… à propos de tout à l'heure, commença-t-elle.

Il l'interrompit.

— Ça va. Tu étais juste un peu surmenée, je crois. Ces derniers jours, c'était vraiment la folie. Pour toi comme pour moi. Un instant, on est sur une nouvelle histoire de violence domestique, l'instant suivant on enquête sur un tueur en série. Moi aussi ça m'a secoué.

— Tu le caches mieux que moi, alors.

Elle avait répondu avec un sourire. Elle ne réussit pas à le garder longtemps : il s'effaça peu à peu de son visage.

— Mais tu as raison, c'est une période assez compliquée. Il faut du temps pour s'habituer à… tout ça. Je ne suis pas sûre qu'on soit vraiment prêts.

— Mais si. Moi j'en suis sûr. Je commençais à en avoir ras le bol d'être coincé dans la même routine, jour après jour. C'est notre chance d'avoir une promotion. Toi et moi. Tu es une bonne enquêtrice, Louise. Toi aussi tu mérites ta place ici.

Elle ne répondit pas tout de suite. Il la dévisageait, quelques centimètres seulement les séparaient. Quelques centimètres et tellement plus.

Incapable de se retenir, elle se rapprocha de lui. Les centimètres devinrent des millimètres. Shipley devint flou.

Il était si près.

Elle sentit qu'il posait les lèvres sur les siennes. La douceur de sa bouche. Sa barbe de trois jours frotta la peau de son visage, leur lent baiser se transforma en autre chose. De plus vorace. Ses mains s'emparèrent de son corps, ses paumes glissèrent sur ses épaules, son dos. Il s'arrêta. Elle reprit son souffle.

Elle avait envie de lui. D'une réaction normale, pour effacer ces journées folles.

Elle voulait se sentir normale.

Les lèvres de Shipley trouvèrent de nouveau sa bouche, ses mains s'attardèrent au bas de son dos, elle se blottit contre lui. Elle caressa son visage, ses cheveux.

— Non, pas maintenant, dit-elle en s'écartant. On ne peut pas faire ça.

Shipley se recula sur son siège, hochant la tête.

— Tu as raison, je suis désolé.

Elle sourit.

— Ne le sois pas.

— Je viens te chercher demain ?

Louise laissa la question en suspens. Chercha la meilleure formulation pour sa réponse. Elle ne voulait pas qu'il vienne, elle préférait le silence de ses trajets solitaires. Mais une part d'elle-même n'avait pas du tout envie qu'il s'en aille. Elle voulait le tirer de la voiture, l'emmener chez elle. Troquer la réalité contre quelques heures apaisées.

— Non, c'est mon tour, finit-elle par dire en retirant les mains qu'il avait posées sur ses genoux. Je passe te prendre. Question de parité.

Il rit.

— Bon, je ne discute pas.

Son rire était empli de douceur, rien à voir avec celui, brutal et cassant, qu'il utilisait devant ses collègues.

— Vu la fortune que j'ai dépensée en essence pour faire la navette… Même si ça ne me dérangeait pas.

— Même heure ?

Pendant une fraction de seconde, elle crut qu'il allait se pencher vers elle. Il ne bougea pas. Il la dévisagea un instant, jusqu'à ce qu'elle ouvre la portière et sorte.

Elle entendit la voiture démarrer, s'éloigner. Elle ne se retourna pas. Elle sortit les clés, ouvrit la porte et la referma derrière elle. Laissa tomber son sac dans l'entrée. Quelques secondes plus tard, elle prit ses clés de voiture, son téléphone et ressortit.

Caroline était assise dans son lit, dans la même position que lors de leur dernière visite. Comme si elle attendait Louise.

Peut-être qu'elle l'attendait.

– Je me suis dit que j'allais passer, commença Louise en approchant une chaise et en s'installant. Je n'avais pas envie de vous laisser seule toute la soirée.

– Quelque chose me dit que vous n'aviez pas grand-chose à faire d'autre !

Les commissures de ses lèvres se soulevèrent en une ébauche de sourire.

– Mais ça va. Je ne suis pas spécialement prise d'assaut par les visiteurs.

– Pourquoi ? Pourquoi avez-vous décidé de ne voir personne ?

Louise voulait la vérité, même si elle doutait de l'entendre.

– Je vous l'ai déjà expliqué. Je ne suis pas particulièrement proche des gens. Pas assez pour avoir envie qu'on me voie dans cet état.

– Je suis certaine qu'ils comprendraient. Ils doivent se faire du souci pour vous.

– S'ils me voient comme ça, ils me verront *toujours* comme ça. Comme une victime. Je ne pourrai pas le supporter. Je refuse d'être vue comme une victime pour le restant de mes jours.

— Et votre famille ?

Caroline réfléchit un instant, secoua la tête.

— Pour le moment, je ne peux pas. Ils vont m'expliquer que tout ce qui est arrivé, c'est de ma faute…

Louise se pencha vers elle, posa une main sur le lit.

— Vous savez, une famille, ça ne va pas de soi. Un jour peut-être, vous n'aurez plus le luxe de les empêcher de vous voir : ils ne seront plus là du tout. Alors, vous connaîtrez la vraie solitude.

— On sent la femme d'expérience…

Louise resta silencieuse, réfléchissant à sa réponse.

— Il ne faut pas rester seule, Caroline. Personne ne devrait traverser cette période dans la solitude.

— Parfois, j'ai l'impression que je dois être seule pour surmonter cette épreuve. Que je paie les erreurs que j'ai faites, un truc dans ce genre. Le karma, vous voyez ? Toutes mes fautes qui se retournent contre moi. Si j'arrive à m'en sortir, alors l'ardoise est effacée.

Louise ne connaissait que trop bien ce sentiment.

— Chaque fois que je pense au passé, j'ai des crises de panique. Comme si mon corps essayait de me faire oublier. J'en ai… j'en ai eu une tout à l'heure, au travail.

— Vraiment ?

— Ne vous inquiétez pas, dit Louise en levant les mains. Il y a plein de gens normaux qui enquêtent sur cette affaire. Moi, je suis juste un rouage dans une immense machine. Peu importe si je pète un plomb. Vingt enquêteurs auront déjà trouvé le fin mot de l'histoire.

— Qu'est-ce qui s'est passé ? demanda Caroline en ignorant la diversion humoristique.

Inutile de préciser le sens de sa question. Louise avait compris.

– Je ne sais pas trop. Il y a eu un incendie sur une scène de crime. Ça a déclenché quelque chose en moi, mais j'ignore quoi.

– Un souvenir refoulé, répondit Caroline d'une voix posée.

– Quelque chose dans ce genre, oui.

– J'ai l'impression qu'il m'arrive la même chose, reprit Caroline en triturant la couverture. C'est peut-être pour le mieux.

– C'est comme si mon esprit tentait de faire resurgir une scène que je n'ai pas du tout envie de revivre.

– Une scène terrible. Venue de votre passé.

– Ouais.

Louise changea de position sur sa chaise.

– J'en sais assez... C'était terrible mais je m'en suis sortie. Un accident.

– Racontez ?

– Ma famille... Ils sont morts. Je suis la seule rescapée, mais mes souvenirs sont confus. Quelques fragments, avant... J'ai l'impression d'avoir commencé à vivre à treize ans, et ensuite je me rappelle tout. Je suis allée vivre chez mes grands-parents. C'est dur d'être une ado et de vivre avec un couple de septuagénaires, je vous assure.

– Et vos parents ?

– Ils sont morts.

Elle espérait ne pas avoir à en dire plus.

– Je n'ai jamais rencontré mes oncles et mes tantes, même s'ils sont toujours là. Je crois que ma mère avait une sœur mais je ne l'ai jamais vue. Mon père était fils unique. Ses parents sont morts avant que je sache la moindre chose sur eux. Il ne me restait plus que les parents de ma mère, et Dieu sait s'ils ont fait des efforts… Ils sont morts peu après mon départ. C'était des vieilles personnes, élever une ado a dû épuiser leurs dernières forces.

Caroline lissait sa couverture.

— Je pourrais presque raconter la même histoire.

Mais Louise savait qu'elle n'en ferait rien. Quelque chose la retenait. Elle se demandait quoi.

— Dès que j'ai pu, reprit-elle quand le silence devint trop gênant, je me suis engagée dans la police. J'avais besoin de faire quelque chose, vous comprenez ? Réagir d'une manière ou d'une autre.

— Je vois, oui.

Elle se redressa.

— On va trouver celui qui vous a fait ça. L'étau se resserre.

— J'espère que vous avez raison.

— Et vous, ne restez pas seule dans cette situation. Téléphonez à votre mère. Je suis sûre qu'elle se fait du souci pour vous.

— J'y penserai.

Louise resta au chevet de Caroline jusqu'à ce que les yeux de la jeune femme se ferment, sous l'effet de la fatigue. Puis elle sortit de la chambre. Il était plus de minuit, tout dans cette aile de l'hôpital était silencieux. Elle traversa des couloirs vides, des salles où les patients dormaient par intermittence. Elle s'était imaginé une activité frénétique, comme dans ces reportages à la télé.

Elle monta dans l'ascenseur, posa la tête contre la paroi métallique froide, sursauta quand il s'arrêta. Traversa la réception déserte et, en sortant du bâtiment, reçut presque avec soulagement une bourrasque d'air glacial. Elle resta là quelques secondes, referma les pans de sa veste, vit quelqu'un allumer une cigarette. Si seulement elle fumait. Ça aurait pu la détendre.

— Tu pourrais sourire, ma jolie !

Louise pivota. Un type dépenaillé fumait, adossé à un mur. Il lui souriait, révélant une incisive ébréchée.

— Pardon ?

— Oh, ça va ! Je dis ça pour être gentil…

— Oui, eh bien… pas la peine.

Elle avança vers le parking.

— Sale pute.

Elle se figea. Sans se retourner. Elle regarda au-dessus d'elle, cherchant une caméra de surveillance qu'elle repéra au-dessus de l'entrée de l'hôpital. Elle se décala, jusqu'à être sûre de sortir du périmètre couvert par l'objectif. Puis elle s'arrêta pour que le type ne la voie pas fermer les yeux et commencer le décompte.

Elle l'entendit s'éloigner du mur et s'approcher.

— J'essaie d'être gentil et voilà comme tu me remercies…

À trois, elle se retourna et avança vers lui. Elle ouvrit la bouche pour lui répondre, mais son cœur battait trop fort. Une sensation croissante dans son estomac, ses mains qui se mettent à trembler comme pour exhorter Louise à s'en servir.

Elle s'arrêta devant le type. Il affichait toujours ce sourire stupide, qui s'élargissait encore. Elle ferma la bouche, regarda sur sa droite et attendit que, curieux, il tourne la tête dans la même direction.

Alors, elle leva l'avant-bras et lui assena un coup sur la tempe.

28

Ils regardaient le JT en silence, sans vraiment écouter. Trop occupés à consulter leur téléphone.

— Ils ne parlent que de ça sur Twitter, annonça Karen.

Tim secoua la tête devant le ridicule de la situation.

— Regarde, là…

Il leva les yeux sur l'écran du téléphone que Karen brandissait devant lui.

— Ça ne veut pas dire qu'ils prennent ça au sérieux.

— Je te le dis… Cette histoire a toujours eu un truc spécial.

— Donc, tu crois qu'il existe vraiment ?

— Je crois que, pour une fois, tu devrais écouter les avis autour de toi…

Elle se laissa retomber sur son côté de canapé.

— Avoir les idées larges !

Tim eut un petit rire de dédain, mais ferma l'application de BBC Sport qu'il était en train de consulter et ouvrit Twitter. Elle avait raison : c'était passé en *trending topic*[1]. Évidemment, ça ne voulait rien dire. À part que le sujet intéressait suffisamment de gens pour se frayer un chemin parmi le monceau de conneries qui nourrissaient habituellement les réseaux sociaux.

---

1. Classement quotidien des sujets les plus discutés sur Twitter.

Il passa en revue plusieurs messages, lut des témoignages stupides sur cette légende. Des histoires absurdes que les gens essayaient de monter en épingle. Des masques de diable. Des bêtises pour se faire peur.

— C'est juste un taré qui veut se faire connaître, conclut Tim tandis que la télé passait toujours en boucle des bandeaux anxiogènes et des images nocturnes de leur ville. Il n'existe pas.

— Mais puisque je te le dis ! Je l'ai vu, une fois !

— Karen… Tu as vu *quelque chose*, mais je doute que ce soit ce putain de Désosseur.

— Je sais ce que j'ai vu. On était dans le bois près de Formby et il était là, à nous attendre. Demande aux autres ! Il vivait dans le bois ! Et il y avait ces marques sur les troncs d'arbres qui indiquaient où il était, par où il était passé… Tout le monde dans le coin connaissait son existence. Des gens disparaissaient, ne revenaient jamais… On lui a échappé de justesse !

— Je sors fumer, annonça Tim en se levant du canapé.

Au moins, il ne l'entendrait plus.

Ils allèrent se coucher à la même heure que d'habitude. Le chat bien au chaud, à la maison. Karen n'aimait pas le savoir dehors pendant la nuit. Peu importe s'il finissait inévitablement par grimper sur le lit, un poids mort entre eux. C'était un moyen de contraception vivant, qui respirait.

Tim n'aurait jamais pu rompre avec cette vie de couple désespérante. Elle le regardait avec ses yeux tristes et il fondait. Il acceptait tout pourvu qu'il ait la paix.

Il rêvait d'une autre vie.

Il rêvait de la mort.

Étendu dans la pénombre, il fixait le plafond en se demandant ce qu'il avait fait dans une autre vie pour mériter ça. Il changea de position, écouta Karen ronfler et ferma les yeux. Avec l'espoir qu'un rêve parfait l'attendait. Un rêve dont il se réveillerait excité, en train de bander.

Il ne se rappelait pas la dernière fois qu'ils s'étaient mis au lit de bonne heure pour partager un moment d'intimité. Ça ne lui manquait pas. À vrai dire, il envisageait d'accepter la proposition de la fille aux gros seins du service compta. Un petit coup rapide dans les toilettes du bureau aurait quelque chose d'excitant… Même s'il n'était pas sûr d'assumer la culpabilité, ensuite.

Tim pensait à elle quand le sommeil le prit.

Quand il entendit le premier bruit, il n'était pas totalement conscient. Ce moment entre sommeil et réveil. Troublé, il essaya de déterminer s'il était encore endormi, en train de rêver, ou réveillé.

Une voix.

— Karen, murmura-t-il en s'apercevant qu'il avait la bouche sèche, tu parles encore en dormant…

Il toussa, se racla la gorge.

— Si tu continues, je vais dans la chambre d'amis…

Karen ne répondit pas. Elle ne répondait jamais. Définitivement tiré de son sommeil, il entendit un grincement à côté de lui, sans s'en inquiéter. Encore ce foutu chat. Il avait dû le réveiller en parlant.

Ils ne s'étaient jamais entendus.

Il tendit la main, toucha le verre d'eau sur la table de chevet. Il porta le verre à ses lèvres, avala une gorgée tiède, un peu juste pour dissiper sa soif.

De nouveau ce bruit. À présent, il l'entendait distinctement.

Un murmure dans la nuit.
Et ce n'était pas Karen.
Le murmure s'amplifiait, en rythme, lancinant. Tim ne pouvait ni parler ni bouger. La peur s'insinuait en lui, le soumettait. Les paroles traversaient sa tête, se percutaient comme des mites volant autour d'une ampoule. Il ne comprenait pas ce qui lui arrivait.
Son arrogance s'était envolée. Il avait souvent pensé qu'il était capable de faire face à toutes les situations, lui qui s'était souvent défendu pendant son enfance dans un quartier défavorisé au cœur de Liverpool. Il avait rendu coup pour coup quand il se faisait harceler par les gros durs du pâté de maisons, il s'était retrouvé dans des ruelles désertes en banlieue, alors que l'aube pointait à peine. Il s'était souvent imaginé ce qu'il ferait si quelqu'un s'introduisait chez lui la nuit. Comment il le plaquerait au sol et se défoulerait sur lui en attendant l'arrivée des flics. Personne ne pouvait sortir vainqueur d'un combat contre lui.
Il l'avait toujours pensé.
Il n'avait jamais connu la véritable peur. La terreur d'être réveillé en pleine nuit, confus, désorienté.
Pendant qu'une voix murmurait dans l'obscurité.
Impossible de bouger.
Impossible de bouger.
Impossible de bouger.
Le murmure de plus en plus fort. Il l'entendait, encore et encore.
Tu peux le faire. Tu peux le faire.
Vas-y maintenant. Vas-y maintenant.
Il ouvrit les yeux et l'ombre prit forme et s'approcha de lui. Il supplia son corps de bouger, de réagir. Se battre ou s'enfuir.
Il ne pouvait faire ni l'un ni l'autre.

Il restait là, paralysé par la panique, la peur, la terreur. Une chose inconnue qui bloquait tous ses gestes. Ses paroles. Il se sentait totalement rigide.

Une sensation humide sur le lit, au niveau de son bas-ventre. L'homme-ombre se pencha sur lui. Il vit ses yeux, sa bouche. Les vêtements qu'il portait, la ligne de ses mâchoires, les poils jaillissant de son nez. Il sentit son odeur.

L'obscurité respira sur sa peau.

Il ouvrit la bouche – aucun son. La salive disparut, sa gorge s'assécha d'un coup. Il y voyait mieux à présent, ses yeux s'étaient habitués à la pénombre.

Pour son malheur.

Il ne pensait plus à Karen à côté de lui. Elle s'était évanouie de sa conscience. Il ne restait plus dans la chambre que lui et cette silhouette à quelques centimètres.

Elle tenait quelque chose à la main, mais Tim n'en distinguait qu'un fragment dans sa vision périphérique. Il fixait les yeux au-dessus de lui, en train de l'étudier.

Un geste fulgurant – son cerveau n'eut pas le temps de communiquer avec sa gorge. Il ouvrit grand la bouche pour hurler, parler, faire quelque chose, pendant que le couteau s'enfonçait dans sa gorge.

Tim sentit l'air disparaître brusquement. Il y eut un grognement au-dessus de lui, tandis que la lame s'enfonçait encore plus profond. Au début, la douleur n'était pas si terrible – juste l'impression d'avoir avalé quelque chose de travers, qu'on peut recracher. Son cerveau tenta d'en donner l'ordre à son corps. Aucune réaction.

Et brusquement, la souffrance. Comme un coup de vent à l'ouverture d'une porte. D'un coup, elle était là.

Il eut l'impression de hurler mais n'entendit rien. La lame était plantée dans son cou, la créature au-dessus de lui agrippait toujours fermement le manche.

Et le tournait.

En un instant, la souffrance se fit agonie. Le couteau tournait dans son cou. Le manche remonta vers son menton, tranchant la chair, et il ne vit plus rien. Tout était flou, lointain. Sa tête s'affala sur l'oreiller tandis qu'il cédait sous la masse de la *chose* sur lui. Une main la redressa sans effort.

Tim rêvait, voilà tout. L'obscurité du sommeil l'enveloppa de nouveau. Il allait et venait du conscient à l'inconscient.

Il rêvait.

De hurlements silencieux, de geysers de sang qui surgissaient de son corps, inondaient les draps du lit.

De noyade. De souffle coupé.

Il n'y avait rien d'autre. Juste des halètements désespérés pour happer de l'air inexistant. Englouti par les vagues, le vide éternel de la mer.

Rien d'autre.

Il n'était plus nulle part. Il n'était plus personne.

C'en était fini de Tim.

Il essuya son front avec sa manche, mais la sueur revint aussitôt. Il laissa le couteau dans la gorge de l'homme. La femme dormait toujours – elle n'avait presque pas bougé. Il pencha la tête, se redressa et s'essuya avec des gestes mécaniques. Il observa la forme endormie de la femme, se demandant quoi faire.

Mais il savait ce qu'il avait à faire.

Il savait ce qu'il avait *envie* de faire.

29

Louise regarda le sang sécher sur ses phalanges tandis que, mains sur le volant, elle s'engageait sur la route. Elle effaça les traces et sourit en pensant au type affalé sur le trottoir.

Même s'il portait plainte – hypothèse improbable –, l'absence de témoins ou de vidéo de surveillance la mettait à l'abri de toute identification. De toute façon, elle ne l'imaginait pas expliquer qu'il avait été malmené par une femme. Son ego n'y survivrait pas.

Elle éprouvait toujours cette sensation dans ses veines, qui s'était libérée en elle dès le premier coup. Le soulagement d'avoir enfin cédé à la pulsion qui vibrait toujours sous son apparence froide. La colère, la rage qui l'habitaient, enfin déchaînées pendant quelques secondes.

Une part d'elle-même voulait recommencer. Encore.

Elle arrêta la voiture, régla le rétroviseur et croisa son regard. Elle se détourna rapidement, retira les clés et sortit. La rue était silencieuse, comme d'habitude à cette heure tardive. Ce n'était un raccourci vers nulle part, et elle était suffisamment éloignée des magasins et des pubs pour que toute personne l'empruntant rentre nécessairement chez elle.

Louise monta jusqu'à la porte d'entrée, et faillit suffoquer en pensant à l'obscurité et au silence qui l'attendaient à l'intérieur. Mais elle secoua la tête, ouvrit et entra.

Dès qu'elle alluma, elle sut que quelqu'un était venu chez elle. L'air était chargé de musc, une odeur étrangère, pas celle qui l'accueillait d'ordinaire. Elle se figea, guetta le moindre bruit. Quelque chose qui trahirait un mouvement, qui sonnerait bizarrement.

Elle repensa à sa routine matinale. Elle avait verrouillé tous les accès possibles, fenêtres et portes. Absolument aucun moyen d'entrer, songea-t-elle. Comme toujours.

Personne n'aurait pu entrer dans sa maison.

Elle revint quelques heures en arrière, avant de partir pour l'hôpital. Mais elle n'était pas allée plus loin que le couloir.

Son esprit lui jouait des tours, certainement. Toujours à cran, comme toute cette semaine. Comment aurait-elle pu deviner la présence d'un intrus par son seul odorat ? Impossible, décidément.

Elle avança, regagnant confiance à chaque pas. Alluma dans le salon, inspecta la pièce pour vérifier que rien n'avait été déplacé, signe que quelqu'un était bien venu chez elle.

Rien d'inhabituel en apparence. Tout était bien à sa place. Et pourtant, l'impression persistait : quelqu'un était venu ici. Quelqu'un d'autre qu'elle-même.

Elle quitta le salon, prit le couloir jusqu'à la cuisine. La maison n'était pas grande mais largement suffisante pour elle. Elle n'avait jamais eu besoin d'un logement plus spacieux, dans la mesure où elle vivait seule.

Elle alluma. Une lueur chaleureuse baigna la pièce.

Elle repéra tout de suite ce qui avait changé. Là, sur le petit comptoir qui séparait la cuisine en deux, un petit tas de quelque chose. Une odeur vint à ses narines – âcre, piquante.

Le feu.

Elle resta paralysée, un pied dans le couloir, l'autre dans la cuisine, refusant de se retourner au cas où l'intrus se trouvait derrière elle. Elle préférait tendre l'oreille, guetter un grincement de parquet, le souffle d'une respiration.

Rien que le silence.

Elle finit par rompre l'enchantement : elle entra dans la cuisine et se précipita vers le bar.

Des morceaux de bois brûlés, arrangés en fagots, noués par ce qui ressemblait à du lierre. Ils étaient calcinés, l'écorce noircie s'effritait.

On aurait dit des os. Brûlés, détruits.

Elle déglutit à plusieurs reprises, sa respiration se fit rauque tandis qu'elle contemplait l'offrande. Elle aurait voulu l'écraser du poing, la réduire en cendres, mais ses mains refusaient de lui obéir. Au lieu de ça, elles s'avancèrent vers une carte posée à côté.

Louise la retourna, lut les mots tracés à la main. Ses mains tremblèrent quand elle comprit le sens du message.

Il est temps de rentrer à la maison, Louise.

Hier

Elle resta là, à attendre. Les secondes duraient une éternité. Elle fixait le vide du tunnel, l'obscurité qui emplissait le cercle pour devenir la seule chose qu'elle voyait. Elle semblait pulser avec une énergie invisible, et guetter, épier, prête à avaler tout ce qui passait. Elle aurait voulu se lever, avancer vers elle, franchir le seuil du tunnel. Mais elle se pencha sur le côté et déversa le contenu de son estomac.

— Ah, c'est dégueu ! s'exclama la gamine d'une voix criarde qui dispersa les oiseaux dans les arbres. Lee, viens voir ! Elle gerbe !

— J'ai vu, espèce de débile.

Elle ne fit pas attention à eux. Toussant, crachant, elle eut encore quelques spasmes jusqu'à ce qu'elle n'ait plus rien à vomir. Ses yeux pleuraient, son ventre se tordait. Elle s'étendit, en appui sur ses mains.

— Faut aller chercher Matty ! réussit-elle à articuler à l'attention des deux autres. Il est là-dedans !

— Ouais, c'est ça le problème, répondit Lee en ricanant.

En cet instant, elle aurait tellement voulu que ce soit lui qui entre en dernier dans le tunnel plutôt que Matty. Plutôt que son frère. Que ce soit ce petit crétin. Pas lui.

— Il va arriver d'une minute à l'autre, et tu pourras arrêter de pleurer comme une fillette.

Elle ferma les yeux, les essuya du revers de sa manche. Elle fit pareil pour son menton, puis essuya la manche dans la terre. Elle se retourna vers le tunnel, se demandant à quel moment elle entendrait les bruits.

Les cris de terreur.

Elle en était convaincue, à présent. Elle savait ce qui lui était arrivé, là-bas. Ce qui avait failli lui arriver, à elle.

– Il y a quelqu'un là-dedans, dit-elle avec un grognement de colère.

Ces deux crétins les avaient amenés à cet endroit. Tout était de leur faute. S'il était arrivé quelque chose à Matty…

– Qu'est-ce que tu racontes ? répondit Faye, mains sur les hanches.

Elle essayait désespérément de faire plus que son âge, mais elle ressemblait à ce qu'elle était vraiment : une petite fille.

– Il n'y a personne ! On l'aurait entendu.

– Il y a quelqu'un, je te dis !

Elle se tourna vers eux. L'espace d'un instant, elle se sentit comme une mère face à deux enfants fugueurs. Elle avait onze ans mais se sentait plus vieille d'une trentaine d'années. Une vieille femme.

– Je ne sais pas qui c'est ou ce que c'est, mais il y a une chose dans ce tunnel et elle va faire du mal à Matty.

– C'est lui, dit Lee d'une voix plus grave et plus effrayante. C'est le Désosseur.

– Il coupera dans ta chair, il gardera tes os, se mit à chanter Faye, effrayant les oiseaux qui quittèrent la cime des arbres pour s'égayer dans le ciel de plus en plus sombre.

– La ferme, grosse vache !

Elle avait presque hurlé sur Faye.

— Eh ben, qu'est-ce que tu attends pour y retourner et le sauver ? railla Faye en se redressant – même si sa taille n'avait rien d'impressionnant.

À vrai dire, elle la trouvait encore plus petite. Avec un air d'animal abandonné. D'enfant errant.

— Tu as la trouille, c'est tout ! Et tu veux qu'on ait la trouille nous aussi, mais tu sais quoi ? Ça ne marche pas !

Faye se tourna vers son frère pour qu'il la soutienne mais il ne regardait pas les deux filles. Il fixait le tunnel. Elle l'observa un moment, essayant de comprendre ce qu'il voyait. Elle crut pendant une seconde y apercevoir une lueur, aussitôt disparue.

— Il faut qu'on y retourne tous.

Sa voix était ferme mais elle y sentait quand même un manque de conviction.

— On y retourne et on l'aide.

— Il va bientôt ressortir, arrête de flipper.

Elle ignora la remarque de la petite Faye et se concentra sur Lee qui, après avoir simplement regardé le tunnel, paraissait prostré dans le silence. Elle voyait bien qu'il tentait d'articuler une phrase mais quelque chose semblait le retenir.

— Qu'est-ce qu'il y a, Lee ? demanda-t-elle en espérant ne pas avoir mal interprété sa réaction. Tu as vu quoi dans le tunnel ?

Lee la regarda comme si elle venait de lui apparaître et que sa présence le surprenait.

— Ça n'existe pas. Ce n'est pas possible, dit-il d'une voix douce, ses paroles presque emportées par la brise qui passait entre eux.

— Quoi ? Qu'est-ce qu'il y a là-dedans ?

Elle luttait pour ne pas lui arracher la réponse en le secouant de toutes ses forces.

— Lui. Il est là.

Elle n'avait jamais cru à ces histoires, même quand elles l'empêchaient de trouver le sommeil. L'idée qu'une créature pareille puisse exister était ridicule, même pour un jeune esprit comme le sien. Elle avait accepté cette petite expédition aujourd'hui parce que ça avait l'air amusant. Et pour tromper l'ennui qui menaçait de la submerger.

– Le Désosseur va l'attraper, reprit Lee, le corps secoué de tremblements.

Elle voyait bien que son attitude bravache était en train de s'évaporer. Il ne restait plus que ce qu'il était : un petit garçon dont le corps avait grandi plus vite que son esprit aurait voulu. Ce n'était pas un adolescent mais un enfant. Apeuré. Terrifié. Avec une petite tête totalement chamboulée.

– Il n'existe pas, dit-elle, mais sa voix la trahit.

Elle était allée dans le tunnel. Elle l'avait senti. Il y avait quelque chose là-dedans, quelque chose d'indescriptible. L'odeur, la sensation… L'air qui s'épaississait, comme si elle avait mis le pied dans un autre monde.

Elle n'avait pas le droit de rester là, sans rien faire. Ils n'étaient plus que tous les deux, maintenant. Plus de maman, plus de papa. Juste eux deux. Contre le monde entier. Ils étaient censés se protéger l'un l'autre. Maman avait amené un étranger dans leur existence, papa les avait abandonnés dès qu'il en avait eu l'occasion. Les seules personnes sur qui ils pouvaient compter désormais, c'était eux-mêmes.

Elle n'arrivait pas à bouger. Elle était incapable de se précipiter dans l'obscurité pour le rejoindre, alors que cette chose le guettait. Elle sentait ses pieds comme figés dans le sol, malgré ses efforts pour les déplacer.

– Le Désosseur l'a attrapé, annonça Lee d'une voix tremblante, vacillante. C'est fini, maintenant. On ne reverra plus jamais Matty. On ne peut plus rien faire. Le Désosseur n'épargne aucune vie. Il écorche ses victimes pour garder leurs os. On ne retrouve jamais leur corps. Personne ne se rend compte qu'elles ont disparu.

Lee continuait à monologuer. Elle se détourna, repoussa sa voix. Fixa l'ouverture du tunnel, mâchoires serrées, attendant de voir apparaître son frère. Derrière elle, Faye se mit à gémir puis à pleurer d'une façon affreusement fausse. Elle continuait à regarder. À attendre, attendre, attendre.

Elle aurait voulu courir dans le tunnel, changer l'histoire, changer tout ce qui allait se passer si elle ne le faisait pas. Sa présence, sa voix suffiraient peut-être. Si Matty pouvait l'entendre parler, s'il pouvait entendre sa voix, il pourrait s'en sortir…

Mais elle resta là. À attendre. Espérer. Prier. Sans rien faire.

Tous les trois. Leur attente leur sembla durer des heures, quand elle ne dépassa pas quelques minutes. Debout à attendre que son frère émerge du tunnel.

Que la créature qui s'y trouvait se fasse connaître.

Quelques minutes, il n'en fallait pas plus.

– On ne va pas y passer la nuit. Il nous fait une blague, dit Faye en essayant de paraître forte, maintenant que les larmes de crocodile s'étaient taries.

Mais sa voix la trahissait.

Elle fit quelques pas vers le tunnel, mais Lee posa une main sur son épaule.

– Moi d'abord.

Ils avancèrent en file indienne, d'un pas traînant, marquèrent un temps d'arrêt à l'orée du tunnel. Puis ils s'enfoncèrent de nouveau dans l'obscurité.

Le silence les accueillit, une certaine immobilité de l'atmosphère qui leur noua la gorge.

– Vous sentez quelque chose ? demanda-t-elle en chuchotant aux deux autres.

– Non. Qu'est-ce que tu racontes ?

Et pourtant, elle perçut l'odeur. Elle flottait là, les entourait.

– Matty ? dit Lee d'une voix à peine plus forte qu'un murmure. Tu es là ? Qu'est-ce que tu fiches ?

Ils se suivaient de près, répétant le nom de son frère, encore et encore. À voix basse d'abord, puis de plus en plus forte à mesure qu'ils s'enhardissaient, tandis qu'ils atteignaient le milieu du tunnel.

Une lumière blafarde apparaissait de l'autre côté, une pointe d'aiguille qui s'élargissait un peu plus à chaque pas.

Quand ils sortirent enfin, l'obscurité régnait aussi au-dehors. Elle attendit que Matty leur saute dessus, mais rien ne se passa.

Il avait disparu.

– Oh non…

Faye pleurait de nouveau, mais elle voyait bien que, cette fois, les larmes étaient sincères. Lee semblait lui aussi sur le point de craquer.

Elle plaça ses mains de part et d'autre de sa bouche et appela son frère.

– Allez, Matty ! Sors, maintenant ! Ce n'est pas drôle !

Le silence lui répondit.

Faible au début, la panique s'intensifiait à chaque seconde. Elle essaya de se calmer, ses lèvres laissaient échapper des paroles d'apaisement.

– Le Désosseur l'a attrapé, se mit à répéter Lee, des larmes ruisselant sur ses joues. On l'a réveillé et il a emporté Matty. Et maintenant il faut qu'on parte, sinon il va nous attraper aussi.

Elle ne voulait pas s'en aller. Abandonner Matty, le laisser seul. Et elle n'arrivait pas à déloger cette odeur de ses narines, à effacer de son esprit les bruits qu'elle avait entendus dans le tunnel.

Elle était terrifiée. Elle voulait rentrer chez elle. Elle voulait sa maman. Son papa. Elle voulait retrouver la chaleur réconfortante d'un univers familier.

Elle crut entendre un bruit. Plus fort à présent.

Elle abandonna Matty – il n'existerait plus que dans son esprit – et se précipita derrière les deux autres.

Elle le laissait avec le Désosseur.

Aujourd'hui

30

Louise se trouvait dans sa cuisine, les jambes flageolantes. Sa propre maison lui était devenue hostile – mais elle était déterminée à corriger ça rapidement.

Elle prit le temps d'examiner la carte où était écrit son nom. Pourquoi la laisser là ? Pourquoi ce choix de mots ? Personne d'autre que lui ne pouvait les avoir écrits.

Lui.

Il était là. Il était venu chez elle.

Il n'existait pas.

Il était mort. Disparu.

Et pourtant, elle ne voyait pas qui à part lui aurait pu faire une chose pareille.

Elle reposa la carte sur le comptoir. L'encre avait un peu bavé à la fin de chaque mot. Elle la contempla un moment, puis sortit de la cuisine.

Elle allait en avoir le cœur net.

Au bout du couloir, elle alluma la lumière dans l'escalier et monta. Elle avait transformé la seconde chambre en pièce de rangement. Une accumulation d'objets de toutes sortes – des cadeaux dont elle ne se servirait jamais, des sacs remplis de vêtements qui n'étaient plus à sa taille ou à son goût. Des CD qu'elle n'écoutait plus depuis des années. Elle alla droit dans un coin de la pièce où s'empilaient les cartons de son déménagement.

Des cartons qui l'avaient suivie partout.

Elle éprouva le besoin de les ouvrir, ici, tout de suite, mais elle résista à sa pulsion. Elle les transporta dans sa chambre, où elle se sentait en sécurité sous la lumière du plafonnier, et les posa sur son lit impeccablement fait.

Louise regarda la porte ouverte de sa chambre, se leva et la referma. Sur la moulure au-dessus du chambranle, le précédent propriétaire avait laissé la clé dont elle ne s'était jamais servie. Cette fois, elle la prit et la tourna dans la serrure.

Elle savait dans quel carton trouver ce qui l'intéressait, mais elle ouvrit d'abord l'autre. Il contenait les souvenirs d'une vie d'adolescente. Ce qui avait survécu au temps. Les années de lycée, les devoirs, ses bulletins de notes. Des exposés scolaires jaunis, cornés, aux couleurs presque effacées. Enfouies tout au fond, quelques photos d'elle avec ses grands-parents. Des cartes de Noël et de Pâques qu'elle avait fabriquées pour eux, d'autres pour leur anniversaire.

Elle prit les photos puis referma le carton et le mit de côté. L'autre était moins lourd mais elle dut quand même faire un effort pour le tirer vers elle. Un coin restait accroché à la couette. Elle prit des ciseaux à ongles sur sa table de chevet. Petits, presque émoussés, mais ils feraient l'affaire. Elle enfonça une extrémité dans le scotch marron qui entourait le carton. Le scotch céda. Elle retira la longue bande et le carton s'ouvrit.

Un effluve de nostalgie indésirable se répandit dans l'atmosphère. Une odeur ancienne, où le renfermé se mêlait à des touches écœurantes de lavande.

Elle plongea la main et retira la première chose qui lui vint sous les doigts.

Elle porta le t-shirt à son visage et le respira avidement. Le tissu avait gardé une trace de son odeur *à lui*. Ou bien était-ce une illusion de son esprit ? Le temps aurait dû détruire cette odeur, elle en était sûre – et pourtant elle inspira, yeux fermés, et essaya de se rappeler quand il l'avait porté pour la dernière fois. Ce fragment de souvenir continuait de lui échapper. Perdu, à jamais. Évanoui, comme tout ce qui se rattachait à eux.

Elle n'avait pas de temps à perdre avec ça, songea-t-elle. Pas le temps de se plonger dans les annales de l'histoire familiale. Elle aurait dû être passée à autre chose depuis longtemps, mais certaines choses persistaient. Les vestiges d'une époque où elle ignorait tout du Mal qui ravageait le monde, de la colère et du désespoir qu'il pouvait provoquer. Un temps béni, quand ses uniques soucis étaient dérisoires.

Elle se rappela les promenades dans les parcs de la ville – Sefton et Newsham étaient ses préférés. Elle aurait pu passer une journée entière à Sefton Park sans réussir à en faire le tour. Quelques minutes suffisaient en revanche pour se perdre – et retrouver son chemin.

Son père la prenait dans ses bras, tout son corps l'enveloppait. Elle se rappelait encore le contact de sa main sur son épaule, la façon dont sa mère le regardait.

Son frère, avec ses cheveux hirsutes couleur sable, courait devant eux en se battant contre des monstres imaginaires ou en tapant dans des ballons invisibles. Avant que son imagination lui offre de nouveaux jeux.

Oui, ils avaient été heureux.

Elle pensa au feu. Aux flammes surgissant autour d'elle, à la fournaise, à la fumée envahissant sa chambre. Son corps s'embrasait à ce souvenir, son esprit s'emplissait de rouge et de noir.

Elle cligna des paupières et se retrouva assise sur son lit, en silence.

Ce t-shirt avait suffi pour propulser Louise dans le temps. Mais le carton contenait bien d'autres choses. Elle savait exactement ce qui était tapi à l'intérieur, quels secrets l'attendaient, mais elle n'était pas sûre d'avoir la force de s'y confronter. Les seules preuves de leur existence en dehors de ses propres souvenirs.

Elle n'avait pas le choix. Il fallait continuer.

Les photos de sa précédente vie apparurent entre ses mains.

Elle les posa, retournées. La peur de les revoir. La peur d'ouvrir en grand cette porte qu'elle n'avait jamais laissée qu'entrebâillée. Un coup de pied dedans, et l'obscurité se jetterait sur elle.

La preuve l'attendait. L'écriture enfantine au verso de ces photos était la même que celle de la carte laissée sur le bar de la cuisine. Son écriture à elle. Son écriture à lui. Aussi claires que leur signature.

Elle trouva une photo de sa mère avec son frère, photo des temps heureux. Un tiers avait été coupé, sans doute par sa mère sous l'effet de la colère après une insulte. Leurs sourires trahissaient la réalité à venir.

Louise ferma les yeux. Elle vit le sang, sentit l'odeur cuivrée. Le bruit. Les hurlements. Les respirations paniquées, son cœur fracassant sa poitrine, ses mains tremblantes. Sa bouche remplie de salive. Impossible d'avaler. La peur qui électrise sa peau, son esprit en proie à la confusion.

Elle rouvrit les yeux d'un coup pour ne pas se laisser engloutir par le souvenir. Elle était en nage, pantelante dans la chambre glacée. Le passé restait vivace, et avec lui ses sensations d'alors, si faciles à faire resurgir.

Il n'y avait pas d'issue. On n'échappe jamais à son passé.

Elle s'étendit sur son lit, posa près de son visage le t-shirt imprégné de son odeur et s'efforça de se rappeler les bons moments, chassant de sa mémoire les mauvais. De repenser à cette époque plus simple faite de promenades dans le parc, quand rien d'autre n'avait d'importance. Avant qu'elle devienne enfant unique. Quand son frère était encore là, un peu plus âgé qu'elle, toujours prêt à la protéger. Une sentinelle qui gardait toujours un œil sur Louise en cas de problème. Un frère prêt à la relever quand elle tombait, à frotter un genou ou un coude éraflé.

Toujours là quand elle avait besoin de lui.

Elle repensa à leurs disputes, à leurs mesquineries enfantines et à leurs désaccords. Comme tout cela lui semblait stupide, avec le recul.

Aujourd'hui, elle donnerait tout ce qu'elle possédait pour pouvoir se disputer une fois encore avec lui. Pour se mettre en colère contre lui. Pour que sa seule présence l'agace, l'irrite, l'exaspère.

Pour ne plus être seule.

Elle ferma les yeux, se laissa envelopper, protéger par le passé.

Ce temps où elle avait tout et où rien de mauvais ne pouvait lui arriver. Où le Mal n'avait pas encore fait son apparition. Où elle ne connaissait encore ni la mort ni la destruction.

Où elle était normale.

Où *il* n'était pas de retour.

Où le Désosseur n'était qu'une légende parmi d'autres.

31

Hazel Durham l'entendait s'activer dans sa chambre. Après tout ce temps, il était revenu. Prêt à vivre avec elle. Le rêve devenait réalité. Pendant qu'elle dormait, le monde avait changé, engendré un miracle qu'elle n'aurait jamais pu imaginer.

Enfin, ses prières étaient exaucées.

Jon était revenu.

Il était de retour.

Elle resta interdite un moment, déchirée entre l'envie d'aller le retrouver dans sa chambre et celle de prolonger cette sensation. La vie normale allait reprendre son cours, balayer le vide de son existence depuis la mort de son fils.

Les bruits reprirent, une cacophonie de rêves et d'espoirs enfin comblés. Elle entendit de la musique – c'est sans doute ce qui l'avait réveillée, pensa-t-elle. Elle reconnut la chanson. Jon la mettait souvent quand il s'enfermait dans sa chambre. Encore un de ces groupes de rock indé au nom bizarre, supposait-elle. Une mélodie familière, mais elle aurait été incapable d'en dire plus.

La musique dans sa chambre.

Jon était de retour.

Sans doute étendu sur son lit, yeux fermés, emporté par la force répétitive de cette chanson passée en boucle. En cet instant, elle se moquait bien d'avoir vu son corps sans vie. Ou le cercueil qui le contenait descendu dans la tombe et recouvert de pelletées de terre. Peu importe qu'elle ait pleuré sa mort pendant des mois, que la douleur ait été plus insoutenable que le jour où elle l'avait mis au monde.

Rien de tout cela n'avait plus d'importance. Le savoir à la maison la consolait de tout. Elle se concentra sur cette idée, les yeux grands ouverts dans le noir, convoquant tout son courage pour sortir de son lit et marcher jusqu'à la porte de la chambre de Jon.

Même réveillée, elle sentait que son impression persistait. Elle avait attendu ce moment depuis si longtemps… Maintenant qu'il était enfin là, elle n'allait pas se laisser perturber par la raison. Aucune pensée rationnelle ne devait pénétrer son esprit. Aucune négativité ne devait venir entacher le moment dont elle avait toujours rêvé.

Elle sortit sur le palier. La musique était plus forte, à présent. Elle vit la flaque de lumière devant la chambre de son fils. Son cœur n'était plus qu'un tumulte dans sa poitrine. Encore quelques pas, et elle posa la main sur la poignée de la porte.

Elle était prête.

Elle souriait en poussant la porte.

Son dernier sourire.

D'abord, elle ne comprit pas qu'il ne s'agissait pas de Jon. Elle avait si souvent imaginé ce moment que la réalité mit quelques secondes à s'imposer. Pendant une glorieuse fraction de seconde, elle vit vraiment son fils allongé sur le lit, tout habillé, marquant le rythme de la chanson en tapant des pieds. Elle crut le voir. Puis, après quelques clignements de paupières, elle s'aperçut que la musique était plus forte qu'elle ne le pensait. Et son odorat fut le premier à se manifester.

Son fils dégageait l'odeur caractéristique de tous les ados, mais celle-ci était bien pire. C'était l'odeur de la mort. De la chair pourrissante.

L'être qui se trouvait dans cette chambre n'était pas son fils.

La pièce était plongée dans la pénombre mais elle y sentait une présence. Comme un trou noir aspirant la vie. Une absence d'humanité. Elle entrevit une forme, des contours, mais n'arrivait pas à se les représenter comme quelque chose de solide.

– Bonsoir, Hazel, dit la chose dans la chambre de Jon.

La voix était un grognement inhumain. Les mots se déversaient d'une bouche sombre.

– Je t'attendais.

Hazel aurait voulu parler, crier, hurler devant cet intrus. Au lieu de quoi ses lèvres dessinèrent un O parfait duquel ne sortit aucun son.

– Tu sais qui je suis ?

Il y eut une pause pendant laquelle Hazel résista à l'envie de prononcer son nom – qui finit par tomber de sa bouche, d'une voix égarée. Un murmure.

– Le Désosseur.

Ses mains montèrent lentement à sa bouche, comme si elles lui en voulaient d'avoir proféré son nom. Alors, elle comprit que toutes ces histoires étaient vraies.

Le monstre existait.

– Tu as parlé de moi à des gens.

Aussitôt, elle secoua la tête vigoureusement, terrifiée à l'idée de ce qui pourrait se passer si cette *chose* pensait qu'elle lui avait fait du tort. Elle l'entendit se lever du lit, mais refusa de regarder dans sa direction. Elle baissa les yeux sur le sol, sur ses pieds, les supplia de bouger.

— Si, Hazel. Il essayait de me trouver. Il n'a pas eu besoin de chercher bien loin. Mais je l'ai trouvé en premier. Tu connais les histoires qu'on raconte sur moi. Tu sais ce que je fais.

Elle se surprit à acquiescer lentement, se rappela les histoires effrayantes qu'elle inventait avec ses amies. Assises dans la rue, tuant l'ennui de leur adolescence en enjolivant des légendes pour leur donner vie. Le Désosseur n'était pas encore connu sous ce nom, à l'époque, mais les rumeurs étaient les mêmes.

Hazel s'autorisa à le regarder, puis dit d'une voix douce :

— Tu n'existes pas. Tu n'es pas réel.

— Je suis ici, répondit-il en approchant.

Hazel sentit la bile monter dans sa gorge tandis que l'odeur menaçait de la terrasser. Elle craignait de faire face à cette créature, quelle qu'elle soit. Elle s'y préparait en rassemblant tout son courage et toute sa force.

— Tu me vois. Tu m'entends. Est-ce que ça ne me rend pas réel ?

— Sors de la chambre de mon fils, siffla-t-elle.

La rage s'emparait d'elle, plus forte que la peur et la bile.

— Sors !

Son cri ne provoqua aucune réaction, un écho sur les murs. Tout à coup, elle pensa aux voisins. Ils devaient avoir entendu la musique, son cri, et elle comprit qu'il y avait un problème. Auraient-ils identifié ces bruits comme suffisamment alarmants pour prévenir la police ?

Plus vraisemblablement, ils avaient dû grommeler contre les nuisances du voisinage et retourner à leur sommeil.

— Tu sais pourquoi je suis venu.

Alors, elle eut l'impression de le voir dans toutes ses composantes. Émanant peu à peu de l'obscurité. Elle aurait voulu se dresser contre lui et le renvoyer d'où il était venu – les ombres ou l'enfer. Elle aurait voulu se défendre, défendre sa maison, les ultimes souvenirs de son fils.

— Maintenant c'est ton tour.

Enfin, ses pieds lui obéirent. Elle pivota et se précipita hors de la chambre. Un plan apparut soudain dans son esprit quand elle parvint sur le palier. Elle dévala les marches de l'escalier deux par deux, atteignit la porte d'entrée et chercha les clés pour sortir de la maison et s'enfuir dans la rue. Les doigts crispés sur le trousseau, tremblants, elle inséra la bonne clé dans la serrure.

Le silence derrière elle comme un bloc dense, elle tourna la clé, recula et ouvrit la porte. Dans l'air froid qui l'enveloppait, lui donnait la chair de poule et faisait gonfler sa chemise de nuit, elle descendit l'allée. C'est seulement en arrivant en bas qu'elle s'aperçut que son plan s'arrêtait là. Elle risqua un regard derrière elle, ralentit quand ses pieds nus foulèrent des cailloux pointus.

Il était là. Elle crut le voir sourire.

Elle jeta un coup d'œil à droite, à gauche, se plaqua contre le portail. Dans la pénombre de la rue, où les faibles réverbères projetaient des ombres immenses, Hazel était à portée de sa main.

Elle comprit qu'il attendait.

Elle ouvrit la bouche, hurla. Son cri résonna dans la petite rue.

Il se rua sur elle avant qu'elle ait le temps de réagir.

Elle sentit la douleur, mais elle était presque irréelle, comme détachée d'elle. Elle l'entendait grogner avec effort. Et elle sentait quelque chose racler son corps, remonter vers sa gorge. À un moment donné – elle ne savait pas quand –, elle s'écroula par terre. Quelque chose d'humide s'écoulait d'elle, ses mains parcoururent ses flancs, et une douleur foudroyante la traversa quand elles touchèrent les plaies sur son torse.

Elle le regardait au fond des yeux quand il trancha son larynx. Elle se débattit sporadiquement, sans résultat. Sentit sa respiration bloquée au fond de sa gorge, et ses jambes prises de spasmes.

Elle n'entendait aucune sirène. Aucun cri.

Personne ne venait à son aide.

Personne ne venait chez elle.

Son corps abandonna le combat, se fit flasque. L'odeur de la mort pesait sur elle. Autour d'elle. L'étreignait.

Elle sut que c'était la fin.

Ses yeux se fermèrent et elle vit son fils. Il souriait, comme cela lui arrivait parfois. Il lui souriait.

Il l'attendait.

Elle espérait qu'il l'attendait.

Qu'ils se retrouveraient, enfin, loin du monstre qui les avait tous les deux détruits.

Quand l'obscurité la recouvrit, elle pensait encore à son fils. Une vision teintée de rouge et de noir.

Il l'attendait.

32

Louise frotta ses yeux ensommeillés et essaya d'oublier les photos. L'écriture sur la carte laissée à son intention. Les morceaux de bois calcinés, toujours à leur place dans la cuisine. Elle voulait les jeter, ne plus jamais les regarder, mais quelque chose la retenait.

La même chose, elle le savait, qui la retenait d'avouer à Shipley et d'annoncer à tous ses collègues ce qu'elle avait trouvé.

Et en quoi c'était lié à l'enquête – si ça l'était vraiment. Mais elle n'y croyait pas. C'était juste un jeu en plus. Une porte ouverte sur le passé qu'elle ne voulait pas franchir pour découvrir la vérité sur son existence.

Elle pensait à tout cela en regardant le corps par terre. Encore une victime. Tuée le même soir où quelqu'un était entré par effraction chez Louise pour la confronter à son passé.

C'était la nouvelle normalité. *Sa* nouvelle normalité.

Imitant Shipley, elle enfila les gants en latex bleu qui étaient devenus habituels dans sa vie professionnelle. Non qu'elle ait l'intention de toucher quelque chose. D'une façon ou d'une autre, sa marque était peut-être déjà sur cette scène de crime.

Respire. Reste calme. Tu peux le faire.

Elle détestait la voix dans sa tête à présent. Toujours à essayer de la calmer, de garder le cap, quand elle ne voulait qu'une chose : hurler ce qu'elle ressentait. Puis se cacher dans un coin, recouverte d'un drap, en attendant que tout ça soit fini.

– On dirait bien que tout s'est passé ici, commenta Shipley en donnant un petit coup de coude à Louise. Poignardée dans cette allée, puis, à en juger par les marques sur son cou, étranglée. Il voulait être sûr de ne pas se louper.

Ils étaient de retour à la maison où ils s'étaient rendus quelques jours plus tôt. Mais l'ambiance était différente, comme si un nuage noir était descendu sur eux, étouffant tout le décor sous une lueur blafarde. L'atmosphère était rendue plus irrespirable par la présence des voisins demandant ce qui s'était passé si près de leur demeure-pourtant-si-sûre. Quand la mort frappe si près de votre porte, on en vient facilement à s'interroger sur sa propre vie.

Louise pouvait comprendre.

D'autant que les morts ne sont pas censés revenir.

Hazel Durham était étendue par terre dans une pose incongrue. Une mare de sang épaisse et sombre l'entourait. Ses cheveux grisonnants faisaient une auréole autour de son crâne, collés par endroits. Les marques rouge et pourpre de la furie apparaissaient sur son cou. Ses yeux ouverts donnaient l'impression qu'elle avait contemplé le ciel dans ses derniers moments. Sa chemise de nuit autrefois blanche était déchiquetée, souillée, comme si les plaies tentaient de se faire remarquer entre les déchirures du tissu.

– Il était tout contre elle, observa Louise en s'accroupissant au-dessus de la vieille femme. Comme s'il voulait voir son regard en la tuant.

– Alors, c'était personnel.

– Je m'y attendais.

Elle se releva face à Shipley. Ils se trouvaient dans la tente dressée par les techniciens de scène de crime autour du cadavre, pas assez vite pour empêcher une foule de curieux de se rassembler. La plupart avaient été repoussés mais Louise sentait encore leur présence. Ils étaient encore là, à guetter le moindre mouvement, à recueillir d'infimes parcelles d'informations, à commenter, à juger.

– Avec elle aussi, il a utilisé un couteau, reprit-elle, mais cette fois c'était plus précipité. N'empêche, je pense que c'est le même gars.

– Ça, ça ne fait aucun doute.

– Pourquoi elle ? demanda Louise en s'écartant prudemment du cadavre.

Elle portait une combinaison pour préserver au maximum la scène mais elle avait remarqué les empreintes de pas des techniciens dans la mare de sang. Elle savait que Shipley devait éprouver la même sensation de culpabilité qu'elle. Comme si, d'une façon ou d'une autre, ils se sentaient responsables du meurtre d'Hazel, l'ayant mise en danger en venant l'interroger.

– Elle ne nous a pas dit grand-chose, en plus. Rien qui aurait pu braquer le tueur…

– En attendant, j'ai toujours l'impression que le timing n'est pas le bon.

Ils pénétrèrent dans la maison, désormais bondée de policiers et de techniciens. La police scientifique était censée contrôler le lieu mais l'essentiel de son activité se concentrait dans l'entrée et dans l'allée, dehors. Après un échange de regard, ils gravirent l'escalier, sachant ce qu'ils avaient besoin de revoir.

– Il aurait été trop jeune.

– Et après ? C'était un tueur en série précoce.

– Certains des cadavres qu'on a trouvés dans le bois sont vieux de quinze ans ! Et les histoires sur le Désosseur sont encore plus anciennes. Ça voudrait dire que notre tueur en série a commencé… bébé ? Ou quand il n'était qu'une lueur dans l'œil de son père ?

Shipley arriva sur le palier, se tourna vers Louise qui s'immobilisa sur la dernière marche.

– Sans doute pas, mais au départ ce n'était qu'une légende. Des histoires imaginaires que quelqu'un, peut-être, a décidé de rendre réelles…

Elle haussa les épaules et attendit qu'il pousse la porte de la chambre de Jon Durham.

Elle n'avait pas vraiment changé depuis leur dernière visite. La seule différence notable, c'était que quelqu'un d'autre était venu et avait déplacé des objets. Le lit n'était plus fait impeccablement, la couverture était froissée, légèrement repoussée. La couette pendait sur le côté, révélant un drap marqué de traces de boue. Le lecteur de CD sur la table de chevet était allumé, l'écran LCD affichant en vert le numéro clignotant d'une piste. Les petites figurines sur l'étagère avaient été balayées, leur arrangement méticuleux n'était plus qu'un souvenir. Le dessin et les collages sur le mur étaient, eux, toujours intacts, comme pour leur laisser tout le loisir de l'étudier une fois encore. Shipley se plaça tout de suite devant et, tête inclinée pour mieux voir, examina les photos et les messages.

Louise alla inspecter le lecteur de CD. Toujours gantée, elle prit le boîtier du disque posé dessus. Il avait déjà été inventorié, et les empreintes digitales avaient été relevées sur le couvercle. Mais, qui que ça puisse être, elle doutait qu'il en ait laissé derrière lui.

Tu en sais quelque chose.

– La ferme.

– Quoi ? Tu as parlé ? demanda Shipley en regardant rapidement par-dessus son épaule.

– Non, rien.

Shipley lui tourna le dos, retournant à son inspection du mur.

– Ça a commencé ici, poursuivit-elle. Hazel devait dormir, et il a attendu ici qu'elle se réveille.

– Des agents ont interrogé les voisins. L'un d'eux dit avoir entendu de la musique à fort volume vers 4h30. Ça correspond au scénario. Qu'est-ce que tu en penses ?

– Il met de la musique, attire Hazel dans la chambre et l'agresse.

– Pourtant, je ne vois aucune trace de bagarre ici. Je sais, je sais, les jouets sur l'étagère ont été renversés, mais ce n'est pas grand-chose. Quand on se débat pour ne pas mourir, on fout plus de bordel que ça. Pareil pour le palier, les escaliers et l'entrée. Tout s'est passé dehors.

– Il l'a laissée partir, répondit Louise d'une voix calme.

Elle s'imagina à la place d'Hazel. Prenant la fuite sous les yeux de son assaillant qui sait que toute tentative est vouée à l'échec. Qui prend du plaisir à laisser croire à sa victime qu'elle peut s'échapper.

– J'en reviens à la même question, dit-elle pour faire diversion à la sensation qu'elle sentait croître en elle. Pourquoi elle ? Qu'est-ce qu'elle pouvait bien savoir qu'elle ne nous aurait pas déjà dit ?

– Les informations que cette chambre nous a livrées nous ont menés tout droit au bois de Speke. C'était peut-être suffisant.

Louise acquiesça d'un murmure sans trop y croire. Le raisonnement ne tenait pas, décidément.

– Je ne suis pas convaincue.

– Il faut qu'on étudie tout ce mur, centimètre par centimètre, annonça Shipley. Peut-être qu'elle l'a interrompu avant qu'il le détruise lui-même, qu'elle l'a obligé à sortir et qu'ensuite il a dû s'enfuir pour ne pas être arrêté. Sinon, pourquoi serait-il revenu ?

— Tu as sans doute raison, dit Louise en le rejoignant et en examinant le mur une fois de plus.

Elle reconnut ce qui y était représenté : les différents secteurs de la ville – de tout le comté de Merseyside, pour être exact. Des photos trouvées sur Internet mélangées à celles que Jon avait dû prendre lui-même. La police ne tarderait pas à ratisser tous les bois autour mais, pour le moment, Louise avait surtout l'impression qu'ils tournaient en rond.

À essayer de chercher quelqu'un qui n'existait pas.

— Et puis il y a Rhys Durham, reprit Shipley en suivant de son index ganté un des fils qui partaient du masque démoniaque. C'est notre principal suspect pour tous ces meurtres. On doit à tout prix le trouver. C'est la condition absolue pour qu'on reste sur cette enquête. Et peut-être d'autres…

Elle mesurait l'importance que cela revêtait pour lui. Rester dans le coup. Il était tombé par hasard sur cette enquête à grande échelle et, désormais, il voulait désespérément y garder sa place. En cet instant, elle éprouvait presque de la pitié pour lui. Puis elle se demanda comment elle aurait réagi dans la même situation, avec un passif comme le sien…

Elle aurait ouvert grand la porte, l'aurait laissé passer et l'aurait rejoint immédiatement.

— Aucune raison de t'inquiéter, à mon avis, dit-elle en imitant la voix rassurante qui résonnait de plus en plus souvent dans sa tête. Ils ne nous auraient pas envoyés ici s'ils ne nous gardaient pas dans l'équipe. Ils connaissent ta qualité, tu as déjà fait tes preuves.

Il s'apprêtait à lui répondre mais ferma la bouche et se contenta de soutenir son regard. Il y eut un frisson d'électricité dans l'air, même avec tout ce qui se passait autour d'eux.

Aucun d'eux n'avait mentionné ce qui s'était passé dans la voiture la veille au soir.

Si seulement il savait… Tu peux lui faire confiance. Raconte-lui tout. Il comprendra.

Elle repoussa cette pensée – elle ne devinait que trop comment il prendrait la chose. Et pourtant, elle se sentirait tellement soulagée de pouvoir lui dire ce qu'elle avait trouvé dans sa cuisine. Partager ce fardeau avec quelqu'un…

Un agent apparut à la porte, se racla la gorge pour attirer leur attention. Ils se retournèrent ensemble, Louise sentit une rougeur gagner ses joues. Un coup d'œil lui apprit que Shipley partageait la même coloration.

— Je voulais juste vous prévenir…

Il paraissait mal à l'aise. Incroyablement jeune, songea Louise avec une petite grimace intérieure. Il ne devait pas avoir huit ou neuf ans de moins qu'elle mais elle avait l'impression que plusieurs décennies les séparaient. Elle se demanda s'il avait déjà été confronté à une affaire de ce genre, finit par décréter que oui. Dans la police, on ne mettait plus longtemps désormais à croiser le chemin de la mort.

— Votre *detective inspector* est arrivé. Il est en bas et il vous cherche.

Louise remercia le jeune garçon, attendit qu'il s'en aille puis, se tournant vers Shipley :

— On ferait mieux de descendre, dit-il. Mieux vaut ne pas se mettre notre nouveau boss à dos !

Il afficha un grand sourire mais, cette fois, ne la regarda pas.

Elle attendit qu'il descende l'escalier en premier puis le suivit.

Chaque marche était une trahison.

33

Il se lavait les mains, encore et encore, et une douleur aiguë le transperçait chaque fois qu'il les passait sous le robinet. Le couteau dont il s'était servi était posé sur le rebord de la fenêtre, et le sang séchait sur sa lame. La lumière traversait la vitre avant d'être stoppée et absorbée par la teinte rouge et brun.

Il porta la main à sa bouche pour étouffer un nouveau bâillement. Son corps lui semblait vide, comme si toute l'énergie qui l'avait galvanisé avait été aspirée.

Il ne s'était jamais attendu à ça. L'épuisement. Le meurtre l'avait anéanti.

Il rit pour lui-même, et l'écho de son rire emplit la minuscule salle d'eau. L'idée d'être devenu une chose tellement haïe.

D'être devenu quelque chose.

Il y a tant de sortes de meurtres. L'hyper-violent, sous l'effet d'une pulsion. Non prémédité, instantané. Et le mûrement réfléchi, longuement préparé. Tendu vers le moment où on plonge le couteau dans la gorge de sa victime, où on étrangle la vie à pleines mains. On peut se représenter la scène mentalement, chaque seconde, avec l'impression de sa réalité. Mais rien à voir avec l'acte réel, pensa-t-il. Rien ne peut vraiment rivaliser avec la sensation de mettre un terme à la vie de quelqu'un.

À présent, il sait ce que cela fait.

Il est devenu quelque chose. Une chose crainte, redoutée.

Les corps s'immiscèrent dans son esprit tandis qu'il prenait le savon et le faisait mousser dans ses paumes. Il avait laissé les corps dans le lit conjugal. Il savait qu'ils finiraient par être retrouvés mais, pendant quelques secondes, il était resté devant le téléphone, hésitant à prévenir la police lui-même pour hâter la découverte. Il s'était finalement ravisé. Après tout, quelqu'un ne tarderait pas à s'étonner de leur silence.

Ils étaient dans sa tête à présent, aussi crûment que la réalité. Allongés dans leur lit pendant qu'il observait leur absence totale de vie. Leur immobilité l'avait stupéfié. Comme ils s'étaient transformés sous ses yeux en de simples coquilles vides.

Comme l'air autour d'eux avait changé pour n'être plus qu'un néant.

Et, alors qu'il les regardait dans la pénombre, il imagina voir, l'espace de quelques secondes, leur âme s'échapper de leur corps. Dériver au-dessus d'eux, traverser le plafond et atteindre le ciel avant de se mêler aux étoiles.

Impossible de savoir si c'était parmi elles qu'ils reposeraient à jamais. Du peu qu'il savait de ce couple, ils avaient très bien pu commettre des choses terribles dans leur vie. Peut-être étaient-ils destinés à finir dans un endroit très différent du firmament étoilé.

Il avait eu envie de fouiller leurs affaires, d'inspecter leur vie privée pour découvrir ce qu'ils cachaient.

L'eau du robinet redevint froide, il vit le tourbillon liquide s'écouler de plus en plus clair dans le lavabo. Au début, il était sombre mais s'était éclairci à chaque savonnage. À présent, il ne restait plus rien. Plus aucune trace.

Après avoir fini d'observer le couple, il avait ouvert le tiroir de la table de chevet, exploré son contenu. Il avait allumé la lampe pour mieux voir. Rien ne l'avait vraiment surpris. Rien n'avait apporté de réponse à ses questions. Une boîte encore intacte de préservatifs, quelques médicaments, une vieille carte postale, des morceaux de rubans. Il était passé aux deux autres tiroirs, sans rien trouver de bien différent. Rien qui lui apprenne quelque chose de ce couple.

Pourquoi voulait-il savoir ?

Il aurait dû partir tout de suite, il en était bien conscient. S'attarder n'avait fait que réveiller en lui de mauvaises pensées, de mauvaises sensations.

Il était parti peu après, sans s'occuper du reste de la maison.

Ses vêtements lui avaient paru écœurants, étouffants, une fois qu'il s'était suffisamment éloigné. Comme s'ils étaient faits pour quelqu'un d'autre. Dès qu'il avait quitté la rue, il s'était mis à courir pour dépenser ce qui lui restait d'énergie. Il voulait tout effacer, ses pensées, ses sensations, ses souvenirs. Il devait continuer à bouger, à avancer. Ne pas se laisser rattraper par les événements. Ne pas trop penser à eux, ne pas s'appesantir sur eux.

Ça ne l'aiderait pas.

Il avait trop à faire.

Et maintenant, à la lumière aveuglante et brûlante du jour, il n'arrivait pas à se retirer l'image de la tête. Ses mains autour de son cou, ses yeux exorbités tandis qu'elle essayait de reprendre son souffle. Le couteau planté dans le cou de l'homme, le sang qui giclait sur ses mains gantées. La sensation revenait à présent, bien qu'il se soit frotté vigoureusement les mains sous l'eau.

Il avait besoin de dormir.

Il avait besoin d'entendre encore les mots. Ces paroles effacées, trahies par le temps, qu'il luttait pour se remémorer. Celles qui apparaissaient quand il fermait les yeux et se concentrait. Des paroles rassurantes, paisibles.

Mais sa vision se troublait de fulgurances rouge et noir. Les bruits et les odeurs. Il ne s'attendait pas à ça. Il referma ses mains et frotta ses poings contre ses yeux, implorant le retour de l'obscurité, mais il entendait leurs voix. Leurs supplications. Pour qu'il les épargne. Toutes ces voix en même temps.

Il crut voir leur visage, l'un après l'autre. Visages étrangers. Et tous ces corps déterrés, découverts. Décomposés, détruits.

Ils devenaient flous, se mélangeaient pour ne plus en former qu'un seul.

Les pensées l'assaillaient, les sensations, et il fut pris d'un tremblement incontrôlable.

34

Les nuages s'étaient dissipés, laissant apparaître un soleil morne. Ils sortirent de la maison et rejoignirent le *detective inspector* qui les attendait. Louise eut le temps de retirer sa combinaison et ses gants avant que leur nouveau patron les attire à l'écart. De la sorte, elle se sentait plus normale. Elle avait déjà rencontré le DI, mais pas sous ce titre.

Respire. Tu peux le faire.

FOUS LE CAMP.

– Vous en pensez quoi ? leur demanda-t-il sans attendre qu'ils l'aient rejoint.

Louise supposa qu'il n'était pas habitué aux scènes de crime, et que celle-ci avait dû produire son petit effet au commissariat. La tension se lisait sur le visage du vieil homme, et elle aurait parié que ce n'était pas le cas avant cette semaine.

– Il semblerait que le tueur ait pénétré par effraction à l'arrière de la maison puis qu'il ait attiré la victime dans la chambre de son fils, débita d'une voix mécanique Shipley, qui se tenait presque au garde-à-vous. Premier contact à l'intérieur, puis il l'a poursuivie dehors avant de la tuer dans l'allée.

– Où se trouve le fils ?

Si l'absence d'intérêt manifestée pour leur travail agaçait Shipley, il n'en montra rien.

— Mort l'an dernier. Suicide. Ce sont ses notes et ses photos sur OSS qui nous ont conduits jusqu'au bois près de la route.

— OSS ?

Louise se détourna pour cacher son irritation. Plus stoïque, Shipley reprit sans marquer de pause :

— Le Désosseur, chef. On peut dire que c'est derrière cette légende que la *personne* qui nous intéresse se cache. Il a envoyé une jeune femme – Caroline – à l'hôpital en début de semaine, ce qui nous a amenés ici puis au bois.

— OK, je vois, dit Locke en hochant la tête. Je connaissais l'affaire jusqu'à ce point. Je n'avais pas compris qu'on prenait tant ce détail au sérieux.

— Oh, chef, nous non plus, vous savez…, bredouilla Shipley.

C'était le trait de caractère que Louise aimait le moins chez lui. Elle comprenait son envie de se faire bien voir, elle regrettait juste qu'il choisisse de se montrer aussi obséquieux.

— Il faut le prendre au sérieux, intervint-elle avant que Shipley ait eu le temps de finir sa phrase – et qu'elle ait eu le temps de réfléchir. C'est… ça pourrait être important.

— Pour autant que je sache, on est devant un certain nombre de meurtres qui se sont échelonnés sur une longue période de temps. Et nous n'avons qu'un suspect, qui n'avait sans doute pas encore été conçu à l'époque où ces histoires de monstre caché sous le lit ont commencé à se répandre. Ne perdons pas plus notre temps avec ce Désosseur… Manifestement, quelqu'un s'amuse à un petit jeu. Cette femme hospitalisée, qu'est-ce qu'on peut encore tirer d'elle ?

La question était adressée à Louise, mais Shipley lui grilla la politesse.

– Pas grand-chose, je suppose. Louise et moi l'avons déjà interrogée à plusieurs reprises. Elle ne se rappelle pas vraiment le moment où elle était prisonnière. Elle a dû être droguée, mais on n'a encore aucune certitude. On peut encore essayer de lui parler mais ça risque d'être une perte de temps.

– Elle s'appelle comment ?

– Caroline Rickards.

– Vous avez vérifié ses antécédents, le truc habituel ?

Shipley prit un air dépité et chercha de l'aide du côté de Louise. En vain.

– On n'a pas trouvé grand-chose.

– Entrez son nom dans notre base de données, et faites ça bien. Je veux dire : méticuleusement. Je veux son portrait complet et détaillé. Pour voir si elle nous a dit la vérité.

– Bien, chef.

– Et tout ça aboutit à Rhys Durham. Pas à un fantôme. Lui, c'est un suspect bien réel, bien vivant. À partir de maintenant, tout ce que vous faites n'a qu'un objectif : trouver cet homme. Compris ?

Shipley hésita brièvement, mais assez pour que Locke commence à tourner les talons.

– Je vais demander à mes hommes de vérifier tout ce que vous avez trouvé jusqu'à maintenant. Je crois qu'on est tous d'accord pour dire qu'il est passé à la vitesse supérieure. Si on a de la chance, il a laissé des traces que nos techniciens vont pouvoir analyser. Ça nous donnera peut-être un indice.

– Oui, chef, répéta Shipley.

Louise entendit la dureté dans son intonation, même si elle sembla échapper à Locke.

– On va interroger les voisins et récupérer toutes les vidéos de surveillance.

Locke ne lui répondit pas et s'éloigna. Louise se tourna vers Shipley avec une expression faussement surprise.

– Il est sympa, je trouve.

– Il fait juste son boulot, répondit Shipley en triturant nerveusement ses mains. Il faut qu'on s'y habitue si on veut rester dans la course.

Louise sentit qu'elle perdait son calme à toute vitesse. La voix en elle s'était faite insupportablement apaisante, au point qu'elle ne l'écoutait même plus.

C'était à cause d'elle, pensa-t-elle. Cette femme assassinée, tous les autres… c'était de sa faute.

C'est pourquoi elle devait réagir, au lieu de rester là pendant que ces messieurs faisaient assaut de virilité et tentaient d'imposer leur supériorité. Elle prit sa décision.

– Ça te dit de t'occuper de l'enquête de voisinage ? Pendant ce temps je rentre au bureau et je prends de l'avance pour retrouver Rhys Durham. Il faut qu'on reste dans leurs petits papiers, pas vrai ?

Il la dévisagea puis acquiesça.

– OK, cool, bonne idée. On ne veut pas se faire larguer… Ça ne te dérange pas de t'en charger ?

– Non, t'inquiète, répondit-elle en souriant comme si l'idée était venue de Shipley. Je te retrouve plus tard.

Elle s'éloigna sans se retourner, sortit sa clé de voiture et déverrouilla les portes à distance. Une fois installée au volant, elle se cala contre l'appuie-tête et reprit contenance. Les yeux fermés, elle entendit la voix insister :

Dis quelque chose.

Elle aurait voulu s'endormir, tout mettre de côté et ne plus jamais y repenser. Elle aurait tant aimé s'ennuyer à nouveau, revenir à ce temps où elle pouvait ne penser à rien du tout.

Il est de retour.

Elle sursauta en entendant frapper lourdement à la vitre.

– Changement de programme ! annonça Shipley en criant. On a une autre scène de crime !

Trente minutes plus tard, elle se garait près d'une maison mitoyenne dans une rue identique à celle qu'elle venait de quitter. Shipley l'avait devancée de dix bonnes minutes. Il avait fait la route avec Locke plutôt qu'avec elle, sans doute pour passer un moment privilégié avec son nouveau patron, pensa-t-elle.

Les camionnettes de la police scientifique étaient déjà là. Une journée où ils ne volaient pas leur salaire. Ici, les curieux étaient moins nombreux, plus jeunes et plus salariés que dans le quartier de la ville d'où elle venait. La plupart auraient déjà dû être à leur travail, ou affectaient cette attitude de la classe moyenne en vigueur par ici. *On ne se mêle pas de ça, ça ne nous regarde pas.*

Elle se demandait si elle ne ferait pas mieux de penser la même chose. Elle sortit de sa voiture, avança vers la maison, tendit son insigne au policier en faction à l'entrée. Elle repéra Shipley qui l'attendait dans le hall et s'approcha. Il la dévisagea une seconde avant de se lancer dans une grande tirade.

– Encore un ! Et même deux ! Notre type n'a pas chômé cette nuit…

Il paraissait incrédule.

– Qu'est-ce qu'on a ? demanda Louise avec le pressentiment que quelque chose ne tournait pas rond. Tu es sûr que c'est lui ?

– Oh, oui. Ça ne fait aucun doute.

Une fois encore, elle remarqua qu'il avait du mal à contenir son excitation.

— Il a écrit son nom sur le mur avec leur sang.

— Un couple ? Chez eux ?

— Pas juste chez eux : dans leur lit ! Ils n'ont même pas pu se défendre. Le type, égorgé, sa femme poignardée en plein cœur et étranglée. Une vraie boucherie. Du sang partout.

Louise s'efforçait d'intégrer l'information.

— Et c'est arrivé cette nuit ?

— Ouais. Ils ont été vus pour la dernière fois vers 18 heures. Absents tous les deux au bureau ce matin. La femme faisait du covoiturage apparemment, elle prévenait toujours si elle n'était pas disponible... Quelqu'un s'est inquiété et s'est débrouillé pour contacter sa fille. Elle est venue il y a environ deux heures et les a trouvés... La pauvre a dû être emmenée à l'hôpital en état de choc.

— Ça ne tient pas debout, Paul, commença Louise en essayant de lui faire comprendre ce qu'elle savait déjà. Hazel Durham, je peux comprendre. Surtout si c'était Rhys, il y a une connexion personnelle. Mais là... Qui sont ces gens ? Ils ont un lien avec lui ?

Shipley soupira, mains sur les hanches, doigts légèrement écartés.

— Qu'est-ce que ça peut foutre ? On doit vraiment chercher à tout prix une logique aux faits et gestes de ce taré ? L'important, c'est qu'on a deux autres meurtres, une autre scène de crime et, peut-être, d'autres erreurs commises... Ça va de pire en pire, Louise. Il ne se cache même plus. Autrement dit : le dénouement est proche.

Louise se tut, lui laissant croire qu'il contrôlait encore la situation. Pourtant, ce pressentiment lancinant ne la quittait pas.

Il se renforça encore quand ils furent autorisés à jeter un coup d'œil dans la chambre. Le lit trempé de sang. Le mur derrière couvert d'éclaboussures dégoulinantes. Les tiroirs jetés au sol, leur contenu éparpillé. En de tout autres circonstances, ils auraient conclu à un cambriolage qui avait mal tourné, mais Louise se doutait que ce ne serait pas le cas cette fois.

– On croyait toujours qu'il venait nous voir quand on dormait, dit une voix dans l'escalier.

Louise essaya de l'ignorer mais son attention réclamait d'être arrachée à la scène qu'elle endurait.

– À cause de mon frère, je n'ai pas pu fermer l'œil pendant toute une semaine ! Il se cachait dans le placard au bout de mon lit et il me sautait dessus. Le petit salopard… Moi, j'étais couché depuis une demi-heure. Il sautait du placard en criant que c'était le Désosseur, qu'il venait me chercher…

– Cette histoire a fait le tour de toutes les familles.

– C'était notre légende, dans le coin. Tout le monde avait un truc à raconter sur lui. Qu'est-ce que tu en dis ? C'est lui qui revient ?

– Plutôt un cinglé qui se prend pour lui. C'est tout. N'empêche, ça fout les boules…

Louise secoua la tête, se demandant si tout le monde pouvait évacuer cette histoire aussi facilement que les deux flics invisibles.

Tu sais qu'il est mort. Ça ne peut pas être lui.

Elle s'éloigna de la porte tandis que la colère revenait gronder en elle. Sa tête se tourna d'un coup vers les policiers qu'elle avait entendus. Adossés contre le mur, dans l'escalier, ils avaient l'air totalement insouciants.

– J'aurais cru qu'il choisirait un peu mieux sa victime. Tu as vu sa tronche ?

La remarque hérissa Louise. Plus encore, les rires qui suivirent.

— Hé, vous deux ! Rendez-vous utiles, sortez ! Il y a un périmètre à sécuriser…

— Parce que maintenant on doit vous obéir ? demanda l'un avec un sourire de mépris. On s'assure que personne ne vient foutre le bordel sur la scène de crime, si ça ne vous dérange pas.

Avec un mince sourire, Louise avança jusque sur le palier, descendit quelques marches et s'arrêta juste au-dessus du policier qui lui avait répondu. Son rictus dédaigneux ne l'avait pas quitté. Elle sentit que ses mains se mettaient à trembler.

— Écoutez…

Il n'eut pas le temps d'en dire plus : l'agrippant par l'épaule, elle le repoussa d'une marche.

— Eh, gaffe !

— Vous sortez, *maintenant*.

Elle enserra son épaule de toutes ses forces pendant que l'autre policier dévalait l'escalier.

— Je ne vais plus le demander gentiment.

Une nouvelle poussée, il trébucha et faillit tomber en atteignant la dernière marche. Elle lui saisit encore l'épaule, sourit quand la douleur lui arracha un cri.

— Louise ?

Sur le palier, Shipley la regardait d'un air sévère. Elle desserra doucement sa prise, laissa le policier s'écarter, le visage stupéfait, la démarche instable.

— Je disais juste…

Elle ne put terminer sa phrase. Elle se demanda comment la situation en était arrivée là.

— Désolée.

Shipley se taisait. Elle regarda les deux hommes battre en retraite hors de la maison, puis :

— Ils racontaient des conneries alors…

L'expression sur le visage de Shipley et son petit mouvement de tête la dissuadèrent de poursuivre. Il disparut dans le couloir, elle s'appuya au mur de la cage d'escalier. Ferma les yeux. Tenta de retrouver une respiration normale.

35

Il sentait l'odeur du sang, les taches sur ses vêtements, sur son corps.

Impossible de la supprimer. Impossible de remonter le temps.

Il était le Désosseur.

Il ne voulait pas l'être.

Quelques jours auparavant, ça semblait être la chose à faire. Quelque chose de différent. Modifier sa vie, la rendre moins ordinaire. Ne plus être normal. Tout ce temps avait abouti à ce qui s'était passé la nuit dernière, mais à présent il le ressentait comme une erreur.

Il voyait tout en rouge sang, il sentait la mort à chaque coin de rue.

Ce n'était pas censé se passer comme ça.

Il frappa du poing le mur qu'il longeait, savoura la fulgurance de la douleur dans son poignet, dans son bras. Un homme marchant dans la direction opposée lui lança un coup d'œil rapide, mais ne soutint pas son regard. Ce type n'avait rien à craindre. Il n'avait pas à être inquiet comme lui. Il n'avait pas à vivre avec lui-même.

Il était innocent.

Il était retourné dans le bois, espérant pouvoir y trouver des réponses mais trop tard. C'était une scène de crime désormais. On déterrait les corps. On trouvait les indices.

La voix… avait disparu.

Elle n'était pas censée le dévorer ainsi.

Il avait fait une erreur.

Il cessa de faire les cent pas, choisit de repartir en direction du centre-ville. Il passa devant les entrepôts désaffectés qui s'alignaient le long des quais, attendant d'être détruits ou rénovés conformément à un énième plan d'urbanisme. Au loin, les grands immeubles étaient un autre rappel de la vie qu'il avait abandonnée. Sa vie normale, terne et ordinaire.

Il n'avait plus qu'un endroit en tête.

Il allait se faire arrêter, il le savait. Il ne pouvait pas garder tout ça en lui. Il ne pouvait pas vivre avec les visages de ce couple. Les bruits qu'ils avaient faits. Leur expression. Le choc et la stupeur de le trouver là, dans leur chambre, juste avant qu'il plonge la lame dans leur corps chaud.

Le bruit de la lame. Il le hanterait pour toujours.

Il aurait voulu avoir le courage de grimper en haut d'un de ces bâtiments, de marcher au bord du toit et de se jeter dans le vide pour se fracasser sur le trottoir.

Mais il connaissait l'ampleur de sa lâcheté. Il n'aurait jamais le cran de s'infliger une chose pareille.

La mort lui serait trop douce.

Il continuait de marcher, accélérait le pas alors qu'il repensait à la nuit passée et qu'une larme roulait sur sa joue. L'air autour de lui chatoyait et l'épuisement menaçait, une fois encore, de le submerger. Il ne pouvait pas l'accepter, même s'il mourait d'envie de se laisser tomber par terre. De sentir le bitume contre son visage et de fermer les yeux.

Le monde était noir, mauvais, mort.

Il avait d'abord tué l'homme, pensant qu'il avait fait le bon choix. À présent, il savait pourquoi il avait commencé par lui. Il savait ce qu'il voulait faire à la femme. Quelque chose à quoi il n'aurait jamais pensé. Il ne voulait pas qu'il soit témoin de ce qu'il allait faire.

Le Désosseur marchait toujours.

La réalité d'être lui était un fardeau pesant sur ses épaules. Un poids invisible qu'il portait à l'insu du monde.

Il arriva dans le centre-ville en quelques minutes, passa devant le Liver Building[1], les oiseaux juchés à son sommet le scrutèrent de leurs yeux aveugles. Il imaginait leurs piaillements méprisants en le regardant passer, lui le sale, lui le souillé. Il remonta la rue vers le centre commercial, se fondit dans la foule en quelques secondes.

Il les haïssait, tous. Ils n'auraient jamais à vivre avec les hurlements de ceux qui savent leur mort imminente. Ils n'étaient pas condamnés à passer le reste de leur existence hantés par ces visages…

Il passa devant la statue de la reine Victoria sur la place, jeta un regard vers l'édifice, conscient qu'il y reviendrait très vite. Descendit la rue, passa devant le grand magasin à l'entrée du centre commercial Liverpool One, continua de marcher. Il imaginait percevoir le dégoût des passants qu'il croisait, comme si tous savaient ce qu'il avait fait. La faute qu'il avait commise. Combien il était mauvais, répugnant, dangereux.

Boutiques de jeux vidéo, un ou deux restaurants, un magasin discount, un opticien… tout défilait dans

1. Le Royal Liver Building, siège de la compagnie d'assurances Liver construit en 1911 au bord du fleuve Mersey, est l'un des édifices emblématiques de Liverpool, avec ses deux tours couronnées d'une statue de *Liver Bird*, oiseau mythique qui est le symbole de la ville.

un grand flou, il avançait toujours vers l'endroit qu'il avait choisi.

Les gens allaient et venaient devant la banque à un coin de rue, en face d'un McDonald's, d'une boutique de vêtements et d'un emplacement désert. Il sentit une odeur de donuts en provenance d'un van vert à quelques mètres de là. Des gens sortaient d'un pub, s'engageaient dans une allée. C'était l'une des artères commerçantes les plus fréquentées du centre-ville, à l'écart de la circulation et des rues. La promenade toute désignée pour les amateurs de shopping.

Le Désosseur s'immobilisa puis tomba à genoux à quelques mètres d'un homme revêtu d'un horrible – et sûrement pas officiel – déguisement de Mickey qui offrait des ballons aux enfants ?

— Ça va, mec ?

— Vous avez buté sur quelque chose ?

Il ignora les voix. S'accorda un repos de quelques secondes. Conscient de ce qui allait se passer ensuite.

Il sortit de son blouson le couteau, le brandit. Des gens s'arrêtèrent devant lui mais il n'écoutait pas leurs questions.

— Le Désosseur arrive, le Désosseur existe. Il ne s'arrête jamais, il ne ressent rien…

Sa voix éraillée s'amplifiait à chaque mot jusqu'à devenir stridente.

— Il t'attrapera, il te fera pleurer, il coupera dans ta chair et gardera tes os.

Le flot des passants continuait de s'écouler, les gens le jaugeaient rapidement du regard avant de reprendre leur route.

— Je suis le Désosseur, je suis là ! J'ai tué des gens, j'ai tué un couple dans son lit cette nuit… je suis le Désosseur !

Des applaudissements retentirent, suivis de rires… Quelques passants croisèrent son regard et se détournèrent aussitôt. Il attendait que quelqu'un l'arrête.

— Je suis là. J'attends. Je vais recommencer sauf si vous m'arrêtez

— … Il s'est évadé d'Ashworth[1] ou quoi ?

— Il faut appeler quelqu'un !

— V'là un *bizzie*[2], il va s'en occuper.

Il patienta, regarda à gauche et à droite, s'attendant à voir quelqu'un approcher.

— Je suis un tueur ! répéta-t-il avec un cri rauque. Et je vais recommencer, encore et encore… J'ai aimé ça… Je les ai regardés mourir… Comme à chaque fois…

Il aperçut un policier qui avançait vers lui sans le quitter des yeux, tout en parlant dans sa radio. Le Désosseur brandit son couteau un peu plus haut.

— Je les ai tués avec cette lame ! Elle est encore tachée de leur sang… je sens son odeur…

Le policier courait à présent. Le Désosseur éclata de rire, et se remit à chanter.

---

1. Asile psychiatrique carcéral de haute sécurité situé dans le comté de Merseyside.
2. « Flic » en argot de Liverpool.

36

— Tu m'expliques ce qui s'est passé ?

Louise était appuyée contre sa voiture, bras croisés. Elle aurait voulu trouver quoi répondre à Shipley.

— On ne peut pas se permettre de…

— Oh, arrête, OK ? l'interrompit-elle. Je sais que tu rêves de frimer avec ceux de la Criminelle mais, pour l'instant, on est dans le même bateau.

— D'accord, du calme.

— Ne me dis pas de me calmer ! Je suis tout à fait calme.

Elle sentait encore monter en elle ce sentiment.

— C'est bon, ça va.

Elle se laissa le temps de souffler, attendit un moment ou deux avant de prendre le risque de parler.

— Écoute, je suis désolée. Ils étaient là, à ne rien faire. On aurait dit qu'ils ne prenaient pas ça au sérieux, alors qu'il y avait deux cadavres juste à côté. Il fallait les remettre à leur place.

Shipley leva les mains, sans répondre. Louise allait dire quelque chose mais son téléphone sonna. Il prit l'appel.

— Sérieux ? Où ça ?… OK, on arrive tout de suite.

Il se tourna vers Louise en raccrochant.

— Tu ne devineras jamais.

— C'est juste un taré, décréta Locke quand Louise reprit le fil de la conversation qui se déroulait depuis quelques minutes maintenant.

Elle était restée inactive jusqu'à présent, laissant Shipley mener la discussion, espérant qu'il comprendrait la manœuvre – la Criminelle laissait les petits nouveaux sur la touche à mesure que l'étau se resserrait.

— Vous allez prendre sa déposition et, une fois qu'on aura la preuve qu'il n'y est pour rien, vous allez gentiment le renvoyer chez lui.

— Chef, vous ne pensez pas que c'est une perte de temps ?

Il y avait une tonalité implorante dans la voix de Shipley, qui ne voulait pas écoper de l'interrogatoire d'un cinglé qui avait décidé d'avouer des meurtres qu'il ne pouvait pas avoir commis. Son excitation avait reflué aussi vite qu'elle s'était déclenchée, dès qu'il avait appris les conditions de l'arrestation.

— C'est possible, mais on ne doit rien écarter.

Locke consulta sa montre pour la cinquième fois depuis leur arrivée.

— Allez, au boulot et après on fera le point. J'imagine que son histoire ne va pas tenir la route très longtemps. J'ai une conférence de presse importante dans un quart d'heure, je dois parler à mes gars avant.

Shipley attendit le départ de Locke pour se tourner vers Louise.

— Quels imbéciles… On leur apporte l'affaire sur un plateau et on se fait éjecter.

— Pas vraiment.

Louise avait envie de tendre la main et de toucher son bras, de le rassurer. Il ne voyait pas combien tout ça était dérisoire. Il essayait juste de devenir quelqu'un qu'il n'était pas, de faire partie d'un monde où il n'avait pas sa place.

— Écoute, on peut tout boucler en une heure et revenir bosser.

— Je connais ce genre de fous… On va rester coincés des heures à l'écouter débiter ses conneries.

Louise lut les notes du policier qui avait procédé à l'interpellation.

— Il tenait un couteau et prétendait qu'il s'agit de l'arme du crime. Elle est en train d'être analysée, mais les résultats ne sont pas pour tout de suite.

— Tu paries combien que c'est son propre sang ? Absurde… quelle perte de temps… On devrait être avec les autres, à battre le fer tant qu'il est chaud. En train de chercher Rhys Durham, de parler à ces gens…

La phrase resta en suspens. La colère et la frustration avaient raison de Shipley, pensa Louise.

Si seulement il savait.

— Viens, finissons-en, dit-elle en lui tapotant rapidement l'épaule. Plus vite on règle cette histoire, plus vite on peut te remettre en selle, super-enquêteur !

Il sourit malgré lui. Louise accepta ce fugace signe de réchauffement, et ils quittèrent le bureau.

Ils descendirent au sous-sol, croisèrent quelques policiers de garde dans le couloir menant aux salles d'interrogatoire et aux cellules. Louise jeta un premier coup d'œil au suspect – rien de bien impressionnant.

Après l'avoir conduit dans la salle et s'être assise devant lui, elle était encore moins impressionnée.

Elle prépara le dictaphone pendant que Shipley passait par la séquence habituelle : lecture de ses droits et de ses choix. Il avait confirmé ne pas vouloir d'avocat – ni en avoir besoin –, ce qui n'avait pas surpris Louise. Quand on aime faire le show, on préfère ne pas être interrompu par quelqu'un qui essaie de vous protéger. Elle se demanda s'ils ne feraient pas mieux, eux aussi, de se taire, mais ce n'était pas le moment de se poser la question.

Il était jeune. Ça sautait aux yeux. Beaucoup trop pour être l'homme qu'ils cherchaient. Elle se dit que Shipley s'était sûrement fait la même remarque. L'homme n'avait donné que son nom au sergent de garde. Il avait l'air famélique, des cheveux en bataille, crasseux – sans doute son apparence habituelle plutôt que le résultat de plusieurs heures passées en cellule sur une maigre paillasse.

On lui avait retiré ses vêtements pour les faire analyser, avec son couteau. Louise se surprit à chercher sur son corps des entailles qu'il aurait pu se faire pour tacher de sang sa chemise noire et son jean.

Ses pommettes étaient protubérantes, étonnamment anguleuses. Çà et là, un duvet d'adolescent. À mieux y regarder, Louise s'aperçut qu'il était un peu plus vieux qu'elle l'avait d'abord cru – pas plus de vingt, vingt et un ans, tout de même.

— S'il vous plaît, dites-nous votre nom pour l'enregistrement, commença Shipley au signal de Louise.

— Le Désosseur.

Louise remarqua le vacillement dans sa voix, comme s'il s'était préparé à cette déclaration mais qu'il hésitait, maintenant que le moment était venu.

— Et votre vrai nom ? De baptême ?

Nouvelle hésitation. On aurait dit qu'il ne s'était pas attendu à cette question.

— Euh… Steven. Steven Harris.

— Pourquoi vous vous présentez comme le Désosseur ?

— Parce que c'est moi. C'est en cela que je me suis transformé.

Shipley se tourna vers Louise en roulant des yeux.

— Et vous êtes ici pour avouer un meurtre.

— Pas un seul meurtre, corrigea-t-il, soudain plus animé. Des tas. C'est moi qui les ai tués, tous. C'est ce que je suis. Je tue des gens.

— Commençons par le commencement, intervint Louise calmement.

Elle essayait de trouver le regard de Steven mais il ne semblait pas tenir en place.

— Pourquoi êtes-vous allé en ville aujourd'hui, et pourquoi avoir fait ces *aveux* ?

— Je les voyais sans arrêt.

— Qui ça ?

— Les deux personnes dans la chambre. L'homme et la femme. Ils me parlaient, ils me disaient que je devais avouer mon crime… Ça a été la plus longue nuit de ma vie.

— Et qui sont ces gens, Steven ?

— Je suis le Désosseur.

L'écho de sa voix résonnait entre les murs. Louise sentit Shipley se tendre à côté d'elle. Il recula légèrement sa chaise.

— C'est ce que je suis, à présent.

— D'accord, d'accord, fit Louise en tendant les mains. Expliquez-nous pourquoi vous pensez être la personne qui a fait ça.

Steven lui sourit, révélant des dents tachées et noires par endroits.

— Parce que je l'ai fait. Tout ça, c'est moi qui l'ai fait.

— On perd notre temps, murmura Shipley, assez fort pour que Louise l'entende en espérant qu'il échapperait au dictaphone.

— Alors, décrivez-nous en détail comment ça s'est passé, reprit-elle en ignorant la remarque.

— J'ai attendu et j'ai fait exactement ce que j'étais censé faire.

Il parlait d'une voix mesurée, désormais, comme s'il racontait un souvenir.

— Je suis resté dans le jardin, puis j'ai ouvert la porte et je suis entré. Ils étaient au lit. Je suis monté à l'étage et je l'ai tué en premier. Ensuite, je l'ai tuée, elle.

Louise sortit le rapport de la police scientifique, commença à le parcourir en silence. Très peu de détails avaient été rendus publics pour le moment, mais un simple rapport préliminaire lui avait déjà permis de se familiariser avec le scénario. Elle l'avait lu quelques heures plus tôt et s'en souvenait assez bien. La journée lui donnait l'impression d'avoir duré une semaine.

— Parlez-moi de la chambre. Qu'est-ce que vous avez vu ?

— Un lit double. La housse de couette à motifs à fleurs. Deux placards qui se faisaient face. Deux tables de chevet de chaque côté du lit. De son côté à lui, un radioréveil. La femme, elle, avait une lampe et son téléphone. La moquette, dans les tons beiges. Quand j'ai planté la lame dans son cou, le type n'a pas fait le moindre bruit. Mais il s'est pissé dessus. Je l'ai senti.

Louise écoutait, les yeux écarquillés. S'il était en train d'improviser, il s'en sortait très bien. Elle fit glisser le dossier vers Shipley pour qu'il en prenne connaissance. Pour l'instant, Steven Harris n'avait omis aucun détail.

— J'ai écrit sur les murs avec leur sang.

La confirmation était là. Shipley se redressa sur sa chaise, avec un lent soupir, tandis que Louise tentait de comprendre à quoi ils avaient affaire.

Un copycat[1] ?

---

1. Criminel reproduisant le mode opératoire d'autres criminels, parfois comme une sorte d'hommage.

— Donc, vous êtes le Désosseur, reprit Shipley en revenant à Steven. La nuit dernière, vous avez tué un couple dans son lit. Ensuite, qu'avez-vous fait ?

— Je les ai observés un moment.

Il tira sur la manche du sweat-shirt trop large qu'on lui avait donné et s'essuya le visage avec.

— Combien de temps au juste, je ne pourrais pas dire. Longtemps. Trop longtemps. Ça a été mon erreur. Je suis retourné dans le bois mais… ce n'était plus aussi calme. Après, j'ai marché. Je me suis retrouvé en ville. Il fallait que ça s'arrête. Toujours, je voyais leur visage…

— Après, vous n'êtes allé nulle part ailleurs que dans le bois ?

Shipley perdait patience.

— Vous n'êtes pas allé dans le sud de la ville ? Vous n'avez rien fait, là-bas ?

Steven secoua la tête.

— J'ai tué ces gens. Et il y en a eu d'autres. Les cadavres dans le bois, près de Speke… Je savais qu'ils étaient là. C'est moi qui les ai mis.

— Tous ? demanda Louise en commençant à recomposer le puzzle. Mais vous avez quel âge ?

— Le Désosseur est aussi vieux que cette ville…

Elle n'avait pas l'intention d'écouter son vibrant éloge.

— Ouais, ouais, mais quel âge vous avez, vraiment ? Vous êtes né quand ?

Il parut abattu, comme s'il se sentait plus sûr de lui quand il parlait de tout sauf de sa vie réelle.

— J'ai vingt et un ans. Mais je me sens beaucoup plus vieux.

— Et vous nous dites que vous avez tué et enterré les gens que nous avons trouvés dans ce bois quand vous aviez… cinq ou six ans ?

Steven sembla prêt à formuler une réponse, mais il referma la bouche.

– Parlez-moi encore des gens que vous avez tués chez eux. Quelle rue ? Et vous avez vu quoi ?

– Je vous l'ai dit, j'étais là. Je l'ai fait. Et je recommencerais si je pouvais. Et encore. Tant que vous ne m'envoyez pas en prison. Faites analyser le couteau. C'est leur sang, sur la lame. C'est l'arme que j'ai utilisée.

Louise se pencha vers le jeune homme.

– Et la femme, Steven ? Qu'est-ce que vous lui avez fait ? Racontez-moi.

Il changea de position sur sa chaise.

– Je ne veux pas en parler.

– C'est dans les médias que vous avez entendu parler des cadavres dans le bois, c'est ça ? Vous avez mélangé tout ça avec une envie que vous aviez depuis longtemps, et vous vous êtes dit que vous alliez pouvoir passer à l'acte en faisant porter le chapeau au même tueur… C'est la vérité, non ? Vous n'avez rien à voir avec les cadavres dans le bois. Rien !

– Si !

Il avait répondu en criant. Louise ne lui fit pas le plaisir de réagir.

– Je sais tout sur eux. Nous ne sommes qu'un. Tout ce que le Désosseur a fait, je l'ai fait. C'est comme ça que ça fonctionne.

– Steven, pourquoi vous les avez tués ? essaya Shipley pour éviter que le silence les engloutisse.

Le jeune homme haussa les épaules.

– Je voulais juste savoir ce que ça faisait, de tuer quelqu'un. Être le Désosseur m'a permis de le découvrir.

Louise se rassit, prit le temps d'intégrer l'information. Et toute l'histoire. Shipley soupçonnait déjà

Steven d'être un *copycat*, ça semblait évident. Difficile de penser qu'il puisse s'agir d'autre chose.

Puis elle pensa aux yeux sombres dont avait parlé la mère de Nathan Coldfield. La familiarité qu'elle avait ressentie. Elle avait déjà vu des yeux de ce genre…

La photo dans le carton sur le lit, dans sa chambre.

Les mêmes yeux fixant l'objectif, vides de toute expression, comme si une lumière s'y était éteinte et n'avait jamais pu être réparée.

37

En sortant de l'hôpital, Caroline avait une destination bien précise en tête. La seule qui ait un sens pour elle.

Le bois.

Pas celui dont elle était parvenue à s'échapper in extremis quelques jours auparavant. Elle savait qu'il n'y avait plus rien là-bas.

Celui plus au nord.

Elle avait été surprise de pouvoir si facilement signer le registre de sortie. Contre l'avis des médecins, bien sûr, mais elle avait eu l'impression qu'ils étaient plutôt contents de la voir partir. Enfin, elle libérait son lit ! Ils allaient pouvoir y mettre un autre malade, dont ils seraient tout aussi impatients de se débarrasser, pensa-t-elle.

Elle avait imaginé que la police serait prévenue et aurait son mot à dire mais Caroline avait pu franchir la porte de sortie sans encombre.

Elle se demanda si elle avait su, en son for intérieur, qu'elle allait suivre ce plan. Est-ce qu'elle avait utilisé un autre nom de famille au bureau et pour la police parce qu'elle avait toujours su qu'à un moment donné, elle aurait besoin de disparaître ?

Elle se prénommait bien Caroline, mais Caroline *Rickards* n'existait pas.

Cela faisait longtemps qu'elle voulait être quelqu'un d'autre. Elle avait décidé de sauter le pas et de tirer un trait sur son passé.

Peut-être tout simplement parce qu'elle ne voulait pas avoir à répondre à des questions sur ce qui s'était passé deux décennies plus tôt.

Ce qu'elle avait prévu d'expier.

D'abord, elle devait faire ce qu'elle aurait dû faire depuis bien longtemps. Quelque chose qu'elle avait laissé couver.

Si elle revenait, elle devait la voir une dernière fois. Au cas où elle ne pourrait pas s'échapper de nouveau.

En sortant du taxi et en marchant sur le trottoir, elle eut brièvement l'impression qu'elle s'éloignait de tout ça. Qu'elle abandonnait tout pour ne plus jamais penser à ce qu'elle laissait derrière elle. Une part d'elle-même ne voulait rien de plus : juste être capable de vivre sa vie sans se soucier de son passé.

De la raison pour laquelle elle s'était retrouvée dans ce bois.

Elle respira profondément et, avec une nostalgie lancinante, ouvrit le portail donnant sur l'allée. La maison devant elle lui parut si familière, et pourtant si éloignée de sa vie actuelle. Son propre souvenir lui était devenu étranger.

Elle se revit, sur une autre allée. Quand tout avait commencé. La sensation de perte, la boule au fond de son estomac. Elle ne pouvait pas savoir, à l'époque. Personne n'aurait pu.

Caroline avança, le ventre perclus de douleur là où la chair continuait à se suturer, à cicatriser.

Elle frappa à la porte, attendit qu'elle s'ouvre. Et que son passé l'enveloppe.

38

Steven Harris avait été ramené dans sa cellule. Ils avaient essayé de lui soutirer plus d'informations, pour se rendre compte assez rapidement qu'il n'avait plus rien d'exploitable à leur dire dans l'immédiat. Si monologuer en boucle devenait un jour une discipline olympique, Louise aurait parié que Steven pouvait monter sur le podium.

— Il a tué ce couple, dit Shipley en secouant la tête et en s'appuyant au mur. Je ne sais pas quoi vous dire, chef, mais je ne vois pas comment il peut en savoir autant sur la scène de crime s'il ne s'y trouvait pas la nuit dernière.

— Compris, répondit Locke en se frottant la nuque comme s'il essayait d'assouplir une contraction.

Louise se dit qu'il n'était pas près d'oublier leur nom, maintenant. Le vœu de Shipley était exaucé.

— Il a quel âge ? reprit Locke. Il est peut-être plus vieux qu'il le prétend ?

Sa voix semblait implorer la chance pour qu'elle aille dans son sens.

— Vingt et un ans, selon lui. Et je crois qu'il dit la vérité. Quand on est devant lui, assez près, on voit qu'il est vraiment jeune.

— Et puis, il est dans notre base de données, intervint Louise pour la première fois depuis qu'ils avaient quitté la salle d'interrogatoire et étaient tombés sur Locke. Il ne ment pas. Il est trop jeune.

— Il a avoué le meurtre du couple ?

— Oui. Tout. Ça ne fait aucun doute. Maintenant, pourquoi il avoue ce meurtre et pas celui d'Hazel Durham la même nuit ?

— Parce que ce n'était pas lui ? répondit Louise. À toi de me dire. Des traces d'agression sexuelle sur Hazel Durham ? Non. Seulement sur l'autre femme.

Le calme était revenu à présent, loin des bureaux et des cellules dans le couloir. Steven Harris était retourné sur sa paillasse mais elle ne pensait pas qu'il y resterait très longtemps.

— Salle de réunion, dans cinq minutes, lâcha Locke avec un rictus abattu et un affaissement d'épaules encore plus prononcé. On a affaire à un *copycat*, c'est tout, mais on va encore devoir perdre un peu de temps avec lui.

Il s'éloigna et disparut. Une fois hors de portée d'oreille, Shipley se tourna vers Louise.

— Il est trop jeune pour avoir un rapport avec les autres meurtres, enfin ! Sauf si le Désosseur a un fils qu'il emmenait dans ses petites randonnées mortelles en forêt. On peut prendre sa photo d'identité et la montrer à Caroline, à l'hôpital, pour voir si elle le reconnaît – mais je crois que c'est assez clair : c'est un *copycat*. Un opportuniste. Avec un gros problème mental mais un opportuniste quand même. Je m'occuperai du rapport d'interrogatoire quand on aura bouclé les vérifications sur lui. Je ne veux pas qu'on se débarrasse de ses aveux parce qu'il décide brusquement d'accepter qu'il a des problèmes.

— Tu penses qu'il n'y a aucun lien, alors ?

— Toi, oui ?

Il avait presque ri en parlant.

— Il a juste saisi l'occasion d'accomplir un acte auquel il pensait depuis longtemps. Seulement il n'a pas assumé la réalité du viol et du meurtre. Au moins, on n'a pas complètement perdu notre temps. Et maintenant, on retourne à la véritable affaire.

Louise ne dit rien, laissant Shipley persister dans la théorie que les deux affaires n'avaient aucun rapport.

Elle n'était pas du même avis. Quelque chose lui disait que tout était lié. Que les coïncidences n'existaient pas. Il y avait l'instinct. Son instinct. Il lui soufflait que rien n'avait plus de sens, sauf si ces affaires étaient connectées.

Ils rejoignirent la salle d'enquête de la Brigade criminelle, l'esprit encore occupé par les événements de la semaine. Chaque meurtre, chaque découverte ramenait toujours au même endroit. Le bois, où la légende du Désosseur était née il y a bien longtemps.

— Au fait, dit Shipley, les rapports scientifiques sur les premiers cadavres sont arrivés.

Il se rendit à l'autre bout de la salle, devant le tableau blanc où étaient rassemblées les notes des enquêteurs. Tous les détails sur chaque victime déterrée ou trouvée dans la rue y figuraient. Les yeux de Louise tombèrent sur la photo de Caroline sur le lit d'hôpital où elle avait élu domicile depuis trois jours.

— Huit corps déterrés, poursuivit Shipley. Et des noms pour la plupart.

Un enquêteur s'approcha d'eux.

— La mère d'Adam Porter est passée à la télé ce matin. Bien sûr, elle nous a à peine laissés l'interroger.

— J'imagine qu'elle nous considère comme responsables de sa mort, ironisa Shipley avec un sourire. En même temps, si elle se plaint à d'autres que nous, ça nous permettra peut-être de trouver le meurtrier de son fils sans être dérangés.

— Le problème, c'est que ça a provoqué bien plus qu'un simple dérangement…

Louise se tourna vers la télé que l'enquêteur leur indiquait. Sur la bannière jaune au bas de l'écran, un texte défilait. Un journaliste intervenant depuis le centre-ville.

Là où Steven Harris avait été interpellé.

— Ils sont partout en ville maintenant, dit l'enquêteur.

Louise aurait voulu connaître son nom pour pouvoir lui dire de la fermer.

— Et on en a aussi qui campent devant l'entrée. En quelques heures, c'est devenu la principale info.

— Ça arrive souvent avec les tueurs en série.

Louise s'approcha de la télé au moment où quelqu'un montait le volume.

« *Ouais, ils disent que c'est bien cette histoire pour enfants, cette légende qu'on connaît tous par cœur: le Désosseur. Moi, j'ai toujours dit qu'il existait! J'ai un ami qui a disparu un jour après être parti se promener dans un bois. Je lui ai déconseillé d'y aller mais il n'a rien voulu entendre. Pour tout le monde, c'était une bête histoire de fantôme mais si ça se trouve, il vit dans le bois depuis tout ce temps, et il attend…* »

— Louise, dit Shipley, accélérant un peu les battements de son cœur. Ils nous attendent.

Elle détacha ses yeux de l'écran et le suivit jusqu'à la salle de réunion. Elle pensait aux journalistes et à tous les médias qui convergeaient vers la ville. Prêts à poser des questions, à décortiquer toute l'histoire… à en inventer une, même. Elle savait qu'elle et les autres enquêteurs en seraient en partie protégés, mais elle percevait déjà une pression nouvelle dans l'équipe. Des officiers allaient faire leur apparition en coulisses, recrutés en renfort dans d'autres commissariats de la ville.

C'était désormais l'enquête criminelle la plus importante à Liverpool depuis très longtemps.

Douze meurtres confirmés, tous attribués au même tueur.

Un tueur en série actif depuis des années à l'insu de tous.

— Toutes les victimes retrouvées dans le bois et identifiées partagent le même background, commença Locke aux enquêteurs rassemblés dans la salle quand Louise et Shipley firent leur entrée.

Elle s'assit et se concentra sur Locke plutôt que sur les photos des victimes sur le tableau blanc.

— Presque toutes, c'est bien ça ? ajouta-t-il à l'attention de l'officier à côté de lui.

— Presque, oui.

— D'accord, presque toutes les victimes. Adam Porter était différent. Lui, il s'est juste… perdu, ou quelque chose comme ça. Les autres étaient des SDF ou des réfugiés hébergés dans des centres d'accueil. Des victimes qu'on oublie facilement. C'est sûrement pour ça que leur disparition n'a pas été signalée. Personne ne s'attend à voir ce genre de types rester très longtemps dans le coin…

— Et le corps trouvé dans la cabane demanda une voix derrière Louise. C'était qui ?

Locke vérifia le dossier devant lui.

— Carl Groves. Un autre type de la région. Il vivait dans un foyer à environ deux kilomètres de Speke. D'après les gens interrogés là-bas, il avait l'habitude de beaucoup marcher. Certains habitués disent qu'il lui arrivait de se rendre à pied jusqu'à Hale. Cette fois, il est allé se promener au mauvais endroit… En ce moment, nous avons un type en cellule, juste en dessous, qui prétend avoir tué le couple la nuit dernière. Tout semble indiquer qu'il s'agit d'un *copycat*. Nos amis du commissariat de Sefton ont obtenu ses aveux, ils auront bouclé le dossier d'ici ce soir.

Les enquêteurs se tournèrent vers Shipley et Louise. Cette dernière continuait à fixer Locke. Il reprit son exposé de la situation mais elle ne l'écoutait que par intermittence. Ils savaient déjà tout ça. Quelqu'un avait tué douze personnes, ils n'avaient rien à part le nom de Rhys Durham et quelqu'un qui ne voyait aucun inconvénient à entrer chez les gens et à les tuer jusque dans la rue.

– L'affaire concerne aussi Hazel Durham, ce qui nous ramène à Rhys Durham. C'est notre homme.

Autrement dit, il tuait déjà quand il était tout jeune homme, songea Louise.

– Et il passe à la vitesse supérieure…

Un instant, elle crut qu'on l'avait entendue ricaner mais, personne ne semblant prêter attention à elle, elle en conclut qu'elle n'avait rien à craindre. C'était devenu une formule automatique chaque fois que des crimes se produisaient de façon rapprochée. « Passer à la vitesse supérieure… » Comme si douze personnes n'étaient pas déjà assez, malgré le laps de temps assez long entre les meurtres.

Ça fait longtemps qu'il est passé à la vitesse supérieure, pensa Louise.

– Et Caroline ? demanda Shipley, interrompant ses réflexions. On peut retourner l'interroger, pourquoi pas lui montrer une photo de Steven Harris pour vérifier qu'il n'est pas impliqué ?

– Excellente idée, répondit Locke. Mais elle a quitté l'hôpital il y a environ deux heures. On est en train d'essayer de la localiser. Elle n'était pas à l'adresse qu'elle avait indiquée quand nos hommes sont allés chez elle.

– On peut s'en occuper, Louise et moi, proposa aussitôt Shipley.

Louise hocha la tête pour renforcer l'effet auprès de Locke.

– Ouais, faites ça… Mais terminez d'abord avec Steven Harris.

La salle était bondée à présent, remplie d'enquêteurs. La machine s'agrandissait en même temps que les engrenages représentés par Shipley et Louise diminuaient.

– Écoutez-moi, je veux tout le monde dans la rue ! Maintenant que les renforts sont là, on a toute latitude pour agir ! Mettez-vous en contact avec les agents, faites du porte-à-porte… Il y a forcément quelqu'un, quelque part, qui a vu quelque chose. C'est en général comme ça qu'on trouve des réponses. Je sais que certains parmi vous vérifient toutes les vidéos de caméras de surveillance, prévenez-moi dès que vous avez du nouveau. Toute la zone autour de la maison d'Hazel Durham doit être couverte. Et toutes les personnes dans le périmètre interrogées. Aucun détail ne doit être négligé !

Louise se désintéressa des platitudes habituelles énumérées par Locke. De toute évidence, il se passait quelque chose de bien plus important que ce qu'on voulait bien leur dire. L'enquête entamée à deux impliquait désormais une multitude d'enquêteurs dont, apparemment, elle ne connaîtrait jamais les noms. Elle et Shipley n'étaient qu'une parenthèse sans importance. Tout en se rongeant un ongle, elle réfléchit au prochain coup à jouer.

Peut-être revenir à ce message dans sa cuisine. À sa signification. Et si tout ce qu'elle savait de son passé n'avait été qu'un mensonge ?

Le carton sur son lit, rempli de souvenirs d'un temps qu'elle ne se rappelait pas vraiment. Si flou, si déformé…

Mais d'abord, on lui avait confié une mission.

Elle devait parler à Steven Harris.

Elle devait en avoir le cœur net.

39

Une nouvelle fois, Steven était assis devant eux, mais il paraissait plus petit, plus maigre et plus effrayé que la veille. Comme si la vie avait commencé à s'échapper de lui, ne laissant plus que la frêle coquille d'un jeune homme.

– Pourquoi êtes-vous entré dans cette maison ? demanda Shipley en reprenant l'interrogatoire là où il l'avait laissé.

– Pour tuer ceux qui y vivaient.

Il avait parlé d'un ton détaché, factuel, vide d'émotion, comme s'il décrivait ses achats après une virée shopping.

– Les voix m'ont donné l'ordre. J'ai obéi.

– Et comment êtes-vous entré ?

– Je vous l'ai déjà dit…

Du bout de l'index, Steven traçait un cercle sur la table.

– Pourquoi vous m'obligez à répéter ?

– Steven, comment êtes-vous entré dans la maison ?

– Arrêtez de m'appeler comme ça. Je suis le Désosseur. Quand on parle de ça, je suis le Désosseur, pas Steven. Steven ne ferait jamais des choses pareilles.

Steven n'avait aucun scrupule à parler de lui à la troisième personne, remarqua Louise. La dissociation entre ses actes et celui qu'il croyait être avait quelque chose d'alarmant. Elle savait ce qu'un avocat pouvait faire d'une telle information. Il semblait osciller en permanence entre émotion et indifférence. Elle savait que s'il s'était rendu en ville et s'il se trouvait dans cette salle d'interrogatoire, c'était par culpabilité, mais il paraissait parfois capable de l'ignorer totalement. Et puis, il venait d'ajouter cette histoire de voix. Bien essayé, pensa-t-elle, mais elle n'y croyait absolument pas.

– Expliquez-nous encore une fois, s'il vous plaît, insista Shipley avec une voix mesurée.

– Je suis entré dans la maison. Je n'ai pas eu besoin de forcer la porte. Il… l'homme qui vivait là a laissé la porte de derrière ouverte après être sorti fumer. C'était facile. J'ai attendu qu'il finisse et retourne à l'intérieur, et je suis entré.

– Vous attendiez où ?

– Dans le jardin. Caché. Personne ne m'a vu. Ensuite, une fois dans la maison, je me suis glissé sous le lit de la chambre d'amis.

Louise pensa au petit homme tapi derrière la maison. Elle n'avait jeté qu'un rapide coup d'œil au jardin mais elle comprenait comment il avait procédé. La pelouse était entourée de buissons, rien de plus facile pour devenir invisible que de s'y cacher.

Elle pensa aussi à cet inconnu caché sous le lit dans une chambre presque inutilisée. On ne peut jamais être certain de ce qui se trouve dans le lieu où on est censé se sentir le plus en sécurité.

Comme en attestaient les morceaux de bois calcinés sur le bar de sa cuisine.

– Vous avez dû attendre longtemps, remarqua Shipley, professionnel et impassible.

Louise se dit que l'enregistrement de l'interrogatoire serait sûrement rendu public une fois Steven reconnu coupable à son procès. Diffusé en boucle dans les émissions sur les grandes affaires criminelles – l'absence de culpabilité, ça fait frémir les foules. Ou alors, plus vraisemblablement, montré à un jury pour prouver l'irresponsabilité mentale de Steven.

— Bien obligé, répondit le jeune homme avant de boire une gorgée d'eau. Sinon ça n'aurait pas été comme il fallait…

— Pourquoi ça ?

— Ce n'est pas de cette façon que le Désosseur travaille. Je ne pouvais pas aller directement dans leur chambre, il fallait attendre le bon moment. Ils ne devaient pas savoir que j'étais là. Sinon il n'aurait pas été content…

Shipley ne sembla pas relever la dernière remarque. Louise, si. Elle grilla la politesse à Shipley, sur le point de passer à autre chose.

— Qui n'aurait pas été content ?

— Le Désosseur.

— Je croyais que c'était vous, le Désosseur ? demanda-t-elle d'un air innocent. C'est bien ce que vous nous avez dit, n'est-ce pas ? Pourquoi vous n'auriez pas été content de vous-même ?

— Je le suis. C'est avant que je ne l'étais pas. C'est ça que je dis.

— Expliquez-moi ça, intervint Shipley. Je ne comprends pas. Qui est le Désosseur, alors ?

— Moi.

— Mais il y a quelqu'un d'autre aussi ? Il y en a un autre qui vous a dit comment faire ce que vous avez fait ?

— Il y en a beaucoup, qui parlent tous en même temps. On fait tous le même travail.

Shipley regarda Louise avec un léger dodelinement de la tête.

Il ne croyait pas Steven, se dit-elle. Il s'en tenait à une histoire de voix entendues, quand elle soupçonnait tout autre chose.

Shipley reprit ses questions, et Louise ses réflexions sur la suite de l'affaire.

L'enquête allait se terminer et elle savait qu'on n'aurait bientôt plus besoin de ses services. Autrement dit, elle allait pouvoir se concentrer sur sa propre situation.

Laisser tout ça derrière elle et voir si les fantômes de son passé étaient vraiment de retour.

Elle continua tout de même d'écouter l'interrogatoire qui, décidément, tournait en rond. Aucune information nouvelle et Shipley de plus en plus exaspéré.

À la fin, plus aucun doute ne subsistait dans l'esprit de Louise. Malgré les troubles évidents dont souffrait Steven Harris, il s'était montré le plus mal à l'aise en évoquant un aspect particulier de son crime.

— Qu'avez-vous fait à Karen Marshall après l'avoir tuée, Steven ?

— Rien.

— Vous n'avez pas retiré la couette pour voir son corps ?

— Je ne m'en souviens pas.

— Vous vous en souvenez parfaitement. Je vois bien que vous êtes prêt à en parler aujourd'hui, n'est-ce pas ? Vous avez envie de nous dire ce que vous lui avez fait après l'avoir poignardée. Pourquoi ne pas vous concentrer sur cette partie de l'histoire ?

— Parce que je n'étais pas censé agir ainsi. Je n'étais pas censé la toucher de cette façon.

— De quelle façon ?

— J'ai couché avec elle.

Une colère brûlante monta dans la gorge de Louise quand elle pensa à l'absurdité de cette expression. Comme si violer une femme morte revenait à coucher avec elle.

— Elle était encore en vie ?

— Je ne savais pas. Si je l'avais su, je ne l'aurais pas fait. J'aurais attendu qu'elle soit morte pour de bon.

Comme si c'était moins accablant.

— Pourquoi vous ne vouliez pas le faire, Steven ?

— Il… le Désosseur ne fait pas ce genre de choses. Il est pur. J'ai pensé… j'ai pensé que, puisqu'elle était morte, ça n'avait pas beaucoup d'importance. Maintenant, il va savoir. Il finit toujours par savoir.

— De qui parlez-vous ?

L'irritation de Shipley était palpable. Louise pressentait déjà qu'il ne croirait pas à cette version – Steven parlant à quelqu'un d'autre, Steven guidé par des voix… C'était plus simple d'en rester à la théorie du *copycat*. Quelqu'un qui se cache derrière une autre identité pour tuer.

En même temps, est-ce que ce n'était pas le cas ?

— De personne.

Il se refermait sur lui-même. Il dégageait quelque chose de si puéril que Louise ne put s'empêcher de se demander ce qu'on avait pu faire à ce gosse. Ce qui avait pu le traumatiser assez pour qu'il en arrive là. Et puis, elle repensa à ce qu'il avait fait quarante-huit heures plus tôt et toute son empathie s'envola.

— Interrogatoire terminé à 19 h 35, annonça Shipley après un ultime roulement d'yeux en direction de Louise.

C'était en train de devenir son gimmick, se dit-elle.

— Allez, on s'en va.

Louise ne chercha pas à discuter, même quand il referma d'un coup sec son carnet et recula sa chaise si brusquement qu'elle tomba. Elle récupéra calmement ses propres affaires, s'efforçant de ne pas regarder Steven Harris de l'autre côté de la table.

Il y eut une pause, le temps qu'un gardien vienne leur ouvrir et escorte le jeune homme dans sa cellule. Assis sans un mot sur sa chaise, il fixait du regard la table comme s'il s'agissait d'un objet nouveau et inexploré. Quand il leva lentement les yeux, il croisa ceux de Louise qui l'observait à la dérobée.

Un infime sourire traversa son visage. Louise chercha du regard Shipley, derrière elle, mais il s'était écarté. Louise se rapprocha de Steven et posa les mains sur la table.

Soudain, elle eut envie de lui poser la question qui la taraudait.

– Qui êtes-vous ?

– Il arrive, murmura Steven sans cesser de sourire. Et vous ne pouvez rien y faire.

– Vous n'êtes pas fou.

Elle sentait ses mains trembler sous l'effet de la colère.

– Vous nous menez en bateau… Vous allez finir votre vie en prison. Pourquoi ?

– Parce qu'il m'a dit que je devais le faire. On fait tout ce qu'il nous dit de faire.

– Qui ?

– Vous savez bien qui.

Sa voix sonnait différente, brusquement. Plus posée, comme si une lumière venait de s'allumer en lui.

– Moi, je ne pouvais pas vivre avec ce que j'ai fait – c'est pour ça que je suis ici. Mais lui, il peut. Il peut toujours vivre avec. Il veut que vous arrêtiez de l'ignorer. Que vous alliez le chercher, enfin.

– Je n'en ai aucune intention, répondit-elle, les dents serrées.

Elle résista à l'envie d'attraper ses cheveux et de frapper sa tête contre le plateau. Elle s'agrippa plus fort au rebord de la table.

– Tout est parti de la femme, c'est ça ? Celle qui s'est échappée du bois la semaine dernière. Elle s'est échappée, et pour ce pauvre Rhys, c'est la catastrophe.

Louise se retourna, vérifia que Shipley n'entendait pas, mais il était sorti de la salle et attendait le gardien dans le corridor. Quand elle revint à Steven, il gloussait.

– Vous ne comprenez pas. Vous ne savez pas qui elle est.

Steven se recula sur sa chaise. C'était un homme différent, soudain.

– Vous ne savez pas qui est le pauvre Rhys. Mais vous connaissez le Désosseur. Je vais aller dans un hôpital, pas une prison. Ils vont penser que je suis fou. Et vous allez mourir si vous n'acceptez pas celle que vous êtes.

Louise aurait pu le croire si elle ne connaissait pas le fonctionnement de la justice criminelle. Steven allait bel et bien atterrir en prison. Il était peut-être capable de faire illusion devant Shipley, mais des professionnels de santé ne se laisseraient pas berner. Elle décida de le laisser y croire et ne corrigea pas.

– Dites-moi…, reprit Steven en croisant ses maigres bras sur son torse. Vous avez aimé le petit cadeau ? Avec son message ? C'est moi qui l'ai livré avant de tuer les deux autres.

Une fraction de seconde, Louise resta sans voix. Elle essayait en vain de comprendre ce qu'elle venait d'entendre. En surface, ça n'avait aucun sens, et pourtant elle savait qu'il disait vrai.

Elle était plus étroitement liée à cette affaire qu'elle l'avait d'abord craint. Les morceaux de bois calcinés arrangés comme des ossements étaient plus importants que le message.

Ils étaient depuis toujours le lien vers son passé.

Maintenant, elle était trop impliquée.

Elle ouvrit la bouche pour poser d'autres questions, mais trop tard.

– Allez, Steven, c'est l'heure ! lança Shipley sur le seuil de la porte, sans se rendre compte du malaise.

Elle regarda le jeune homme quitter la salle, escorté par le gardien. Il avait repris l'expression égarée qu'il affectait depuis plusieurs heures. Shipley secoua la tête en laissant passer le jeune tueur, puis dévisagea Louise. Une ombre inquiète passa sur ses traits.

– Ça va ? Tu as l'air secouée.

Louise était incapable de lui répondre.

Hier

Elle les entendait, en bas, parler d'elle comme si elle n'était pas juste à côté. Voix déformées car le plancher sous ses pieds transformait leur conversation en un grommellement sourd.

N'importe où ailleurs, elle serait restée à sa place. En l'occurrence : chez elle. Elle n'avait jamais dormi ailleurs que dans son propre lit, dans sa propre maison.

Ce n'était pas possible, désormais.

Ça ne le serait plus jamais.

Elle repoussa les draps, réveillant dans l'air autour d'elle cette odeur inhabituelle. Des effluves écœurants et sucrés de lavande. Elle se moquait bien, au fond, que le plancher craque sous ses pieds mais elle se déplaça tout de même aussi lentement et aussi doucement que possible.

Elle voulait écouter ce qu'ils disaient sur elle.

La porte de la chambre était ouverte, comme elle l'avait demandé quand ils l'avaient mise au lit une heure plus tôt. Ils n'avaient pas essayé de la raisonner, se contentant de la regarder avec des yeux emplis de tristesse, tête penchée sur le côté comme des chiens attendant une récompense. Sur leurs traits, une expression inquiète.

Elle s'aperçut tout à coup qu'elle venait de remporter le droit de faire des bêtises pendant très longtemps.

Elle sortit de sa chambre, sa jambe droite un peu à la traîne, le bandage serré assez fort pour masquer la majeure partie du problème. Elle atteignit le haut de l'escalier. Aussitôt, les voix lui parvinrent, parfaitement nettes.

Ces abrutis n'avaient pas fermé la porte du salon et devaient penser qu'ils parlaient assez bas pour ne pas être entendus. Ou alors qu'elle s'était endormie.

Quelle blague…

Elle ne s'imaginait pas pouvoir dormir correctement avant très longtemps.

— *Qu'est-ce qu'on va faire, Jack ?*

— *Je ne sais pas… De notre mieux, sans doute.*

Tout en les écoutant, elle se sentait envahie par une impression désagréable. Elle allait être une source de problèmes pour eux. En attendant, elle aurait un toit au-dessus de la tête, et elle serait partie avant qu'ils s'en rendent compte. Elle ne voulait pas rester là plus longtemps qu'ils semblaient le vouloir.

— *Je ne comprends pas… Pourquoi ils sont tous morts ?*

— *C'était un accident. Il n'y a pas de raison…*

— *Pourquoi ça n'a pas pu être seulement lui ? Dis-moi un peu ?*

L'horrible sensation s'intensifia en elle quand elle les entendit parler de lui. Ils ne le connaissaient pas comme elle le connaissait. Ils l'avaient toujours détesté. Elle l'avait seulement pressenti, mais maintenant elle en avait la preuve. Il n'était jamais assez bien pour eux. Ni pour personne. Il avait beau faire des efforts, c'était toujours lui qui avait tort.

— *Avec lui, c'était les ennuis assurés… Dès le premier jour. Je sais que ce n'est pas bien de parler des morts en mal mais… je l'ai toujours dit, pas vrai ?*

— C'est vrai.

— Et j'avais raison, non ? Ces choses-là, ça se sent. Il y a des gens qui… naissent mauvais, c'est tout, et ça ne peut pas les changer. Je n'ai pas raison ?

— Tu as raison.

Assise en haut des marches, bras repliés sur ses genoux, elle les écoutait parler de sa famille comme s'ils l'avaient connue. Comme s'ils avaient passé autant de temps qu'elle avec eux.

Bien sûr, ils ne l'avaient jamais fait. Elle n'avait pour ainsi dire jamais vu ces gens jusqu'à ce jour – quand elle n'avait pas d'autre choix. On l'avait laissée avec des étrangers, et toute sa famille l'avait abandonnée.

— Elle ne se souvient de rien, tu sais. J'ai essayé de lui parler de certaines choses mais elle secoue la tête et joue les idiotes. C'est comme si elle avait perdu les douze premières années de sa vie. À part, tu sais, quelques petits détails… Comment on va s'y prendre avec elle ?

— Son état va s'arranger, avec le temps. C'est un choc terrible pour elle, elle va avoir besoin de temps pour s'en remettre. Tu dois juste la laisser aller à son rythme.

— Bon sang, ça n'aurait pas pu être juste lui ? Il a toujours eu ce truc bizarre, je te le dis ! Ça se voyait dans ses yeux. Ses horribles choses noires… On aurait dit un monstre ou quelque chose dans ce genre. Il était mauvais.

— Allons, voyons, on ne peut pas parler de lui comme ça… On n'en sait rien…

— Si, on le sait ! Ça a forcément commencé à cause de lui. Tout ça. Et maintenant, ils sont tous morts et il ne reste plus qu'elle. Et imagine un peu qu'elle soit pareille ?

Toujours assise, elle écoutait. On aurait dit une punition pour quelque crime oublié qu'elle aurait commis. Elle ne pensait à rien, juste à la souffrance en elle qui ne demandait qu'à surgir. Jaillir, se répandre, infecter et détruire le reste de toute existence.

Elle se sentait morte intérieurement. Une page vide. Le passé effacé, remplacé par les souvenirs brouillés de la vie d'une autre.

Une voix dans sa tête essayait de la calmer. De l'apaiser. Une voix qui lui disait que tout allait bien se passer.

Qu'elle devait lutter contre la pulsion de se lever, de descendre l'escalier, d'aller prendre un couteau dans la cuisine.

Et de tuer les étrangers assis dans le salon.

Juste pour *ressentir* quelque chose.

Autre chose que l'obscurité qui couvait et proliférait en elle.

Aujourd'hui
40

Le cadre avait un certain type de beauté un peu sale. Un vent d'automne soufflait régulièrement sur le groupe, fouettait les arbres oscillants dont les feuilles tapissaient le sol.

– C'est bon comme ça, non ?

Le cameraman échangea un regard exaspéré avec la productrice, espérant que la journaliste qui se tenait à quelques mètres ne le remarquerait pas.

– Bah, ce serait mieux d'être plus près du bois, mais bon, ça peut aller.

– Je n'ai pas envie de me paumer là-dedans, c'est tout, répondit la femme en écartant la mèche qui lui barrait le front. Cet endroit me fout la trouille.

Le cameraman haussa les épaules et vérifia son cadrage. Au loin, derrière la journaliste, le fleuve Mersey s'étendait jusqu'à l'horizon, où il se fracassait contre la mer d'Irlande et disparaissait. Dans le viseur de la caméra, l'eau bouillonnait, en lutte contre elle-même, des éclats de blanc contre des éclats de gris, enragés et impitoyables, comme des crêtes de montagnes crevant la surface. Le ciel devenait de plus en plus gris, le vent de plus en plus furieux percutait, cinglait son corps, projetait des touffes d'herbe contre ses jambes.

– OK, reprends après l'intro, demanda la productrice après avoir consulté sa montre pour la quinzième fois. On va bientôt manquer de lumière…

La journaliste attendit le signal et se lança.

– C'est ici, dans cette zone rurale de la ville, qu'une personne invisible fait revivre une vieille légende. Liverpool est entouré de nombreuses étendues boisées qui contredisent son image de métropole urbaine. Nous nous trouvons devant l'une des plus importantes, située dans la partie la plus au nord de la ville. Si les corps découverts cette semaine se trouvaient dans un bois plus petit, on y ressent tout de même une véritable impression d'éloignement, comme s'il était facile de s'y perdre, de disparaître pour ne plus jamais être retrouvé.

Le cameraman s'efforçait de rester stable. Pourtant, ses sens lui indiquaient un changement d'atmosphère derrière lui. Il dissipa cette impression – sans doute une vue de l'esprit.

– Le Désosseur est une légende que beaucoup d'habitants de la région connaissent, pour avoir grandi avec elle et se l'être racontée dans leur enfance. Aujourd'hui, quelqu'un semble l'utiliser pour commettre des crimes dans des bois comme celui derrière moi.

Le vent redoubla, un frisson parcourut la colonne vertébrale du cameraman. Il jeta un coup d'œil à la productrice : elle fixait toujours la journaliste, mais son front et son regard s'étaient faits soucieux.

– La police refuse de dire si cette légende entre dans le cadre de leur enquête, d'une importance sans précédent. Pour les habitants de Liverpool, en revanche, c'est bien une partie de l'affaire qui a choqué tout Liverpool… Jane, deux fois « Liverpool » dans la même phrase, c'est moche !

La productrice secoua la tête et regarda le cameraman en faisant le geste de se trancher la gorge.

— T'inquiète, on changera au montage… Tu n'as pas entendu quelque chose ?

Le cameraman retira son casque, se tourna vers sa gauche.

— Quoi ?

— Je ne sais pas, dit la productrice en regardant l'endroit où, derrière lui, les arbres étaient plus denses, plus touffus. Allez, on boucle et on se casse.

La journaliste ne répondit rien. Elle sortit lentement du cadre pour avancer vers un arbre tout proche.

— C'était là, ce truc, quand on est arrivés ?

Le cameraman regarda dans la direction qu'elle indiquait, essayant de se rappeler s'il avait repéré cet arbre-là au moment de composer son cadrage. Ils se ressemblaient tous, impossible d'en être certain… Mais ces marques sur l'écorce paraissaient toutes récentes.

— Ça… ça fait partie de notre sujet ? demanda la journaliste.

— Il faut qu'on parte, déclara le cameraman à voix basse tandis que son cœur partait en crescendo. Cet endroit est bizarre, très bizarre…

Sans un mot, ils commencèrent à remballer leur matériel sous un ciel de plus en plus sombre. La journaliste sautillait presque d'un pied sur l'autre.

— Il y a un autre chemin pour sortir ou est-ce qu'on doit encore traverser le bois ?

— Qu'est-ce que j'en sais ? Je ne connais pas du tout le coin, répondit la productrice en aidant le cameraman à hisser un sac sur son épaule avant de se mettre en marche derrière lui.

Le cameraman gardait les yeux fixés sur la direction de la route où l'équipe de télé s'était garée. Mais le refuge rassurant de la camionnette n'était pas en vue. Il faudrait encore marcher un bon quart d'heure, et cela lui parut soudain beaucoup trop loin.

Tandis qu'ils avançaient dans l'épaisseur touffue des arbres, tous sentaient l'ambiance changer autour d'eux. Un silence assourdissant, les odeurs de la nature qui peu à peu cédaient la place à d'autres, plus âcres, plus piquantes. Où qu'ils regardent, ils avaient l'impression de découvrir d'autres marques sur les troncs.

Le cameraman accéléra le pas, essayant d'ignorer les bruits dans les fourrés. Les cris de douleur vite étouffés derrière lui, il refusait d'accepter ce qui était en train de se passer.

Il marchait seul à présent.

Il s'interdit d'entendre quoi que ce soit, de croire aux messages que ses sens lui envoyaient.

D'accepter qu'il ne reste plus que lui.

L'odeur le frappa quand il essaya de courir. De lâcher les sacs qu'il portait et de piquer un sprint pour se sauver la vie. Au lieu de ça, il se surprit à ralentir le pas. Ses jambes devinrent lourdes, comme si elles traversaient une boue de plus en plus épaisse.

Il ne croyait pas son odorat, son ouïe. Son goût.

Jusqu'à ce que le monde bascule dans le noir sous ses yeux et que la mort se révèle à lui.

41

Louise quitta le commissariat, dépassant la horde toujours plus dense de journalistes et de caméras de télévision qui s'étendait du portail jusque sur la chaussée. À un feu rouge au premier carrefour, elle regarda autour d'elle. Sur un mur, un graffiti encore frais :

LE DÉSOSSEUR EST LÀ !

Elle eut un mouvement de tête agacé, attendit avec impatience que le feu passe au vert. Sa maison n'était qu'à un quart d'heure mais, même en ce début de soirée où la circulation aurait dû être fluide, elle mit le double avant de pouvoir enfin se garer devant chez elle.

Elle marqua un temps d'arrêt devant sa porte d'entrée. Guettant le moindre bruit qui lui annoncerait, de nouveau, qu'un inconnu était entré chez elle. Il s'y trouvait encore. D'une main peu assurée, elle inséra la clé dans la serrure, tourna. Dès que la porte s'ouvrit, elle sut qu'elle était seule.

Ce qui ne l'empêcha pas d'inspecter chaque pièce, l'une après l'autre, en quête du moindre signe d'intrusion.

Louise voulait savoir qui était le messager. Steven était-il vraiment entré par effraction chez elle avant d'aller tuer ce couple ? Cela faisait-il partie de son plan pour jouer avec ses nerfs ?

Non, elle savait que ça n'avait aucun sens.

– Il devait juste t'espionner, rien de plus, se murmura-t-elle à elle-même, devançant la voix dans sa tête.

Mais ça ne lui disait pas qui avait déposé ce message chez elle.

Elle monta dans sa chambre. Le carton qu'elle avait récupéré la veille dans la chambre d'amis était toujours par terre, ouvert. Son contenu visible. Elle y avait posé les morceaux de bois brûlé et la carte. L'encre noire avait coulé et le message semblait se moquer d'elle.

Elle sentait presque l'odeur du feu. Les flammes furieuses qui avaient tout ravagé sur leur passage et détruit son existence.

La plupart du temps, elle essayait d'oublier ce souvenir. À présent, elle se concentrait sur les images. Cette époque où elle n'était pas encore devenue une autre personne. Elle s'assit au bord du lit, ferma les yeux. Sa respiration s'alourdit. La fumée montait, l'enveloppait…

Le souvenir lui échappait.

La scène était toujours là, aux lisières de sa conscience, mais elle était trop douloureuse, trop vraie, pour s'imposer pleinement dans son esprit.

Quelque chose dans ce visage flou était si réel… Elle avait essayé, parfois, d'en parler avec ses grands-parents, mais n'avait eu pour toute réponse que des hochements de tête navrés et des changements de sujet. Sa famille n'était plus là, et c'était tout. Un accident. Elle avait eu de la chance d'en avoir réchappé. Rien de plus à ajouter.

Ils ne voulaient pas lui parler de sa famille. Partager leurs souvenirs avec elle, lui raconter leur histoire. C'était trop pénible, et ils étaient trop britanniques. Flegme et stoïcisme, ce genre de conneries…

Aujourd'hui, elle regrettait de ne pas avoir insisté.

Elle rouvrit les yeux. L'écriture la fixait.

Un flash. Une image dans son esprit. Une scène qu'elle ne pouvait pas se permettre d'affronter.

Le bois.

Elle pensait au bois.

Elle essaya de calmer son corps. De se rappeler. De visualiser chaque souvenir amassé tout au long de sa vie et de le classer.

Ne fais pas ça…

Il y avait un parc. Elle était juchée sur les épaules de son père, sa mère marchait à côté d'eux. Son frère, un peu plus loin, tenait une branche qu'il raclait sur le sentier bétonné. Elle avait mis sa main en visière pour se protéger du soleil implacable.

Appuyée contre le chambranle de sa porte, écoutant les cris de sa mère dans le salon. Son frère assis sur le lit, mains plaquées sur les oreilles.

La douleur foudroyante dans sa main tandis qu'elle martelait de coups de poing un garçon. Une petite crapule à face de rat, le visage souillé de larmes et de morve.

Une promenade avec son père qui lui racontait des histoires.

Son frère. Son frère qui pleurait.

Ensuite, rien. Rien d'autre que le feu.

Ses grands-parents assis à son chevet dans la chambre d'hôpital. Lui annonçant qu'elle était la seule survivante.

– Ça s'est vraiment passé, ou je l'ai inventé ? se demanda Louise à voix haute dans la chambre vide.

Elle se mit à pétrir son visage aux traits figés, essayant d'y ramener de la vie. La fatigue piquait ses yeux, martelait son crâne. Elle devait continuer, quel qu'en soit le prix.

Elle prit le carton, en sortit chaque objet et les déposa sur le lit. Douze années de sa vie résumées à un petit tas de souvenirs. Le reste ne comptait pas, vestiges de sa vie quand elle s'était installée chez ses grands-parents. Seul importait ce qui restait de la vie d'avant.

Quelques photos d'eux quatre ensemble. Sa famille.

Elle suivit du doigt les contours de leur visage, chacun son tour, en prenant son temps.

Son frère, tellement différent d'elle. Plus âgé mais plus puéril qu'elle l'avait jamais été. Cheveux clairs, une touffe hirsute sur le haut du crâne, comme si on l'avait traîné par les cheveux dans des broussailles. L'air sauvage, mais souriant.

Ce sourire…

Sa mère, un portrait bien différent d'une autre photo. Visage fin, strié de rides, l'air intimidée. La vie n'avait pas été tendre avec elle.

Son père, large sourire, qui enlace les deux femmes de sa vie. Louise et sa femme.

Sa mère.

Elle ne se rappelait pas cette époque. Cette vie d'avant. Si elle n'avait pas su qu'il s'agissait bien d'elle, jamais elle n'aurait cru qu'elle avait pu mener une existence pareille. Dans une famille normale. Une existence normale.

Jusqu'à ce que quelque chose bouleverse tout.

Il restait quelques photos mais elle les mit de côté pour regarder de nouveau l'écriture. Un morceau de papier, son écriture à elle, en haut. Pattes de mouche aux contours nets. Celle de son frère en dessous. Puis celles de ses parents. Le décompte des scores d'un jeu quelconque, un tableau avec des points répartis dans des colonnes. Elle ne se rappelait plus quel jeu, mais leurs quatre noms étaient écrits, là. À la main, par chacun. Comme des ados essayant différentes signatures, différents noms.

Elle regarda son prénom.

LOUISE

Le S dont la boucle descendait plus bas – un tracé curieux. Elle le compara à l'écriture sur la carte : la ressemblance sautait aux yeux.

En haut à droite, quelqu'un avait écrit la date. Un document vieux de vingt-deux ans, gardé dans un carton comme une relique importante. Ou plutôt, comme l'unique vestige d'un incendie.

Quelques photos et ça. Tout ce qu'il lui restait.

Une coïncidence, rien de plus. Steven Harris était entré par effraction chez elle la veille, sachant qu'elle travaillait sur cette affaire, et avait laissé ce message par provocation. Pour tenter de la déstabiliser. Si son écriture ressemblait à une autre, c'était un pur hasard. Point final.

Harris était un psychopathe animé d'une pulsion meurtrière qui se faisait passer pour un autre.

Point final.

Elle aurait voulu écouter ce qu'elle pensait mais quelque chose en elle hurlait. Hurlait pour couvrir la voix calme et paisible dans sa tête.

Louise retourna vers les photos, les inspecta de nouveau. Elle reconnaissait certains lieux, même si elle ne se rappelait pas qu'elle était présente quand la photo avait été prise.

Sur la dernière de la série, ils étaient juste tous les deux. Elle se regarda. Elle avait onze ans. Elle ne se souvenait pas d'elle à cet âge. À côté de lui, elle prenait la pose. Derrière, des bâtiments en briques à moitié détruits. La végétation commençait à proliférer autour des murs, réclamant son dû. Sur le côté, des fenêtres aux vitres brisées presque recouvertes de mousse et de plantes grimpantes.

Le bois. Elle se rappela le bois.

La Louise plus jeune la regardait, perçant à jour la façade de son apparence. Constatant ce qu'elle était devenue et la jugeant presque.

Les yeux noirs que la mère de Nathan Coldfield avait décrits chez Rhys Durham. Ceux qui paraissaient si familiers à Louise.

Ceux qu'elle connaissait si bien.

Elle s'allongea sur le lit et le bois envahit son esprit. Le feu, les gens. Tout se catalysait en une fraction de seconde, submergeait ses pensées, au point qu'elle ne pouvait pas se concentrer sur le moindre détail. Une avalanche d'images, de sensations, d'émotions.

Haine. Amour. Colère. Qui la dévoraient jusqu'à ne plus pouvoir rien faire sinon hurler dans la chambre déserte.

Elle savait où elle devait aller.

La maison.

Le bois.

Retourner vers cette chose qui se cachait dans le bois.

Découvrir ce qui était caché dans son passé.

42

Caroline se tenait devant la porte, attendait que sa mère la reconnaisse. Ça ne se produisit pas aussi rapidement qu'elle l'avait espéré, mais l'expression troublée de son visage finit par faire place à l'émotion.

– Caroline ?

– Bonjour, maman, répondit-elle.

À la reconnaissance succéda la résignation. Comme si sa mère s'attendait à recevoir de sa part une volée d'insultes. Encore.

– Ça fait vraiment…

– … très longtemps, compléta sa mère.

Caroline essayait de parler mais les mots lui manquaient. Elle tenta de respirer profondément, mais c'était trop tard.

Toute l'émotion des jours écoulés, la haine, la colère… la peur, tout surgit en un torrent incontrôlable de larmes.

– Oh, non ! Non, ma chérie, ne pleure pas !

Sa mère la prit dans ses bras, caressa ses cheveux.

– Ça va… ça va aller…

Elles restèrent quelques secondes ainsi, sur le pas de la porte. Une mère et une fille qui ne s'étaient pas parlé depuis des années et qui s'enlaçaient à présent comme si le temps n'avait jamais existé. De nouveau, Caroline était une petite fille. Une petite fille qui avait besoin de sa maman.

Caroline se laissa emmener dans le salon, et prit place sur le canapé en reniflant comme une idiote. Sa mère ferma l'écran de son ordinateur qu'elle posa sur l'accoudoir à l'autre bout du canapé. Caroline se sentait ridicule d'être là mais ç'avait été plus fort qu'elle ; voir sa mère, avec ses yeux de biche, l'avait sans préavis plongée en mode Enfant.

Elle tenta de le mettre en pause. Elle avait besoin d'expliquer aussi calmement que possible ce qui s'était passé, sinon sa mère ne cesserait jamais de s'interroger. Elle l'entendit s'activer en cuisine, faire ce que toute personne de son âge avait tendance à faire en situation de crise.

– Tu prends toujours du sucre ? lui demanda-t-elle en passant la tête par l'embrasure de la porte. Je n'ai que des sucrettes de régime…

– Ça ira très bien, maman, répondit Caroline en souriant à travers la cascade de larmes.

Sa mère se figea une seconde, puis disparut. Caroline essuya ses joues du plat de la main et considéra le décor. Cela faisait des années qu'elle n'y avait pas mis les pieds mais, de prime abord, rien n'avait changé : mêmes photos aux murs, même mobilier, même décoration. Partout, le visage de son frère lui renvoyait son regard. Avant qu'il devienne adolescent, plus âgé.

Puis, soudain, les photos s'interrompaient.

Mort.

C'est ce qu'elle croyait à présent. Ce qu'elle avait tenté de faire avait été une perte de temps. Elle grimaça de s'être penchée trop longtemps du même côté. Les plaies allaient se refermer mais les cicatrices resteraient à jamais. Un rappel – à supposer qu'elle en ait besoin.

— Je t'ai juste préparé une tasse plutôt qu'une théière complète, annonça sa mère de retour dans le salon.

Elle posa la tasse sur une sous-tasse puis observa sa fille, debout à côté d'elle. Son regard était intense, scrutateur. Elle examinait chaque centimètre de sa peau, chaque marque, égratignure, ecchymose sur le corps de sa fille.

— Qu'est-ce qui t'est arrivé ?

— Je vais y arriver, maman, mais d'abord, assieds-toi. S'il te plaît.

Elle hésita une seconde, puis s'assit lentement à côté d'elle, sur le rebord du canapé. Mains croisées sur ses genoux, elle attendit le récit de sa fille.

— J'ai essayé de le trouver, maman, lâcha-t-elle, soudain incapable de trouver un moyen de tout expliquer. Je l'ai cherché pendant si longtemps, maman. Je n'ai jamais renoncé.

— Aucun parmi nous, Caroline.

La réponse de sa mère semblait teintée de culpabilité. Caroline comprit pourquoi elle n'avait jamais rien évoqué auprès d'elle auparavant. Elle restait toujours sur la défensive - du pur Val Edwards. Sa mère. Constamment angoissée à l'idée qu'on puisse penser qu'elle avait renoncé à retrouver son fils après sa disparition.

— Ce n'est pas ce que je voulais dire, maman, reprit Caroline.

Elle baissa les yeux sur sa tasse de thé. Puis revint à sa mère :

— Je veux juste t'expliquer ce qui s'est passé. Je suis partie à sa recherche.

— Matthew ?

Cette fois, c'était une question.

– Non… enfin, si, mais je voulais dire…

Elle soupira. S'efforça de ne pas perdre le fil de ses pensées.

– Il existe, maman. Le Désosseur existe vraiment. Et il a pris Matthew.

Val Edwards excellait à rester impassible devant les informations les plus surprenantes. Son visage ne tressaillit pas, comme si ce que Caroline venait de lui annoncer n'avait aucune espèce d'importance.

– J'ai rencontré quelqu'un qui connaissait toute l'histoire. Il m'a expliqué qu'il pouvait m'emmener à l'endroit où le Désosseur se cachait. Je n'aurais pas dû lui faire confiance mais… je commençais à perdre espoir. Il… il m'a fait mal. Très mal, maman.

– Qu'est-ce qui s'est passé ? Il t'a dit ce qui était arrivé à Matthew ? Où est-il ?

Caroline respira lentement pendant un instant, se préparant à la suite.

– Je crois qu'il est parti, maman. Cette chose… c'est un monstre. Il était là, de retour dans le bois, dans le Wirral, au bord du fleuve. Dans ce tunnel. Il voulait Matthew, mais pas pour lui faire ce qu'il a essayé de me faire. Il attendait la venue de quelqu'un comme Matthew.

– Comment tu sais tout ça ?

– J'ai essayé, Maman. Je t'assure que j'ai essayé…

Elle sentit les larmes monter. Elle les ravala, du moins tenta de les ravaler. Elle devait aller au bout de son récit. Et décider quoi faire ensuite.

– Je suis allée dans ce bois près de Melling. Le monstre m'attendait. Il m'a torturée pendant des heures. Il… il m'a donné des coups de couteau. Il a découpé ma peau. Il m'a dit qu'il allait me tuer. Qu'il allait garder mes os.

— Pour qu'on ne te retrouve jamais…, murmura sa mère.

Sa main monta lentement à ses lèvres pour les couvrir.

— Mais… ce n'est pas vraiment un *diable*, n'est-ce pas ?

— Je ne sais pas ce que c'est. Mais je sais que tout est vrai. Les histoires qu'on se racontait quand on était enfants… Il existe vraiment. Depuis très longtemps, je crois. J'ai essayé de lui demander ce que Matty était devenu, je lui ai vraiment demandé, mais il ne m'a pas répondu.

Le front de sa mère se plissa.

— Comment tu as réussi à t'enfuir ? Comment tu peux être là, aujourd'hui ?

— Je ne sais pas, répondit Caroline en s'approchant d'elle. J'ai réussi à m'enfuir, je ne sais pas comment…

— Raconte-moi comment ça s'est passé, dit sa mère en soutenant son regard, ses traits marqués par le doute. Depuis le début.

— Tu sais ce qui s'est passé dans ce bois. Le bois du Wirral, il y a vingt ans. C'est là que tout a débuté. Mais je ne t'ai pas tout raconté sur ce qui s'est passé quand on s'est retrouvés dans ce tunnel…

— Vous jouiez avec les deux autres. Ils vous ont dit que le Désosseur vivait là et que vous alliez tous devoir le traverser…

Caroline hocha la tête, puis s'arrêta.

— Je l'ai entendu. Dans ce tunnel. Les deux autres, non, mais moi si. Et j'ai quand même laissé Matty y aller. C'est de ma faute. J'aurais dû retourner le chercher.

— Ce n'est pas ta faute…

— Si, dit Caroline, et sa voix résonna dans la pièce. Je le sais. On a attendu, attendu, et pendant ce temps Matty se faisait enlever. Ensuite, on s'est enfuis du bois…

— Chérie…

— Maman, on l'a abandonné là-bas. S'il n'est plus là, c'est de ma faute.

43

Il commençait à faire sombre quand elle se gara dans la rue devant la maison. Les environs n'avaient guère changé au fil des ans depuis sa dernière visite mais, pendant le trajet, elle n'avait pu s'empêcher de relever de subtiles différences. Des feux rouges surgis de nulle part jalonnaient les routes. Quelques nouveaux lotissements éparpillés aux abords du village, de nouvelles boutiques, de nouvelles vitrines.

À mesure qu'elle approchait de sa destination, les changements s'étaient raréfiés. La route menant au bois avait dû être refaite, pensa-t-elle, mais à part cela tout semblait identique. Dès lors, se demanda-t-elle, d'où son souvenir pouvait-il provenir ?

La circulation s'était faite plus dense dans le centre du village mais s'était réduite sensiblement quand elle en était sortie. Ça faisait des années qu'elle n'était plus venue ici, mais ses impressions étaient aussi vivaces que si elles remontaient à un ou deux jours.

Et pourtant, malgré le sentiment de familiarité devant cette maison, elle ne se rappelait pas vraiment y avoir vécu.

Elle coupa le moteur, se pencha sur son volant et observa ce lieu qui avait été « chez elle » pendant un peu plus d'un an. Elle se demanda comment ils avaient eu les moyens de se la payer – mais elle se rappelait que son père gardait toujours de l'argent caché ici ou là.

Pourquoi s'en souvenait-elle ? Impossible à dire.

Formby avait toujours été considérée comme la partie chic de la ville. Ses habitants y menaient une existence sans commune mesure avec ceux des villes du sud, où le taux de chômage était plus élevé et les investissements plus rares.

Louise ferma les yeux quand un souvenir la heurta de plein fouet. Plus jeune, elle était allée rendre visite à quelqu'un qui habitait le voisinage. Elle devait avoir quatre ou cinq ans. Elle se trouvait sur une plage, les pieds dans le sable. Sa mère disputait son frère sur la banquette arrière. Son père tenait le volant d'une main, l'autre tenait une cigarette par la vitre baissée. Apparemment indifférent aux cris et aux braillements. Laissant sa femme gérer le bruit pendant qu'il se fermait aux sons du monde extérieur.

Louise revoyait la scène clairement à présent. Elle était assise derrière son père, regardait le bras par la portière.

Elle rouvrit les yeux, tenta de battre le rappel d'autres détails – en vain. L'idée de ces balades venait sans doute de sa mère. Les rares photos qu'elle avait gardées montraient des promenades à Sefton Park, dans des bois disséminés un peu partout autour de la ville. Sa mère devait les considérer comme des activités physiques saines pour une génération qui allait rapidement devenir sédentaire.

Elle se demanda si c'était pour cette raison que, devenue adulte, elle s'était toujours tenue à l'écart des bois. Toutes ces années, avait-elle tenté d'oublier son passé ? De ne pas se souvenir de ce qui était arrivé ?

Le halo d'une lumière blafarde tombait d'un réverbère près de la voiture. Elle sortit, ferma la portière le plus doucement possible. Tout était calme dans la rue. Elle avança de quelques pas, s'arrêta, respira rapidement pendant plusieurs secondes puis reprit sa marche.

Et arriva devant la maison.

Elle regarda les fenêtres, les pierres qui revêtaient la façade, la porte d'entrée, le petit parterre de pelouse. Elle attendait que quelque chose émerge. Un autre souvenir. Elle ferma les paupières, espérant que cela faciliterait le processus. Mais rien ne vint.

Elle tourna sur la gauche, longea la maison à la recherche d'un détail susceptible de réveiller sa mémoire, mais tout était morne, sans vie. La maison paraissait plus récente que ses voisines. Elle imagina qu'elle avait été reconstruite après l'incendie qui l'avait détruite, réduite à l'état de coquille vide.

Elle aurait aimé en savoir davantage sur ce qui s'était passé, ensuite. Qui avait réparé et remplacé son ancienne vie.

Une voiture était garée dans la petite allée – la maison était donc habitée. La maison s'était remise sur pied et de nouvelles personnes l'avaient fait revivre. Elle se demanda s'ils étaient au courant pour l'accident, il y avait tant d'années.

S'ils pourraient lui en parler.

Derrière la maison, elle vit des arbres, un couple dans le jardin. Elle continua de faire le tour, se retrouva bientôt sur le chemin qui conduisait au bois.

Un flash, soudain. Quelque chose à l'orée de son esprit. Elle tenta de s'y raccrocher, juste un peu plus longtemps… Mais tout s'évanouit.

Elle se retourna vers sa voiture, imagina reprendre le volant, ne plus jamais être confrontée à cela, mais une force continuait à la pousser ou plutôt à la tirer vers l'avant, et elle y cédait volontairement.

Maintenant qu'elle se trouvait là, elle se demandait quelle était la marche à suivre. Laisser la chose se produire ? En avait-elle vraiment envie ?

Bien sûr que oui. Tu en as besoin.

– La ferme ! murmura-t-elle, mais elle continuait de marcher sur le petit chemin, en direction du bois plus étendu auquel son ancienne maison était adossée. Elle passa devant un écriteau, fit une pause pour déchiffrer ses lettres, espérant qu'elles déclencheraient un souvenir :

RÉSERVE NATURELLE DE FORMBY

Le vent se leva de nouveau, faisant bruire les feuillages des arbres bordant le chemin. Plus elle avançait, plus ils s'épaississaient, jusqu'à ce qu'elle ait l'impression de progresser dans un tunnel. Le chemin s'arrêta brusquement. Elle prit vers la droite, en direction de ce qu'elle savait être un parcours de golf, espérant qu'elle allait se promener sur de vastes greens parfaitement entretenus.

Pour elle, la ville avait toujours eu la taille qui lui convenait parfaitement. Avec suffisamment de recoins cachés pour ne jamais être appréhendée. À la gauche de Louise, l'un de ses secrets les mieux gardés.

Elle pénétra dans le bois.

D'abord, une étendue de terrain désert. Ce qui avait jadis été verdoyant et luxuriant était désormais brun-beige et dévasté. Hostile. Çà et là, une végétation hirsute. Sans doute un ancien parcours pour quads que le propriétaire du terrain, fatigué de le voir labouré, avait fini par récupérer, laissant la nature reprendre ses droits. Constamment appelés par les riverains, les agents de police avaient réussi à faire évacuer les lieux.

Elle suivit un sentier boueux et étroit, se déplaçant à l'instinct jusqu'à ce que la forêt épaisse l'engloutisse et que le sentier s'évanouisse.

Louise marchait toujours plus profond dans le bois toujours plus dense, les arbres serrés les uns contre les autres, jusqu'à ce qu'elle ne voie plus que ça, dans la lumière poisseuse du soir : des arbres, des rondins couchés et quelques buttes terreuses. Le sol était inégal sous ses pieds, s'élevant en éminences par endroits. Alors, elle y montait pour choisir un point au loin et marcher dans sa direction.

Son corps semblait connaître le chemin, comme s'il avait toujours attendu le moment de la guider. Ses yeux ne cessaient de lui dire que tout se ressemblait, et pourtant elle prenait des tournants comme si elle les connaissait déjà.

Elle continuait, posant un pied devant l'autre, confiante en cet instinct primaire. Le paysage s'épaississait, le vent provenant du fleuve – caché par les troncs – finit par disparaître tandis que la forêt l'enveloppait. Elle s'arrêta, reprit son souffle, s'obligea à ignorer les questions métaphysiques.

Pourquoi suis-je ici ?

Qu'est-ce que je fais ?

Elle posa une main contre un épais tronc d'arbre, l'écorce vermoulue s'effrita sous ses doigts. Sa poitrine se resserrait, sa gorge se nouait, comme si plus elle s'enfonçait dans le bois, plus son corps exprimait le besoin de partir. Elle ferma les yeux, compta ses respirations. Sentit le calme revenir à chaque expiration. Rouvrit les yeux et retira sa main de l'arbre. Sa paume était constellée de petites échardes : elle les retira d'un frottement sur la cuisse. Puis repartit, enjambant les gros troncs couchés dans la terre.

Quand elle parvint au cœur de la forêt, l'air devint immobile. Seul le bruit rauque de sa respiration dérangeait le silence. Aucun petit animal filant dans les broussailles, aucun oiseau niché sur une branche. Comme s'ils avaient tous décidé de ne pas s'aventurer dans cet endroit.

Une ou deux minutes plus tard, Louise trouva la première marque. Une petite croix inversée gravée sur un tronc. Très vite, deux autres suivirent, puis trois différentes. Toutes, petites et imperceptibles, sauf pour qui les cherchait.

Elle s'arrêta, en examina une du doigt. Remarqua la douceur des indentations.

Le souvenir d'avoir déjà fait ce geste. Il y a très longtemps.

Elle s'aperçut qu'elle s'attendait à trouver ces marques. Elle savait qu'elles étaient là.

Elle balaya le décor du regard pour essayer de trouver autre chose de familier. Elle repéra une petite crête à une vingtaine de mètres à sa droite. Elle traversa la courte distance, foulant les feuilles et le paillis, et à peine arrivée sur la crête, sentit l'odeur familière.

À quelques mètres sous elle, presque totalement camouflé, se trouvait ce qu'elle était venue chercher.

L'air sentait la mort, cette même odeur qui semblait flotter dans les autres bois de la ville. D'un pas lent et prudent, Louise entreprit de descendre de l'autre côté de la crête, en direction de la petite ruine d'un bâtiment en briques. Un abri rudimentaire, écroulé par endroits, mais qui avait tenu pendant toutes ces années.

L'espace de quelques secondes, elle se demanda si elle était en train de marcher sur un charnier. Elle rejeta aussitôt l'idée.

Ce n’était pas lui. Ce n’était pas possible.

Une cachette parfaite. La ruine était bien protégée, quasiment oubliée même si elle était située dans un parc naturel. Pendant un moment, elle pensa qu’il n’était pas là. Que l’odeur qu’il dégageait avait juste imprégné les lieux et qu’elle ne pouvait pas disparaître aussi facilement que cela. Mais elle sentait sa présence, quelque chose d’enfoui à l’intérieur d’elle-même qui demandait à sortir. Le reflet d’une force invisible.

Il était là. Après tout ce temps. Un lieu où il avait trouvé refuge, depuis tant d’années.

Après.

Tu vas venir avec moi, maintenant. Il faut qu’on parte d’ici. Tu vas venir avec moi vivre ta nouvelle vie dans les bois. Devenir comme moi.

Elle avait résisté et il avait disparu. Mort, dans son esprit. Il l’avait abandonnée.

Respire, Louise. Tu es ici. Et maintenant… qu’est-ce qu’on fait ?

Elle n’eut pas le temps de réfléchir à la question, car l’air changea autour d’elle et l’obscurité prit forme et contours.

– Bonsoir, Louise. Ça fait… trop longtemps.

44

Chacune à une extrémité du canapé, elles sirotaient leur thé sans dire un mot, comme si Caroline était juste passée dire bonjour. Une visite silencieuse, qui avait cependant toutes les apparences de la normalité.

Sous la surface de la prétendue pudeur britannique, Caroline savait que ce silence avait une autre raison. Elle regarda vers la fenêtre, ignorant la télé dans un coin. Puis elle décida qu'elle pouvait s'en servir pour briser la glace.

– Qui aurait pu penser que Liverpool connaîtrait une chose pareille, un jour ?

– Apparemment, tu en savais bien plus que tout le monde.

Caroline regarda l'écran quelques secondes encore puis se tourna de nouveau vers la fenêtre. Dehors, la lumière faiblissait, redevenait grise. Sur le rebord de la fenêtre, une jardinière remplie de lis. Elle fronça les sourcils en les voyant.

– On devrait aller à la police. Tout leur raconter.

Caroline resta bouche bée. Elle allait en parler à sa mère mais cette dernière la devançait.

– C'est la seule chose logique à faire, reprit Val Edwards en posant sa tasse sur la table basse encombrée. Si tu ne leur as pas tout dit, tu devrais…

– Maman, ça ne marchera pas.

– Pourquoi ? Puisqu'il est là…

– Justement, l'interrompit Caroline. Je ne sais plus. Je ne sais plus vraiment ce que je dois croire.

– C'est peut-être quelqu'un d'autre qui a pris Matthew. Un autre homme méchant.

– Il en savait trop.

– Qui était dans ce tunnel ?

– Je ne sais pas.

Caroline posa à son tour sa tasse sur la table. Elle déchiffra quelques mots sous le fatras de papiers qui couvrait sa surface. Un tas de factures non ouvertes.

– C'était forcément lui.

– Qu'est-ce qui s'est passé dans le tunnel ?

– Je ne sais pas, maman.

Caroline posa les mains sur ses tempes et commença un massage circulaire, du bout des doigts. Ses yeux étaient douloureux, la fatigue la tenaillait. Mais aussi son incapacité à apporter de vraies réponses aux questions que sa mère lui posait. Il n'y avait qu'une seule vraie réponse à donner, mais elle savait qu'elle paraîtrait ridicule, à cet endroit, à cet instant.

Caroline pensa à cette enquêtrice, Louise. La seule véritable visite qu'elle avait reçue durant son séjour à l'hôpital. Les questions qu'elle lui avait posées, sa façon de s'ouvrir à elle, de lui parler de sa propre vie… Elle avait pensé qu'il y avait une chance, peut-être, que Louise la prenne au sérieux, mais son métier n'était pas à la hauteur… C'était une policière, pas une chasseuse de fantôme. Quand Caroline était sortie de l'hôpital, elle avait pris la carte de Louise avec son numéro de portable griffonné au verso.

Pendant vingt ans, elle avait porté en elle l'histoire de ce qui s'était passé, ce jour-là, dans le bois avec son frère. À présent, elle se demandait pourquoi elle avait attendu aussi longtemps. Si toutes ces années écoulées depuis cette situation désespérée avaient changé quelque chose.

Tout était de sa faute. Elle n'avait fait que se protéger d'une vérité douloureuse.

Elle avait préféré sa propre vie à celle de son frère. Elle l'avait abandonné dans la forêt et ne l'avait plus jamais revu. Aujourd'hui, à la lumière crue et violente d'un nouveau jour, elle regrettait d'avoir parlé. Elle n'aurait jamais dû partir à sa recherche. Quitter sa vie douillette.

Ça lui aurait permis, pour commencer, de garder sa peau. Elle grimaça en y pensant. Elle baissa les yeux sur sa poitrine, sur la bosse sous le fin tissu du t-shirt. Tous ces bandages en attendant la cicatrisation. Mais ces cicatrices lui rappelleraient jusqu'à la fin de ses jours que parfois… parfois, il vaut mieux ne pas chercher à éclaircir certains mystères.

– Quelque chose attendait dans le tunnel, dit-elle enfin en regardant brièvement sa mère. Et c'est Matty qu'elle attendait.

– Matty ?

– Le tunnel qu'on a traversé, dans ce bois… Quand ç'a été mon tour, j'ai remarqué une présence à l'intérieur. Une créature nous avait suivis depuis notre entrée dans le bois. Elle attendait la bonne occasion. Elle l'a eu quand on a décidé de traverser le tunnel. Sauf qu'elle a cru que j'étais Matty. Elle a essayé de m'attraper. C'est à ce moment-là que j'ai découvert sa présence. Si j'avais fait demi-tour en courant, alors Matty serait encore avec nous.

– Une créature ?

– Oui, enfin peu importe, je ne sais pas. C'était *quelque chose.*

– Le Désosseur, dit-elle calmement, chaque syllabe frappée par la peur.

— Je l'ai entendu.

C'était la première fois qu'elle l'avouait à haute voix, mais son aveu ne lui parut pas aussi fort qu'elle s'y attendait. Ses paroles restèrent là, à flotter entre elles comme une fumée de cigarette.

— Tu as entendu le Désosseur ?

Caroline secoua la tête, se demandant finalement si c'était la vérité. Ou bien un mensonge. Au bout du compte, c'était toujours une histoire que se racontaient les enfants pour se faire peur, de génération en génération.

Et pourtant, il y avait bien quelque chose dans ces bois.

— On a fini par retourner dans le tunnel mais on ne voyait rien. Les deux autres gosses sont partis, terrifiés – ils sont rentrés chez eux en courant. Moi, je suis restée un peu. Je l'ai entendu, maman. J'ai entendu la voix de Matty. Il était dans ce tunnel. Il criait, il avait peur. Je ne savais pas quoi faire. Je voulais y retourner, l'aider… mais je ne pouvais pas bouger.

— On a cherché dans le tunnel. Il n'était pas là.

— Je l'ai laissé dans le tunnel, maman. Je l'ai abandonné, et c'était fini. Il avait disparu. Si j'y étais retournée toute seule, j'aurais peut-être pu le sauver.

Vingt ans plus tard, elle se rappelait ce moment plus clairement que tous les autres. Elle qui se tenait à l'entrée du tunnel, frissonnant dans le froid inexistant. Terrifiée. Une petite fille pétrifiée, apeurée.

Prise dans un jeu idiot qui avait mal tourné.

— J'ai dû rester là une minute. J'ai eu l'impression que ça durait une heure. Je l'entendais pleurer… Crier mon nom… T'appeler, aussi. Et puis, le silence. Je n'ai jamais oublié cet horrible silence. J'ai couru. Je t'ai retrouvée à la maison. Mais lui, je l'ai laissé tout seul. Je n'ai pas pu l'aider.

En pensée, Caroline voyait encore ce tunnel. Si petit en apparence, mais qui masquait la menace tapie à l'intérieur. Un endroit banal – mais elle ne pouvait pas s'attendre à voir un panneau indiquant la présence d'un lieu maléfique.

C'est toujours ça, avec le Mal. Il ne s'annonce jamais. Il prolifère en silence parmi les gens normaux. Les gens sains.

– Il y a environ six mois, quelqu'un est venu au foyer, reprit-elle.

À la télé, un bandeau défilant annonçait une nouvelle *breaking news.* D'autres disparitions, d'autres découvertes de scènes de crime. Des hélicoptères et des voitures de police sillonnant la région.

– Il parlait du Désosseur. Il prétendait avoir rencontré quelqu'un qui pouvait l'emmener voir le monstre. En vrai. Il s'est fait traiter de menteur par tout le monde. Moi, je l'ai écouté. Un soir, je l'ai suivi. J'ai vu où il allait. Et je suis entré dans le bois. Plus tard, j'ai découvert avec qui il avait rendez-vous. Un certain Rhys. Je les ai observés, dans les bois. Il fallait que je sois sûre. Il fallait que je le voie.

– Que tu voies qui ?

– Le Désosseur. Ou cette créature qui avait enlevé Matty. Mon frère. Je voulais le voir, sentir l'odeur que j'avais sentie dans ce tunnel. J'avais besoin de savoir si c'était juste une histoire stupide ou si cela existait vraiment. Et je l'ai vu, là-bas. J'ai vu les symboles gravés dans les troncs d'arbres, surgis de nulle part. Je l'ai senti, même de loin. Il puait la viande pourrie, la mort.

Elle sentit les larmes revenir alors qu'elle se rappelait ce qui s'était passé ensuite. L'erreur qu'elle avait commise en essayant de l'arrêter elle-même.

– Pourquoi tu ne m'as pas raconté ce qui s'était passé ?

– J'avais peur que tu me reproches de ne pas l'avoir aidé. Je pensais que c'était… un jeu. Qu'il finirait par réapparaître. J'avais peur. Je ne savais pas quoi faire.

Sa mère parut accepter l'explication, même si les rides creusées sur son front révélaient son trouble.

– Mais alors… Matthew pourrait encore être en vie ?

Caroline ne répondit pas. Elle pensait à cet homme, ce Rhys. L'homme qu'elle avait suivi, qu'elle appelait par ce nom et aucun autre. Ce *Rhys*, avec ces yeux quand il était penché sur elle. Les cris de l'homme étendu quelques mètres plus loin, qui avait agonisé des heures avant de mourir. Elle n'avait pas pu échapper à ses derniers soupirs, tandis que le poignard entrait dans sa chair.

L'odeur de la mort imprégnant l'atmosphère autour d'eux.

– Il est encore vivant, Caroline, reprit sa mère en avançant vers elle sur le canapé. Et je le sais.

Caroline se tourna vers elle, puis suivit la direction de son regard. Les lis devant la fenêtre. Elle pencha la tête, puis se leva. La douleur dans son estomac lui arracha une grimace. Elle avança jusqu'au rebord, aperçut ce qui ressemblait à des brindilles. À côté, une carte. Elle la prit, lut soigneusement les mots, deux fois, trois fois. Puis se tourna vers sa mère. Elle sentait son cœur frapper sa poitrine, éprouvait la même sensation qu'étendue dans le bois, à attendre la mort.

– Qui t'a envoyé ça ?

– Matthew. Il revient.

Les mains de Caroline s'agitèrent nerveusement. Sa respiration réduite à un filet d'air.

– Ce n'est pas Matty. C'est impossible.

45

Louise n'arrivait pas à faire coïncider cette voix avec le sentiment de familiarité éprouvé en l'écoutant prononcer ces paroles. Le souvenir était enfoui profond, sous une couche de gravier.

La sensation de sécurité en sa présence.

Des années et des années. Le temps tournoyait en spirale vers le néant, son passé n'était plus qu'un souvenir flou, une autre vie, un autre monde. Et, depuis tout ce temps, assez d'expériences pour remplacer les anciennes.

Elle était une autre personne, aujourd'hui. Et pourtant, elle aurait aussi bien pu avoir de nouveau onze ans. Transportée à cette époque qu'elle se rappelait si peu, et qui lui semblait si mémorable aujourd'hui.

Une légère brise froissa les feuillages, lui piqua les yeux qu'elle gardait grands ouverts, sans ciller. Elle les ferma brièvement, laissa le vent traverser sa chevelure, attendit qu'il s'apaise. Elle était trop loin de la côte pour sentir les effluves d'eau salée mais son imagination les percevait encore dans l'air.

— Tu te rappelles cet endroit ? demanda la voix cachée parmi les feuilles, la terre. L'obscurité.

— Qui es-tu ? répondit Louise.

Elle n'avait aucune certitude. Ne pouvait pas se le permettre. Elle regarda les ruines de la bâtisse, remarqua le graffiti sur les briques.

– Tu sais qui je suis.

La voix prit forme, l'ombre se détacha et elle le vit en entier. Vêtu de haillons, d'un long manteau qui le recouvrait presque entièrement. Sombre. Presque noir. Une pensée jaillit en elle : cette personne avait toujours excellé dans l'art de se camoufler. Il avait une telle expérience en la matière – pas seulement ici, dans son habitat forestier naturel, mais aussi du point de vue de sa personnalité, de sa façon de se présenter.

Il n'avait pas l'air d'une personne réelle. C'était plus une apparition, comme s'il faisait partie du décor. Partie de la nuit.

Il les avait bernés, tous. Depuis si longtemps.

– Dis mon nom.

Louise hésita, encore peu sûre des raisons de sa présence dans le bois. De la façon dont elle avait trouvé cet endroit. Qui l'avait conduite jusque-là ? Tous ses instincts lui hurlaient de s'enfuir, de partir en courant, mais elle ne pouvait pas bouger.

– Il te reste deux possibilités, Louise. Soit tu acceptes qui je suis, sois tu m'arrêtes.

Derrière ses mots, elle entendit un sourire narquois. Elle rit, sans avoir le temps de s'en empêcher. C'était plus fort qu'elle. Cette situation était tout bonnement ridicule.

Elle. Une enquêtrice.

Lui, un tueur en série ?

Alors, sur ces mots, le souvenir surgit dans sa mémoire. Elle avait onze ans et se promenait dans ce bois. À côté de lui.

Ils chassaient. Quelque chose. Elle ne se rappelait pas quoi, exactement.

Il lui avait laissé ce message, sachant qu'il la conduirait à lui. Elle avait du mal à accepter que ça puisse être autre chose. Une banale coïncidence. Rien de plus. Depuis tout ce temps, il vivait caché dans le bois derrière leur ancienne maison en lui laissant croire à sa mort. Et pourtant, tout en elle le hurlait : la créature, c'était lui. Ce qu'il avait toujours été.

Alors c'était lui ?

Elle avait eu besoin de beaucoup de temps mais, désormais, elle reconnaissait ce qu'il était profondément.

L'incarnation du Mal.

— Qu'est-ce que tu ferais si je t'arrêtais ?

Elle reconnaissait certaines parties de lui, malgré les failles de sa mémoire. Malgré son peu de confiance en la réalité. Elle l'imaginait façonné dans la terre. Enterré sous les ruines. Là où il se sentait chez lui.

Louise le connaissait. Elle savait de quoi il était capable si on lui en laissait l'occasion.

— Ce ne serait pas une très bonne idée, je crois.

Aucune jovialité dans sa voix, cette fois.

— Comment tu expliquerais ma présence ici ? Ce que tu m'as laissé faire ?

— Je te croyais mort. Je vous croyais tous morts.

— Tu as toujours su la vérité. Depuis le début. Tu savais qui j'étais, de quoi j'étais responsable. Dès que tout ça a commencé. Dès que tu as vu ces marques dans les bois et que tu as entendu le nom du Désosseur.

— Ce sera ta parole contre la mienne. Qui vont-ils choisir de croire ? Un officier de police ou un tueur psychopathe ?

— C'est comme ça que tu me vois ? Comme le mal absolu ?

— Qu'est-ce que je verrais d'autre ?

Elle se mit à tourner autour de lui, qui demeurait immobile.

– Ce n'est pas pour ça que je suis ici ? Que tu es entré par effraction chez moi ? Tu m'abandonnes pendant des années et, brusquement, tu réapparais quand on découvre des cadavres dans toute la ville. Qu'est-ce que je suis censée penser de toi ? Tu savais ce que j'allais découvrir. Ce que tu as fait durant toutes ces années. Tu l'as tuée. Tu as tué Hazel Durham.

– C'était drôle, avec elle. Ça t'aurait amusée de la voir galoper…

Une nouvelle intonation. Légèrement implorante, comme s'il espérait qu'elle ne le rejetterait pas si près du but.

– Mais j'ai une vie à protéger.

– Ouais. Une vie de meurtrier.

– Ce n'est pas aussi simple que ça, Louise.

Il paraissait agacé. Son ton habituel, entre apitoiement et arrogance.

– Rien ne l'est jamais. On ne vit pas dans un monde où tout est noir ou blanc. Il est gris. Toujours gris. Tu le sais mieux que personne.

– Va dire ça aux familles d'Adam Parker, de Nicola Borthwick, Greg Hall, Carl Groves…

– Non…

– … Jon Durham.

Elle avait craché les noms sur lui.

– Tu n'as même pas été foutu de le tuer de tes propres mains, pas vrai ? Il a fallu que tu l'y pousses… Parce qu'il savait exactement où tu te cachais.

– Assez !

L'écho de sa voix sombre résonna autour d'eux. Louise s'immobilisa. Elle était tout près de lui. Elle pouvait plonger ses yeux dans les siens, les orbes noirs qu'ils étaient devenus. Qu'ils avaient toujours été.

Vidés de toute vie, de toute âme. Elle voyait le noir sous sa peau, la boue qui faisait partie de ses traits désormais. Il était encore capable de la figer sur place – il avait ce pouvoir sur elle. Elle était terrifiée.

Tous ses souvenirs affluaient soudain dans son esprit, comme si sa seule présence devant elle avait suffi à faire exploser les barrières qu'elle avait érigées au fil des ans. Pour se sauver elle-même, ne pas être obligée de faire face à ses origines.

— Tu ne comprends pas, dit-il d'un ton plus mesuré. Pauvre Louise. Je sais que tu as traversé des épreuves terribles. Si tu me laisses juste m'expliquer, tu comprendras pourquoi tu es ici.

— Non, répondit-elle, catégorique.

Contrairement à lui, elle n'avait pas élevé la voix. Une petite victoire, mais dont elle mesura la valeur quand elle remarqua que son expression se décomposait légèrement.

— Je ne peux pas rester là à te laisser faire.

— Si, bien sûr. Tu sais que c'est la seule réponse possible à ce que tu cherches depuis tant d'années.

— Et pendant tout ce temps, tu savais tout ce que je faisais ?

— J'en sais plus que tu ne l'imagines.

Pendant quelques instants, elle se tut, essayant de formuler une réponse qui ne paraîtrait pas aussi creuse que l'insulte menaçante qu'elle mourait d'envie de lui lancer.

Enfin, elle risqua un pas vers lui.

— Dis-moi pourquoi.

Elle le distinguait plus nettement. Ses traits marqués, changés par les années, depuis la dernière fois qu'elle s'était tenue près de lui. Entre eux, l'air était chargé de mensonges et de serments trahis.

— Pourquoi tu m'as laissée vivre en pensant que tu étais… mort ?

C'était le Désosseur. Depuis toujours. Une nouvelle pensée qui jaillit en elle, mais lui parut vide de sens. Elle se sentait froide à l'intérieur.

— Je devais partir, Louise.

Il lui tourna le dos.

— L'incendie a été ma chance. Ma chance de retourner là où est ma place. Là où est *ta* place. Tu aurais dû me rejoindre, après. C'était ton destin.

Louise ignora la dernière phrase.

— Pendant toutes ces années, j'ai porté comme un fardeau la certitude que j'étais seule. Qu'il ne restait plus que moi. Pourquoi ?

— C'était mieux ainsi.

Le vent tournoyait autour d'eux en sifflant pendant que le ciel s'assombrissait encore plus. Une sensation familière se réveilla en Louise. Celle qu'elle avait si souvent, si violemment rejetée. La haine et la colère, comme un chancre de pus noir dans son estomac, qui bouillonnait, prêt à exploser.

— Et tu étais… lui. Depuis tout ce temps.

— Il n'y a pas de *lui.* Juste moi. Tu sais pourquoi je suis ici. Pourquoi j'ai toujours été ici. Tu le sens, aussi.

— Je ne comprends pas.

— Oh si, Louise.

Inclinant la tête, il parut l'examiner.

— Certains éprouvent le besoin de faire du sport, d'être avocats ou de se lancer dans une carrière politique. Toi, tu voulais protéger les gens, alors tu es entrée dans la police. On est tous appelés à quelque chose.

— Toi, tu as été appelé à tuer des gens ?

— C'est plus que ça, Louise.

Il lui paraissait plus grand brusquement. La petite clairière semblait se refermer autour d'eux. Louise ressentait une impression d'étroitesse, d'écrasement.

— Bien plus que ça. Je suis libre. Maître de ma vie. De mon histoire. Personne ne peut m'arrêter.

— Tu me donnes envie de vomir.

Il éclata d'un rire grave et répugnant. C'était le vrai *lui*. Il avait toujours été là, se cachant d'elle et de ceux qui le connaissaient. C'est ce qu'elle ressentait désormais. Elle venait d'apercevoir la créature derrière la façade qu'il portait comme un masque. C'était lui.

Son rire s'interrompit brusquement.

— Qu'est-ce que je pourrais être d'autre ?

Ses traits se métamorphosèrent.

— Je ne peux pas être comme tous ces gens, partout. Ces robots décérébrés. Ce n'est pas moi. Ce n'est pas toi. Dis-moi, tu éprouves du plaisir à envoyer en prison les méchants ? La sensation d'avoir accompli un acte juste ? C'est pathétique. Tu as toujours été plus qu'un rouage dans une machine. Ce rouage, c'est ce que tu es *devenue*. Un autre robot qui manipule de la paperasse, vole la liberté des gens. Nous sommes des animaux, Louise. Tous.

Elle détestait l'entendre prononcer son nom. Comme s'il lui appartenait.

— Tu es complètement dingue. Tu es malade. Laisse-moi t'aider.

— Tu ne peux pas m'aider. Aucun de vous ne l'a jamais pu. J'ai toujours été comme ça. Tu étais… un parasite. Vous étiez tous des parasites. Obsédés par l'idée de m'empêcher d'être ce que j'étais.

— Tu n'as jamais été *ça*. Tu es devenu quelque chose d'autre. Mais ce n'est pas le véritable toi.

Il s'approcha d'elle et elle découvrit qu'il ne pouvait pas aller plus loin. Il était collé au sol. Avec lui, sa puanteur approchait aussi.

La mort. Il pue la mort. Ça va te coller à la peau. Tu ne pourras jamais faire disparaître cette odeur. Tu seras souillée, ce sera comme une cicatrice.

– Le véritable moi ? C'est ça que tu veux voir ? C'est pour ça que tu es venue ?

Il n'était qu'à quelques centimètres d'elle. Il fixait ses yeux. Elle ne pouvait que soutenir son regard, se perdre dans sa noirceur.

– Tu n'es pas venue pour ça. Tu es venue pour me trouver. Eh bien, je suis là.

– Des années durant, je t'ai cru mort. Et tu étais là pendant tout ce temps. Tu m'as laissée vivre seule avec ce qui s'était passé.

– Je l'ai fait pour ton bien.

– Ce n'était pas à toi d'en décider.

Sa voix résonnait autour d'eux. Une boule se forma dans sa gorge. Elle chassa les larmes d'un clignement de paupières.

– Pourquoi ? Pourquoi tu les as tués ? Qu'est-ce qu'ils avaient fait pour mériter ça ?

– Comme si tu ne le savais pas. On est tous intrinsèquement mauvais. On a tous en nous la capacité de faire le mal. Je parie que tu le ressens aussi, en ce moment. Tu adorerais me tuer de tes mains. Refermer autour de mon cou ces gracieuses petites mains et m'étrangler. Tu es une policière. Je parie que tu t'es déjà retrouvée en face de personnes mauvaises. Tu as sûrement éprouvé la même sensation. Tu t'es sûrement dit que le monde ne s'en porterait pas plus mal si tu les détruisais. Tu t'es déjà demandé d'où venait cette pulsion ? Laisse-moi te livrer un petit secret honteux : tous les hommes sont des tueurs. On veut tous faire ce que j'ai fait. Tu sais que j'ai raison. Tu sais ce que tu ressens, au plus profond de toi, enfoui comme tous ces souvenirs que tu caches depuis tant d'années. C'est pour ça que tu es venue ce soir.

— Tu te trompes, murmura-t-elle.

Il était tout contre elle, elle le sentait. Son souffle chaud sur son visage, l'air entre eux réduit à néant.

— Je ne pourrais jamais commettre les mêmes actes que toi.

— Essaie, pour voir.

Il sourit, révélant ses dents.

— Tu sais que tu en as envie.

Louise ferma les paupières de toutes ses forces, secoua la tête. Le souffle court, la poitrine écrasée, elle sentait une menace peser au-dessus d'elle. Ses jambes perdirent toute force.

— Non, tu ne me feras pas ça ! cria-t-elle.

Des oiseaux se dispersèrent dans le ciel, invisibles, mais elle imagina leurs ailes battre à l'unisson tandis qu'ils s'échappaient de l'enfer où ils étaient tombés. Elle avait ouvert grand les yeux, la salive volait de ses lèvres.

— Tu ne m'auras pas. Je ne marche plus. Tu n'es rien. Tu ne vaux pas mieux que les autres ordures. Et ça s'arrête maintenant !

Elle ne le vit pas bouger – une trace floue, l'obscurité s'écarta et Louise se retrouva au sol. Une lumière foudroyante traversa son crâne, sa tête s'abattit dans la terre et sa vision se brouilla. Sans qu'elle ait le temps de réagir, un bras écrasa sa gorge, coupant l'arrivée d'air.

— Ne bouge pas, dit la voix au-dessus d'elle.

Sa bouche grande ouverte sur des dents noircies, pourries.

– Ce sera moins douloureux si tu te laisses faire.

Elle se plia en deux sous lui, agrippa ses bras, tenta de desserrer leur prise autour de son cou et de son torse. Elle enfonça ses ongles dans la chair molle mais il ne réagit pas.

Ce n'est pas censé se passer comme ça.

LA FERME !

Louise luttait contre ses bras à coups de poing, luttait pour aspirer un air inexistant. Elle voyait les mares noirâtres à l'endroit où auraient dû se trouver ses yeux. Elle essaya de secouer la tête mais, de sa main libre, il la plaquait au sol. Elle continua à frapper son corps, ses bras, tout ce qu'elle pouvait atteindre.

Sa voix lui parvint dans un brouillard.

– Ce sera bientôt fini, Louise. Je ne voulais pas que ça se termine de cette façon. J'espérais que tu me comprendrais… Que tu pourrais venir avec moi, comme les autres…

Elle sentait qu'elle allait perdre connaissance. Elle redoubla d'ardeur.

Trop tard. Tu n'aurais jamais dû venir.

Elle ne pouvait pas permettre ça, mais sa résistance devenait inutile. Il était trop fort, trop puissant pour elle.

Trop expérimenté.

Il était devenu les histoires qu'elle avait entendues enfant. Il les avait personnifiées. Faites siennes.

Il était devenu le monstre.

Et maintenant, il était en train de la tuer.

46

Assises en silence, elles semblaient attendre la suite de leur vie. Caroline était soulagée que sa mère ait renoncé à prévenir la police. À force de le lui répéter, la jeune femme l'avait convaincue que c'était peine perdue.

Elle faisait tourner entre ses doigts la carte avec le numéro de téléphone de Louise. Elle lui avait caché la vérité – et à eux tous – mais elle se demandait si, à l'heure qu'il était, ils avaient percé à jour ses mensonges. Elle ne pensait pas que ce soit possible. De toute façon, cela n'aurait bientôt plus d'importance.

— Il rentre à la maison.

Voilà ce qu'avait dit sa mère après que Caroline avait pris connaissance de la carte et essayé de lui faire comprendre qu'elle n'était pas de Matty. Mais d'autre chose. D'une chose qui pouvait arriver à tout moment.

Il arrivait.

— Ça ne peut pas être lui, maman, reprit Caroline en essayant de rompre le silence qui couvait entre elles depuis près d'une heure, tandis qu'elles regardaient les infos à la télévision.

— Il n'est plus… il n'est plus là.

— Regarde l'écriture, c'est la sienne, lui répondit sa mère sans détacher ses yeux de l'écran où étaient annoncées de nouvelles découvertes macabres.

Caroline n'avait pas besoin de la relire. L'écriture brouillonne, presque illisible. Tellement enfantine.

– C'est son écriture, je te dis. Regarde comment il écrit *maman.* Les courbes du M. C'est lui.

Elle quitta sa place, manquant heurter la table basse. Caroline entendit des pas dans l'escalier, puis au-dessus de sa tête – dans la chambre de Matthew. Elle regarda de nouveau la carte de Louise. Peut-être que…

– Tiens, regarde, dit sa mère de retour en brandissant sous ses yeux un cahier d'écolier de son frère.

Elle ouvrit les pages et se mit à tapoter des mots à l'encre passée.

– C'est la preuve, non ?

Caroline n'avait pas l'énergie de lui répondre. Elle aurait voulu oublier. Plus que tout : l'oubli.

Une autre part d'elle-même savait qu'elle ne pouvait pas partir maintenant.

Mais qu'elle devrait s'y résoudre, à un moment donné.

Le silence les reprit. Sa mère, dans l'attente d'un fils qui avait disparu depuis longtemps sans espoir de retour ; Caroline, dans l'attente de ce qu'elle sentait venir. Elle voulait partir, s'arracher de la toile tissée par la dépression de sa mère qui, désormais, s'élargissait autour d'elles. Assises dans le salon devant une chaîne d'infos en continu, attendant qu'elle leur dise ce qui se passait dans leur ville. Chaque fois que Caroline bougeait, elle sentait sa mère se tendre. La peur suintait de tous ses pores.

– Attends, lui avait-elle répondu quand elle avait essayé de lui dire qu'elle partait. Il va bientôt arriver.

Caroline était bloquée. Elle ne pouvait pas lui expliquer une fois encore que Matty ne reviendrait jamais. Parce qu'ils ne revenaient jamais. Une fois disparus, disparus pour toujours. Et rien n'était plus jamais comme avant.

Il n'allait jamais revenir et redevenir le fils qu'elle voulait, même s'il en était capable. Trop de temps avait passé.

– On est censées rester assises là toute la soirée, à attendre ?

Elle voulait que sa mère prenne conscience de l'absurdité de la situation. Qu'elle retrouve la raison.

– Il arrive. Tu vas voir.

Caroline savait qu'elle avait eu tort de raconter à sa mère ce qui lui était arrivé. Tort de revenir dans cette maison. Dans sa vie. Elle s'était déjà enfuie loin de ce cauchemar.

Elle n'aurait jamais dû essayer de le retrouver. De le ramener.

Le vent se leva, agitant le carillon sur le porche. Elle sentait l'obscurité gagner, dehors, et elle repensa au bois. Comme le vent rugissait entre les arbres, hostile, assourdissant. Dans l'obscurité, entourée par les arbres et la terre, elle avait vu les choses beaucoup plus clairement qu'à la lumière du jour.

Elle avait l'impression de sentir encore son souffle sur elle. Sa façon de bouger. Sa façon de la toucher.

Elle avait réussi à s'enfuir mais cela lui paraissait bien futile, à présent.

Les yeux de Caroline semblaient hypnotisés par l'écran de télé. Sa mère se leva, partit dans une pièce à l'arrière. Les informations se succédaient, de plus en plus inimaginables, avec de nouvelles scènes de crime découvertes un peu partout.

Des vidéos.

C'était plus qu'elle ne pouvait supporter. Tous ses cauchemars prenaient soudain corps.

« Sky News a reçu cette vidéo, qui montre un nouveau charnier découvert dans un bois... »

Elle fixa le numéro de téléphone sur la carte de Louise. Et prit sa décision. Elle saisit le portable de sa mère et commença à composer les chiffres. Elle allait presser le bouton Appel quand son attention fut attirée par une sorte d'agitation dans l'autre pièce. Une respiration brusque, un grommellement, un cri étouffé. Elle détourna le regard de l'écran du téléphone et vit sa mère, parlant toute seule, tendre la main vers la poignée de la porte d'entrée.

– Il est là. Il est revenu.

Sans s'en apercevoir, Caroline se leva d'un bond.

– Maman, n'ouvre pas !

Puis elle se pétrifia, terrorisée, en voyant la silhouette entièrement noire dans l'embrasure de la porte.

Ils ne reviennent pas. Ils ne reviennent jamais.

Il les voyait, à l'intérieur de la maison, qui attendaient patiemment son retour.

Si seulement ça pouvait être aussi simple à chaque fois.

Il suivait scrupuleusement les instructions.

Le Désosseur lui avait ouvert la voie. L'avait façonné à son image. Lui avait montré l'obscurité de la lumière.

Lui avait appris à tuer.

C'était la fin de l'histoire. Le dernier chapitre. Demain, il entamerait une nouvelle histoire. Loin d'ici.

Dans un autre lieu. Nouveau et excitant.

Il ne pourrait plus être le Désosseur. Il faudrait repartir de zéro. Chaque ville, chaque village, chaque hameau avait son histoire de Désosseur. Il aurait juste besoin d'un peu de temps pour la découvrir, et l'assimiler.

Et devenir la légende.

C'était le plan qu'ils suivaient tous. Une dernière nuit de violence dans cette ville où tous étaient nés, puis un nouveau départ.

L'air commençait à se figer, ses grondements et sa violence à s'apaiser. Il leva les yeux vers le ciel, les nuages gris sur fond de nuit noire. Bientôt, pensa-t-il, ce serait la pluie.

Il aimait la pluie.

Assises sur le canapé du salon, les deux femmes regardaient la télé en silence. Il les imaginait en train d'écouter les informations, les nouvelles histoires.

Tous ces gens.

Tous ces cadavres.

Il observa Caroline. Les marques sur son visage. Ses grimaces quand elle bougeait. Il avait été si près de la tuer.

Il se souvenait surtout d'elle à l'aube. Quand une douce lumière jouait sur son visage. Les frémissements des feuilles sous son corps, semblables à une berceuse l'invitant au sommeil. Il l'avait trouvée à la fois belle et effrayante.

Il se déplaçait avec la grâce d'un être habitué à vivre parmi les ombres. Jamais vu. Jamais remarqué. Il avait vécu ainsi pendant des années, invisible jusqu'au moment où il avait décidé de se faire connaître.

L'air devenait plus froid, mais il ne le remarquait pas. Il continuait de regarder. Et d'attendre.

Et de réfléchir à la suite.

Caroline et sa mère devaient mourir. Afin qu'ils puissent continuer de vivre.

Il la sauvait.

Il inspira profondément l'air, comme s'il n'avait jamais rien goûté d'aussi délicieux. Se prépara à affronter l'air vicié de la maison. Il l'imaginait tournoyant devant lui, épais et paresseux.

Il préférait l'air pur des bois dont il avait fait sa demeure.

La mère se leva, dit quelque chose à Caroline puis traversa le salon et se rendit dans une autre pièce, à l'arrière. Les deux espaces étaient différents : le salon était revêtu de moquette et la partie salle à manger d'un plancher en bois. Ils étaient éclairés par une grande baie vitrée, du sol au plafond. Elle couvrait presque tout le mur de façade, dont la porte centrale était flanquée de larges vitres. Ainsi, il avait pu profiter d'une vue panoramique vers l'intérieur de la maison.

Il se déplaça quand la mère vint se poster devant la fenêtre. Il voyait la tristesse et la souffrance dans ses yeux. Les rides de son visage, sa peau flasque, son corps affaissé. Le chagrin pesait sur elle, écrasait ses épaules, tout juste parvenait-elle encore à se déplacer en le traînant avec elle. Et ça devenait trop lourd pour elle, il le voyait bien.

Elle s'arrêta devant la porte, regarda dans le jardin. Il la scruta, songeant à toutes les choses avec lesquelles elle avait vécu. Et sans lesquelles elle avait vécu.

Un bref instant, leurs yeux se croisèrent. Il se vrilla dans son regard – même si elle se contentait de scruter la pénombre. Il y eut une connexion entre eux. Un lien tissé, sans même qu'elle le sache.

Une familiarité.

Il avait, enfoui en lui, quelque chose qu'elle aurait tout donné pour retrouver. Une part de lui qu'elle reconnaîtrait, qu'elle considérerait comme une part d'elle-même. Il le sentait presque dans ce qu'elle pensait, éprouvait.

Il se mit en mouvement. Des gestes vifs, silencieux. Comme s'il planait au-dessus du sol, un glissement en ligne droite vers la porte où elle se tenait. Elle ne le vit pas tout de suite, car il se fondait avec aisance dans l'obscurité.

L'expression de son visage se métamorphosa lorsqu'il émergea dans son champ visuel. Elle recula d'abord, sous le choc, quand il s'arrêta juste devant la vitre qui les séparait. Puis elle approcha de quelques pas, porta à son visage ses mains tremblantes.

Il lui sourit.

C'était le moment qu'il avait tant attendu. Elle le regarda comme si elle l'avait reconnu. Comme s'il était tout ce qu'elle avait jamais attendu.

Comme s'il était le fils qu'elle avait perdu.

Mort depuis si longtemps.

La première victime de la nouvelle histoire. Quand le Désosseur était revenu.

Il se revit, assis dans la pénombre, en train d'écouter l'histoire, incapable de détacher ses yeux de cet homme. Il était si jeune à l'époque – près d'une décennie auparavant – mais il avait bu chacun de ses mots.

C'était sa chance de fuir son existence atroce. Des parents bouffés par la drogue, oubliés depuis longtemps. Sa véritable naissance avait eu lieu dans ce bois.

Il voyait la femme articuler des paroles inaudibles, ses mains tremblaient de plus en plus. Elle se mit à pleurer. D'un geste de la tête, il lui indiqua la porte. Elle obéit.

Alla lui ouvrir et lui fit signe d'entrer.

47

Louise ne voyait plus que des taches noires autour d'elle. Elle avait la bouche ouverte, sa langue était morte, inutile. Elle continuait de se battre, incapable de simplement renoncer, de le laisser prendre ce qu'il voulait. Hors de question de céder.

Pas avant d'avoir épuisé toutes les possibilités.

Elle étira les jambes, les releva et frappa le bas de son dos avec ses genoux. Il oscilla, le bras qui écrasait son cou se dégagea de quelques centimètres. Elle en profita pour aspirer l'air avidement, et retrouver son énergie. Elle recommença, et encore. Au-dessus d'elle, le bruit satisfaisant de la douleur.

Son temps était compté, elle le savait. Un million de pensées traversaient son esprit, entraient en collision les unes avec les autres jusqu'à ne plus former qu'une immense, impénétrable cacophonie. En cet instant, son histoire, son passé, son avenir n'avaient plus aucune importance. Il n'y avait qu'un point dans le temps, et tout convergeait vers elle.

Et puis, de nouveau, l'impossibilité de respirer, le bras posé en travers de sa gorge. Il pesait sur elle de tout son poids. Elle se débattait mais il réussissait à la maintenir allongée, inerte.

Les yeux dans ses yeux, elle assénait des coups de coude contre son biceps, contre son cou. Lui dodelinait de la tête pour esquiver ses coups. Elle regardait ces yeux sombres, sans âme, et pourtant si familiers. Elle plissait les paupières, le suppliait sans pouvoir articuler un mot.

À travers l'amas de poils poisseux autour de sa bouche, il souriait de toutes ses dents et gencives pourries, répugnantes. Elle se rappela une autre époque – un autre sourire. Qui la rendait heureuse. Qui la réconfortait. Pas cette balafre difforme.

Ce n'était plus la personne qu'elle avait connue.

Elle ferma les yeux, rassembla son dernier sursaut d'énergie.

Avec un bruit mat et jouissif, ses genoux le percutèrent à l'endroit le plus efficace chez un homme. Car il n'était que ça : un homme. Pas un monstre, pas une espèce d'ogre. Juste un être humain.

Il n'était que ça.

Il reprit d'un coup son souffle puis n'émit plus un bruit. Le poids sur le cou de Louise diminua peu à peu. Il bougea légèrement et, d'instinct, elle le repoussa et se dégagea en glissant sous son corps.

Elle se releva et, sans un regard derrière elle, s'élança sur le premier sentier qu'elle vit. Elle ordonna à ses jambes de courir et elles réagirent aussitôt, fusant à travers les arbres à la vitesse d'une gazelle. Les branches cinglaient son corps, son visage, tandis qu'elle fendait les fourrés épais, ses pieds martelaient la terre en cadence, les bras suivaient le rythme. À chaque foulée elle croyait l'entendre, un rugissement furieux au loin qui se rapprochait à chaque seconde.

Elle trébucha sur une branche, perdit l'équilibre et se tordit la cheville. Une douleur foudroyante cisailla son pied et son mollet, elle tomba et saisit instinctivement sa jambe. Elle regarda autour d'elle, s'attendant à le voir débouler parmi les troncs – mais ne vit que les herbes et les branches piétinées à l'endroit où elle venait de passer.

Louise se releva. Ses mains étaient recouvertes d'une couche de boue et d'elle ne savait quelle autre substance. Elle reprit sa course. Pas question de le croire capable de renoncer ou incapable de la retrouver – il connaissait ce bois mieux qu'elle le connaîtrait jamais.

Chaque fois que son pied heurtait le sol, la souffrance se réveillait mais elle essayait de l'ignorer, claudiquait aussi rapidement que possible. À la recherche de la sortie.

Quelques instants plus tard, elle franchit la ligne des arbres et se retrouva dans le champ où elle était arrivée un peu plus tôt – une éternité plus tôt.

Elle se trouvait à une centaine de mètres du chemin menant au bois, mais elle se sentait déjà plus en sécurité. Au loin, elle distinguait des lumières, la route. Des signes de vie.

Des gens.

Elle ralentit, pesant davantage sur sa cheville, qu'elle sentait presque gonfler sous elle.

Elle aurait pu se casser… ç'aurait été la fin.

Elle continua d'avancer d'un pas trébuchant sur ce sentier qui, elle le savait, débouchait sur l'endroit où elle s'était garée. Elle marqua une pause, une seconde, jeta un coup d'œil derrière elle, s'attendant à le voir apparaître. Rien d'autre que les arbres et le sentier. Tout était calme, vierge. Personne n'allait surgir et s'en prendre à elle, là, au grand air.

Il allait te tuer. Toi. Pourquoi?

Louise secoua la tête, chassant la voix, pas encore prête à y réfléchir. D'abord, rejoindre sa voiture et partir d'ici le plus vite possible. Après cela, elle ne savait pas encore, mais pour le moment il valait mieux ne pas faire confiance à ses décisions.

Elle repartit, traversa le champ en quelques minutes. Elle sentait l'air salé apporté par le vent. Une normalité rassurante.

Un homme passa devant elle, tiré par un cocker en laisse. Elle détourna la tête, fourra ses mains dans ses poches, mais eut le temps de croiser son regard étonné. Elle ne s'arrêta pas, espérant qu'il ne l'appellerait pas, ne lui demanderait pas si ça allait, avec cette intonation de politesse.

Il ne s'arrêta pas non plus.

Elle arriva à sa voiture en boitillant, lentement. Quand un autre passant apparut, elle se baissa et feignit de refaire son lacet. Puis elle passa la main dans l'enjoliveur de sa roue arrière et en sortit un mousqueton avec la clé de contact.

L'instant d'après, elle était dans sa voiture. Elle se demanda, l'espace d'un instant, si son pied allait lui permettre de conduire – puis la réalité de sa situation la percuta.

Sa respiration s'enraya, elle se mit à haleter, son cœur à tambouriner dans sa poitrine. De nouveau, la sensation de son poids sur elle, de l'étranglement, de la paralysie. Comme si tout son corps avait été placé dans un étau qui se resserrait lentement jusqu'à ne plus pouvoir tourner.

Elle ferma ses yeux de toutes ses forces, agrippa le volant et laissa la voix l'apaiser.

Respire. Ça va. Respire juste lentement. Inspire, expire. Inspire, expire.

Des mains déchiquetant sa peau, l'arrachant, l'odeur de chair brûlée. Allongée dans la terre, dans un trou, des pelletées de terre jetées sur elle, de plus en plus vite – impossible de les éviter. Engloutie par la terre qui l'enveloppe, l'enserre, devient sa seconde peau.

Tu peux y arriver.

Sa vision n'était plus qu'obscurité, l'écho de sa respiration heurtée la submergeait. Mais elle savait que c'était toujours mieux que perdre conscience. Elle se raccrochait à ces sons, la réalité redevenait peu à peu synchrone avec son esprit.

Quand elle rouvrit les yeux, ils se posèrent tout de suite sur l'horloge du tableau de bord.

Moins de quatre-vingt-dix minutes. Le temps écoulé depuis qu'elle était arrivée, s'était garée, était entrée dans le bois et s'en était enfuie.

Cela lui avait paru tellement plus long…

Alors, la colère prit le pouvoir. Frémissante puis bouillonnante en elle, jusqu'à ce qu'elle ne puisse plus la retenir davantage. Elle sortit dans un hurlement qui résonna dans l'habitacle. Une volée de coups de poing s'abattit sur le volant, ses paumes frappèrent le tableau de bord, ses mains crispées claquèrent la portière. Les cheveux en cascade autour du visage, elle respira un grand coup et frappa de nouveau le tableau de bord.

Une sonnerie. Une sonnerie en provenance du monde extérieur.

Elle voulait le tuer. Serrer ses mains autour de son cou, arracher à sa gorge les derniers lambeaux de sa vie pathétique. Enfoncer une lame dans son torse, dans son ventre. Sectionner toutes ses artères. Le finir à coups de hache.

Puis ce fut fini. Son souffle pantelant, son cœur rugissant.

La sonnerie continuait.

Elle se regarda dans le rétroviseur central, examina son visage, son cou. À part quelques traces crasseuses, de nouvelles rides, un barbouillage de maquillage autour des yeux, elle n'était pas si éloignée de son apparence normale. Plus pâle qu'auparavant, peut-être. Peu de chances, quoi qu'il en soit, qu'elle s'attire des regards curieux à son retour.

Son cou avait pris une couleur écarlate. Sans doute pas une ecchymose ou une marque durable, se dit-elle.

— Une belle journée qui commence, annonça-t-elle au reflet dans le rétroviseur, qui lui répondit d'un sourire triste.

La sonnerie, toujours.

Elle cligna des yeux et s'aperçut tout à coup qu'elle était réelle. Elle se pencha sur le vide-poche de la portière du passager où elle avait jeté son téléphone professionnel. Elle le prit, regarda l'écran, s'attendant à voir s'afficher le nom de Shipley. Mais c'était un numéro inconnu.

— Allô ?

— C'est moi.

Louise eut besoin d'un moment pour mettre un visage sur cette voix. Et soudain :

— Caroline ?

— Il faut venir, vite ! Il est là !

— Vous êtes où ? demanda-t-elle en calant le téléphone contre son épaule tout en mettant le contact.

— Chez ma mère. Vite, venez !

— L'adresse ?

En fond sonore : un cri, un fracas. Puis : coupure de communication. Elle reprit le téléphone, rappela le dernier numéro entrant. Quelques sonneries – messagerie.

— Non…

Elle raccrocha. Fixant la route, elle cherchait quoi faire. Sur l'écran de son portable, avalanche de notifications.

Appels en absence. Un texto de Shipley.

Elle pressa son nom et attendit qu'il décroche.

— Paul…, commença-t-elle en chuchotant, espérant ne pas être trahie par sa voix.

— Tu es où ?

Elle secoua la tête devant ce ton bourru – s'en servit pour se remettre une dernière fois en mode professionnel.

— Écoute, peu importe où je suis. On doit la retrouver.

— Tu es où ?

Elle se pencha sur le pare-brise et regarda autour de la voiture pour être sûre que personne ne l'observait.

Dis-lui.

Elle en était incapable.

— C'est Caroline. Elle est en danger. Trouve-la !

— On l'a déjà fait, c'est pour ça que j'ai essayé de te joindre.

— Parfait, elle vient de m'appeler, elle a besoin d'aide tout de suite !

— Tu ne devineras jamais qui c'est. Tu te rappelles ce gosse disparu dans le bois près du fleuve, il y a une vingtaine d'années ? C'est sa sœur.

Louise ne s'en souvenait pas, mais impossible d'interrompre Shipley.

— Bref, on pense qu'il y a un lien entre cette disparition et la présence de Caroline dans ce bois.

— OK. Bon, tu peux aller chez sa mère en urgence ?

— Ouais, sans problème. De toute façon il faut la retrouver et comprendre pourquoi elle nous a menti. Tu viens ?

Louise regarda par-dessus son épaule, en direction de l'obscurité. Puis vers la route, devant elle.

— Pas tout de suite.

Elle raccrocha sans laisser à Shipley le temps de discuter. Elle regarda la maison près de laquelle elle s'était garée, si longtemps auparavant. Les souvenirs revenaient d'un coup – comme si les bois avaient été la clé.

Lui.

Elle prit sa décision.

Elle desserra le frein à main et démarra.

48

Caroline lâcha le téléphone dès que l'homme entra dans la maison. Il contourna la table de la salle à manger, brisa un saladier d'un coup de coude. Caroline cria mais il ne montra aucune réaction, continuant d'approcher de sa mère. Un courant d'air froid s'engouffra dans la pièce et, avec lui, une odeur de mort. Elle se plia en deux, prise de nausée. De nouveau, elle était dans le bois. Avec cette chose au-dessus d'elle qui la torturait.

La souffrance.

— Tu es revenu… Tu es de retour à la maison !

Caroline se jeta vers sa mère mais elle était trop loin, beaucoup trop loin. Elle devait se ressaisir, oublier les souvenirs, la douleur. Elle devait sauver sa mère du monstre.

Ce n'était pas son fils.

— Maman, viens par ici, dit-elle d'une voix trop faible.

Sa mère ne réagit pas. Elle pencha la tête, considérant cet inconnu dans sa salle à manger.

— Maman, ce n'est pas lui ! Ce n'est pas Matty.

Ignorant son corps qui lui criait d'arrêter, elle avança, atteignit l'extrémité de la pièce. Séparée par la table de l'homme, désormais pleinement visible.

Sa mère se tourna vers elle, visage radieux, souriant pour la première fois depuis une éternité.

— Regarde, Caroline. Il est revenu !

— Ne t'approche pas de ma mère ! lança Caroline à la chose dans leur maison.

Une expression de désarroi se peignit sur les traits de sa mère.

— Qu'est-ce que tu racontes, Caroline ?

Elle avança vers sa fille qui, pétrifiée, regardait la chose.

— C'est Matthew, il est de retour avec nous !

— Ce n'est pas lui. Ça ne l'a jamais été. Matty a disparu pour toujours. Ne t'approche pas de lui, maman.

— Mais si, voyons ! Pourquoi tu fais ça ?

Il était tout près de sa mère maintenant et regardait Caroline avec ce même sourire dément qu'il avait quand il la torturait dans le bois. Son odeur puissante s'insinuait en elle par tous ses pores. Sa mère le regardait toujours – avec une expression inquiète mais fugace.

— Laisse-la tranquille ! siffla Caroline.

Elle n'allait pas le laisser faire. Pas maintenant. Pas ici.

— Caroline, arrête maintenant, dit sa mère d'un ton glacial.

Elle voyait sa mère scruter le visage de la chose, y cherchant des traits familiers – les trouvant enfin.

— Où tu étais passé, mon fils ?

La chose tendit une main noueuse, sa mère fit de même. Caroline se jeta par-dessus la table mais pas assez vite. Il attrapa la main de sa mère, doucement d'abord mais resserrant rapidement sa prise. Son autre main jaillit pour l'agripper par le bras et la tirer loin de la table, vers le salon.

— Non ! hurla Caroline en voyant la chose soulever sa mère et la jeter par terre.

Elle se précipita vers elle mais s'immobilisa en voyant ce que la chose brandissait.

– Arrête !

La douleur la foudroya encore.

Impuissante, elle vit sa mère lever des yeux pleins de larmes sur Rhys Durham. Puis le couteau apparut et parut plonger dans le torse de la vieille femme.

– Non…

Elle voulait bouger mais ses jambes ne lui obéissaient plus. Se dérobèrent sous elle quand elle traversa la pièce pour l'arrêter.

Elle vit le couteau plonger de nouveau et hurla quand l'homme se tourna vers elle. Il avança, souriant. La souleva du sol et frappa sa tête contre une cloison. Caroline s'écroula. Tout juste eut-elle le temps de voir ses bottes marcher en direction de sa mère – et sa vision s'emplit de noir.

Shipley arrêta la voiture devant la maison. Pavillon mitoyen quelconque dans une rue paisible. Le jardin de devant, sauvage mais pas négligé. Il avait connu pire. Il avait essayé de rappeler Louise plusieurs fois mais elle ne répondait pas. Après une bordée d'injures adressées à son téléphone, il avait appelé le commissariat pour obtenir l'adresse de Caroline Edwards. Et celle de sa mère, pour être sûr. Louise lui avait demandé d'y aller et comme la maison s'était révélée être à quelques minutes, il n'avait pas hésité.

Elle finirait par avoir sa peau, songea-t-il. Il en avait plus appris sur elle en quelques jours qu'en trois ans. Mais il savait qu'elle ne lui disait pas tout. Sur son passé.

Il savait que cette affaire avait réveillé en elle des souvenirs qu'elle aurait préféré garder cachés. Il avait entendu des rumeurs à son sujet, des commentaires faits dès qu'elle était suffisamment loin. Ses tendances au « pétage de plombs », comme ils disaient, pour un oui ou pour un non. Il n'en avait pas été directement témoin, mais il savait que c'était possible. Avec ce genre de boulot, personne n'est à l'abri.

Et puis, il y avait l'incendie. Il n'avait pas pu s'empêcher de faire sa petite enquête. Elle avait été découverte presque morte, devant la maison familiale. C'était la seule rescapée.

Il sortit de la voiture, remonta l'allée, s'arrêta près de la porte. Les sens aux aguets, écoutant le moindre bruit suspect. Mais rien.

Au début.

Il se mit à frapper du poing contre la porte tout en criant. Il venait d'entendre des bruits à l'intérieur, des meubles cassés, des hurlements de femme, des bruits de chute… Il regarda autour de lui, cherchant un moyen d'entrer. Sortit la radio de sa poche et lança :

– *Detective sergeant* Paul Shipley, demande renforts d'urgence !

Il donna l'adresse puis regarda par la fenêtre.

Ils n'avaient pas le temps.

Le fracas continuait à l'intérieur. Il prit du recul et donna un coup de pied dans la porte. Rien. Il réessaya, de toutes ses forces, en visant la partie inférieure. La porte bougea, mais pas assez. Déjà à court de souffle, il cria :

– Police, ouvrez !

D'une main, il retira de son ceinturon sa matraque extensible. Il la déploya et frappa le pan vitré à côté de la porte. Le verre se fissura, ses cristaux formant une toile d'araignée. Encore un coup et la vitre vola en éclats, une pluie d'échardes de verre s'abattit dans la pièce. Il passa la main par l'ouverture, chercha à tâtons la serrure de la porte, fit tourner la clé. Baissa la poignée.

Sans réfléchir, il se précipita en direction du bruit. Le séjour était à sa droite, porte fermée, les bruits étaient plus forts à présent. Dès qu'il ouvrit la porte, il fut saisi par la scène. C'était une petite pièce mais elle avait la force d'un trou noir – l'aspirant, l'avalant tout entier.

Deux femmes. Une plus âgée que l'autre. À première vue, la plus jeune semblait juste assise par terre mais quand Shipley fit quelques pas vers elle il remarqua le sang ruisselant sur son visage. Il la reconnut : Caroline. La femme de l'hôpital, avec son visage bleui et jauni. Ses yeux étaient fermés, sa tête en appui contre le mur – là où elle s'était fracassée, pensa-t-il.

La femme âgée était allongée sur le dos et un homme en noir, accroupi devant elle, brandissait un couteau. Une mare de sang s'était formée autour d'elle. Shipley ne cilla pas. Sans hésiter, il se jeta sur l'homme prêt à poignarder de nouveau sa victime et, faisant tournoyer sa matraque avec un cri dont il n'avait pas même conscience, l'abattit sur son crâne. Il sentit l'impact du coup remonter tout son bras, une onde de choc douloureuse jusqu'à son épaule. Et il frappa de nouveau.

L'homme bascula sur ses pieds, s'écroula sur le flanc avec un grognement, puis tenta de se redresser. La femme gémissait, essayait de bouger mais en semblait incapable.

Sans quitter des yeux l'homme en noir, qui secouait la tête en geignant, Shipley s'accroupit devant la mère de Caroline, posa une main sur son épaule. Elle sursauta, se déplaça légèrement.

Shipley assura plus fermement sa prise et tenta de la tirer à l'écart, mais c'était un poids mort. Il jeta un coup d'œil vers Caroline toujours assise, yeux clos.

Puis vers l'homme en noir.

Dos tourné à Shipley, il luttait pour se relever. Shipley s'approcha de lui, prêt à le frapper de nouveau. L'homme s'accroupit sur un genou, retomba. À l'endroit où la matraque s'était abattue, sur le côté du crâne, les cheveux n'étaient plus qu'une masse sanguinolente. Le sang coulait sur ses vêtements, se mêlant aux éclaboussures écarlates des blessures de la femme.

Shipley leva sa matraque au-dessus de sa tête – attendit – attendit de voir le visage de l'homme.

– Allez, cria-t-il à bout de souffle, c'est fini. Allonge-toi par terre.

L'homme se tourna et se retrouva face à Shipley.

Rhys Durham posa son regard vitreux sur Shipley. Son visage n'était qu'une bouillie de sang. Des touffes de poils jaillissaient bizarrement de ses joues – ce n'était pas la grosse barbe à laquelle Shipley s'attendait. Il avait de longs cheveux foncés, poisseux. Plus vieux que sur les photos qu'avait vues Shipley, mais reconnaissable.

Rhys Durham s'étendit devant Shipley, haletant. Très vite, le sol se couvrit d'une flaque de sang autour de sa tête. Il ouvrit et ferma les yeux. Son souffle était rauque.

– Putain, je l'ai eu…, murmura Shipley, et l'idée le fit presque rire.

Il se tourna vers Caroline et alla s'agenouiller près d'elle.

– Caroline, réveillez-vous, c'est Paul. *Detective sergeant* Shipley. Réveillez-vous. C'est fini.

Il posait la main sur son épaule quand elle ouvrit lentement les yeux. Ses pupilles se dilatèrent quand elle reconnut l'homme devant elle. Sans doute était-il la dernière personne qu'elle s'attendait à voir.

– Que… où est maman ?

– Juste à côté. Elle est blessée. Restez calme, d'accord ? La police arrive, et je vais appeler une ambulance.

– Et où est…

Elle s'interrompit en voyant la forme noire étendue plus loin. L'homme gémissait, faisait des bruits gutturaux, incapable de bouger.

– Ça va. Il ne vous fera plus de mal.

Il se releva et avança vers Rhys Durham en sortant sa radio de sa poche.

Ses mains tremblaient encore, l'adrénaline pulsait dans ses veines, irriguait tout son corps. C'était une sensation intensément satisfaisante.

– Envoyez une ambulance ! Même adresse !

Le cri de Caroline le fit sursauter. Il se retourna et vit Rhys Durham debout, titubant, presque plié en deux, se ruer vers lui en hurlant.

Son cœur s'arrêta. Le temps aussi.

Shipley fit un pas de côté, sa matraque s'abattit sur le dos de son assaillant, le projetant contre une table basse renversée.

Rhys Durham ne bougeait plus. Ne gémissait plus.

Shipley sentit son cœur repartir à toute vitesse. Il secoua la tête, regarda Caroline qui était comme paralysée.

– Ne restez pas là.

Il cherchait du regard quelque chose, n'importe quoi, susceptible de l'aider.

– Sortez d'ici !

Puis, se baissant, il souleva Val Edwards et la traîna dans le couloir.

À présent, il fallait trouver un moyen de neutraliser Rhys Durham sans lui infliger d'autres blessures.

Il voulait se retrouver face à lui dans une salle d'interrogatoire.

— Occupez-vous de votre maman, dit-il à Caroline dans le couloir.

Au loin, des sirènes.

Il retourna dans le salon, s'attendant presque à découvrir que Rhys Durham s'était échappé. Un méchant de film d'horreur, qui s'en tire toujours à la fin.

Mais Rhys Durham était toujours étendu dans la pièce, inconscient. La mare de sang autour de lui rejoignait celle laissée par la mère de Caroline.

Shipley s'approcha et lui fit une clé de bras.

C'était un humain. Un homme. Pas un monstre. Pas une légende.

Juste un être humain.

Shipley aurait voulu appeler Louise, la rassurer. Il faudrait attendre encore un peu.

Il raffermit sa prise.

Et attendit la cavalerie.

49

Louise roulait vers le nord quand son téléphone sonna de nouveau. Elle regarda l'écran, sachant que le nom de Shipley y était inscrit. Elle envisagea de jeter par la vitre cette saleté d'appareil mais l'envie d'entendre encore une fois sa voix l'emporta.

– Oui ?

– On l'a !

Elle entendit l'excitation dans sa voix. Elle se répandait dans toute la voiture, enveloppait Louise dans son étreinte chaleureuse.

La jeune femme ne put s'empêcher de sourire.

– Elles vont comment ?

– La mère a reçu plusieurs coups de couteau, elle est en route pour l'hôpital, là. Elle a perdu beaucoup de sang mais elle est encore en vie. Caroline… eh bien, elle va encore avoir besoin de quelques jours de repos.

– Bon, alors tant mieux…

– C'était Rhys Durham, reprit Shipley comme s'il n'avait pas entendu Louise. On avait raison depuis le début. Et puis, il y a eu d'autres découvertes ce soir. Des gosses dans les bois, ce genre de choses. On pense qu'il y a des *copycats*. Des opportunistes, quoi. Toute la police est sur le coup. Avec un peu de chance, on va bientôt avoir la situation sous contrôle.

Louise réfléchit à cette hypothèse de *copycat*, et la rejeta. À présent, elle pensait avoir compris ce qui s'était passé. Ce qui se passait encore. Les fragments s'assemblaient, son passé et son présent fusionnaient, et elle y trouvait enfin un sens. Il n'était pas le seul. L'homme qu'elle avait connu n'était pas le seul. Il avait été le premier. Rien de plus. C'est lui qui était à l'origine de toute l'histoire. Il s'était emparé d'un conte apocryphe et l'avait rendu réel. Acte prémédité ou pur hasard, elle n'en était pas sûre, mais le résultat était là. Quand elle était entrée dans le bois, voilà des années, il n'avait peut-être pas prévu d'endosser le costume du Désosseur, mais c'est ce qui s'était produit.

Il n'était pas juste un tueur. Il n'était pas juste le Mal.

Il était plus que ça.

Il façonnait les autres à son image.

— Il faut à tout prix qu'ils retrouvent tous les corps dans les bois, répondit Louise en approchant de la voie rapide qui l'emmenait à destination. C'est très important !

— Tu es en route, là ?

Louise hésita, cherchant comment répondre à cette question.

— Écoute, je…

— Il faut que j'y aille, Louise, mais fais-moi signe dès que tu arrives. C'est grâce à toi qu'on l'a chopé. Il faut qu'on fête ça. Tous les deux.

Elle allait répondre mais Shipley avait raccroché.

Elle pensa à ce qu'elle avait laissé dans le bois. Cet homme. Ce qu'il était devenu.

Il n'allait pas s'arrêter là.

Tout recommencerait. Une nouvelle histoire. Une nouvelle légende.

D'autres morts.

Pour elle, la situation était claire. Elle avait un choix à faire. Ou bien continuer à rouler en direction du nord, vers les lacs ou plus loin. Démissionner de la police et commencer une autre vie, encore plus cachée.

Ou bien faire demi-tour, retourner dans le bois et empêcher le début d'une nouvelle histoire.

Elle pouvait y mettre un terme.

Continue. On est libres. Personne n'est au courant. Continue de rouler et tu ne seras plus jamais confrontée à lui.

— La ferme.

Tu ne peux pas gagner. Personne ne peut. Qu'est-ce que tu vas faire ? Le tuer ?

Elle secoua la tête. Ses mains tremblaient.

Ce serait être exactement comme lui. C'est ce qu'il veut. Ils le sauront, tous. Tu es une tueuse. Comme ton père. Comme ton père l'a toujours été. Continue de rouler.

— Non.

Louise s'arrêta sur le bas-côté de la route et regarda ses mains vibrer sur le volant. Elle sentit la crispation familière dans son thorax. Elle savait à quoi ressemblerait son avenir si elle continuait à fuir.

— On ne se cache plus, murmura-t-elle.

Voilà comment ça se finit.

Elle pensa à l'homme dans les bois. Son père. L'homme qui la hissait sur ses épaules quand elle était petite. Qui lui lisait des histoires pour l'endormir. Qui avait été parfait.

Pendant un certain temps.

Puis, à l'homme qu'il était devenu. Renfermé, distant. Colérique, prompt à crier. Si différent d'avant.

Elle pensait savoir pourquoi. Il avait essayé d'être normal. D'avoir une famille, d'être comme tout le monde. Mais ça n'avait pas marché. Il avait toujours été quelque chose d'autre. Quelque chose qu'il avait fini par ne plus pouvoir garder en lui.

Les souvenirs affluaient tandis que l'obscurité enveloppait la route. Des flashs, çà et là. Comme si son esprit avait concocté un diaporama de tout ce qu'elle avait refoulé jusqu'alors, de tout ce qu'elle refusait de montrer, et qu'il le lui projetait en accéléré.

Louise ne savait pas ce qui s'était passé pendant toutes ces années. Combien de victimes exhumées étaient l'œuvre de son père et combien celle de Rhys Durham. Peu importait. Ça revenait au même. Ils n'étaient qu'une seule et même personne.

Ils étaient le Désosseur.

C'est ce que son père avait été. Était toujours.

Personne ne devait le savoir. Ça ne ferait qu'aggraver la situation. Si elle pouvait entrevoir un avenir, une lumière, il n'y avait plus que lui à réduire au silence.

Tu es exactement comme lui.

Elle refit le trajet en sens inverse. Le temps lui échappait, le soir se fondait dans la nuit, le noir complet seulement percé par les phares de sa voiture.

De retour dans ce bois dont elle s'était enfuie seulement quelques heures plus tôt.

En un sens, elle avait toujours su que ça se terminerait là. Quand elle s'était retrouvée seule à treize ans, terrifiée, elle avait été recueillie par ses grands-parents. Elle n'avait jamais rencontré des membres de sa famille paternelle – elle se demandait même s'il y en avait. Elle était devenue adulte avec une seule certitude : toute sa famille avait disparu. Désormais, elle comprenait qu'ils l'avaient protégée de la vérité. Encouragée à oublier sa vie d'avant. De sorte qu'il ne lui restait plus que des flashs de l'existence d'une autre.

De retour dans ce bois qu'il aimait tant.

Il voulait la façonner à son image. La réponse était là. D'autres souvenirs crevaient la surface. Elle tenta de résister. Échec.

L'année avant qu'elle se retrouve toute seule, ils s'étaient souvent promenés dans ce bois. Rien qu'elle et lui.

Il avait vu quelque chose en elle.

Elle connaissait la vérité.

Elle était censée être comme eux. Comme Rhys Durham et Steven Harris. Comme d'autres encore, supposait-elle. Des disciples, des fidèles. Mais elle ne serait jamais comme ces gens.

Tu l'es déjà. C'est pour ça que tu t'es enfuie. À la fin, c'est lui qui va gagner.

Le trajet était passé à toute vitesse. Maintenant que Louise atteignait le nord de la ville, les maisons se clairsemaient.

Elle se demanda quelles conséquences la police tirerait de cette affaire. Si Shipley serait davantage intégré aux enquêtes, dans la mesure où il avait arrêté Rhys Durham.

Elle se demanda si elle serait encore là pour voir comment la situation de Shipley évoluait. Si tous les deux auraient pu avoir un avenir.

Une part d'elle espérait qu'elle ne le saurait jamais. Qu'elle n'éprouverait jamais cette déception qui lui semblait inévitable.

Car c'était aussi la fin de son histoire à elle.

Il était presque 1 heure du matin quand elle se gara dans la même rue que quelques heures plus tôt. Sans hésiter, elle prit sa clé de contact et sortit de la voiture. La force du vent la plaqua en arrière. Là, près de la côte, il était violent et impitoyable.

Une fois dans le bois, ce serait différent, se dit-elle. Elle referma son blouson et se mit en marche.

Elle suivit le chemin jusqu'au bois. Après, elle ne pouvait compter que sur elle-même. Elle avançait d'un pas décidé, parfois une déchirure dans les nuages baignait un sentier d'une lueur lunaire. Très vite, elle n'en eut plus besoin. La vision et l'odeur d'une autre lumière allaient lui servir de cap.

L'odeur d'un feu portée par la brise – les arbres et les fourrés bloquaient les rafales de vent. La température avait baissé d'un coup. Son blouson pas assez rembourré se laissait transpercer par le froid et elle frissonnait, s'enfonçant toujours plus profond dans le bois. Mais ce n'était qu'une sensation périphérique dans son esprit. Il ne fonctionnait plus qu'en mode obsessionnel.

Il fallait qu'elle arrive au centre du bois.

Il fallait qu'elle le trouve.

Et après ? Tu vas faire quoi ?

Elle entendit des craquements, des filets de fumée dérivèrent vers elle, l'enveloppèrent, traversèrent son corps. Comme des doigts, des pousses qui voulaient la toucher. Recouvrir sa bouche et l'étouffer. Consumer tout sur leur passage.

Elle était tout près, maintenant.

Les branches d'un passé oublié depuis longtemps jonchaient le sol. Des arbres tombés, laissés à leur mort. Le temps les avait dénudés, laissant seul le souvenir de ce qu'ils avaient été. Louise imagina une lumière sépia scintillante, cascadant de leurs frondaisons. La beauté offerte par la nature. Au-dessus d'elles, les arbres qui avaient survécu aux années somnolaient. Ce qui devait être magnifique sous les rayons du soleil n'était qu'un amas de troncs noirs charbonneux, pesant sur elle comme pour mieux l'avaler. Ils avaient perdu leur vivacité, leur vitalité. Ce n'était plus que des bâtons inertes de néant.

Elle entendit un feu crépiter, crachoter. La lueur orange et rouge devant elle prenait de plus en plus d'ampleur. Elle aurait voulu se mettre à courir mais sa cheville n'était pas du même avis – souvenir de ce qui s'était passé quelques heures seulement auparavant.

Des flashs rouges dans sa vision. La pénombre couvre ses yeux.

Elle avançait, écrasait des branches dans un craquement. Les brindilles sautaient sur son passage, leur bruit devenait atone. Elle finit par franchir la lisière des arbres et se retrouva dans la clairière.

Elle s'arrêta au bord de la crête. Un tic nerveux dans la joue. Lèvres crispées. Elle ne voulait pas inspirer l'air de peur que ce ne soit sa dernière respiration normale, avant que la vue du feu provoque une nouvelle attaque.

Pourtant, elle savait qu'il n'en serait rien. Comme si cette part de sa vie commençait à s'évanouir, laissant la place aux souvenirs de son passé.

Il était assis près du feu, tête baissée sur son torse. Elle vit ses mains : jointes comme pour prier. Elle vit pourquoi on pouvait le percevoir comme non-humain. Sa faculté à se fondre dans son environnement, à devenir obscurité dans l'obscurité. Elle approcha, descendant prudemment la petite crête, manquant glisser dans la terre meuble. Elle s'arrêta face à lui. Entre eux, le feu. Il était plus grand qu'elle l'avait cru en arrivant. Au milieu des flammes, un empilement de bois, et d'autres choses en dessous. Le vent se leva, tourmentant les flammes, avant qu'elles se calment. Faisant voler quelque chose qui atterrit à quelques mètres d'elle. Une photo presque entièrement calcinée.

— Tu es revenue, dit la voix que les années avaient tellement changée. Je le savais.

Il est en train de tout brûler, pensa-t-elle. Son passé à elle. Son passé à lui. Ce qui avait survécu et qu'il avait emmené dans le bois, il y a tant d'années. Tout était consumé par les flammes.

Il détruisait tout ce qui le rattachait à son passé. Il regardait les ultimes vestiges de son humanité réduits en cendres.

— Pourquoi ?

Il leva sur elles des yeux noirs à lueur du feu.

— Je… je n'étais pas prêt.

— Je n'aurais jamais cru que tu pourrais me faire du mal. Je viens de toi. C'est ton sang qui coule dans mes veines.

Il gloussa doucement, comme si elle lui avait raconté une vieille plaisanterie.

— C'est vrai. Mais ce n'est pas assez.

— Ça devrait.

— J'ai besoin de te raconter une histoire, Louise.

Elle attendit qu'il parle. Une sorte de calme l'envahissait, devant le feu. Sa chaleur l'apaisait, emplissait son corps de sérénité. Le silence était presque complet. Et elle sentit son esprit aussi faire silence, prêt à entendre la vérité. Sur lui. Sur elle. Sur leur passé.

C'est pour ça qu'elle était revenue.

Elle avait besoin de savoir.

— Je t'ai laissée tomber.

Sa voix avait pris une intonation plus familière. Pas tout à fait celle qu'il prenait pour lui lire une histoire au moment d'aller au lit, mais une voix plus douce qu'avant. Plus humaine.

— Quand tu étais plus jeune, tu ne comprenais pas ce qu'il y avait en toi. Ce que je t'avais légué en tant que ma fille. La colère, l'amertume. J'aurais dû les identifier. En fin de compte, c'est ce qui est arrivé. Mais je ne voulais pas m'y résoudre. J'avais fait tellement d'efforts pour ne plus être cette personne-là. Quand je me suis vu en toi, j'ai compris que je ne pourrais jamais échapper à ce besoin.

— Je ne suis pas comme toi.

— Tu sais où a commencé l'histoire du Désosseur, Louise ? reprit-il comme s'il ne relevait pas sa remarque. Ici. Dans ce bois. C'est là que je suis né. Pas littéralement, bien sûr, mais mon histoire a débuté ici quand j'étais jeune. Les autres gamins ne comprenaient pas ce que j'étais, pourquoi je faisais les choses que je faisais. Alors ils m'ont laissé tout seul, pour que je trouve ma voie. Et je l'ai trouvée.

— C'est quoi, ton but ? demanda Louise en résistant à l'envie de s'asseoir et de laisser ses paroles calmer son esprit. Rien de ce que tu me racontes n'explique ce qui s'est passé.

— Tu as toujours voulu aller plus vite que la musique… J'ai senti ça en toi quand tu étais toute petite. Toujours besoin d'être en avance sur les autres gamins. Tu voulais grimper plus haut, courir plus vite. Ton frère avait quatre ans de plus que toi et il avait parfois du mal à suivre le rythme.

— Et ils sont morts. À cause de toi.

Il tourna légèrement la tête, comme s'il écoutait le silence. Il regarda Louise, un fantôme de sourire flotta sur son visage.

— Je me suis toujours demandé si tu te rappelais. Si la culpabilité était un fardeau pour toi. J'ai su par la suite que tu étais partie. Que tu étais brisée. J'espérais que tu serais capable de te servir de ce que tu avais fait, cette nuit-là. Qu'un jour, nous nous retrouverions assis autour d'un feu, à chercher un terrain d'entente. Mais tu as l'air d'avoir complètement oublié. C'est peut-être mieux ainsi.

Louise observait le feu, sa beauté. Elle voyait comment on peut réussir à contrôler une force aussi dévastatrice. L'étincelle d'un souvenir – l'étincelle d'une allumette craquée dans l'obscurité. Et le scintillement de ses yeux dans sa chaleur.

– Tu penses à eux, Louise ? Tu ressens quelque chose quand tu penses à eux ?

Elle ne répondit pas, perdue dans le feu. Des images lui revinrent. Un rêve récurrent qu'elle n'avait plus fait depuis longtemps. Sa grand-mère qui entre dans sa chambre, au milieu de la nuit. Qui la prend dans ses bras. Et Louise qui pleure, qui gémit.

Elle pensa au feu.

Comme souvent.

Elle avait refoulé tout ça. S'était jetée à corps perdu dans son métier. C'était devenu sa vie. Elle ne pensait plus à ce qu'elle avait traversé.

À ce qu'elle avait fait.

– Tu n'as jamais rien ressenti pour eux. Tu as les mêmes lacunes que moi : aucune empathie, aucune compassion.

Elle se gratta la cuisse. La cicatrice qui refusait de partir. Vestige de cette nuit dont elle ne voulait absolument pas se souvenir.

– C'était un accident…, chuchota-t-elle.

Sa voix se perdit dans les flammes.

– C'est toi qui as allumé ce feu, Louise. C'est toi qui les as tués, tous les deux.

50

– Non.

Un seul mot. C'était tout ce qu'elle avait. Ça ne suffisait pas.

Elle n'avait pas pu prononcer d'autres paroles. Son esprit tournait à toute vitesse, les pensées et les souvenirs rivalisaient pour attirer son attention.

– Non, répéta-t-elle en espérant que ça *pouvait* suffire.

– C'est tout ce que tu trouves à dire ?

Une expression neutre avait remplacé son sourire. Elle n'arrivait pas à le déchiffrer. Elle n'y était jamais arrivée.

– Je pensais que tu réagirais un peu plus.

– Tu mens.

– Tu sais que c'est vrai, Louise.

– Arrête de dire mon prénom.

– Ils sont morts dans leur lit sans jamais savoir que tu avais allumé le feu. Ensuite, tu as regardé. Tu as regardé et tu étais fascinée, sachant ce qui se passait dans la maison. Tu t'en souviens ?

– Oui... mais ce n'était pas moi. C'était un accident.

– Non. Tu connais la vérité, n'est-ce pas ? C'est pour ça que tu es venue ce soir, non ? La vérité ? Je ne te mentirais pas. J'en serais incapable. Si je voulais leur mort – et, crois-moi, j'y ai pensé plus d'une fois –, je serais passé à l'acte et ç'aurait été plus propre que ce que tu as fait. Il ne serait plus resté la moindre trace d'eux. Personne n'aurait jamais su ce qui leur était arrivé. Pendant toutes ces années, j'ai été très prudent.

— J'aurais été incapable de faire ça, dit Louise.

Mais son esprit l'avait trahie en concoctant ce mensonge. Il y avait encore certaines images, certains bruits qu'elle n'arrivait pas vraiment à décrypter.

— Je ne suis pas comme toi.

— Tu n'arrêtes pas de répéter ça mais ce n'est pas vrai. Tu es exactement comme moi. Qu'est-ce que tu croyais ? Qu'en entrant dans la police tu ferais partie du camp du Bien ? Tu pensais pouvoir tourner le dos à ce que tu es vraiment et ne plus y penser ? Ce n'est pas comme ça que ça marche, la vie.

— Je m'en serais souvenue…, murmura-t-elle.

Mais elle sentait bien qu'il avait raison. Pendant des années, elle avait refoulé des pans entiers de sa vie. Sa façon à elle d'affronter ce qu'elle avait fait, ce qu'elle était. La petite voix qui lui parlait – et gardait le silence, désormais – avait essayé de lui ouvrir les yeux, mais elle l'avait ignorée.

— Pourquoi j'aurais agi comme ça ?

— Tu voulais faire souffrir les gens, les choses, les animaux, répondit-il, comme si ce désir de faire le mal était la chose la plus naturelle au monde.

Il la répugnait mais elle se sentait hypnotisée. Piégée par ses mots.

— Un jour, reprit-il en remuant les braises à l'aide d'un long bâton, je t'ai surprise les mains autour du cou d'une petite fille qui vivait dans notre rue. Il m'a fallu toute ma force pour t'arracher à elle. La pauvre était traumatisée… J'ai dû déployer des trésors de diplomatie pour que ses parents acceptent de ne pas porter plainte à la police.

– Tu mens.

Mais elle revoyait les yeux de la petite fille, leur éclat apeuré, la sensation de son cou entre ses petites mains. Et le sentiment de puissance qu'elle tirait de son geste. La scène lui revenait à présent, parfaitement détaillée.

– Tu t'en souviens. Bien. Réfléchis-y. Tu ne seras plus jamais la même, après.

– Je ne veux pas faire le mal…

Sa voix était un grognement qui lui râpait la gorge. Elle secoua la tête.

– Non, non… Je ne suis pas comme toi, pas comme toi !

Il se leva et s'approcha d'elle.

– Je n'ai jamais voulu que tu aies cette vie, Louise.

Elle recula. Il avançait toujours.

– Et je ne voulais pas de cette vie pour moi. Je voulais être normal. C'est pour ça que j'ai épousé ta mère. Que je lui ai fait deux enfants. Mais la pulsion, le *besoin* étaient toujours là. Au fond de moi. Un an avant la mort de ta maman et de Martin, j'ai tué quelqu'un. Un SDF quelconque qui n'allait manquer à personne. J'ai éprouvé un tel bien-être à pouvoir enfin redevenir l'homme que j'étais… Comme si, avant ce jour, il me manquait un bras et qu'il avait brusquement réapparu. De nouveau, j'étais entier. Je savais que le moment approchait où je devrais tous vous quitter. Tu te rappelles quand on se promenait dans ce bois ? Tu savais pourquoi on faisait ça, je n'ai jamais eu besoin de te le dire. Ces marques – ma marque – sur les arbres, c'est toi et moi qui les avons gravées. On se préparait à rentrer chez nous. Cette nuit… cette nuit-là a tout changé. Je pensais que tu allais enfin accepter ce que tu étais devenue, mais tu n'as pas pu. Pas à ce moment-là. Alors je suis retourné dans le bois et, pendant un moment, j'ai espéré. Espéré que tu reconnaîtrais où est ta vraie place. Ici. Et je suis redevenu le Désosseur.

– C'était un accident ! répéta Louise.

Elle sentit une larme couler sur sa joue, l'effaça du revers de la manche, recula d'un pas. Oui, elle s'en souvenait : les moments juste avant ; la panique ; la peur. La sensation de contrôle. Allumer des feux était devenu son passe-temps favori. Elle regardait les flammes danser, et ce spectacle lui procurait un sentiment de pouvoir.

Elle pensa aux rideaux du salon. Au briquet Zippo que sa mère avait caché dans un tiroir de la cuisine. Pour fumer dans le jardin de derrière, à l'écart de Louise et de Martin. Son frère. Plus âgé qu'elle, dans les quinze ou seize ans. Elle le voyait parfaitement. Elle l'avait toujours vu parfaitement. Elle se rappelait aussi qu'elle n'arrivait pas à s'endormir, l'idée d'un briquet à portée de main au rez-de-chaussée tourmentait son esprit.

Louise ne s'était jamais autorisée à penser à ce qui s'était passé cette nuit-là. Pas complètement. Seulement à l'après : la sensation de chaleur, le bruit de la maison ravagée par les flammes. Et le froid dehors, pendant qu'elle restait là, à contempler l'incendie.

À présent, elle se voyait : se faufilant dans la cuisine, jouant avec les rideaux du salon. Elle détestait leur couleur. Sa mère l'avait emmenée le jour de leur achat, lui laissant croire qu'elle pourrait donner son avis alors qu'elle n'en avait tenu aucun compte.

Elle avait allumé le briquet. La flamme s'était lancée à l'assaut du tissu. Elle se rappelait le bruit, et l'excitation qu'elle avait ressentie. Elle avait regardé les flammes se propager dans toute la pièce, jusqu'à ce qu'elle soit obligée de sortir. Mais avant, son pyjama avait pris feu, brûlant sa jambe, et elle s'était précipitée dans le jardin, se roulant dans l'herbe.

— Je n'ai jamais voulu leur mort.

— Arrête de te mentir, Louise.

Il n'était plus qu'à une trentaine de centimètres d'elle. Elle sentait son odeur, subissait l'assaut de son parfum répugnant. Son visage était incandescent, le feu brûlait toujours à côté d'eux.

— Tu sais ce que tu es. Ce que je voulais que tu sois. Je t'ai attendue. Je suis venu dans ce bois. J'ai tué, encore et encore. L'histoire a repris possession de moi. Les gamins du coin qui m'apercevaient dans le bois ajoutaient leurs propres versions à la légende.

— Je ne veux pas entendre ça.

— Il le faut. Et je sais que tu veux savoir. Je savais que si cette femme était trouvée près de ce bois, tu prendrais part à l'enquête. Je ne pouvais pas venir te chercher, tu comprends ? Il fallait que je te fasse revenir dans cet endroit.

— Rhys Durham…

Louise secoua la tête, incrédule.

— … il est quoi, pour toi ? Ton petit protégé ?

Il eut un sourire bizarre, écœurant.

— Chaque corps enterré dans les bois représente un échec. Une erreur. J'ai passé des années à essayer de te remplacer, avant de comprendre que c'était impossible. J'ai trouvé quelques types. Jeunes, paumés, désorientés. Je leur ai donné le but que j'aurais dû te donner. Je les ai transformés en quelque chose de plus grand que tout ce qu'ils auraient jamais pu imaginer. Je leur ai donné les outils. Tu dois comprendre ce que sont les gens comme toi et moi. Nous sauvons ces âmes tout en nourrissant l'obscurité en nous. Nous leur offrons l'émerveillement de la mort, loin des horreurs de leur vie.

— Tu les as transformés en tueurs. Steven Harris, Rhys, et combien d'autres encore…

— Steven n'a jamais fait l'affaire. Pas comme Rhys. Rhys est le seul à s'être jamais approché de ce que tu vas devenir.

Son visage s'assombrit brusquement.

— Il est devenu bien plus que je l'imaginais. Ça a pris du temps mais il peut partir, maintenant. Devenir sa propre histoire. Nous laisser tous les deux pour devenir encore plus grand.

— Il est mort, dit Louise, et elle savoura la réaction provoquée par son mensonge.

Le visage de son père s'affaissa, se creusa. Elle sentait la peine qu'elle lui avait causée.

— J'ai prévenu la police. Qu'il allait chez Caroline et sa mère. Ils l'ont tué pour sauver Caroline et Val Edwards.

— Il fallait qu'elles meurent…

— Pas ce soir. Je l'en ai empêché. Steven Harris n'est pas mort, mais c'est tout comme. Il est dans une cellule, en ce moment, et va être inculpé de double meurtre.

Elle avança d'un pas.

— Il a violé la femme, tu le savais ? Il est entré chez eux et les a tués dans leur lit. Mais il l'a violée quand elle était encore en vie. C'est ça que tu lui as appris ?

— Non… ça n'aurait jamais dû arriver. Je ne lui ai jamais dit de faire ça.

— Eh bien, tu ne dois pas être un si bon prof que tu l'imagines. Est-ce qu'il t'arrive parfois de penser aux autres, *papa* ? Est-ce que ce sont toujours des âmes à sauver, ou tes petits soldats tuent aussi par envie ? Parce qu'ils veulent se sentir puissants ? Quand ils tuaient des femmes, ils se comportaient peut-être comme n'importe quel homme à qui on donne un peu de pouvoir. Peut-être qu'ils les ont toutes violées aussi.

– Ils ne sont pas comme ça.

Louise ne tressaillit pas malgré le volume pris par sa voix, qui ricocha sur les arbres tout autour de lui.

– Je ne suis pas comme toi. Même à l'époque, tu aurais pu t'en rendre compte. J'ai vu clair en toi. J'ai vu ce que tu étais. Et ça t'a fait peur, n'est-ce pas ? De comprendre que j'étais plus forte que tu le serais jamais. Peu importe le nombre de gens que tu as emmenés dans ce bois pour les assassiner, tu n'étais même pas fichu de prendre en charge ta propre fille. Une *petite fille*. Ça te terrifiait. Tu étais pétrifié à l'idée que je puisse m'en prendre à toi…

Il parut rapetisser. Elle s'approcha un peu plus près.

– Tu es faible, reprit-elle en jouissant de le voir incapable de la regarder.

Il semblait si petit, insignifiant.

– Tu n'as jamais pu me contrôler comme tu pensais les contrôler, eux.

– Il ne m'a jamais contrôlé.

Louise pivota. La nouvelle voix dans les ténèbres venait de derrière. Elle sentit son cœur s'arrêter une seconde. Son souffle bloqué dans sa gorge.

La parole surgit de nouveau des ombres.

– Il n'en avait pas besoin. Ce que j'ai fait, je le voulais.

Louise plissa les yeux, scrutant les arbres par-delà le halo du feu. Quelqu'un commençait à se détacher de la nuit.

— Elle est avec nous ? demanda la voix éraillée et grave. Qu'est-ce que je fais de lui ?

— C'est qui ? Avec qui il est ?

— Pitié, laissez-moi partir, dit un homme qui se débattait dans la poigne du nouveau disciple de son père. Je suis juste un cameraman. Je ne dirai à personne que vous vivez ici, promis.

— Mets-le avec les autres.

Front plissé par l'effort de comprendre ce qui était en train de se passer, Louise se retourna vers son père.

— Les autres ?

— Tu croyais peut-être qu'il n'y avait que toi, dans ce bois ? Louise, tu me connais mieux que ça. Ceci… est un de mes « petits protégés », comme tu dis. L'homme qu'il nous ramène… eh bien, ça pourrait être ton premier.

L'homme continuait de sortir des ombres. Louise s'aperçut qu'il n'avait pas plus de vingt ans. Elle recula pour essayer de garder les deux hommes dans son champ de vision. La lumière du feu l'éclaira et elle vit l'homme qu'il amenait dans la clairière. La lumière jeta un éclat sur la lame du couteau que le jeune homme tenait pointée contre l'arrière du crâne de sa victime. Ce dernier ne parlait plus, la force de combattre l'abandonnait. Il tourna lentement la tête dans la direction de Louise mais elle ne distingua pas l'expression de son visage. Elle en était presque soulagée. Elle ne voulait pas voir la peur dans ses yeux, son visage s'effondrer quand il prendrait la mesure de ce qui allait lui arriver.

Elle ne pouvait pas rester sans réagir.

— Laisse-le partir !

Le cri de Louise résonna parmi les arbres mais son père resta impassible.

— Il n'est pas important. Tu m'as, moi. Il n'a rien à voir avec cette histoire. Il n'est personne.

— Tu es revenue ici parce que tu savais que c'était ta destinée.

— Laisse-le partir, s'il te plaît.

Son père regarda son disciple poussant le cameraman, puis revint vers Louise. Elle espérait qu'il sentirait combien il était important qu'il écoute sa fille.

— Tue-le.

Son corps réagit avant même qu'elle entende l'ordre. Elle se tourna vers le jeune homme, prêt à l'exécuter. Ses jambes se mirent en mouvement avant qu'elle s'en aperçoive. Le temps ralentit pendant une ou deux secondes, le monde devint flou autour d'elle tandis qu'elle s'élançait vers eux. Elle contourna le feu. Le jeune homme lui sourit, brandit le couteau en l'air.

Le cameraman tenta de se débattre mais Louise se rendait bien compte qu'il n'avait plus de force. Combat perdu d'avance. Le visage ensanglanté, il agitait vainement les bras.

Elle était à moins d'un mètre quand elle sut que c'était trop tard. Inutile.

Continue. Tu peux l'empêcher…

Et Louise vit un autre Désosseur enfoncer la lame du couteau dans le corps de l'homme.

51

Louise s'immobilisa, respirant par saccades, incapable de comprendre ce que ses yeux voyaient. Elle crut sentir l'odeur du sang coulant du corps de l'homme qui venait lentement de s'affaler.

Elle n'eut pas totalement conscience de hurler. Le bruit lui semblait lointain tandis qu'elle s'approchait de l'homme avec l'impression de fendre les flots d'une mer de sang.

– Non… non…

Il était tombé sur le côté. Le *mauvais* côté, celui où le poignard était entré. Les yeux clos, la respiration courte, presque imperceptible. Louise voyait les mouvements de sa poitrine et entendait à peine le rire au-dessus d'elle. Agenouillée devant l'homme, elle lui tenait la tête, priant pour que ses paupières se rouvrent. En vain. Sa respiration se fit plus pénible, une goutte de sang coula de ses lèvres, visible à la lueur du feu.

Elle reposa soigneusement la tête de l'homme dans la terre. Et toujours ce rire. Elle s'essuya le visage avec sa manche et le monde retrouva peu à peu ses contours. Les sens de nouveau en éveil, elle sentit la colère bouillonner en elle, l'obscurité l'envahir, s'engouffrer dans ses veines, se répandre sur elle comme une seconde peau.

Lentement, Louise se redressa, un râle guttural montant des profondeurs de son ventre pour jaillir de sa bouche.

À ce bruit, le jeune homme tressaillit. Elle était debout à présent, face à lui.

– Tu l'as tué.

– Et maintenant, je m'occupe de toi.

Son sourire s'effaça, remplacé par une expression vide. Ses yeux vitreux, fixes, braqués sur elle.

– Fini de jouer…

Mâchoires et poing serrés, Louise laissa enfin la fureur prendre possession de son corps.

Elle se jeta vers lui au moment où il brandissait son couteau, plongea pour esquiver le premier coup. Il se retourna vivement, son bras tournoya, la lame balaya l'air à l'endroit où se trouvait Louise. Elle respirait bruyamment, tout son corps en éveil. Elle enregistrait chacun des gestes de son assaillant, le guettait, l'attendait.

Sa part animale, sauvage, la guidait.

Il s'élança sur elle, elle bascula à gauche – la lame passa à quelques millimètres d'elle. Elle saisit son poignet, le tordit vers l'arrière et, dans le même mouvement, poussa le couteau vers le torse de l'homme.

Elle manqua son coup.

La lame se planta dans son cou, juste sous le menton. Il tituba en arrière. D'un coup de pied circulaire dans les tibias, Louise l'envoya au sol. Et se jeta sur lui.

Écrasant le bras du jeune homme de tout son poids, elle enfonça le couteau dans sa gorge, jusqu'à la garde. Elle hurlait, la salive coulait de ses lèvres. Incrédule, il écarquillait les yeux. La main toujours sur le manche, il s'efforçait de retirer la lame.

– Alors, ça te fait quoi ? Hein, ça te fait quoi ?

Elle plaqua ses deux mains sur celle refermée sur le manche, et accentua la poussée. Sa salive couvrait le visage du jeune homme. Elle vit ses yeux s'exorbiter, sentit ses jambes s'agiter de moins en moins fort sous elle. Puis son visage changea de couleur avant de se figer.

Dans le halo du feu, les mains de Louise étaient livides. Elle les desserra lentement du couteau, laissa sa fureur refluer.

Jusqu'à ce qu'elle entende des applaudissements derrière elle.

– Je suis tellement fier de toi ! dit son père comme si elle venait de remporter une course à la journée sportive de l'école ou de lui montrer une aquarelle faite en cours d'arts plastiques.

Louise restait debout, immobile, silencieuse. Sans se tourner vers lui.

– C'est ce que j'ai toujours voulu, poursuivit-il dans le crépitement des flammes. Ce que j'ai toujours senti chez toi. Cette noirceur. Je savais que tu l'avais en toi. Tu la sens aussi, n'est-ce pas ? Cette force. Tu l'as toujours eue. Tu es en train de devenir autre chose… Tu ne seras plus jamais la même. Nous y sommes. Toi et moi. Plus jamais d'échec. J'ai travaillé dur pour te trouver un remplaçant mais ça n'a jamais marché. Tu es moi.

Il se tut. Le silence retomba sur eux. Louise regarda l'homme étendu par terre – inerte. Elle sentit sa respiration accélérer peu à peu, son cœur s'emballer.

Elle ferma les yeux, respira profondément par le nez. Elle revoyait le regard du jeune homme quand elle avait enfoncé le couteau dans sa gorge. Le calme revint en elle.

Maintenant, elle savait ce que l'on ressentait en tuant un être humain.

Elle se retourna, ouvrit les yeux et regarda son père. Il souriait de toutes ses dents jaunes et noires, visibles même dans la lumière atone.

– Le moment est venu, Louise. Tu es prête.

Elle ne dit rien. Marcha lentement vers lui. Pendant toute la scène, il n'avait pas bougé. Le cœur battant, elle se demanda ce qu'il avait éprouvé pendant ces quelques minutes. De l'excitation ? De la joie ? Ou rien du tout ? Elle s'en moquait.

– Il y en a deux autres derrière ces arbres, Louise. On peut commencer ce soir. Tourne la page de ton ancienne vie et recommence à zéro. Je t'apprendrai. Je te montrerai comment libérer la colère, la haine que tu ressens. Comment les canaliser pour t'accomplir. Plus jamais tu ne te sentiras bridée.

Elle laissa ses paroles glisser sur elle, se concentrant sur ses pas, contournant le feu pour s'approcher de son père. Sans ralentir, elle arriva à trois mètres de lui.

Deux mètres et demi.

Deux mètres.

– Je ne serai jamais comme toi, lança-t-elle avec un sourire mauvais. Mais je vais faire en sorte que tu ne puisses plus jamais tuer.

– C'est ce que je fais depuis longtemps. Ne commets pas deux fois la même erreur.

– Tu n'es rien. Tu es pathétique. Je te tuerai aussi facilement que j'ai tué ton protégé. Tu l'as vu mourir.

Une onde de plaisir la parcourut quand elle vit la réaction de son père. Un tressautement nerveux dans son cou – ses paroles avaient porté.

Elle avança d'un pas. Poings serrés contre ses hanches.

Il avança vers elle. Le crépitement du feu la fit sursauter.

Elle ne vit pas le coup partir. L'ombre d'un mouvement, et elle se retrouva par terre, le regard vers le ciel pur, sans comprendre ce qui lui arrivait.

Désorientée. Perdue. Elle l'avait sous-estimé. Encore. Le ciel disparut soudain quand il se jeta sur elle avec un rugissement. Écrasée sous son poids, elle sentit ses mains se glisser autour de son cou.

– Cette fois, tu ne t'enfuiras pas !

La bave suintait entre ses dents serrées, un filet coula sur le visage de Louise. Elle eut l'impression qu'elle brûlait sa peau, l'infectait de son poison. Elle saisit son bras, se cambra, tenta de se dégager mais il était trop fort. Beaucoup trop fort. Alors, elle comprit comment elle avait réussi à s'échapper, la première fois : il n'avait pas vraiment voulu la tuer.

Maintenant, si.

– On aurait pu être quelque chose, toi et moi… Je pensais qu'on était pareils. Mais tu es comme eux… comme tous les autres. Mon sang coule dans tes veines, je pensais que tu serais différente… Pourquoi tu ne veux rien entendre ?

Louise ne pouvait plus respirer. Ses mains enserraient son cou, mais il restait insensible à sa résistance, aux coups de poing contre ses bras, aux efforts qu'elle faisait pour desserrer ses doigts. Elle tenta de percuter son crâne, son visage, mais à chaque fois il esquivait. Et quand le coup portait, il n'avait aucun effet sur lui.

C'était lui. C'était le Désosseur.

Elle essaya de se tourner, de se glisser sous lui, mais son poids lui permettait à peine de bouger de quelques centimètres. Elle sentait sa propre conscience lui échapper, sa vision commençait à se voiler de noir.

Elle laissa retomber sa main – qui toucha un objet par terre.

– Je suis désolé d'en arriver là, vraiment. Mais je dois tout recommencer. J'espérais que tu pourrais venir avec moi mais je vois bien que ça n'arrivera pas…

Elle referma les doigts sur l'objet. Le souleva et tourna le poignet.

Il ne vit pas le coup venir.

Il y eut un bruit sourd quand la matraque – qu'elle avait prise avec elle, cette fois, mais laissé tomber quand elle s'était battue avec le jeune homme – s'abattit contre l'arrière de son crâne. Il desserra sa prise autour du cou de Louise. Elle en profita pour frapper de nouveau.

Encore.

Et encore.

Elle parvint à s'extraire de la masse de son corps, à ramper dans la terre, loin de lui.

Il secoua la tête, puis bondit sur elle.

Elle para son premier coup et répliqua en frappant son genou de toutes ses forces. Il hurla mais plongea vers elle.

Elle roula sur elle-même, la matraque cette fois percuta de plein fouet sa cuisse. Il perdit l'équilibre. Elle sut tout de suite ce qu'il fallait faire.

Il était en train de chuter quand, brandissant sa matraque, elle en fracassa l'extrémité sur sa tempe.

Il tituba sur place – presque une pirouette, en cercle. Son visage se ferma, ses yeux se voilèrent. Un ivrogne dans la rue.

Puis il s'écroula dans le feu – tête la première.

Elle avança sur lui, prête à frapper de nouveau.

Mais c'était inutile.

Toujours inconscient, il s'embrasa. Une seconde, puis une autre, et les flammes ravageaient sa chair. Déjà, ses cheveux disparaissaient.

Louise se mit à compter les secondes.

L'agonie du feu qui le détruisait l'arracha d'un coup à son inertie. Les flammes dévoraient sa peau, il n'était plus qu'une masse rougeoyante – puis noire. Ses hurlements emplissaient la nuit.

C'était trop tard, pensa Louise. Pendant ces secondes, elle imagina qu'elle se libérait de tout : la haine, la colère, la peur. Tout s'évanouissait, s'échappait d'elle, allégeait ses épaules. Un fardeau à jamais disparu.

Elle l'espérait.

Elle le regarda brûler.

Plus tard

Le serveur posa les condiments sur la table en souriant à Caroline, mais le sourire déserta son visage quand ses yeux la reconnurent. Elle inclina le visage et posa les mains sur ses genoux, mais lui retourna son sourire. Alors qu'il s'était déjà éclipsé.

– Ça m'arrive souvent, dit-elle en haussant les épaules. Bah, je ne vais pas m'arrêter à ça.

En face d'elle, Louise eut un petit gloussement.

– Les gens sont bizarres. Je parie que vous auriez plein de fans un peu louches si vous mettiez votre profil sur Tinder.

La remarque fit rire Caroline, mais son rire sonnait creux.

– Et votre mère, elle va bien ? demanda Louise en prenant la salière.

– Elle se remet, petit à petit. Déjà, elle en a fini avec les opérations, et c'est une bonne nouvelle. Elle aime beaucoup ses cicatrices, elle trouve qu'elles lui donnent du caractère. Elle nous appelle les « jumelles cicatrisées »... Je lui ai fait remarquer que, là où se trouvent les siennes, personnes ne les verrait. Elle m'a fait un clin d'œil !

Cette fois, Louise éclata sincèrement de rire, et se sentit soulagée quand Caroline se joignit à elle. Puis le poids du fardeau qu'elles partageaient retomba sur elles, et leur bonne humeur s'effaça.

— Comment vous vous sentez ?

Louise hocha lentement la tête.

— Ça va, je suppose. Et vous ?

— S'il n'était pas arrivé, je ne sais pas où on en serait aujourd'hui. Je ne vous remercierai jamais assez de…

— C'est *lui* qui vous a sauvé la vie, répondit Louise en plongeant ses yeux dans les siens. Ce n'est pas moi que vous devez remercier.

— Il ne serait jamais venu si vous ne l'aviez pas prévenu.

Louise acquiesça, plus convaincue. Mordit sa lèvre inférieure, savoura la petite décharge douloureuse. Caroline ne savait pas de quelle scène le bois avait été le théâtre. Personne ne le savait. Elle avait dit tout ce qu'elle savait à la police quand, après Shipley, des agents avaient débarqué dans la maison de sa mère et découvert le bain de sang. Qu'elle avait prévenu Louise par téléphone, et que Shipley leur avait sauvé la vie. Pas étonnant qu'il soit désormais considéré comme un héros. Compte tenu de ce qui s'était passé dans toute la ville cette nuit-là, ils ne s'étaient pas vraiment penchés sur la véracité de son récit quand elle avait retrouvé ses esprits, quelques heures plus tard.

Ils étaient juste soulagés qu'elle soit encore en vie.

Comment vous avez su où aller ?

— Combien ont été retrouvés ?

Louise réfléchit un instant, sachant que le chiffre avait été amplement relayé dans les médias. Sans doute Caroline, à l'abri dans sa bulle, avait-elle décidé que c'était sans importance, qu'il valait mieux l'ignorer.

— Trois morts. Deux personnes arrêtées et inculpées. Deux autres sauvés dans le bois de Formby… là où j'étais. Deux suspects morts. Ceux qui restent prétendent tous être le Désosseur. On pense qu'il faisait l'objet d'une sorte de… culte.

– Vous étiez au courant, n'est-ce pas ?

Louise ne lui répondit pas, fixant du regard la salière dans sa main. Une chaleur lui monta au visage. Mieux valait changer de sujet.

– Comment vous avez retrouvé sa trace, Caroline ?

– Ça m'a pris vingt ans, mais j'ai fini par rencontrer quelqu'un. Nathan. Il est venu à l'association, et il parlait du Désosseur qu'il prétendait avoir vu dans ces bois. Rhys lui avait raconté ce qui pouvait se passer là-bas, la nuit… Tout ce que j'ai pu obtenir, c'est ce nom du Désosseur et un emplacement. Ça m'a suffi. Je me suis cachée, en observation, pendant plusieurs semaines. J'avais besoin de réponses.

– Vous les avez trouvées ?

– Pas vraiment. Ils n'ont toujours pas découvert le corps de mon frère, mais je creuserai moi-même toute la terre de ces bois s'il le faut. Il est forcément là, quelque part.

Louis savait que la découverte ne tarderait pas. D'autres charniers avaient déjà été exhumés dans le bois de Formby. Selon toute probabilité, un site plus ancien. Toute la région était passée au peigne fin. Jusqu'ici, douze corps – tous identifiés – avaient été déterrés. La mort était partout, et personne ne le savait.

Elle pensa à son père, formant ces hommes, ces garçons, à devenir comme lui. Essayant de combler ce vide qu'il aurait voulu voir occupé par quelqu'un d'autre. Reconnaissant en eux quelque chose qu'il portait en lui.

Qu'elle portait en elle.

Le désir de tuer. La haine et la colère. Elle se dit que Matthew avait résisté, qu'il ne voulait pas devenir comme eux, et que son père l'avait tué pour cette raison. Elle entendit la voix de son père : *Chaque corps enterré dans les bois représente un échec*. Sans doute ne saurait-elle jamais plus que cette vérité-là. Louise ne savait pas comment aborder cet aspect de l'histoire avec Caroline. Est-ce qu'elle et sa mère en discutaient, parfois ? Certaines de leurs questions ne trouveraient jamais de réponse.

– Je pensais vraiment qu'il était encore en vie, reprit Caroline. C'est ça qui me poussait à continuer. Je n'ai jamais perdu espoir.

Louise ne connaîtrait jamais toute son histoire. Ce qui s'était passé voilà des années, pourquoi elle leur avait menti quand elle et Shipley lui avaient rendu visite à l'hôpital. Elle pouvait toujours hasarder une hypothèse, mais elle n'en éprouvait pas le besoin.

Caroline avait voulu être quelqu'un d'autre. Alors, des années auparavant, elle avait quitté sa mère et endossé une fausse identité.

– Vous étiez au courant, n'est-ce pas ? insista Caroline.

Cette fois, elle attendit une réponse.

Une part de Louise avait envie de la lui donner, mais elle garda le silence. Elle n'avait pas envie d'en discuter.

– J'ai entendu ces histoires depuis que j'étais toute petite. Quand j'étais ado, je suis partie à sa recherche, moi aussi. Je me croyais invincible. Un jour, j'ai même cru l'apercevoir. Et puis, évidemment, quand la mère de Nathan Coldfield nous a mis sur la piste… On ne peut pas vraiment dire qu'il se cachait.

Le mensonge était sorti sans effort. Louise se demanda si les restes de l'homme trouvé dans le bois – son père – seraient jamais identifiés. Son ADN ne figurait dans aucune archive. Ses empreintes digitales non plus. Un inconnu.

Et le feu l'avait rendu méconnaissable. Un squelette humain brisé et calciné.

Elle comprenait mieux le déroulement des événements, à présent. Tout, ces derniers jours, visait à la renvoyer à son passé. Pour qu'elle rentre à la maison, retourne vers lui. Pour devenir enfin ce qu'il avait toujours voulu qu'elle soit.

Tel était son plan.

– Bah… il se croyait intouchable. Rhys… quand il m'a capturée, c'était un animal sauvage.

– Vous vous en souvenez mieux, maintenant ?

– Quelques bribes, ici et là. Je ne mentais pas quand je disais qu'il avait l'air inhumain. Il donnait vraiment cette impression. Peut-être que je m'attendais à voir un monstre, et que mon esprit a tout fait pour qu'il en ait l'apparence.

– Comment avez-vous réussi à vous échapper ? Vraiment ?

Caroline haussa les épaules.

– Je ne sais pas. Je revois juste des fragments de cette nuit… Mais je vais vous dire une chose : je ne pense pas qu'il était seul. Peut-être que d'autres sont arrivés, aussi. Je me rappelle juste un visage au-dessus de moi, flou et sombre, comme recouverte de quelque chose… Il avait de très longs cheveux, comme Rhys, mais il paraissait plus petit. Ça ressemble à un des autres hommes que vous avez arrêtés ?

Louise acquiesça calmement, mais son cœur accéléra. Elle posa la salière sur la table, puis ses mains tremblantes sur ses cuisses.

Son père était présent, cette nuit-là. C'est lui qui avait laissé partir Caroline. Elle n'avait aucun doute maintenant.

Elle savait pourquoi.

C'était la première étape du plan de son père pour qu'elle revienne à lui. Comme elle le pensait. Il en avait assez d'essayer de la remplacer, il la voulait, elle. Ou plutôt le monstre qu'il pensait avoir créé quand elle était née. Quelqu'un qui serait exactement comme lui. À qui il pourrait passer le flambeau de la mort.

– Maman est sûre que c'était Matty, reprit Caroline en secouant la tête avant de lever les mains en un geste qui voulait dire « peut-être bien, après tout ». Je ne sais pas… Je crois avoir entendu sa voix, à un moment, mais si vieille, si haineuse… Ça ne pouvait pas être lui. Je sais qu'il n'est plus là. Ç'aurait été agréable de me dire qu'il me surveillait, même après tout ce temps. Qu'il me sauvait de moi-même. J'aimerais y croire.

– Alors croyez-le.

Louise tendit la main et la posa sur celle de Caroline.

– Il n'y a rien de mal à penser qu'on a un ange gardien qui nous couvre quand on fait des bêtises…

– Vous pouvez être sûre que je ne remettrai plus jamais les pieds dans les bois. Ni dans les forêts, ni dans les parcs, ni parmi les arbres… Pas avant longtemps.

Louise rit et retira sa main. Elle eut le pressentiment que Caroline allait pouvoir retrouver un semblant de vie normale. Comme les souvenirs, les événements finiraient par s'effacer. Bientôt, ils ne lui appartiendraient plus vraiment.

Elle espérait avoir raison.

– Alors, tu t'en vas vraiment ?

Louise regardait Shipley, assis à la place qu'occupait Caroline une heure plus tôt.

– Pour l'instant, ouais. J'ai besoin de quitter tout ça, pendant un moment.

Shipley vrilla ses yeux dans les siens.

— Je ne comprends pas.

— Je ne te demande pas de comprendre.

Elle glissa une main jusque sur la sienne.

— J'ai juste besoin de le faire.

— Je serai là. Quand tu reviendras.

Louise sourit, mais elle ne le croyait pas. Lui aussi avançait, loin de la vie paisible qu'ils avaient menée côte à côte.

— On ne s'est jamais parlé après…

Elle leva la main et secoua la tête.

— Ce n'était pas nécessaire. On sait très bien de quoi il s'agissait. Deux personnes sous pression qui s'apportent un peu de réconfort.

Elle se rappelait encore cette sensation, lorsque leurs lèvres s'étaient rencontrées. La faim et le désir qu'elle avait ressentis à cet instant, dans la voiture. La certitude qu'il éprouvait lui aussi les mêmes émotions. Cela aurait pu aller plus loin, songea-t-elle, mais elle n'était pas sûre qu'ils auraient été vraiment heureux. Normaux. Peut-être devait-elle d'ores et déjà se résoudre à l'accepter : pour elle, « normal » n'existait pas.

Il y avait tant de choses qu'elle ne pourrait jamais lui dire.

Ni dire à personne.

— Pour moi, c'était plus que ça, répondit Shipley.

Il resta silencieux un moment. Conscient que sa décision était prise. Et qu'il lui fallait se protéger.

— On reste en contact ?

— Bien sûr, dit Louise en retirant sa main.

Ils se levèrent tous les deux en même temps. Elle se laissa prendre dans ses bras.

— À bientôt.

Louise sortit, le laissant là. Dans le soleil d'hiver, elle marcha jusqu'à sa voiture et s'installa. Elle resta assise un instant, mains sur le volant, et respira. Elle ne ressentait plus aucune lourdeur, désormais. Rien ne la retenait. La culpabilité ne disparaîtrait jamais, mais elle pouvait vivre avec.

Peut-être la colère et la haine resteraient-elles, comme sombres passagers échappant à son contrôle. Pourtant, pour la première fois, elle entrevoyait la possibilité d'une lumière. Elle apprendrait à accepter son passé pour mieux aller de l'avant.

Les cicatrices resteraient, mais peut-être n'était-ce pas si grave. Peut-être avait-elle besoin de se rappeler par quelles épreuves elle était passée.

Un autre genre de normalité.

Elle inséra la clé de contact et mit le moteur. Un coup d'œil dans le rétroviseur de droite lui montra Shipley courant vers elle. Il s'arrêta à côté de la voiture. Louise pressa le bouton pour faire descendre la vitre.

— J'ai besoin de savoir, dit-il, un peu essoufflé, une main sur le toit de la voiture. Qu'est-ce qui s'est passé, dans ce bois ?

Louise regarda vers la route. Puis revint vers lui.

— La fin de l'histoire, Paul.

Et elle démarra.

En direction du sud, laissant derrière elle les bois de la ville.

Matthew

Il se souvenait encore du tunnel. Caché au plus profond des bois. La terre molle sous ses pieds, l'écho des bruits dans l'obscurité.

Les échos.

La fureur.

L'odeur de la mort.

Il revoyait sa sœur passer avant lui. Entendait sa voix lointaine, étouffée. Alors, il ne savait pas ce qui était tapi à l'intérieur. Il le découvrirait bientôt. En cet instant, il pensait juste qu'elle s'était fait peur toute seule ; ces bruits en étaient la preuve.

Quelques secondes plus tard, il l'avait rencontré.

Le Désosseur.

À présent, Matthew Edwards marchait dans la forêt, l'air rempli du son des feuilles écrasées à chacun de ses pas. Certaines soulevées par le vent à travers les branches.

Là était sa nouvelle demeure.

À l'époque, il avait commencé par résister. Essayé de s'arracher aux bras puissants qui l'avaient soulevé et amené hors du tunnel. La puanteur du monstre saturait ses narines, s'accrochait à sa peau. Quelque chose écrasait sa bouche, une main, une patte, il ne savait pas trop.

Comme il ignorait la surveillance dont il avait fait l'objet pendant longtemps.

Le Désosseur l'avait forcé à rester immobile, le plaquant de tout son poids, même quand ses yeux hurlaient à l'intention des silhouettes sortant du tunnel – sa sœur et les deux autres. De retour dans le tunnel, il avait poussé un cri qu'une main avait aussitôt étouffé.

Après, ç'avait été le début des mots. Des histoires.

Sa vie.

Le Désosseur lui avait révélé son véritable moi. Celui qu'il avait essayé de cacher. Ses sentiments – et ceux dont il était dépourvu. La colère qui bouillonnait en lui sans qu'il arrive à la contrôler.

Un an plus tard, Matthew tuait sa première victime. Il avait quinze ans, mais le concept du temps n'avait déjà plus aucune réalité pour lui.

Il se rappelait le tunnel.

Il se rappelait la sensation de la chair de la victime sous ses doigts tandis qu'il la découpait avec un couteau.

Matthew était son ancien prénom – qu'on lui avait imposé sans son accord. À présent, il était bien celui qu'il devait être.

Il était le Désosseur.

Pourtant, certaines parts de lui l'envisageaient encore comme Matthew. Matty, pour reprendre le surnom trouvé par sa sœur. Il avait voulu la voir mourir dans ce bois. Avait hurlé pour que Rhys l'achève. Il n'en aurait plus l'occasion, désormais. Il était parti depuis longtemps. Il pensait qu'ils continueraient à le chercher, espérant son retour.

Mais ils ne reviennent jamais.

Rhys avait échoué. Il aurait voulu qu'ils soient morts, pour qu'il n'ait plus jamais à penser à eux.

Les bois étaient sombres et touffus. Leurs arbres élancés vers le ciel lui offraient leur protection. Ils s'étendaient sur des centaines d'hectares, une superficie qu'il avait du mal à se représenter. Plus vaste que tous ceux qu'il avait connus jusqu'à présent.

Il tira son poignard de l'étui à sa hanche et entreprit de graver les symboles sur un tronc. Révélant la chair sous l'écorce, créant une nouvelle marque.

Le terrain ne lui était pas encore familier, mais il savait qu'en peu de temps il en connaîtrait les moindres recoins.

Bientôt, des rumeurs circuleraient sur un monstre vivant dans la forêt.

Le Désosseur revivrait.

Il pourrait commencer une nouvelle histoire.

Cet ouvrage a été composé
par Soft Office
à Eybens (Isère)

Impression réalisée par

BUSSIÈRE
à Saint-Amand-Montrond (Cher)

en juillet 2024
pour le compte des éditions Archipoche

#lisez! engagé
www.lisez.com
Pour plus d'information :
Imprimé sur du papier issu de forêts gérées durablement.

Imprimé en France
Rang de tirage : 01
N° d'impression : 2079536
N° d'édition : 850
Dépôt légal : août 2024